大律师 深渊之下

我本纯洁 著

Beijing United Publishing Co., Ltd.

北京联合出版公司

图书在版编目（CIP）数据

大律师：深渊之下 / 我本纯洁著 . -- 北京：北京
联合出版公司 , 2021.4
ISBN 978-7-5596-4840-2

Ⅰ . ①大… Ⅱ . ①我… Ⅲ . ①长篇小说—中国—当代
Ⅳ . ① I247.5

中国版本图书馆 CIP 数据核字 (2020) 第 257044 号

大律师：深渊之下

作　　者：我本纯洁
出 品 人：赵红仕
责任编辑：徐　樟
封面设计：吴黛君

北京联合出版公司出版
（北京市西城区德外大街83号楼9层 100088）
北京新华先锋出版科技有限公司发行
涿州汇美亿浓印刷有限公司印刷　新华书店经销
字数281千字　787毫米×1092毫米　1/16　20印张
2021年4月第1版　2021年4月第1次印刷
ISBN　978-7-5596-4840-2
定价：49.00元

目 录
CONTENTS

第 1 章　现代版买椟还珠记

2017年4月1日,这一天是一个灰蒙蒙的愚人节,一场大雨,平添春寒。

南城中级人民法院的审判庭内,审判长庄严肃穆,坐在法庭正中的位置。他神情冷淡,宛若置身事外的旁观者,审视着原、被告双方,偶尔将眼神扫向座无虚席的全场。

今日审判的案件较为特殊,案件涉及标的额上亿元人民币,案情简单,案件却透着几分复杂。

2007 年,河中酒店资不抵债,原老板刘大民以四千万低价寻找买家出售。一个月后,一位外地富商周凭祥出现,经过两轮谈判,周凭祥决定以三千九百万买下河中酒店,周凭祥如约付款,河中酒店的所有权发生转移。这笔及时到位的资金解了刘大民的燃眉之急,他在签署合同之后极度兴奋,将悬挂于酒店大堂内的一幅 140.5cm×364.0cm 的珍品画作《盛世山河》作为礼物赠送给了周凭祥,以示感谢。周凭祥欣然笑纳,此后酒店重新装修,六个月后再次开业时,《盛世山河》再未出现在公众视野,从此成为周凭祥的私藏画作。

而令刘大民万万没想到的是,十年后,2017 年的元旦之夜,这幅画作出现在了一场举世瞩目的秋季拍卖会上,被拍出了 1.012 亿的全场最高价。

此事一经媒体报道迅速发酵，很快传到了刘大民的耳中，他觉得自己被欺骗，便委托律师，向南城中级人民法院提起诉讼，要求被告方返还画作。

案件开庭审理后，刘大民神情激动，指着被告方的代理人大骂骗子，直呼自己遭遇了史上最恶劣的诈骗。

据他回忆，《盛世山河》是著名书画家潘博庸艺术生涯巅峰时期所绘制的顶级巨制，也被称为潘博庸先生最具代表性的作品之一，该画不论从史料价值还是艺术价值看，都非常珍贵，极为难得。但由于他自身是粗人一个，不懂审美，而被被告周凭祥钻了空子，得以低价买走酒店，还附带了价值更大的名画，此为不当得利，应该予以返还，并赔偿损失。

"审判长，各位审判员，我遭受了巨大的损失，请你们一定要为我做主。"说到动情处，刘大民声泪俱下。

这种买椟还珠的蠢事，让他成了不折不扣的笑料，一传十，十传百，各路人马聚餐聚会、茶余饭后，总会提起来闲聊，顺便骂一句他的愚蠢无知，将价值如此之大的名画拱手于人。

刘大民觉得自己受到了经济和精神上的双重打击，尽管要承担起巨额的诉讼费与律师费，他还是咬着牙凑出这笔钱，坚持要给自己讨回一个公道。开庭日，他带了三名律师一起来到法庭上，四个人并排而坐，将原告席挤得满满当当。

相较于原告方的情绪激烈，被告席这边就冷清了许多，一道身影孤零零地端坐在那儿。

被告人周凭祥没有出庭，只委托了这位名叫盛秋行的律师全权代为处理此案。

盛律师极为年轻，身材高大，略显清瘦，他穿着一套合体的深色西装，神态里有着惯然的冷静与严肃。他的相貌出众，但气质上却是相当特殊，让人一见就印象深刻。

刘大民带来的三人律师团，在法庭外见到盛秋行的瞬间，集体愣住，万万没想到，周凭祥竟然更换了原本的代理律师，而改为由盛秋行全权处理。

刘大民不太了解律师圈的事情，这三位律师却是门儿清。盛秋行虽然年轻，却是出了名的难缠。他出道六年，独闯天下，外行人看到的是他眼中的自信、决然与霸气，内行人看到的却是他犀利的口才、缜密的逻辑思维能力和八面玲珑的社交手腕。

这个男人，是靠着一腔孤勇，在律师的圈子打出属于自己的一片天地。同行最不愿意遇上这种业内出了名的强硬对手。有他在，便有一种强烈的不安全的感觉，那种莫名其妙抽离了自信的退缩感委实不好受。

庭前认输，不太光彩。

于是三名律师便默契地按捺下心底的不舒服，尽量若无其事地跟在刘大民身后，一起来到法庭上。

开庭前半场，盛秋行表现平平，他有些沉默，眼神垂落在面前的文件上，似乎是在想什么事，整个人有些出神。

原告方滔滔不绝，刘大民用朴实简单却也夹杂强烈情绪的大白话诉说完了愤怒和委屈，三位律师再以公式化的语言做出补充。

审判长点了头："现在由被告方陈述。"

盛秋行没有立即接口，他直了直脊背，嘴角缓缓扬起，看上去似笑非笑，却也莫名危险。对对手一无所知的刘大民毫无反应，倒是那三位律师各自露出了微微紧张的神情来。

盛秋行，终于要开始反击了吗？

"2007年河中酒店出售，有争议的名画《盛世山河》是原告刘大民作为感谢品而赠与我的当事人周凭祥先生的。根据《合同法》关于赠与的相关规定，如第186条：赠与人在赠与财产的权利转移之前可以撤销赠与。而赠与物一经交付，赠与合同便已成立。原告方不懂得艺术品的价值而实施的赠与行为，并不是法律上所规定的撤销赠与的条件。如今，距离赠与关系成立已过去十年，这个时候再来讨论撤销赠与合同，我认为毫无意义。"

"一亿多的名画，怎么就没有意义了？对方律师你怎么说话的？"刘大民不满地嚷嚷起来，如果不是左右两边的律师在下方按着他的腿，他几乎要当场跳起来了。

他使劲儿拍了几下桌子，利用"砰砰"声，吸引了全场的注意力。

"我已经再三强调过了，我以为那是一幅价值最多几万块的画，才会慷慨地交给了周凭祥，如果我早知道这幅画能卖一亿，比我的河中酒店还要贵，我怎么可能会白送给他？这是明显的不当得利，法律上规定要返还的！我警告你们，最好老老实实地认输，把画还给我，不然的话，我就告你们诈骗！把你们全送到监狱里去吃牢饭！"

"你知道什么是不当得利吗？"盛秋行慢条斯理地发问。

刘大民一怔。显然并不指望他能说出个一二三四五的盛秋行继续讲下去："所谓不当得利，指没有合法根据，使他人受到损失而自己获得利益的事实。在这个案件中，根本牵扯不到不当得利这个说法，你既然不是很懂法律，最好还是请身边的三位律师代为辩护为好，不然就是在浪费大家宝贵的时间。另外，你告我诈骗，这项罪名绝不会成立，我也更不可能去监狱里吃牢饭，至于为什么，你可以咨询你所聘请的律师，相信这三位专业人士会给你一个合理的解答。"停顿一秒，他自言自语道，"毕竟花了那么多律师费，总要有点用处的。"说完，他用那双漆黑若夜的眸子，望向了审判长。

审判长开口道："原告请控制好自己的情绪，未经允许请不要随意发言，法庭是讲求秩序的地方，如果你干扰正常的庭审，我会让法警请你出去。"

"可是，我才是原告！"刘大民委屈地大叫。

"盛律师，可以开始你的辩护了。"审判长自动忽略掉了那一声不和谐的嘈杂。

盛秋行略一颔首，锐利的眸光扫过全场。所有人安静了下来。每个人都下意识地屏息凝神，等着他说话。

"一份赠与合同，在双方当事人意愿表示真实的情况下，交付即宣告完成。没有法定撤回事由，且整个赠与行为完成达十年之久，如今再来起诉，已经是令人惊讶的行为，看在那大几百万的诉讼费用上，我会让你心服口服。"盛秋行慢条斯理地翻开一份文件夹，拿出第一份笔录，

"这里面是当年在赠与现场，全程见证原告将《盛世山河》随同河中酒店的交易合同一起交给了被告的见证者，证人证言在收集过程中符合法律固定程序，每份证人证言后有签名有手印，且所有证人都愿意出庭做证或接受法庭问询，一共十一份，全在这里。"

"假的吧，都是假的吧，已经过去了十年了，你怎么可能知道当年谁在现场。"刘大民喃喃道。他的声音虽然很小，却仍被盛秋行听得清清楚楚。

既然对方不死心，那就用最简单直接的方式，压得他们不能翻身。

"因为有这个。"盛秋行取出一张大合照，年代有些久远，照片已经卷边泛黄，但还是依稀能够看到整个照片是在当年的河中酒店的大堂内拍摄的，照片的背景正是悬挂在墙壁上的《盛世山河》。

"酒店卖了，酒店的员工大部分被解雇，签订合同当天，便是离别之日，为了纪念共同工作二十七年的这份情谊，所以才有了这张大合照，我走访了还留在本市的十一位员工，他们全都能清晰地记得那决定命运的一天所发生的每一个细节。"盛秋行说。

刘大民突然站了起来，看样子是想要说什么，又或是用咆哮和愤怒来否定盛秋行拿出的证据。在他情绪濒临崩溃时，他聘请的律师急忙拦住他。

"刘先生，你冷静些，案件交由我们来处理，我们是专业律师，一定会从最专业的角度为您服务。"

"这里是法庭，控制不住情绪，影响了案件审理，他真的会被法警架出去好好冷静的。"盛秋行说。

刘大民暂时被劝住，原告方律师做了个手势，意思是请盛秋行继续。

"既然确定了是合法的赠与行为，这个案件也可以结案了。"盛秋行将手中的证据提交到了审判长那边后，便直接合上文件，准备退庭。

审判长边看边点头："原告方，可还有什么话好说？"

"我们这里也有相关证据，恰好可以反驳盛律师刚才给出的结论，这非但不是合法赠与，而是一起早有预谋的诈骗行为，从河中酒店遇到资金周转危机的最开始，一直到我的当事人刘大民先生意欲出卖酒店变现还债，再到后来被告周凭祥突然出现，商讨出资购买事宜，对方真正的目的是要得到这幅价值不菲的传世名画。"坐在刘大民旁边的律师回想着刚刚盛秋行打开文件夹的潇洒样子，"唰"地掀开了文件夹。

"我方提供的第一份证据正是周凭祥在河中酒店内的住宿记录，两年的时间里，周凭祥共计十四次入住河中酒店。"对方律师说完，还特意停顿了一下，等着盛秋行反驳。盛秋行根本不准备开口，冷淡的神情几乎没有任何变化，任何人都无法从他的神情里读懂他的真实想法。控方三名律师便只当他是强撑着表面的镇定。

"我方提供的第二份证据，是周凭祥是西南某省书画院的会员的官方证明，他本人对于书画艺术品有颇深的造诣，具备鉴定辨别艺术品价值的能力。而第三份证据，是周凭祥曾投资一家名为山水间的艺术品画廊，常与友人在画廊内交流，其间多次提到过河中酒店大堂内所悬挂的著名书画家潘博庸所绘制的顶级巨制。"

他清了清嗓子，给出了结论："由这三份间接证据，可以推测出周凭祥早已对《盛世山河》有了清晰的了解，那么他在明知道这幅名画的真正价值却假装不知，顺水推舟，借由收购之机，利用我方当事人感恩他雪中送炭的心情得到了画作，可认定为是以非法占有为目的，用虚构事实或者隐瞒真相的方法，骗取款额较大的公私财物的行为，即为诈骗。"

全场鸦雀无声，所有目光全集中到了盛秋行那里。

"对，就是诈骗，我就说是诈骗的吧，看你还敢笑我没文化。"刘大民转怒为笑，露出了满意的神情，对律师团所找寻到的案件切入点感到相当满意，他们手上还有其他几份与之相关的证据，足以左右案件的走向，即使对方是盛秋行，也要在扎实的证据链面前俯首认输。

足足一分钟的时间里，盛秋行没有开口。

审判长疑惑地望向他，才想开口提醒，盛秋行便开口说话了。

"讲完了？"盛秋行轻声问。

原告席上，数道疑惑的眼神投了过来。

"如果没讲完，你们可以继续说，不如一口气把你们所掌握的证据全都拿出来，这样比较节省时间。"盛秋行依旧是慢条斯理的语速。

"你先把我们提出的证据推翻再说吧。"控方律师不客气地回复，非常看不上对方虚张声势的模样。

"那么，我就不客气了。"盛秋行点了下头，"这个案子发生在十年前。十年前，潘博庸先生还未去世，《盛世山河》是他的著名画作之一，虽然引发热议，但当时这幅画的价值，远低于十年后的拍卖价格。对艺术品鉴赏稍有涉猎的人都会知道，书画类艺术品的拍卖价不一定是真实价值，而决定艺术品价格高低的因素有很多，比如画家的知名度、艺术品本身的质量、艺术品创作时间的久远以及画家的画作存世量等。潘博庸先生去世后，他的画作被炒到天价，这也是近一两年来发生的事，请问原告方诸位，你们说我的当事人周凭祥先生是早已获悉《盛世山河》的价值而有预谋地实施诈骗行为，为取名画不惜收购河中酒店，那么你们需要给在座所有人一个解释，为什么周凭祥先生可以知晓十年后《盛世山河》可拍出亿元高价，而于十年前就未卜先知地布局去得到这幅画作？"

盛秋行挑唇，露出了胜利的微笑："无话可说了？那么，这个案子到此为止。"

他站起身，朝着审判席方向礼貌地躬身："接下来的庭审部分将由我的同事周律师代为完成，还请见谅，我现在要赶去机场，时间不多，再不出发就要迟到了。"

一小时后，南城凤翔国际机场。

盛秋行与赵正苏握手告别后，将一只黑色的小提包交了过去："车钥匙、房钥匙、保险柜钥匙，麻烦你暂时保管。"

赵正苏与盛秋行四年同窗，多年好友，对于盛秋行的脾气最是了解不过。

他接过那沉甸甸的小提包，却依然忍不住开口问："真的要走？"

盛秋行歉意地淡淡一笑："这次是真的。"

"什么时候回来？"赵正苏皱着一张苦瓜脸，可怜兮兮地问。

"留学期满，我会返回。"盛秋行说。

"你说你一个中国律师，只执业，又不从事法学理论研究，跑去留学一年有什么实际意义呢？白白浪费了职业生涯的黄金时期，简直是得不偿失。要不趁着还没上飞机，再考虑看看留下来？我们兄弟齐心，在这大南城闯出一片属于我们的天地……"

盛秋行没有打断赵正苏的慷慨激昂，眼神落向远处，看着那一架架腾空而起的飞机冲入云霄。

"好了，我也知道，你这次出国，留学只是一个借口，你的真正目的其实还是为了你外公的那个案子吧？自从你查出当年那几个可能知晓案件的学者都已移居海外，你的心就从来没有一天真正安定过。"赵正苏摇了摇头，"不去一趟，你就不会死心。"

"你懂我。"盛秋行重重拍了下他的肩。

赵正苏深吸一口气，神情释然下来："那就去吧！使出你盛大律师的浑身解数，把那桩悬案查他个水落石出，我就在南城等着你回来。"

"你说这话听起来有点怪怪的啊！"盛秋行在道别的最后一刻望着赵正苏。

"看你依依不舍的小模样，不会是对我有想法吧？我把你当兄弟，你可不能对我有邪恶的想法。"赵正苏笑道。

"盛秋行，你还是待在国外不要回来了。"看着盛秋行拖着行李箱渐行渐远的背影时，赵正苏眼中突然涌现出了无限的伤感。

他低头看了看手上的小提包，手指攥紧。

"盛秋行，一路顺利，早去早回。"

第 2 章　顾小遥与周蛾

愚人节是西方的节日，但最近几年国内也跟着一起过，有不少人就酷爱在这一天玩各式各样的整人游戏。

因此在这一天，一大早接到周蛾的电话，说她要乘坐下午的班机来南城时，顾小遥并不相信。

两个人是同乡，有着相似的成长经历，都是贫困户出身，原本并没有读书的条件，是那一年开始施行的国家政策扶持，让她们在考上大学后可以申请无息贷款读书。四年时光，她们一起上课、一起自习、一起吃饭、一起逛街，虽然一个性格沉静内敛，另一个活泼张扬，但她们仍然变成了形影不离的好朋友。

毕业后，顾小遥选择留在南城，先进报社实习，而后顺利转正，成为在这座城市里奋力拼搏的小南漂，而周蛾则喜欢过那种相对压力较小的生活，直接返回了家乡，寻找适合自己的工作。

两个人有大半年没见了，偶尔在网上联系，互通近况。

顾小遥在确定了周蛾真的会来南城后，高兴得不行，问出了航班号，坚持要去机场接她。

她完全忘记自己也是第一次来南城凤翔国际机场，一停车便迷了方向，眼看时间要到了，她心急得不行。正前方，两个男人正在告别，他们穿着修身的西装，身材高大，两人气质非常相似。

顾小遥走近时，其中一位已经转身走向了安检区，留给了顾小遥一个英挺的背影。鬼使神差，她竟然盯着那人足足五秒没回过神，连她都不知道那个陌生人身上究竟存在着什么样的特质，竟然会让她在心急火燎的时候也走起了神。另一个也转身准备离开了。

顾小遥连忙加快脚步迎过去，身上的白色风衣画出一道绚烂的弧线。

"这位先生，我是来机场接人的，但是我找不到接机口，你能告诉我它在哪儿吗？"

赵正苏对于这种不去看机场指示牌而选择问路的行为，一概理解为无聊的搭讪。

但当他抬眸看见顾小遥那张青春靓丽的脸时，他的眼神不由自主地柔和了下来。爱美之心，人皆有之，如果是小美女来做这样的事，他会破例为她指点迷津。

"这里是候机厅，你当然找不到接机口，可以顺着那边的电梯走下去一层，看到等候的人最多的地方，大概便是了。"赵正苏说完，还不忘关照地问，"你要接的客人是乘坐国际航班，从国外飞回来吗？"

顾小遥摇头："是国内航班，从郑城飞来的。"

赵正苏笑容扩大："这儿是 T1 航站楼国际出发厅，出国、回国的旅客在这里，你应该去隔壁的 T2 航站楼国内到达厅，你会在那边的接站口等到你的朋友。"

顾小遥哭笑不得："我走错地方了？我是第一次来，真不知道还区分得那么清楚。天！快来不及了，我得立即赶过去。"

"没关系，谁都有第一次，搞不清楚也正常，以后你就记住了。"赵正苏对美女的容忍度一向很高，既然眼缘对了，那对方的小迷糊在他眼中也成了必须原谅的美好。

道谢之后，顾小遥跑着离开了。

傍晚六点四十分，郑城飞来的航班准时在机场降落，满头大汗的顾小遥站在人群最前方，静静等待着陆续走出来的旅客。

周蛾很快出现了，她背着一只双肩包，没带多余的行李，轻装上阵的她看起来潇洒得不行，好像只是来南城享用个晚餐似的。

几个月不见，周蛾的变化颇大，披肩长发剪成了利索帅气的短发，一张小巧精致的脸带着一丝英气，身上穿着一套合体的职业装，双眸中闪动着灵气和自信，整个人都透着一种精明干练，与毕业离校时的稚嫩懵懂相比，有了翻天覆地的变化。

顾小遥迎着她跑了过去，热情地大喊一声："周蛾！"

周蛾闻声也兴奋地跑向她，与她紧紧拥抱在一起："小遥！"

"天啊，你真的来南城了，我刚刚还在想这是不是愚人节的整人新点子呢，但一想到有可能真的见到你，我还是来了，你果然没让我失望，见到你我太开心了。对了，你的航班怎么是从郑城飞过来的？"顾小遥问道。

一见顾小遥如同记忆里一样，完全没有改变，周蛾也好开心："我先去郑城谈了个小项目，然后飞来南城出差，今晚住下，明天上午谈事，下午坐高铁回乡，行程很赶，但这趟能见到你，我已觉得不虚此行。怎么样，今天晚上方便住在你那儿吗？很想与你好好聊一聊。"

"不住我那儿住哪里？你想不住我还不依呢，走走走，我们回去说，我已经迫不及待想知道我们的'创业女王'周总，最近又发生了哪些传奇故事呢。"

周蛾由着顾小遥挽着手臂，边走边说："什么'创业女王'啊！最近两年政府那边给了乡里不少扶持，不少农户都改种植水果，渐渐形成了一定的规模，我找到了货源，货比三家，觉得品质非常不错，而且供货量充足，便和农户签订了合同，在网上开了家水果店，除了做平台销售外，还做些微商生意，看起来走货量不小，实际上依然是小本生意，可不敢说什么周总不周总的，名头太大了，我担不起，听着都觉得害臊。"

"少谦虚了，我还不了解你？瞧你那春风得意的样子，就知道你肯定过得不错啦！好了好了，我们先回去，还有一整晚呢，慢慢聊慢慢说。"

两个人边说边走出机场，停车场内，一辆黑色商务轿车停在那儿，顾小遥坐上了驾驶座，熟练地启动引擎。

周蛾坐上车就表达了自己的惊讶："可以呀，小遥，才半年时间就开上豪车了？留在南城发展就是不一般，暴富速度堪比坐火箭。"

顾小遥爽朗大笑："要真像你说的那样子就好喽！别多想，车子是我们主编的座驾，今天要来接你，临时被我强行征用，你都没看见我把他的爱车开走时，主编那副哀怨面孔，比去他家抢走他媳妇儿还难过呢，一个劲儿地叮嘱我要好好对待他的爱车，开慢点、开稳点，真遇到万不得已的情况，一定要舍己保车——嘿，想起实习这大半年他对我的奴役，今天一下子全让他还回来了，那叫一个爽。"

顾小遥使劲儿搓搓手，控制着方向盘，开车上路。一路上，她问起周蛾此次来南城的目的。

周蛾理了理头发："还能做什么，找钱呗！销售的产品有了，平台有了，客户有了，唯一能困扰住我的，便只有那真金白银的钞票喽！这事儿说起来就很烦了，今天见到你正高兴呢，别提这些扫兴的事。"

"需要多少？我那儿还有一点积蓄，虽然不多，两三万是拿得出来的，如果你要急用，拿去便是。"顾小遥一向是个热心肠，对待生命中最重视的好朋友，自然也是大方的。

她是有一说一，有二说二，能帮就帮，绝不会找借口推诿的爽快个性，哪怕毕业后两个人分居两地，性格上的这份率真，也不会轻易改变。

周蛾感激地笑笑，却是摇头："小遥，听到你这么说，我真的很感动，也非常感谢，但我需要的数字不小，你的钱即使借我也是杯水车薪，起不到太大作用，还是算了吧，一个女孩子孤零零地在南城闯荡，手上有存款，遇事心不慌，我的事还是由我自己去想办法解决吧。"

顾小遥瞥了她一眼，周蛾回之一笑，她合上眼睛，靠在座椅深处，眉宇间满是浓浓的疲惫，抹都抹不去。

周蛾是遭遇到什么大困难了吗？顾小遥心里愈发疑惑了。

南城在国内极其有名，它不只金融业发达，更是东南大区有名的科技研发中心，也是游客如织的旅游胜地。这个城市是发达的、包容的、积极向上而又富有魅力的。但对于熟悉这座城市的人来说，最让人着迷的还是隐藏在街边坊巷之中的无拘无束，那慵懒之中带着一点点悠然的浪漫，令人眷恋难忘。

顾小遥与周蛾在这儿读了四年大学，对南城自然不陌生。读书那会儿，两个女孩儿虽然没什么钱，却总是喜欢手拉手流连在那些带着古老气息的老街之间，回想起那些日子，时间变得极慢，总是让人错觉这份幸福与满足会定格于此，永不消散。

带着几分怀旧的心情，顾小遥把周蛾带到了预订好的一家川菜馆，两人从机场返回市内花了一些时间，正好过了饭点，店内的客人已经离开大半，只剩几桌还在喝酒聊天的客人。

四菜一汤，颇为丰盛。

等饭菜上齐了，顾小遥才开口说："上大学那会儿每次从这家店门口过，都要被里边飘出来的辣香馋得直流口水，我一直梦想着有一天能和你一起来吃一次，没想到，这么快就实现了。周蛾，我等会还要开车，不然的话真想和你喝一杯。"

周蛾举杯，动情地说："你的心意我感受到了，我们就以茶代酒，庆祝今天的重聚吧。"

两个女孩儿的杯子在空中轻轻一碰。

周蛾轻抿一口，神情终于放松了下来："好舒服啊。小遥，你知道吗？从打算创业的那天开始，我每天就像是个高速旋转的陀螺，一刻都闲不下来。说来你可能不信，我是从早忙到晚，从周一忙到周日，就算是半夜躺在床上要睡了，脑子里还是在想着我店里的香蕉、苹果、大鸭梨、番石榴、臭榴梿，像今天这种坐下来与朋友吃吃饭、聊聊天的日子简直是奢侈。"

她一边说着一边从双肩包内掏出一包烟，抽出一根，开火点上，深吸一口之后，吐出了一团烟雾。

她的动作娴熟自然，一看就知道是经常吸烟。

顾小遥皱眉："什么时候开始吸这个的？"

周蛾苦笑："压力大呗！总是需要想办法缓解发泄一下。小遥，创业真的不容易，我现在真的很羡慕你的选择，留在南城的报社做记者完成了你的梦想，有着完整的人生规划，未来一片光明。我呢？当初想的是回老家去，各方面的压力都小些，结果回去了才发现，压力小是不假，就业机会也少，适合我这个专业的工作极其有限，且薪资待遇都非常低。我啊，实属是被逼无奈，才走上了创业这条不归路，现在呢，骑虎难下，想回头重新选择都不行喽！"

顾小遥被她话语里的老气横秋给逗笑了："周总，要不要讲得这么艰难呀，你再这么憋屈下去，我可真的要服务员上酒，今晚结结实实地陪你醉一场，来个一醉解千愁。把心放宽些吧，我们才毕业，本来就没有根基，家中也没有助力，想做点什么都要靠自己一步一步踏实向前走，辛苦是必然的，但仔细想想，人生的艰难本就是没有止境，没有最难，只有更难的啊！咬牙撑着吧，我觉得肯努力、肯坚持的人，总会有收获的，这就十分考验人的耐心了，能挺过艰难的人，才有笑到最后的本钱。"

周蛾跟着哈哈大笑起来，两人再次碰杯，果汁喝掉了大半。

今晚的短暂相聚并没有太严肃的主题，只是聊聊近况，吐槽一下不容易，顺便讲一讲共同相识的朋友们的八卦。年轻女孩子嘛，惆怅满怀总是很容易被其他话题给分散吸引。顾小遥事先就准备了礼物，送了周蛾一瓶香水和三支口红，并且哄着周蛾直接拆开包装，一一尝试，都不算是奢侈品牌，胜在挑选者用心。一整晚，周蛾嘴角的笑容都没断过，脸上的阴郁总算散去了大半。

客人陆续走得差不多了，最后只剩下了顾小遥和周蛾这桌，老板从收银台后走出来，也没催促她们快点用餐，而是来到了店里的电视下方按下遥控器，把电视给打开了。

十点整的晚间新闻，主持人正在报道今日的南城新闻，大多是与这座城市息息相关的政府公告、民生民情。

画面突然一转，有个西装革履的男人正与外景主持人侃侃而谈，聊的内容是法律援助进社区，好像是本市一家颇为知名的律师事务所正在做公益项目，为一些请不起律师但又需要法律方面服务的孤寡老人和社会弱势群体提供法律服务。

顾小遥随意看了一眼，只是没想到，她竟然怔在那里了。

"怎么了？"周蛾察觉到了她的奇怪反应。

"那个人……电视里接受采访的律师，我好像刚刚在机场见过，他帮我指路来着。"作为记者，顾小遥对见过的人的相貌有着非常强悍的记忆力，这是一种与生俱来的本能，尤其是令她比较难忘或者才发生的事，她都不会记错。

"这么巧？"周蛾顺便扫了一眼，"屏幕下面有文字标注，这位是大成律师事务所的合伙人赵正苏，长得还挺帅的嘛，年轻有为，一看就是社会成功人士！"

"他去机场，好像是去送人的，但我没有看清楚他送那个人长什么样。"顾小遥鬼使神差地又想起了那个令她久久难以忘记的背影。

电视画面突然又一转，切入了下一个镜头，正是大成律师事务所最近办理的一个案件，好像是一起听起来就很有趣的现代版买椟还珠记，卖方卖掉酒店搭上一幅画，结果那幅画被拍卖出天价，十年后卖方誓要维权。正是大成律师事务所的另一位合伙人盛秋行亲自接下，那一场宛若教科书般精彩激烈的法庭辩论，无意之间竟然成为了一段经典，引人称道。

讲到这里时，镜头给出了一个特写，放的正是盛秋行的照片，那是一位容貌相当出色的男子，一双黑眸冷若寒冰，透着几分内敛与冷淡，简直可以当作行业明星来宣传了。而事实上，大成律师事务所的人也有这样的想法，逮到新闻采访的机会，都不忘记把盛秋行的照片放出来，颇有点推销的意思。

顾小遥在看到了盛秋行的一瞬间，心脏突然漏跳了一拍，压在心口处的沉重突然落了地。她几乎敢肯定，赵正苏在机场送走的那个背影，就是这位盛秋行律师。

"咦？这个律师也很帅！真没想到，律师这行竟然有这么多好看的小哥哥，果然高端。"周蛾没心没肺地点评了一句。

顾小遥摆弄着手机，在百度搜索里打下了"盛秋行"三个字。

大成律师事务所的官方首页在搜索引擎第一排，打开网址，盛秋行的照片出现在网页的醒目位置，他的个人简历，就那么跳出来，摆在了她的面前。

盛秋行——

第 3 章　周蛾的难处

盛秋行，男，1989 年出生，籍贯北京，未婚。

2006—2010 年就读于厦门大学，以优异成绩毕业，法学、金融学双学士学位，2010 年通过国家司法考试，2010—2013 年就读于北京大学，以优异成绩毕业，法学、管理学双硕士学位，2010 年在大成律师事务所兼职做律师助理，后很快成为律师，2014 年起至今，为大成律师事务所合伙人律师。

之后便是一连串的协会会员、委员会委员、某某理事、某某顾问之类的名头，目测足有二三十个。

顾小遥看完，吹个带了点流氓味道的口哨："果真是超级学霸，人还年轻，这份个人简历简直可以作为模范好孩子的成长之路范本，在时间上一点都没浪费，一步一步走得实在踏实，真是羡慕，但并不妒忌，因为太过光辉耀眼，离我等凡人有一定差距，只剩下仰视，而没有一丁点其他想法。"

周蛾把手机接过去，快速浏览之后问："只是一个擦肩而过的路人，你这么上心做什么？不过这位盛律师还真是才貌并重，难得还是未婚呢，不错不错。"

顾小遥一听话里有话，立即不客气地横了一眼过去："胡思乱想些什么呢？你忘了我是做什么的吗？对比较有特色的成功人士的关注，是一种职业上的本能，跟他结没结婚没有半毛钱关系。"

周蛾端起果汁，笑道："开个玩笑而已，你那么紧张做什么。不过，应该要提醒你一句，像这种美貌与智慧齐具，人生步步没有偏差的男人，要驾驭起来可并不简单，除了要应对那些时不时跳出来的仰慕者和追求者，你还得接受一个优秀的男人，用自身严苛的标准，向你投来的审视目光。嗯，这便是'欲戴王冠，必承其重'的翻版了吧，想要拥有男神级的伴侣，就必须得承受那份令人艳羡的美好之外所要面临的巨大压力。"

"周蛾！你皮痒了是不是？毕业以后没捏过你的脸，这就开始跟我贫起来了，我都不认识他，你怎么就开始脑补起我们在一起了，我看你啊，就是在借机取笑我。"顾小遥低叫一声，双手并用，朝她抓了过去。

"偌大的机场，茫茫人海，你都能跟他的合伙人有问路之缘，更对他的背影留下了深刻的印象，就连电视台都适时播放了与他有关的信息，让你能加深对他的感觉。未来的事谁知道呢？他是知名律师，你是新星记者，只要有了关注，机会还是很多的嘛。"周蛾被哈痒，笑得上气不接下气，很快便举了双手投降。

两个女孩儿笑成一团，因为时间、距离而生出的一点点陌生不知不觉间烟消云散了。

顾小遥嘴上在警告她不要胡说，心里边却还是生起了几分异样，但很快被她强行驱散，不准再乱想有的没的。

饭后，顾小遥去买单，接着打算先把周蛾送回住处，然后再去主编那儿还车。但周蛾说自己带的行李少，她可以先陪着顾小遥送车，然后再一起回住处。

考虑到主编家与自己家离得不算远，顾小遥答应了下来。

还好了车子，两个女孩子便手拉手，在路上慢慢走着。

夜风微凉，但两人兴致正浓。

这一次的话题，在顾小遥的有意无意之下，引到了周蛾目前的创业上去了。

周蛾一开始不愿意说太多，但耐不住顾小遥变着法去打听。

她叹了口气，知道顾小遥是有点担心她，而她不肯说的原因原本就是不想让顾小遥跟着着急，事情本身倒是没什么需要保密的地方。

她们走上了天桥，周蛾扶着栏杆，踮起脚来，望向了如同长龙一般的汽车，那些耀眼的车灯化为一条璀璨的光河，给南城的夜晚平添了几分忙碌。

"创业之所以艰难，是因为从0到1的过程是最最痛苦而无处下手的。我算是幸运的了，背靠着老家的水果园，作为供货商的老乡们大多是拿着政府的资金扶持，还有专人指导，帮忙构建起了最艰难的部分，慢慢就形成了质量稳定的供货渠道，而我也幸运地拿到了货源，作为最早一批开始尝试网络分销的那一部分人，市场迅速打开，这是我的优势。可是，这种优势并没有任何排他性，它非常容易被学习、被复制，拿我的水果销售为例，在我刚开始做的那几个月里，还没有几个人想起来要去网上销售呢，可当有人注意到我开始持续去拿货，并且开始有人打听电商创业的模式之后，不到半年时间，网上已是铺天盖地的原产地直发的水果销售店面。"

周蛾说着说着，郁闷的情绪又升了起来。

她探手去背包里摸烟，还没点上，就被顾小遥不客气地一巴掌给拍了回去。

"吸烟有害健康，女孩子吸烟有害于颜值，你悠着点。"

"我烦啊，巨烦。"周蛾深吸一口气，缓慢吐出，"那些竞争者后来居上，他们有资金、有团队、有商务、有推广，专业化运营，甚至能做到在几十天内聚集起大量的粉丝，因为销售渠道更佳，货品销售的速度也就更快，他们有胆子一次性去签下更大的合同，并以此为谈判基础，压下进货价。"

周蛾耸了耸肩："进货价低了，销售价格自然也就跟着走低，大家卖的都是同一产地的水果，质量上差别不大，口味更是一模一样，他们的价格降下去一块，网上的客户简单比价后，就不会选择我店里的产品，更别提他们还敢于参加各个平台内举行的销售推荐活动，三下五除二，原本公平竞争的局面就被打破了，变成了弱肉强食，胜者为王，败者嘛——大约最后的下场便是一败涂地，黯淡退出这个行业了。"

对于电子商务与做生意这一块，顾小遥只是略知，并不精通。好在周蛾讲得形象，她认真地想了想，也就听懂了。

"你是否可以找寻一个更适合自己目前现状的运营模式，不要去跟竞争者拼量，拼价格，而从其他方面入手，寻找新的营销点，比如说，可以专做精品水果，就是那种零售价相对较高，但水果品质也极佳的销售模式？"她试着给出了建议。

周蛾却是不住摇头："没有雄厚的资金支持，这种更难做，我必须将进价压下去，但那么多人一起上门，供货商的可选择余地多了，他们怎么会降价呢？精品水果什么的，价格更难谈啊！"

没货源，一切全都是空，周蛾真想冲着偌大的南城，大声尖叫。

难啊，怎么就那么难呢？

"平台的推荐位呢？可不可以争取拿到一些，我想，就算是价格上不占优势，只要有充分的曝光，依然是能卖得出去吧？不做量大，先稳扎稳打，维持住生活，这样子也能接受吧？"顾小遥轻声说道。

"平台的推荐是需要提供一定数额的保证金的，销售量越大，保证金的数额也就越大，这是实打实的押进去的钱。小遥，所以我跟你说，我现在最难的部分，不是没有客户，不是没有进货渠道，而在于没有钱。这半年的时间，我算是读懂了'钱'这个字的重要性，真是一文钱难倒英雄汉，真是钱到用时方恨少啊！"周蛾做了个手势，意思是不想再聊这个话题。

她又伸了个懒腰，对着远方闪烁的灯火大喊："但再难，我也不会放弃的，我周蛾会坚持下去，努力下去，拼出一条血路来，我就不信，我闯不过这道难关！"

"当然能闯过去，你是谁啊，你可是无坚不摧、战无不胜的周小蛾。走了，我们回去吧，眼前的困难只是阻碍你前行的小小障碍，等到一鼓作气闯到对岸时，你再回头看，这段时间的困境都只会让你微微一笑而已，那些打不死你的苦难，终究有一天会成就你，要坚信这一点。"顾小遥比了个战无不胜的姿势，这番极热血也极具鼓励的话说完，她嘻嘻一笑，"晚上的夜宵吃什么？"

这神转弯，让周蛾一愣。像是明白她在想什么，顾小遥搂住了她的手臂："夜宵配酒，越喝越有，走吧，今夜陪你醉一场，只要醉过了，也就放松了，明天一早，拿出你最好的状态来，把那笔投资弄到手，从此事业所向披靡、一马平川。周总发达以后，可千万不要忘了住在南城的闺密顾小遥啊！"

顾小遥真是个开心果，就从不见她有愁心的事儿。上大学的时候顾小遥就是这样，大事小事，从不见她焦虑，哪怕是巨烦躁的时候，顾小遥也总是在找寻各种方法发泄掉情绪，然后再寻找切实可行的解决办法，能做到便尽力去做，做不到她摸摸鼻子放弃，一般只要努力过了，过后她也不会特别纠结。

周蛾的眉宇再次舒展，她凝视着顾小遥许久都没说话，她在思考，也有浓浓的羡慕，以及对往昔的留恋。

大家是同龄人，有着相似的人生经历，但顾小遥的生活，好像总会比她快乐许多。

周蛾终于微微一笑："回去了，点夜宵、喝啤酒，嗨到天亮。"

"这就对喽！明天的事明天再去愁，不能把自己逼得太狠，偶尔也要放松一下，重新整装出发。相信我，今晚之后，你的好运就来啦！"顾小遥说完便不客气地扑上去，紧紧拥抱住周蛾，"像你这么好看的女孩子，谁会忍心拒绝你呢？连身为同性的我都觉得心动呢，更别提那些投资人了。"

周蛾这下真的绷不住了，笑着推开顾小遥，看着她的小脸露出了妒忌的神情："被你这么个漂亮得不像话的大美人给夸好看，我可真是没脸承认。你瞧瞧你，大学毕业后，整个人是彻底长开了，皮肤细腻、五官精致，凑到一起，虽是张扬的美，却少了几分侵略性，再看你的身材，该大的地方绝对骄傲，该纤细的地方又是盈盈一握，一双腿又长又细，女人堆里一站，最显眼的就是你。哼，我看明天就得把你给拖过去，没准儿投资人一见了你，被迷得晕头转向，立即就掏钱了呢。"

顾小遥听着这番赞美，很臭美地摸了摸脸蛋："虽然我知道你是在夸张，但我依然非常爱听。周蛾，你知道你最大的优点是什么吗？那就是眼光！是你的眼光。加油吧，相信你自己的判断。"

有了这番激励，周蛾挺胸抬头，仿佛已经看到胜利的曙光，她只要踏破这片黑暗走过去，迎接她的，将是一整片美好的风景。

隔天，清早起床。睡在沙发上的周蛾早已离开，临走前，她打扫了房间，把昨晚上吃剩的夜宵、啤酒瓶以及一屋子杂乱的垃圾全都清理得干干净净。

她还给顾小遥留了张字条，写着今天与投资人谈完，就要搭乘最近一班高铁回乡去了，没时间再与她见面，以后有机会再聊。

"真是的，走的时候也不知道喊我起床，我还可以送送你嘛。"喃喃完毕，顾小遥便痛苦地捂住脑袋，坐回到沙发上，"痛痛痛，真的好痛，喝醉酒的滋味真难受，我以后再也不喝了，绝对不敢喝了。"

那天之后，很少有周蛾的消息，也不知道她的投资谈没谈成。顾小遥打了几个电话过去，有时候占线，有时候无人接听，好不容易通上话，始终能听到周蛾那边不停有人来找周蛾说话。

顾小遥心想，周蛾的事业应该是顺风顺水地做起来了吧？资金危机八成是解决了，她真替周蛾高兴。

很快顾小遥这边也是焦头烂额地忙碌起来，单位一堆大事小事，简直是自顾不暇，做记者的忙起来时，根本不分男女，全都是白天黑夜连轴转，要么把工作做完，要么把自己累倒，除此之外，没有第三个选项。但那也是没办法的事，报社那边新开了自媒体运营部，社里以年轻人接受新鲜事物快，也更容易进入工作状态为由，一份转岗调令，就把她给"发配"了过去。

这样的安排，显然与顾小遥的职业规划并不相同，虽然她很清楚随着互联网的发展，自媒体播放新闻已成为了一个大趋势，可她还是更钟情于纸媒。上级连谈都不谈，就突然把她丢过去，这算是怎么一回事。

从抗拒到接受，再到努力去适应，顾小遥一路摸爬滚打，用了整整十四个月的时间，终于成长了起来。

这段时间，周蛾再没有来过南城，偶有联系，也只是只言片语，匆匆告别。不过她一直活跃在朋友圈，每天都会编写广告，变着花样推销她家的水果，时不时地还要晒晒各种订单截图、转账记录什么的，看上去也是红红火火，顾小遥每次只是微微一笑，便由着她去了。

过了春节，天气一天比一天暖和，顾小遥的心情也一天比一天好。

最近她这边的工作选题是做一个与公益有关的选题，列了十几个有先进事迹的人物，要一一联系，寻找新闻热点，做采访专题。

顾小遥翻了翻名单，看到了两个熟悉又陌生的名字：赵正苏、盛秋行。

芮姐是自媒体运营部的主管，做事雷厉风行，但做人就温柔细致，令人如沐春风了。她发现顾小遥在盯着采访名单发呆，再一看是大成律师事务所的那两位金牌律师，立即拍板决定："赵正苏和盛秋行就交给你了，一周之内，两篇专访稿，4月19日交稿，没问题吧？"

"啊？这就归我了？"顾小遥哭笑不得，"人在工位坐，稿从天上来？我也是手欠，领导还没安排工作，没事儿跑去翻什么资料，瞧着吧，难得偷得浮生半日闲，想翘个班去洗洗头、逛逛街的，这又得加班加点地搞起来。"

"傻孩子，芮姐是为你好，这么好的差事不给别人先给了你，知足吧。"芮姐拍了拍她的肩膀，抱起资料去找下一个人分派工作了。

顾小遥跟在她身后："姐，您倒是讲讲看，这个差事哪里好了？得跑外勤吧？得自己去拍照片吧？得约时间联络人吧？咱们的采访车坏了还没修，跑过去时得自己搭公交、坐地铁，从南城跑到北城吧？折腾得不要不要的，一出去便是大半天，如果对方不配合，一整天都弄不好，回来肯定避免不了加班。"

"你要做的事全都是记者的基本功，你甭拿工作上的事来撒娇，我是硬心肠。"说完，芮姐看周围没人，凑过来到她耳边来了一句，"说你是傻孩子还真是傻孩子，不懂芮姐的一片苦心，大成律师事务所的这两位律师可是年少有为、青年才俊，最最重要的一点，那就是'未婚'呢。"

一听这两个字，顾小遥顿时明白了。

她摸摸鼻尖，很聪明地找个借口迅速走开。"未婚"俩字，在芮姐眼里就意味着可以撮合。

啧啧，惹不起惹不起，她闪。

第 4 章　盛秋行回国

　　盛秋行从机场走出来时，身边还跟着两个人，一男一女，衣着得体，东方人的面孔，交谈时用的却是流利的英语。一到出口处，三人立即道别，男的与盛秋行握手，女的则凑上前来，轻轻拥抱了他。

　　赵正苏提前一小时在机场等候，本来是想第一时间冲到跟前，但看到这幅画面后，他摸了摸鼻子，抱着手臂站在原地等待。

　　没过多久，那一男一女便相携离去了。

　　赵正苏这才走了过来，手指头点了点盛秋行："终于肯回来了。"

　　"是啊，终于能回来了。"盛秋行微冷的表情中，难得多了几分笑意。

　　经历了十几个小时的飞行，一回到祖国，看到的就是好朋友，这令他的心情不错。

　　赵正苏也是个聪明人，一听盛秋行的话，便知道他这一段漫长的旅程必然是大有收获。心里虽好奇，但他也不着急追问。他接过了盛秋行的行李箱，一起朝着停车场的方向走去。

　　赵正苏最近这一年来可谓是春风得意，接手了两个大案子，两个全胜，一时间名声大噪，以往被盛秋行盖住的光环也被人们看到，战绩亮瞎了一群人的眼睛。他一高兴，给自己换了一部路虎车。

盛秋行一坐上车子，赵正苏立即说："你家已经让钟点工打扫完毕，全套换新，今晚可以直接入住，但却是没办法直接送你回去休息，市里有位大领导一直想要见见你，听说你要回国了，还特意嘱咐他的秘书提前来安排，对方催促得急，连你归国的详细时间都打听过，我来的路上，林秘书还特意打电话过来，问晚上方不方便吃个饭？"

盛秋行的目光一直落在车窗外。

"秋行？"赵正苏看向他。

盛秋行这才回过神："今天晚上不方便，我有事。"

"才刚回来就有约了？难不成是跟刚刚机场那位美女约好了？"赵正苏挤了挤眼睛，给了盛秋行一记暧昧的眼神，让他自己去体会。

盛秋行笑了笑："我今晚打算连夜赶回文山，明天是外公的忌日，我得去看看他，陪他聊几句。"

一听这话，赵正苏脸上的不正经全都消失了。

"4月15日又要到了吗？日子过得真快呀！"他长嘘了口气，"一年多没在国内，的确得回去瞧瞧。这样吧，我安排一下，陪你走一趟。"

"正苏，谢谢你。但是不用了，祭拜完了外公，我还有些其他事要处理，可能不会那么快回南城。"盛秋行的眼中藏着一片暗色。

赵正苏立即转过头，问："不会那么快回南城是什么意思？"

"字面意思。"盛秋行简单回答，看样子是并不想解释太多。

赵正苏是了解他的，盛秋行不想说的事，嘴巴比闭口的大蚌还要紧。盛秋行大概想去做什么赵正苏多少也能猜得到，一定是与他外公的那件事有关。如果真是那样子，南城这边即使有天大的事，也别想拦住盛秋行。

赵正苏的手将方向盘握得很紧，想通了其中的一些关键后，又慢慢放松了下来。

"我理解你有自己的事要去处理，但回不回南城，这件事对大成律师事务所很重要，秋行，我不催促你，但我也的确需要一个准确的归期。"作为朋友、同事、合伙人，他都已经给予了最大的理解。

盛秋行想了想："两个月吧，6月底我返回，如何？"

"6月底？你在开玩笑吗？你知不知道，你手底下有多少需要紧急处理的工作？你知不知道有多少客户捧着真金白银等着你来接手他们的案子？你明明已经在国内了，还想再休两个月的假，这个我没法交代，绝对不行。"赵正苏低叫，但眼尾余光始终在关注着盛秋行的表情。

令他失望的是，盛秋行的表情一点变化都没有，他不动声色，那张永远沉静淡然的面孔，将他心底深处翻涌的惊涛骇浪全都掩盖住了。赵正苏故作威严的一番话，就像是一块小石头扔进了湖水深处，根本掀不起波澜。

赵正苏嘴角顿时一垮："喂，兄弟，给点反应好不好，你也是律所的老板之一，自家的事儿总不能一直都推给我，自己却不闻不问吧？要不这样，一个月，我再给你一个月的时间，你办你的私事，想休息一下也可以，我绝对不烦、不吵、不干涉，一个月后，也就是五月底，你回来上班，好不好？"

盛秋行保持沉默。

赵正苏的戏精病顿时犯了，从一年前盛秋行下了法庭飞去国外那件事说起，洋洋洒洒讲了一年来大成律师事务所发生的许多事。在他的描述里，他比苦守寒窑十八年的王宝钏还要遭罪，以一己之力，扛起偌大的一家律所，日日夜夜都在惶恐中守住这份家业，担心某天盛秋行回来，没有交上一份令他满意的成绩。毕竟，所有人都知道，盛秋行那是出了名的挑剔，他先用最严苛的标准来对待自己，接着便残忍地以己度人，要求身边的人一起提升起来。

可惜，盛秋行不为所动，任由赵正苏讲着呕心沥血的桥段，而他则是老神在在地答："7月1日。"

"什么？"

"7月1日正式上班。"

"说了这么多，你不提前反倒迟了一天？"赵正苏简直快疯了。

"那就8月1日好了。"盛秋行抿唇。

"得得得，7月1日就7月1日，绝对不可以再改了！"车内的音乐都盖不住赵正苏的尖叫声。

盛秋行的眼眸里充斥着浓浓的笑意："好的。"

此时此刻，赵正苏才深深体会到，为什么业界的同行，没有人喜欢在法庭上遇到盛秋行，有这么个可怕的对手挡在那儿，实在是令人窒息。过去他还在庆幸自己是盛秋行的合伙人而不是对手，现在看来，当盛秋行开启无差别攻击模式，他这边的日子也不好过啊。

这时，盛秋行又说："谢谢。"

赵正苏：……

文山市距离南城大约八小时的车程。从文山市再到青翠山，还需要两个半小时。

盛秋行从南城出发，隔天上午到了青翠山脚下，足足一夜没合眼。

他活动活动手脚，从汽车后备厢里取出了准备好的祭品，有外公生前喜欢的叫花鸡、茅台酒、中华烟，有他中意的兰花。

外公葬在山顶，从那个位置可以远眺南城，那个他爱了一辈子的城市，那个包藏着他一生无尽懊悔与遗憾的地方。

盛秋行脚步极快，从山脚到山顶只用了两个小时。

外公的墓碑前，落叶遍布、杂草疯长，能看得出已有很久没人来看过他了。

"我回来了。"盛秋行像是归家的孩子，先跟大人打了招呼。

接着他便取了扫帚出来，清扫落叶，拔掉杂草。盛秋行喃喃地讲着这一趟美国之行的所见所闻，他去了外公曾经游学的学校，在那儿度过了十一个月的时光，每天都会去图书馆，坐着的位置靠近南窗的第二张桌子，果然从那个角度能看到很多红雀飞来飞去，它们拖着长长的尾翎，看上去像是空中燃烧的火焰。

他还去拜访了外公的初恋，那是一位已经八十七岁的美国老太太，已经看不出外公所描述的美貌了，如今看起来胖乎乎的，耳背，还有严重的阿尔茨海默病，连自己的儿女都不认识了，更不记得几十年前的那一场美好邂逅。

他在传言会闹鬼的宿舍里住了一周，并没有特别的发现，所以他总疑心，外公笔记里所描述的画面，有许多夸张夸大的成分，不能尽信。

他还去了那些外公好友在美国的居住地，去得晚了些，有些人已经去世，有些人回忆不起过往，有些人拒绝见面，还有些人不肯承认曾经与外公有旧。

"这一趟，好累呀。"墓碑前的一大块区域基本收拾干净，盛秋行抱怨了一声。

盛秋行将两桶5升的矿泉水拧开，仔仔细细清洗了墓碑，他才取了盘子，摆上了叫花鸡和水果，又是倒酒又是点烟，忙得不可开交。这一切，与多年前的情景没有分别。

而今，外公就孤独地睡在这冰冷的墓地中。而他，也已长大，不再是那个懵懂无知的少年。

盛秋行来到墓碑前，屈膝跪下，给最亲的人磕了几个头。

"证据虽然难找，但也不是一无所获。这世上的事情只要发生过，就必然会留下痕迹和线索，您再等等，天眼会开，报应将至，害过您的人，一个都别想逃掉，等到了那一天，我会把您接回南城去，不会再让您一个人，孤零零地住在这里。"

下山时，太阳已西落，不知不觉，一天即将过去。

夜风透着山里独有的草木香，盛秋行深吸一口，十分惬意。

还没走到停放车子的地方，盛秋行远远便看见了三部车子停在那儿，将他的车给环在中间，完全封死了去路。几个正在抽烟的男人发现了他。他们把烟头一丢，朝着他围了过来。

"您是盛秋行吗？"其中一个人开口问。

"你是？"盛秋行的眼睛迅速扫过几人。从容貌长相，再到穿着打扮看，盛秋行大约能判断出这几个人的身份。他们似乎是哪个工地上的工人，浑身上下裹着一层拍不干净的粉尘，脸上有被烈日灼伤的黑印子，但眼神里却带着几分挑衅的意味，显然在工地搬砖的时候，也不是老实本分的那一类。

"少废话，问你是不是盛秋行，你先答是，或者不是。"那人得不到答案，声音更大了。

就在这时，一个中年人的声音传了过来："阿桥，谁让你咋咋呼呼的，对盛律师这么不礼貌？还不快点跟盛律师道歉！"

几名工人自然分开，让出了一条路，讲话的人走了进来。

这人目测五十岁左右，中等微胖身材，夹克衫、阔腿裤、运动鞋，脑袋上剃着板寸头，青青的头皮上，有不少部分都是白色的发茬儿，一张脸也是黑漆漆的，虽然衣服是名牌，但他身上裹着的灰尘味儿，却和身边环绕的工人一模一样。

"盛律师您好，我叫韩六道，是专程从南城过来找您的，这地方可真偏，实在是不容易确定位置，如果不是在山脚下看到了您的车，我真的担心会跟您错过呢。"

那个人伸出来的手粗糙宽大，还有几处小伤。他殷勤地把手放在了盛秋行的面前，等待着盛秋行伸手。

盛秋行看了那手一眼，并没有要搭上去的意思："我好像不认识你。"

"过去不认识不要紧，今天开始就认识了。我打听过了，您是南城最厉害的律师，您经手的案子，胜诉率极高，我现在需要的正是您这样的人，所以，我来了，开了十几个小时的车，站在这里，就是想向您展示一下我的诚意，希望您能够出手帮忙。"他想起了什么，赶紧朝着车子附近的工人挥了挥手，"我是知道您这边的规矩的，请您放心，我既然找到了您，就愿意按照您的规矩去做。"

一个工人提着一个黑色的塑料袋子走了过来。韩六道接过去，把结扣解开，示意盛秋行往里边看。

夕阳暖暖的余晖下，一捆捆人民币散乱地堆在袋子里，一捆是一万块，目测至少三四十捆。

盛秋行开口："这是什么意思？"

韩六道双手合十："我的诚意。"

盛秋行勾着嘴角，笑容极冷。韩六道是个人精，看出盛秋行是在不满自己故弄玄虚，忙不迭解释："我从南城追着盛律师的脚步到了这里，当然是希望您能帮我打个官司。"

第 5 章　人类的无限潜能

"抱歉，我现在还在休假，不接工作，如果你有需求，可以去大成律师事务所，他们会尽量满足韩先生的要求。"盛秋行客气地拒绝，他直接走向了自己的车，没有寒暄，不假辞色，甚至没有多看那兜子钱一眼，似乎是对那一捆捆人民币并不感兴趣。

这与传说中那个金钱高于一切，只要出得起价码，便会效力的市侩律师形象有些不符合。

韩六道跟了上来："这个袋子里装了三十五万，是给盛律师一个人的，我来的时候打听过你们律师的规矩，接案、谈案、缴费什么都要去律师事务所进行，我虽然不是很懂，但也能猜测出这是出于财务上的考虑吧？毕竟你们这些律师，就算是大状，接下了案子，辛辛苦苦处理完毕，还是要给律所抽成。我这人就一个优点，最喜欢替别人着想，绝不会亏待替我办事的人。喏，这点钱，就算是交个朋友，表达一下我的诚意，希望盛律师能够收下。"

"无功不受禄，韩先生还是把钱收回去，大成律师事务所还有许多优秀的律师，你可以直接跟赵正苏律师提出要求，由他亲自为你安排合适的人选。"

在非工作场合时，盛秋行的个性寡淡，他并不喜欢应酬，更不喜欢像这样莫名堵上门来的交流方式，更别提对方挑选的日子太让人不爽，他此刻的心情委实不太好，只想一个人安安静静地待一会儿。

韩六道却不那么想，他开了十几个钟头车子找到这里，又在山脚下等了一整天，好不容易见到了盛秋行，怎么可能一被拒绝就放弃。

"盛律师，如果有其他人可以代替您，我还用费那么多心思，不远千山万水来找您？您就看在这些钱……喔不，我是说，您看在我的诚意上，至少听我说说吧，好吗？听完以后再决定，要不要接下我的案子。"

盛秋行仍然摇头："我未来还要休假两个月，处理私事，没有时间接案。"

韩六道痛哭流涕："您就不能破个例吗？或许我的事耽误不了您多少时间，稍微加个班赶一赶也就顺手做了，您可能真的看不上这点钱，但我十分需要盛律师的帮助，我找遍了整个南城，盛律师是唯一能帮到我的人，所以请您再考虑考虑，求求您了。"

盛秋行对这种死缠烂打、逼人就范的方式，一直很不喜欢。在他看来，这世上极少会存在唯一、不可取代这样的说法，尤其是在律师行业，没有哪个律师能打包票说，一定能左右案件的走向与结果，最多是胜诉率高、过往战绩辉煌的律师会更容易带给当事人强大的信心罢了。

"抱歉，我真的帮不了你。"该说的都已经说了，再纠缠下去也没什么意思。

盛秋行取了车钥匙出来，开了车子，准备离开。

一直站在不远处围观他们聊天的十几个男人，纷纷丢下了手上的烟头，围了过来。

"六哥，这人就是敬酒不吃吃罚酒，你跟他说再多废话也没用，直接干他就完了。"

"是啊，真是不知死活的家伙，摆出大状的威风是要给谁看？我们是粗人，不吃你这一套，既然我们六哥都已经低下头来求你了，好歹给个面子嘛。"

"你不给我们面子，就别怪我们不给你面子，也不看看这附近是个什么地方，青翠山前后几十里都荒无人烟，真要是出了点什么事儿，警察都甭想破案。"

"姓盛的，你不是有名气的律师吗？应该还是很懂得察言观色吧？天色也不早了，赶紧做出个决定来，哥几个办完事，还准备回文山市里去撮一顿呢。本来在山脚下等了你一天，肚子已经呱呱叫了，这会儿一肚子邪火乱蹿，哼，六哥是个好脾气，愿意跟你好言好语解释，我们这些粗人可没那份儿耐心，就现在吧，你给个痛快话，这案子你接还是不接？"

这几个叫嚣的家伙，有人抄着木棍，有人拿出了铁锹，有人手里拎着板砖……全都是顺手带出来放在车上，随时可以拿出来威胁人的武器，一看就不是第一次做了，他们脸上泛起了狰狞的凶色，毫无畏惧。

盛秋行的目光落回到了韩六道那边："你这是什么意思？威胁？"

韩六道展开了手臂，拦着他身后激动的那些人："盛律师，您别见怪，这些全都是我的兄弟，平时跟在我身边，大家彼此有个照应，他们的脾气比较冲，也没什么文化，只一心一意地想帮我，没什么坏心眼。"

韩六道言下之意已经表明得非常清楚，这就是在威胁、逼迫。对方十几个人，而盛秋行只有一个。夜幕低垂，荒山野地，盛秋行不乖乖听话，就等着挨揍。

"看来，就是没得选了？"盛秋行冷冷地问。

"盛律师，您就听听我的案子吧，好吗？我只求您先听一听，如果您听完以后还是决定拒绝，我一定送盛律师离开，保证您的人身安全，绝对不会再为难您，这样可以吗？"韩六道双手合十，姿态真是放到最低点了。

"我还有选择的余地？"盛秋行嘲讽地勾了下嘴角。他不客气地推开了面前的男人，打开车门，坐上了驾驶座。

韩六道小跑着绕到了副驾驶坐下，并且把装钱的黑塑料袋放在了脚下："您也是要回文山市吧？路上还有两个多小时的车程呢，我们边走边聊。"说完，他朝着盛秋行咧开嘴干笑了一下。

车子缓缓开动，青翠山逐渐变成身后一道巨大轮廓，很快再也看不见了。

韩六道身子扭转过来说："那么，我就来讲一讲我的事吧？"

盛秋行应了声："随你。"

韩六道见盛秋行那不善的表情，就知道他是真的非常厌烦刚刚被工人们威胁的事儿。

韩六道讪讪地抓了抓寸头："盛律师，走到这一步，我也是没有别的办法，您听过了就知道我有多难了。"

韩六道长叹一口气："我太难了！"

车子稳稳前行，盛秋行目视前方，路灯不停地在他脸上变换，让他整个人都冷冷的。

韩六道又叹了口气，开口说了自己此行的真正目的。

他原本是做机械加工生意的，前几年房地产大盛，建筑行业的需求也跟着水涨船高，韩六道工厂里制造的小型切割机和中型搅拌机，对应的正是各个工地，他脑子灵活，人也勤快，跑工地跑得勤，跟大大小小的工头、工人全混得特别熟，聊着聊着，也就聊出了些事业上的新方向，韩六道脑袋一拍，决定拿出全部身家砸进房地产行业中去。

他胆子是真的大，恰好也赶上了好时候。房子才建出了地面，便被疯狂的购房者一扫而空，资金得以迅速回笼。他尝到甜头之后，又把资金全部投入其中，连拿了几块地，陆续列入开发计划当中。

韩六道突然间暴富起来。他住别墅、开豪车，意气风发，志得意满。渐渐他觉得理所当然，认为这样的生活会持续下去，在土地上用钢筋水泥混凝土搭建一栋栋楼房，然后再将它们卖给疯狂的购房者。这钱赚得实在太轻松了。直到两个月前工地上出了事，才算是一盆冷水把韩六道给泼醒了过来。

有个正在高空作业的工人从十七层楼高的地方直摔下来，当场死亡。

工地上死了人，警方立即派人过来调查，认定为是意外事故。警察在确定事故原因的时候，根据专业人士的调查发现这个工地所使用的钢筋和水泥，都存在着严重的质量问题。

工头、质监经理和项目负责人当场就被带走接受调查，工地的账目被封存，作为法人的韩六道也接到了传唤。

这件事必须得交代清楚，调查明白，不然的话，不只韩六道要吃不了兜着走，那建起了一半的工地可能就要彻底被查封，而付出真金白银去购买房子的准业主们肯定不答应，真的闹起来，谁都不知道最后该如何收场。唯一可以断定的是，无论是哪一种状况，最后韩六道一定是那个倒霉的责任人，他得站出来负全责，平息各界的愤怒，他的万贯家财会在一夜之间烟消云散，他本人更是要面临牢狱之灾。再往后还会有多糟糕的状况发生，没人能给出准确的预料，只知道，没有最坏，只有更坏。

趁着事情还没到一发不可收的境地，韩六道各方奔走，积极自救。

盛秋行听完，也没开口说一句话，但心里边却明白为什么韩六道会开十几个小时车子过来找他，还出手就是三十五万现金。韩六道八成在哪儿听说他很擅长打这种难度高的官司，而且最重要的是，一定有人告诉了韩六道，他盛秋行贪财，只要有钱，就能让他出手，就能请他出山，如果他没有答应，那么肯定不会是官司太难打，而只可能是钱没有花到位，没有撩起他的兴奋。

因此韩六道前来，还记得带上那一袋子钞票，并且主动提出，袋子里的三十五万现金只是给他的见面礼，而接下来要付的律师费、诉讼费等，还是要正常去走律师事务所的账目。

"盛律师，不知道您对工程建筑行业有多了解，但我是知道的，在很多外行眼中，这一行是收益大、来钱快的行业。前几年的形势特别地火，房地产业如火如荼，支撑起了整个国家的经济，这就有一大批人从中获利，各个产业链内，百万富翁、千万富翁甚至是亿万富豪比比皆是，并不稀罕。可是，也不是所有人入了这个行当都赚个盆满钵满，各有各的苦啊，偏还是哑巴吃黄连，说不出来的那种苦，实在是难受极了。"

韩六道低下头去，话题一打开，一个人念念叨叨停不下来。他不知道自己要去怎样打动一位专业律师，卖苦？卖惨？砸钱？这些有时候是管用的，但有时候也不那么管用，比如此刻，他是真的看不出盛秋行心里在想什么，盛秋行全程不动声色，无论是看到了钱、面临威胁，还是听他讲了那么一大堆，盛秋行似乎都没什么反应。

"现在我所面临的情况是资金链断裂后多个供应商起诉，他们有的已经将诉状提交到了法院，有的正在准备当中。盛律师，不瞒你说，我咨询过很多你的同行，包括你们大成律师事务所的赵正苏律师，我也与他恳谈过两次，但所有人对我的处境都不看好，而其中有两个律师界的大状，还有你的那位合伙人赵正苏律师，他们都曾提起过你，还说或许你是拯救我的最后希望。"韩六道踢了下脚底下的黑塑料袋。

"盛律师，我还想最后强调一件事。虽然我韩六道算不上什么好人，但在建筑工程里使用劣质钢筋、水泥这种事，我是不会做的。工地有物料监管的经理，我时不时也会亲自去查看，早期运进来的物料是符合国家标准的，出问题的三批次，恰巧是赶上我老娘生病，我天天心焦如焚地跑医院，就耽误了这一处工地的监管。"韩六道重重地拍了下脑壳，他这里是真的在疼，一阵阵抽搐的那种疼法，难受极了，"我怀疑是有人在整我，同时也在着手调查究竟是哪个混账用这种要命的方式来玩我。不过，一下子这么多事堆在那里需要去处理，想要立即查个水落石出也实在是不容易。不瞒你说，我现在整个人被架在了火上烤，每天过着拆东墙补西墙的日子，睁开眼睛，眼前就是黑压压的一片，一点希望都没有。"

盛秋行依然不回话，他全神贯注地开着车，连一个多余的眼神都不曾投过来。

车内陷入漫长的沉默，韩六道感到越来越失望，正前方已隐约能看到高速收费站的出口，马上就要进入文山市市区了。

到了这里，也就意味着盛秋行不会再被他们威胁了。

韩六道低下了头："盛律师，你就不能帮我一次吗？我家里老娘还住在医院里，媳妇儿没工作，还有一对双胞胎女儿才七岁，正是最可爱的时候，马上要去读小学了，如果我垮了，这个家也就完了，我真的没办法去想，如果我去蹲监狱，家里老的老、小的小，四个女的该怎么过日子。"

车子驶过收费站，盛秋行便把车子停在了路边，与他挥手道别。

"打扰你了，盛律师，我再次向你道歉，刚刚在山脚下的时候，我的几个兄弟太鲁莽了，但他们全都是好人，也是在为我着想，不忍心看我倒下去，所以请你别怪他们。"韩六道下了车，掩不住垂头丧气。

车门一关上，盛秋行立即就走，毫无迟疑。

韩六道盯着那部车子，又是唉声叹气，又是捶胸顿足。陆续跟过来的工友弟兄，也从车上下来，围在了韩六道身边。一群大男人个个惊慌失措，就像是惹了祸不知怎么去收场的孩子。

而另一边，盛秋行开着车，打算赶往酒店，无意中瞥了一眼副驾驶，却看到了在座椅的下方，一个黑色的塑料袋。

韩六道下车的时候，忘了带走，还是他故意把钱放在这里？盛秋行拨通了赵正苏的电话。

赵正苏不知躲在哪个舒服的地方，正在享受着美好的夜晚，电话里传来了轻轻的音乐声，气氛不错。

不等盛秋行开口，赵正苏先笑了起来："你这个时候打给我，应该是被韩总找到了吧？真够厉害的，青翠山那么大，还真的被他们给找到了，我不得不感叹，人类所具有的无限潜力，在被逼急了的时候，真的可以创造出奇迹。"

盛秋行不悦："我未来两个月都没有时间工作，这件事，我们沟通过了的。"

赵正苏呵呵一笑："没人逼着你一定要接下来，这不是被韩总哀求得不知怎么处理，就给他指点一下迷津，让他过去试试看嘛。你从下飞机开始，就开启了奔走模式，连事先安排好的饭局都不参加，我还能逼你就范？秋行，收起你的胡思乱想，我真的只是给那位韩总指一条生路，至于能不能走成，还要看他个人的运气。"

在做这件事前，赵正苏显然已经准备好了一切说辞。

盛秋行停顿了一下，目光再次落在了那个黑色塑料袋上。

"看来，韩总的运气还算不错，竟然让你心动了？怎么样？开出的价码很有诱惑力吧？为求自保，这时候的韩总是舍得砸大价钱出来的。"赵正苏对盛秋行再了解不过了。

如果盛秋行真的没有一点想法，就算韩六道去见他一百次都没用，他根本不会做出半分反应，更别提给赵正苏打电话了。

有反应，才意味着有了打算。赵正苏摩拳擦掌，好久没有这种热血燃动的感觉了。盛秋行一归国，他的斗志仿佛也跟着回来了。

第 6 章　周蛾之死

顾小遥与周蛾已经很久没有联络了。

上一次通话是在一个月以前，周蛾的水果店正在做满减促销活动，她给顾小遥留言，让她在朋友圈里帮忙发一条广告，广告词是编的，大意是好闺密家里有一处水果园，今年种的是番石榴，获得了大丰收，同时也面临着滞销的窘境，很快就要过季了，再不想办法那些新鲜漂亮的番石榴都要烂在地里当肥料了，于是作为好朋友便义不容辞帮忙转发，希望亲朋好友们都能跟着一起动起来，能帮一把是一把。周蛾还给顾小遥发了九张图，有在果园里拍摄的，有在果树下拍摄的，有采摘好装箱堆在一起无处可去的果子，还有已经腐烂掉正要送去就地掩埋的果子，价格也不贵，比市场上零售的番石榴低一块钱左右，但需要整箱购买，周蛾说，只要是买水果报的是顾小遥的名字，她一律包邮。

顾小遥的微信大多数时候是作为工作联络工具，微信加的好友有四分之三以上是与她工作上有关联的人，各行各业都有，也有不少单位的领导、同事等，她平时不怎么发朋友圈，偶尔转发一些自媒体这边的新闻链接，除此之外，她是不怎么发私人生活信息的。周蛾的要求令她很是为难，她不爱发朋友圈是一个原因，另一个原因是最近自己的朋友圈微商泛滥，前一天还是个晒孩子、晒花草、晒旅游、晒美食的小美女，后一天便突然疯狂刷屏，卖化妆品、卖面膜、卖锅碗瓢盆等各种只有你想不到，没有她不能卖的东西。自己心里边本来就比较反感这种销售方式，突然要她也跟着一起去发广告卖水果，发的还是虚假编造出的故事，顾小遥就觉得不高兴了。

思考再三，晚上她给周蛾回：朋友圈内太多工作上的好友，不方便发这样一条广告出去，我怕会引起其他人的困扰。

周蛾的微信变成了"对方好友正在输入中"的状态，可输入了十几秒，又沉寂下去。这代表着周蛾已经第一时间看到了她的留言，只是很不高兴被拒绝，她正在克制情绪，便选择沉默的方式来对待。

顾小遥又发了一条信息：我自己是很喜欢番石榴的，你帮我订五箱吧，我自己吃一箱，再拿回单位送同事一些。

周蛾这次有了反应，客气而疏离的几个字："不需要同情，谢谢。"

顾小遥当时还在加班，看到这话直接被激得火冒三丈，她直接拨电话过去，要亲口跟她解释清楚。

第一次，周蛾按了拒绝通话。

第二次，周蛾再次拒绝。

第三次，电话就是无人接听的状态，响了一声又一声，一点回应都没有。

这种孩子气的冷战方式，在大学里读书的时候，偶尔也会发生。都是些鸡毛蒜皮的小事，当时在气头上不愿意听解释，过后气消了，自然也就过去了。

之后顾小遥更加忙了，自媒体运营部的工作逐渐走入正轨，她是那边最年轻的员工之一，芮姐便理所当然压了很多工作在她身上，美其名曰：年轻人的成长就要靠着实打实的磨炼，在实战中提升，在工作中进步。顾小遥白天在跟采访，晚上要写稿，回到家里已经是深更半夜，洗个澡往床上一倒，十秒钟必然进入睡眠状态，哪里还能顾得上周蛾那边。

只是偶尔有一天，她点进了周蛾的朋友圈，才发现她已经有一星期没有刷广告了。

顾小遥立即发了一条微信过去：最近还好吗？

微信长久的沉默，没有回应。

难道还在生气？顾小遥翻了个白眼，决定稍后晨会散了，打个电话过去好好教育一下周蛾。不就是没帮她发广告嘛，多大点事儿啊，用得着生这么多天的气吗？而且，单单靠朋友圈那点流量，能做成几单生意？一个弄不好，朋友们买来的水果有问题，连带着卖水果的朋友都要讨厌起来了。

水果这种商品，天然会存在瑕疵，大果、小果，磕磕碰碰，味道不如人意等。为了卖那点东西，而损了人品，未免太得不偿失了。当然，她会变换角度，委婉地与周蛾解释，毕竟她是站在自己的角度去考虑，而周蛾已是把微商当成了职业，在她看来只要把产品卖掉了，便是最大的胜利。

出发点不同，思考的角度也会不同。因为周蛾的沉默，顾小遥整个晨会上都觉得心口发闷，她皱着眉，时不时用手揉揉心脏的位置。

芮姐注意到了这个细节，她走过来，在顾小遥身边坐下："怎么了？不舒服？"

"大概是气压低，呼吸很累。"顾小遥的眼皮一直在跳，总觉得有什么不好的事情要发生似的。

顾小遥不是宿命论者，当那种不好的情绪一出现在脑海当中，她立即想办法将情绪压下去。

"是不是最近工作太累了？你要不要去休息室睡个回笼觉？"熬夜在单位写稿子的人很多，所以单位准备了休息室，有床有被子，连窗帘都是遮光的，环境很不错。

顾小遥摇头："芮姐，我去外边走廊站一会儿。"

话音才落下，她的手机突兀地响了起来。

顾小遥的手一哆嗦，手机直接摔在地上。

"啊！手机！"顾小遥大叫道。她急忙蹲下去捡，手指在碰触到手机的一瞬间，也恰好按下了接听键。

一个苍老而沙哑的男人的声音传了过来："喂？你是顾小遥吗？"

"我是顾小遥，请问您是？"顾小遥说完，看了看手机屏幕，依稀能看到上面显示着两个字：周蛾。

"我是周蛾的父亲，你还记得吗？你们读大学的时候，我去给蛾子送冬衣的时候，曾经见过面的。"那个男人，说着说着就哭了起来，"小遥啊，蛾子出事了，从二十多层楼上往下一跳，什么都不要了，什么都不顾了，她死得很惨，很惨……"

顾小遥的手指突然失去了力气，手机再次滑落而下，摔在冰冷的地面上，发出了清脆的响声。

电话里传出来的声音，虽然极小，却十分清晰。

"这个狠心的孩子，怎么就那么想不开呢？她都不想想自己的父母，她怎么能那么自私，一死了之啊，我的蛾子……"

顾小遥的脑海里有个声音在大声咆哮：假的吧！假的吧！假的吧！

泪水模糊了她的眼眶，顾小遥抱紧了手臂，整个人不可抑止地哆嗦。

"小遥，你没事吧？"芮姐捡起了电话，递过来给她。

电话已经挂断了。

顾小遥一边哭一边摇头，她没有回拨电话，而是直接用微信打了视频电话。

如果这是一场闹剧，在面对面的情况下一定进行不下去。

她一定可以发现躲在一旁偷笑的周蛾整到了她，周蛾此刻一定笑得很开心，她会指着她大骂傻瓜，本来是骗她的，竟然直接当真……顾小遥抑制不住地大声号哭了起来。

视频很快接通了。周蛾的父亲和母亲出现在了视频画面内，老两口依偎着坐在一起，一夜之间仿佛老了二十岁。

不远处的桌子上，是周蛾放大了的相片，黑白的颜色莫名悲凉，她那么灿烂地笑着，与这人世做出最后的告别。

周蛾真的自杀了……

顾小遥跟单位请了假，买了最近一班高铁票，赶去开屏县。

文山市开屏县小洛乡，背倚着青翠山，是一个宛若世外桃源一般美丽的地方。早些年这里极穷，离文山市比较远，地理位置相对较偏，所辖范围内山地、洼地居多，耕地面积极少，而且附近也没有工厂，村民们收入来源极少，青壮年劳力全都外出打工去了，十里八村留守下来的全都是老人和孩子，从很久以前起，这里就是很有名的贫困县。

直到后来政府支持农业的发展，提高了农民的收入，推动农村可持续发展。政府对农业、农民和农村的许多政策落实到位以后，整个开屏县才跟着重新焕发了生机。

而周蛾的老家小洛乡，由于地理条件比较特殊，不适合农耕，而更适合水果种植培育，于是在这个产业上，便得到了国家大力度的扶持，几年下来，千亩大果园陆续开始收获，各种果树经过科学培育、精心嫁接，四季都有不同的时令水果产出，且品质极佳。

正是依托这里的货源，周蛾才风风火火地加入了创业的大潮中，从一个简单朴素的大学毕业生变成了别人口中的"周总"。

来到小洛乡时，天色已经黑透。顾小遥花费了不少力气，才找到了周蛾的家。农村的夜，来得更早一些，天一落黑，整个小村便陷入一片沉寂当中。

她站在那两扇带着斑斑锈迹的大铁门前，竟然有了种怯懦的感觉。酝酿了几分钟，她才敲门。不一会儿，从院子里传出了一个沙哑的嗓音："谁？"

"叔叔，我是顾小遥，麻烦你开一下门。"

周父周母是乡村里最常见的那种夫妻，经媒人介绍结婚，没什么感情却也共同生活了一辈子，他们有两个儿子、一个女儿，儿子过了十七岁就出门去打工了，结婚生子全在外面，极少回到家里来。唯一的女儿就是周蛾，虽然从小很会读书，但周家实在没有更多的能力去负担孩子的教育费用，他们那时拼命地攒钱，一心要为两个儿子将来娶媳妇作打算，周蛾只是个女孩儿，迟早是要嫁人的，就算她的成绩再好，周父周母也不会供她一路读到大学。

只是周蛾的命好，那年刚好赶上了国家的另一个好政策，考上一本的大学生可以申请四年无息贷款去读书，周蛾在学校了解到了这件事后，便更加刻苦，最终得偿所愿，走进了南大。

在全国来说，南大也是榜上有名的好学校，当时周蛾可是引起了不小的轰动，周父周母走到哪里，都能听到有人夸他们养出个读书很厉害的好女儿，这让他们的脸上大大增光，也就默许了女儿靠着贷款去读书这件事。

原以为周蛾的命运会就此转变，她的人生将与她的父母、哥哥们完全不同，因为有学历上的优势，她会过上另一种不同的生活，谁想到，会突然发生了意外。

她的生命在二十四岁这年戛然而止，永远定格在一个女孩子最美好的年纪。

周父选了一张周蛾大三时拍摄的照片作为遗照，照片里的女孩儿笑容灿烂、眼神干净，透着一股青春的朝气。

顾小遥一走进来，看见照片就哭了。

直到此刻，顾小遥才敢相信，就在不久前，才与她一起憧憬着美好未来的那个女孩儿，真的离开了人世。

"究竟是怎么回事？她怎么会自杀？周蛾的脾气我最了解，她坚韧而顽强，遇事不慌不乱，不管是多大的麻烦，总会想办法去解决，她怎么会用死亡去逃避问题？"

周父叹了口气，摇摇头。周母背过身子去，用手背使劲儿揉了揉眼睛。

顾小遥情绪恶劣："你们说话啊！"

周父的嘴角颤抖了几下："娃儿，你问的问题，我也很想知道的嘞，我的蛾子把生意做得那么大，长得那么好看，又有钱，男朋友待她不错，年前就催着要来家里，把婚事定下来，一个女娃娃家那么优秀，还有什么想不开的呢？"

"周蛾是在哪儿出事的？她的遗体呢？是存放着还是已经火化了？"顾小遥极力抑制着情绪。

"还存放在殡仪馆嘞，派出所那边还在调查当中，没有个定论就不给出死亡证明，没有死亡证明又不能火化，所以只能存放着。我可怜的蛾子，她那么怕冷怕黑，待在那种地方，她一定好难受，都是我没用。"周父絮絮叨叨地念个不停。

周母突然号啕大哭。周蛾的两位哥哥才得到了消息，但还没来得及赶回来，完全没了主心骨的两个老人，呆呆地贴在一起，全都是农村里的老人，一问三不知，根本没办法从他们身上得到更加准确的消息。

顾小遥在心里一个劲儿地压抑着即将爆发的情绪。

"周蛾现在是在哪个殡仪馆？开屏县？"

周父摇头："在文山市。"

"文山市？怎么会去文山市？我记得周蛾的公司是在开屏县。"针对这事儿，顾小遥还和周蛾讨论过，因为开屏县距离小洛、大洛、牟地等几个乡都很近，她的水果批发点也全都在这边，所以把公司放在开屏，仓库的租金低，人工费用少，来回都很方便。

文山市距离开屏县有一百公里左右，平时没特别要处理的事，周蛾不会去那边。

但周父对于这些显然不是很清楚，顾小遥接连问了几个问题，他只是茫然地摇摇头，挂在嘴边最多的回答就是："我不知道。"

当然，顾小遥就算是急昏了头，也知道周父说的是真的。她想要知道来龙去脉，待在这里逼问两个老人，怕也是得不到想要的答案。

不过有一个信息顾小遥没有错过，那就是被周父周母提及的那个即将与周蛾订婚的准女婿毛俊达，似乎是在周蛾开始做电商以后认识的，两个人的感情还不错，已有谈婚论嫁的计划，只是周蛾觉得谈恋爱的时间还是太短，不打算那么快定下来，就一直拖着，想等攒一些钱出来，可以在开屏县买一套属于自己的房子后，再去想结婚的事。

顾小遥跟周父要了毛俊达的电话，又约了一部车，连夜赶往文山市。

她没办法在这窒息的环境里继续待下去，周围全都是周蛾存在过的气息，那些气息时时提醒着她，有些遗憾已变为既成事实，原来生命之中有些告别，真的是无声无息的，在完全没有心理准备的某一天，她便失去了生命里最珍贵的朋友。

在去文山市的路上，顾小遥一直在哭。她翻看着周蛾的微信，查看这一年多来，两个人的聊天记录。生活忙碌，各自奔波，交心的话语越来越少，取而代之的便是尴尬而长久的空白。

周蛾甚至没有告诉过她，自己已经有了男朋友，并打算结婚。

稍微冷静下来时，顾小遥给毛俊达打了个电话，那是个年轻男人的声音，他听完了顾小遥的来意后，拒绝与她见面，只是说周蛾已经走了，一切都已结束，再纠缠她的生前事也没什么意义，他表示自己还沉浸在失去女友的悲伤之中，只想尽快平静下来，从周蛾自杀的阴影里走出来。如果顾小遥真的是周蛾的朋友，就请她离开，不要再去触碰一些旧事，就让所有的过往平平静静地消散掉，而如果顾小遥仍然还有疑问，他建议她可以直接去问警察，而不是过来问他，关于周蛾的死仍然还有几项疑点没有调查清楚，警察那边会有更准确的信息，由那边来告知，顾小遥或许会更相信一些。

还没等她追问更多，毛俊达便直接挂断了电话。等顾小遥再打过去时，毛俊达吼了一句："别来烦我。"之后就直接把她给拉进了黑名单，电话再也打不进去了。

"这人怎么这样啊！"她不可置信地看着电话，想不明白周蛾怎么会跟这么一个粗鲁无礼的家伙谈恋爱。

不过，虽然被拒绝了，顾小遥却没有放弃的念头，她跟单位请了三天假，接下来她会一直待在文山市，除了要去派出所了解情况，她还要上门去堵毛俊达，如果有机会的话，她还想去殡仪馆看看周蛾，没有亲眼所见，她仍然不敢相信那个鲜活可爱的生命真的已经从人世间消失，想到这些，一股巨大的悲伤再次蔓延开来，不过却是哭不出来了。

顾小遥呆呆地望着车窗外，文山市的夜比南城更安静些，灯光没有那么亮，人们的脚步更悠闲些，有人在散步，在闲聊，在悠然地享受着夜晚的宁静。

就在这时，司机一脚刹车，把车子停在了酒店前。她的目的地到了。顾小遥下了车，往上提了提背包。就在这时，一道高大的身影推开了酒店的旋转门迎面朝她走来。在看清那人的面容之后，顾小遥不可置信地瞪圆了眼睛，是他？

第 7 章　少喝酒，样子很丑

盛秋行的样子与往常冷峻、严肃的形象有些不大一样，他今天穿了一件白色的卫衣、黑色运动裤、黑白款的运动鞋，除了手腕上的运动手表之外，并没有其他装饰品。看样子他是打算去夜跑，一边走路，一边还在伸展身体。

他并没有注意到酒店门前站着的顾小遥正在看他。因为生活里总会出现类似的情况，久而久之，盛秋行早已习惯，完全不会给予关注。

两人擦肩而过，盛秋行便迅速消失在夜色里。回过神来的顾小遥摇了摇头，走到前台去办理入住手续。

盛秋行有每日运动的习惯，这有助于他的身体保持充沛的精力，也可以调整精神上的兴奋点，令大脑敏锐而灵活。

但也有一种情况，那就是在他的思维固化、无法打破僵局时，盛秋行也会用运动的方式来重启自己，这一招是他的自我调整的方式，往常是很有作用的，但偶尔也会失效。比如今天，他已经跑了八公里，气喘吁吁、大汗淋漓，但重新回到桌前，他却发现依然身处困局之中，摆在面前的一份份资料就像是组成拼图的一个个小碎片，从单一的数据根本无法推测出全图的真实内容，他必须用极大的耐心将这些小碎片以某种合理的方式拼凑在一起，才有办法一点点接近真相。

为此，他已努力了整整八年。

盛秋行洗了个澡，走出浴室，先为自己泡了一杯浓咖啡，然后一口饮尽。咖啡极苦，入口后感觉不到丝毫醇美，就像是在吞一服难喝的中药。盛秋行迅速咽下，尽量缩短咖啡在口中停留的时间。

他拉开椅子坐了下来，重新将资料翻看了一遍。因为看了太多次，资料的内容他早已烂熟于心。他重点关注的是从国外带回来的那一部分整理好的资料，试图从一些只字片语中寻找出新的思路。

这个过程，非常枯燥，盛秋行却极有耐心，几年的律师执业生涯，他早已是身经百战，并且在一次次失望中收敛起了内心的浮躁，按捺下挫败后的失落感。他像是一名老练的猎人，排查着每一处可疑的点，并期待着新的发现。

"啊啊啊啊……"夜晚，寂静无声，女孩子拉长的尖叫声响起，听起来特别清晰。

"啊啊啊啊……"

盛秋行的思路瞬间中断了。

他猛然间站起身，"唰"地打开了阳台的门，打算去训斥隔壁。

"一杯敬朝阳，一杯敬月光，唤醒我的向往，温柔了寒窗……

"一杯敬明天，一杯敬过往，支撑我的身体，厚重了肩膀，虽然从不相信所谓山高水长……

"人生苦短何必念念不忘！

"一杯敬自由，一杯敬死亡，宽恕我的平凡，驱散了迷惘……

"天亮之后总是潦草离场，清醒的人最荒唐……

"清醒的人最荒唐。"

那是一个扎着丸子头的女孩儿。她蜷坐在阳台的沙发上，声音早已变了调，断断续续地唱，断断续续地哭，每唱几句，还要再灌几口酒。很显然，尖叫声就是她发出来的。唱到崩溃处，她号啕大哭。看样子，又是一个伤心人。

盛秋行背着手，隔着一段距离，冷冷地看着她。

"喂！"盛秋行道。

女孩儿的声音停了，她迷糊地抬眸，看向了他。

"盛秋行？"顾小遥真的不敢相信自己的眼睛，居然又看到他了？他住在隔壁？

"几点了？不要制造噪声。"盛秋行冷言冷语。

盛秋行补了一句："你再扰民，我就报警。"

顾小遥沉默不语。他不等她回答，转身走回自己的房间去。"砰"的一声，关紧了门。

顾小遥眨巴眨巴眼睛，酒劲儿顿时醒了大半。她一直对盛秋行存在天然的好感，几次见面，印象深刻，那种高大、帅气、年轻有为的形象，很容易让人产生亲切的感觉。

可是第一次交流，这是什么样的状况？盛秋行怒斥她？还威胁要报警？

喂，有没有点最起码的同情心？做人怎么可以那么冷漠？他明明看见她哭得很伤心？身为律师，难道没有些洞察力吗？猜也猜得到她此刻正在经历些非常痛苦的事，怎么可以那么无情？火气往上蹿，再加上之前存下来的酒劲儿，顾小遥把酒罐一丢，直接冲了出去。

盛秋行斥责完了无良扰民的女孩儿，重新回到了桌子前，盯着文件，正准备重新集中精神。这时，房门突然被人狂敲起来。

他猜测是隔壁客房喝醉了的那位来找麻烦，眼底全是不耐烦。当然，他也没有心思去应付一个半醉不醉的家伙，于是很干脆地拿起电话，打给酒店投诉，说有人骚扰他休息。

酒店很快派了客房经理和保安上来查看情况，顾小遥一脸无语，满满尴尬。她灵机一动，便说自己是入住的客人，怎么都刷不开自己的房门，也不知道是不是门卡消磁了。说完还主动交上门卡给客户经理查看。

那个客户经理检查过顾小遥的门卡，脸上的表情缓和了一些。

"顾小姐，您走错房间了，这间是8238，您的房间是8236，在隔壁。"客户经理闻到了顾小遥身上的酒味，不动声色地把她拉到一边。

既然是误会，那就大事化小，小事化了，淡化处理好了。

"是吗？怪不得怎么都打不开门呢，我还以为是有坏人偷偷溜进去，把门给反锁住了呢。"顾小遥狠狠地瞪着8238的门牌号。

这男人表里不一，长得人模狗样，心肠却是黑色的，真是将律师这个职业给发挥得淋漓尽致。

今晚的事不算完，她跟他杠上了。君子报仇十年不晚，小女子报仇，不报上，不算完。

隔天大清早，顾小遥定了个闹钟，早早醒了。把自己收拾清爽后，她就站在门边，耐心地等待着。

七点整，隔壁房门被打开了。顾小遥第一时间冲了出去，拦住了盛秋行的去路。

"有事吗？"盛秋行静静地看着她。

"昨天晚上是你打电话让酒店的人上来的吧？我就是想问问你，你是什么意思？"顾小遥仰起头，气呼呼地问。

"维护公民合法权益，坚决同社会上的某些不良风气和行为做斗争。"盛秋行振振有词，顾小遥听得一愣一愣。

敢情她小小地发泄了一下情绪，就变成了"社会上某些不良风气"？

"我只是喝酒喝多了，有一些小小的失态，你犯不着对一个女孩子这样严苛吧？"她之所以那样子，也是有自己的原因的。

"《中华人民共和国刑法》第18条明确规定：醉酒的人犯罪，应当负刑事责任。《刑法》这样规定，一方面是基于醉酒人对于醉酒后果应该有所预见；另一方面醉酒是一种人为的可戒除的行为，规定醉酒的刑事责任有利于从长远上减少酒后犯罪，维护安定的社会秩序。"盛秋行说完，冷酷地强调，"喝醉不是任何人理所当然地免除不当行为应付责任的借口，姑娘，少喝点，很丑。"

对于一个陌生人，盛秋行说了那么多话，已算得上多言。他绕开她，往电梯的方向走去，意味着话题到此为止。

顾小遥平时自认为伶牙俐齿，可到了盛秋行面前，连一个回合都走不下来。她气得涨红了脸，眼看着盛秋行越走越远，心里的火越烧越旺。

"盛秋行，你还真对得起律师这个职业，瞧瞧你那六亲不认的步伐，我……"

"呸"字还没出口，盛秋行突然间转过头，漆黑若夜的眸子，静静地凝视着她。

"你认识我？你是谁？"盛秋行问。

离得那么远他居然听到了？耳朵那么好使？"哼！"顾小遥决定也傲娇一把，他有疑问，她偏不答。最好让他苦苦思索却不得其解，憋死他算了。

"砰"的一声，她当着他的面，重重地摔上门，心里边倍儿爽。

盛秋行站在原地，皱着眉思考了几秒，他的记忆力向来不错，如果是曾经认识或打过交道的人，即使一时叫不出名字，脑子里也一定有印象。但他对那个女孩子没有眼熟的感觉，尤其这里还是文山市，远离南城，他的客户、朋友、熟人基本不在这里，那么这个女孩儿又怎么会认识他？

他还有更重要的事，小小的疑惑并没有困扰他太久。

单手开着车子，盛秋行在导航上输入了一个地址，那里在十五年前是靠近文山市的一个镇，后来被划入文山市，被打造成了文山市的经济开发区，也就是市民口中所说的新区。新区在建立伊始，就由专家做出一系列的设计，占地面积广，布局合理，也非常美丽。

街道两旁栽种的小树早已结成了一片片树荫，阳光从树叶之间的缝隙里丝丝落下。

只是盛秋行行色匆匆，无暇去观赏城市中的美景。导航指引着他来到新区最北部，这里是别墅区，一栋栋小洋楼，整齐排列。

他的车子驶入了小区，在其中一幢独栋别墅的门前停了下来。

才一下车，已有个老太太快步走出来，看上去至少得有七十岁了，银色卷发已找不到一根黑色，但皮肤却保养得不错，让人觉得这位老者精神矍铄、优雅漂亮。

来到盛秋行面前，老太太直接给了他一记白眼，抄起拐杖作势要打。

"臭小子，还知道回来呀？是不是想等我死了你才肯回来！"

盛秋行的脸上浮现出一抹疲惫，嘴角的笑容却真实而清晰。

他展开手臂抱住了喋喋不休的老太太，高大的身体明明高出了老太太一大截儿，却用一种孩子气的姿势依偎过去。

"外婆，我好想你，你不会老，更不会死，你是天底下最美的外婆。"盛秋行说。

"你小子少在嘴巴上抹蜂蜜，说些好听的话糊弄我。你想我？你想我你会一声不吭地跑到国外去？你要工作、你要学习、你要办事，难道我还能拦着不让你进步？你倒好，一言不发就走了，根本就是忘记家里边还有个老太婆在，一走就是一年，一年就打几个电话过来敷衍一下家里大人，问你在国外怎么样你不说，问你什么时候回来你也不说，哼，这些事我可都一笔笔记着呢。"

老太太自认是倔强的性子，从盛秋行打电话回来，告知今天会回家来看望她为止，老太太心里边下了决心，这次绝不会轻易让他过关，得狠狠给这个不听话的孩子一个教训。

可是，毕竟是亲手养大的孩子，她的手臂一抱住他，脸上顿时露出了满足的笑容，嘴里边的话讲得狠叨叨，但嘴角开心的笑容怎么都掩不住。

"外婆，我是真的想你。"盛秋行叹了口气。

老太太听得心都要融化掉了："先进屋去，等会再慢慢跟你算账。"

盼星星、盼月亮，总算把她的宝贝外孙给盼回来了，象征性地气一下就好，哪里舍得一直把他晾在门口。

"等等，我给外婆买了好多礼物，全在后备厢里，我去给您搬出来。"

老太太跟着过来，看着盛秋行一件一件往外倒腾，有名牌包包，有高档护肤品，有口红，有面膜，礼物堆里最显眼的是个超大的礼品盒，里面是定制的上海旗袍。

"哎哟，真漂亮呀！"老太太脸上最后一点点怒气都撑不住了，看看这样，瞧瞧那样，眼里的开心掩不住。但很快，那一抹兴高采烈便黯淡了下去，她摇了摇头，"离开南城以后，各种活动的邀请几乎没有了，我现在只是一个伺候花草的老太婆，再没什么机会画好淡妆，穿着漂亮衣服去参加舞会喽！说起来，你外公去世也有十年了吧？如果那老头子还在，看见你给我买了这么多好东西，他肯定要笑我咧！岁数都这么大了，居然还那么臭美，真是不害臊。"

"我外婆一直都很美，这是公认的事实，没人可以否认。"盛秋行把较轻的礼品盒交给老太太拎着，他则负责又大又重的几件，一件件礼物累积起来，堆得跟小山似的，一股脑儿抱起来，慢悠悠地往房子里走，"外公不在了，但是还有我呢，等以后再有宴会，我就邀请外婆做我的女伴，到时候，我外婆一现身，比那些二十几岁的小女孩可耐看多了，保证羡慕死一票人。"

"我的秋行真是会说话呀！"几句话把老太太哄得笑逐颜开，连感伤都忘了，"你啊，选女伴也应该去邀请年轻的姑娘们，而且你也真的不小了，早点选个喜欢的，定下来吧，结婚生子，立业成家，老太婆就算是明天就死，也没什么遗憾啦！"

"外婆！"盛秋行突然抬高了音量。

他把礼物往桌上一堆，转过身来，双手搭在老太太的肩上："别死啊死的挂在嘴边，我不爱听。在这世界上，我只有您一个亲人了，您如果也不在，我就是孤儿了。非要用生生死死的话来吓唬我吗？我胆子很小，您知道的。"

老太太怔住了。她抬起手，拍拍他的肩："怕什么怕，不怕，外婆身体健康着呢，一直陪着我的秋行好不好？看你娶妻，看你生子，最好是生两个，男孩儿女孩儿都不要紧，到时候，我要带着孩子们去青翠山看看没福气的老头子，他一定也很开心。"

"嗯，好。"盛秋行又给了老太太一个拥抱，紧紧地抱着怀里有些消瘦的身子。

"去看过你外公了？"老太太轻声问。

良久，盛秋行轻应了一声："嗯。"

"我也好久没去过了，你应该回来，接上我一起去。"虽然老伴已走了十年，但横在老太太心里的那道伤，好像从来都没有愈合过。

"山上风大，路也不好走，这次回来得比较仓促，没时间多做准备，所以就不带您过去了。等到秋天，恰好是您和外公最喜欢的季节，到那时上山的路也修好了，咱们挑一个秋高气爽的好天气再一起去看看他，好吗？"

盛秋行在任何人面前从来是一个冷硬严苛的形象，唯有在面对外婆时，他温柔而忧郁，能宠则宠，能顺就顺，连说话的音调都极少抬高半分。

"都好，听你的。"老太太抬起手，悄悄擦掉了眼角的潮湿。

不能被盛秋行看到她的伤情，她转过身去，快速走开："我去厨房盯着阿姨做菜，今天都是你爱吃的，臭小子是个有口福的，有好吃的从来都落不下。"

"外婆，我去外公的书房坐会儿，等着开饭！"

老太太摆摆手，意思是随便。盛秋行在走进那间布置了很多老物件的房间后，眼神突然转冷。

第 8 章　各自调查

从南城搬家到文山市，在老太太的强烈要求下，几乎没有丢弃任何物品。老太太怀旧，不愿意把家的味道抛弃，虽然因为一些原因，已没办法再在南城生活，但她已尽最大努力去保存那些旧东西。他外公的遗物虽然极多，但却是打包得妥妥当当，小心翼翼地存放了起来。

大概是睹物伤情，老太太将存放亡夫物品的房间简单整理后，便锁了房门，平时极少进来。因此，许多物品仍是几年前搬过来时的状态，封存在打包箱内，整整齐齐地摆在了角落里。

盛秋行拿起书架上的一支毛笔，端详一会儿之后，就放回了原处。他外公生前醉心于书画，闲暇时光，总要到案桌前写字、画画，自得其乐。他是老派的学者，生活比较简单，一日三餐，工作休息，有自己的爱好，也无更多的欲望，作为南大的教授，工资待遇相当不错，社会地位也高，算得上是桃李满天下；妻子是知名画家，画得一手好油画，还投资开了一家画廊，靠举办展览、抽取售卖画作提成，以及其他一些接洽、合作项目来赚钱。

二老在经济上可以说相当宽裕，从不是为钱所困的那种状态。而盛秋行就是因为深深了解这件事，才分外不能相信，外公会因为敛财不惜将一生声誉毁于一旦，犯下了那么大的错误，最后倾家荡产，连命都搭了进去。

他攥紧了拳头，几个深呼吸后，平静了下来。

"秋行，还要半小时才开饭喔，你如果累了，去楼上的卧室休息吧，外婆才晒过被褥，舒服着咧！"老太太在客厅里喊了一声。

盛秋行应了一声，之后就拉开抽屉，找了一把拆信刀出来。

搬家时，外公的遗物是他亲自打包的，具体什么东西放在了哪个箱子里，盛秋行早就标有记号。他搬上搬下，很快就找到了自己需要的那两箱。

几分钟后，盛秋行将两本厚厚的日记小心翼翼地取了出来。

就是这个了。门被推开了一条缝隙，老太太站在门口，却没有着急进来。

"外婆？"盛秋行转过身，发现了她。

老太太看了眼他手上拿着的日记本，眼中满满的感伤："你这孩子，又来翻这些旧东西，都过去那么久了，怎么还是不愿意放弃呢。"

"我不能说服我自己去相信那件事，我要一个真相。"盛秋行眼神坚定。

"当年请到了南城最好的大律师来处理你外公的事，可是到最后法院依然判决他有罪，我们手里能提供的证据都已经拿出来了。"那一场变故，改变了所有人的命运，即使已经过去了很久，尘埃落定，老太太的眼里依然还是满满的伤情，"秋行，算了吧，人死不能复生，你外公都已经不在了，还折腾这些做什么？傻孩子，你去过你自己的生活吧，不要总是沉浸在悲伤里不能自拔，做人总是得朝前看不是？你读过那么多书，也见识过世间百态，这些道理不需要我一个老太婆来教你。"

"我知道的，外婆。"在老人面前，盛秋行永远温柔而谦逊，老人说什么便是什么，他不争执。

但是，老太太从他的眼睛里，读出了一丝不甘心。她叹了口气，知道自己根本没办法真的说服他，便拍了拍他的手臂，转身走出了房间。

盛秋行目送老人离开后，他先将需要用到的东西全收集在了一只打包箱内，接着继续在那堆遗物里寻找起来，这个过程需要极大的耐心，他不疾不徐，透窗而入的骄阳，将他的影子拉出了一条长长的暗色，铺落在纯白的地板砖上。

与此同时，文山市的老城区内，顾小遥拿着一行地址，仔细对着门牌号，这里是毛俊达的住处，也是周蛾来文山市时会经常停留的地方，房子是租的，小区很老，周围的商户在售卖蔬菜、水果和日常用的五金小件等，店里的东西摆不下，就干脆向外延展，占了几米的人行道，将摊位一路延伸出来，以方便居民来购买。这样子的行为虽然在市容市貌上不大美观，却也充满了人间的烟火气。

顾小遥找到7栋1单元，爬上六楼，顾不得喘口气，便敲了603的房门。可惜，无人应答，毛俊达似乎不在家。

顾小遥不死心，手指握成拳，使劲儿敲了敲。这一次力道比较大，只要里边有人，就算是睡着了也要被吵醒。

然而，依旧没有动静。顾小遥满脸失望，但很快她振作了精神，喃喃说："我不管你是躲在里面不出现，还是在外面没回来，我今天非得见到你不可，哼，我就来个守株待兔好了，就不信等不到。"

她身上一直有种不服输的性格，一旦下定了决心去做一件事，便是十匹马也拉不回来。

从上午到中午，再一路等到了傍晚，顾小遥不吃饭、不去厕所，更不曾有一刻离开，终于在天色转黑时，看到了一个身高一米七左右的年轻人，从楼梯间里走了出来，边走边掏钥匙，看样子就是603的住户。

"你是……毛俊达？"顾小遥试探性地问。

毛俊达看了她一眼："你是顾小遥吧？周蛾给我看过你们的合照。你怎么找到这儿来了？我在电话里已经说得很清楚了，我这儿没有你想要的东西，你追着我问不停，也不会获得多少有用的信息，因为我知道的真的非常少。"

"我还是想跟你谈谈。"顾小遥才一开口，就被他给打断了。

"可是我不想跟你谈，周蛾走了，我的爱情也没了，说真的，我现在只是在用最后一丝理智撑着冷静，我不想突然崩溃，把难过展示给外人看。但是，我真的非常非常不舒服，要应付一拨拨来调查的人，要去解释一堆没用的东西，还要去承受曾爱过的女人的决然离开，拜托你，我需要一点空间冷静一下，你离开吧，去找警察，去找周蛾的父母，随便找什么人，就是别来烦我。"毛俊达说话的时候，拧开了房门。

他走进去，正打算直接把门给关上。顾小遥一手撑着门板，不让他关门："如果真如你所说，你爱着周蛾，沉浸在她去世的悲伤中，你就更应该与我聊聊。"

毛俊达哼了声："聊什么？有什么好聊的？"

"周蛾是什么个性，你应该是了解的，她没那么脆弱，更不是个会用死亡来作为逃避的女孩子。生命是多么宝贵，她拥有事业、爱情、父母、亲人，她大学毕业，长得漂亮，事业发展顺利，她的未来是非常美好的。这样的她，为何要选择自杀？难道你不觉得其中有原因吗？她真的是自杀吗？这其中一定有隐情！我不能让她死得不明不白。"最后几句话，几乎是吼着说出来的。

顾小遥的情绪也在濒临失控，发生了那么多的事，她被各种情绪包围着，并且想要从那种灰色的情绪里挣扎而出。毛俊达的拒绝在她的心头火上浇了热油，如果他还是不肯答应，她怕是要做出不理智的事情了。

"你倒是对她挺好的。"毛俊达深深地看了她一眼。

说完了这句话后，他向后退了一步，让出一条缝隙："你进来吧，我让你看些东西，你大概就能明白发生什么事了。"

顾小遥并没有立即冲进去，她站在门口处，犹豫了一下。

毛俊达冷笑："怎么？害怕了？担心进来会有危险？怕就不要来嘛，逞什么能，小姑娘家家，居然还有救世主情结。"

顾小遥悄悄攥紧了衣袋里的防狼喷雾，傲娇地抬了抬下巴，直接走进了房间内。

这是一个一室一厅的房子，五十平方米左右，虽然小，但装修还算精致，只是房间里乌烟瘴气、杂乱不堪。客厅的沙发上堆满了衣服，地上丢着十几双鞋子，卧室的门开着，床铺上乱七八糟，地上到处都是乱扔乱放的、啤酒罐，茶几上是些还没来得及收拾的外卖盒。

这种地方还能住人？

毛俊达说："随便坐吧。"

顾小遥不得已，只好动手把沙发上的衣服往一边推了推，勉强挪出一小块空隙坐了下来。

"我正在收拾周蛾的遗物，可是进展得不是很顺利，收拾一小会儿，心里边就开始烦躁，然后想着喝点酒冷静冷静，但酒量不太好，一喝就醉，一醉就晕，一晕就睡，然后一睡睡一晚，清醒了再睡一天。"毛俊达抓了抓头发，"渐渐地，屋子里越来越乱，我也不太懂打扫，很快就变成这样了。"

"我理解。"顾小遥轻声说道。

进门前对毛俊达还是满腹怨怒，可处于这个环境之中时，突然之间就气不起来了。

她站起身，来到桌前，将倒扣在桌面上的相框一一扶起，相框里全都是周蛾的照片，有的是单人照，有的是与毛俊达的合影，他们相互依偎，非常幸福。

"我到现在还不敢相信周蛾已经不在这个世界上了。"顾小遥满是感伤地说。

"人死不能复生，人死就是一了百了，有些事实虽然很残酷，但越早接受，也就能够越早得到解脱。人生就是一场修行，生、老、病、死、爱别离、怨憎会、求不得、五阴炽盛，这八苦非要一一品尝过，才能超脱。"毛俊达故作轻松地说着，手上却是利索地开了一罐啤酒，狠狠灌下半罐后，望着顾小遥问，"你要不要也喝点？"

顾小遥摇头："谢谢，我不想喝。毛俊达，我来找你，是因为你算得上是周蛾生前关系最亲密的人，我想，你一定知道些什么。"

"我一定知道些什么？呵呵，最近似乎很多人都在对我说这样的话。"毛俊达掰开手指头一个一个地数，"来调查的警察这样子说，周蛾的父母、哥哥这样子说，街道办的办事员这样子说，左邻右舍认识周蛾的人这样子说，周蛾平时工作上有接触的合作伙伴也是这样子说……哈哈哈，大家都在用怀疑的眼神审视着我，他们不停地质问我，好像把周蛾给逼上绝路的人就是我一样，真是有趣的笑话。"

说完，他喝下第二口，一罐啤酒直接见了底。

毛俊达晃晃空掉的酒罐，单手用力一捏，啤酒罐直接皱成一团，他随意丢出一道弧线，把房间弄得更乱了。

"周蛾死了，我就想知道真相，仅此而已。"顾小遥没有跟着一起感伤，她皱着眉，揣摩着毛俊达的每一个表情变化，试图从中寻找到一丝破绽。

"昨天晚上在打电话的时候，我已经明白地告诉你，没有所谓的真相，只有既定的事实，那就是周蛾自杀了，她找了一栋很高的楼跳了下去，她早晨离家之前没有任何异样，跳之前也没跟我打电话告别，仿佛在她眼中，我这个人就是无关紧要的存在，就连做好打算要离开这个世界了，她也并不打算提前跟我知会一声。顾小遥，我其实也想找到个人，追问一下周蛾这么做的原因。"他又开了一罐啤酒，送到嘴边，"咕咚、咕咚"一阵猛喝。

酒劲儿迅速涌了上来，他的脸染上了一抹不正常的红色。

顾小遥盯着他。毛俊达再次把啤酒罐捏成了一团，扔进了满地垃圾里，"好了，我知道的事已经说完了。顾小姐，天已经很晚了，你独自与一个喝了酒的男人待在一起还是很危险的，我这个人，一喝多了容易耍酒疯，万一做出些不太恰当的举动，那就不太好了，但你也应该能理解，男人嘛，很多时候就是在凭着一股冲动在做事，你是个漂亮的女人，更要注意保护好自己，不是吗？"

顾小遥皱起了眉。

毛俊达晃晃悠悠地站起来，到了门边，把门拉开："再见！噢，不对，应该是再也不见，你不要再来打扰我的生活，这次让你进来，是看在周蛾的面子上，因为周蛾在生前经常会提起你，我能看得出，她是真的把你当成了好朋友，出于这样的原因，我会为了我爱过的女人破一次例，但不会有下一次了。"

他低下头，打了个酒嗝儿，喃喃自语说："周蛾没了，我总要继续活下去。"

这一趟，算得上是无功而返。

顾小遥有些沮丧地回到了酒店，进门之前，她看了一眼隔壁8238房门，盛秋行也不知道回没回来，或者，他已经退房了？

念头一闪而逝，又迅速落下去，今晚她的心情依然很差，实在没空去理会那个空有外表、内在无比招人讨厌的男人。

盛秋行回到酒店时，已经是夜里十一点半，他怀里抱着一个大纸箱，里面沉甸甸地装着一堆东西，都是他从外公的遗物里翻找出来的物品，只要判断着有可能会用得上，便全都带回来，准备找时间再一样一样研究。

路过8236客房时，盛秋行鬼使神差地停顿了下脚步，望了过去。

那个知道他名字的奇怪女孩儿，不知道有没有退房离开。不过，他也只是想想罢了。取出房卡，开了房门，盛秋行走进去。可以预见，这又将是一个不眠之夜。

他需要先洗个热水澡，然后再喝一杯特制的浓咖啡，并期待着幸运之神的眷顾，能让他有所收获。一过午夜，房间内就变得特别安静。房间内开了空调和换气，依然有些闷。盛秋行打开房门，准备来阳台上透透气。他伸展着身体，自然地往旁边的阳台望了过去，不及防备，便与一双眼睛对了个正着。

正是那个住在隔壁的凶女孩儿。今晚，她还是在喝酒，身边已经放着几只空瓶，手里端着一瓶，依然在继续往嘴里送。见他走了出来，一直盯着她看，便凶巴巴地瞪了他一眼，没好气地说："怎么？你又打算报警，告我扰民？"

第 9 章　她和他犯冲

盛秋行沉默着，不接话，但也没有离开。

"看什么看，没看过美女喝酒吗？"顾小遥没好气地说。

他说："看看不犯法。"

顾小遥嗤之以鼻："看看也是冒犯，看看也是骚扰。"

"你不想我看，可以回到房间去，顺便拉好窗帘。"他中肯提议。

"这是我的房间，我待在哪里是我的自由，轮不到你来指点，你还是管好你吧，盛律师。"酒精的刺激之下，顾小遥的理智已是所剩无几。

此刻，她只是想说说话，随便说什么都可以，随便与谁说话都没关系，只要把她那满腹的郁结情绪有个宣泄的出口，不然的话，她最近情绪积压得过多，整个人像是被过度充气的气球，随时可能要炸掉了似的。

"嗯，你说得对。"盛秋行转身走了回去，不一会儿，从房间里拿了一本日记走出来，往阳台懒人沙发上一坐，静静地看了起来。

紧挨着的这两间房，同款式的沙发，一张摆在左边，一张摆在右边，隔着几米的距离，恰好是遥遥相对。

顾小遥每次一抬眼，总是能看到隐在昏暗光线中的盛秋行，他的身形若隐若现，但存在感却是极强，令人不能忽视。

她本来喝得兴起，这下好了，入口的啤酒突然又涩又苦，吞咽越来越困难。

"这人还真讨厌，扫兴！"顾小遥也搞不懂自己到底从哪儿冒出了那么大的火，哪怕是忍着不舒服，她也要坐在沙发上，坚决不走，就是不走，非得耗到盛秋行先离开，她才肯回去。

本来已是喝了不少酒，才稍微一个恍惚，酒劲儿便直接冲了上来。

她完全没有注意到，自己是什么时候睡着了。

顾小遥感冒了，她头晕眼花，鼻子塞，喉咙剧痛，吞咽困难，连床都爬不起来。

这两天奔波得太厉害，因为周蛾的自杀，她的心情非常差，身体疲惫，喝醉了酒，还在阳台上睡了一整夜，没被子盖着还不算，她当时可是只穿了短款的睡衣，在这样早晚温差比较大的季节里，不感冒才怪。

高热反复，吃药没有明显作用，顾小遥只能去医院就诊。好一通折腾，恢复些体力时，已是三天过去，这也是她请假的最后一天，单位那边已经催促了好多次，芮姐甚至亲自打了电话过来，要求她务必返回，自媒体这边本来就人手不足，恨不得把一个人当三个人用，作为主力干将的顾小遥在没有交接工作的情况下，一口气请了五天的假，已经给其他同事带来了相当大的困扰。每个人手里都有一堆工作，连自己的工作都没有处理好，就更不可能会有人愿意把顾小遥的工作给接手过去了。

芮姐措辞严厉，定下最后返回的时间，便直接挂了电话，她的态度已经表明得很清楚，没有讨价还价的余地了。

除非顾小遥不要这份工作，直接提出辞职，不然的话，她明天在上班时间就必须出现在办公室内。

顾小遥把回南城的高铁票定在了晚上八点，那是最后一班返回的高铁，也是她给自己定下的最后时限。临走前，她还想再去找一次毛俊达，试试看能否在心平气和的情况下，再做些努力。她心里总是存着一点难以释怀的疑惑，尤其当她回忆起毛俊达与周蛾拍摄的那些亲密的合照时，这种疑惑便逐渐加深，难以释怀。

然而当她到了毛俊达的住处，就看见房门上贴着几个大字：本人已提前退房离开，有事请给房东打电话沟通，房东电话135862××××，谢谢。

想必是最近因为周蛾的事被骚扰得很厉害，不胜其烦，就干脆退房走人了。

顾小遥赶紧给他打电话，只是从第一次通话后，他就已经把她的号码给拉黑了，现在依然是没法接通的状态。

她又按照门牌上留下的号码联络了房东，一听来意，房东立即大怒，直说原住户毛俊达真是坑人，连累他被警察询问，连累他要去街道办事处做调查说明。往后再租房出去，一定得对房客多挑选些，不然的话，很容易会惹上麻烦。

从房东的抱怨里，顾小遥得出了一些结论，那就是毛俊达走得太匆忙，他的租金是按半年交的，但现在才住了四个月，毛俊达是连押金带租金全不要，说走就走了。

他真的只是厌烦被打扰？又或是另有隐情？

如果有足够的时间，顾小遥就算是掘地三尺，也一定想办法把毛俊达给找出来，可惜她现在缺少的恰恰是时间。

带着浓浓的悲伤，顾小遥还是准时踏上了返回南城的高铁，她坐的是二等座，一人独行，随着人流，慢慢走到了自己所在的车厢。

而她并不知道，同样时刻，盛秋行从商务座优先通道，步伐沉稳，踏上了位于高铁最右侧的商务舱。他一坐下，乘务员便殷勤地送上热茶、薄毯和拖鞋："盛先生，您如果有别的需要，都可以跟我说，我会尽量为您服务好，使您此次的旅行感到舒适和愉快。"

盛秋行回答："我要处理工作，不需要任何服务，请尽量不要来打扰我。"

乘务员微笑，退了出去。

盛秋行这才打开了电脑，按照以往工作习惯，先建立了一个专属客户文件夹，输入"韩六道"的名字之后，他首先做了加密处理。韩六道已经通过电子邮箱，将所有的涉案资料打包发送过来。

接下来的三个小时，盛秋行打算专注于梳理案情。他进入了工作状态后，任车窗外风景如何优美，他看都没看一眼。

盛秋行位于南城的住处是一套早年购买的住房，位于三环内的一处中档居民小区，一百平方米左右，十九楼，带两个超大的环形阳台。在装修的时候，设计师充分听取了盛秋行对于住房的使用需求，大刀阔斧地进行了改造，将三室二厅二卫的房间直接改了格局，变成了一室一厅一卫。其中起居室集合书房、衣帽间、家庭办公室、家庭休息室等综合性功能。卧室非常简单，只摆了一张床在正中央，尽量释放空间，无论硬装还是软装都没有多余的物品。

赵正苏在第一次参观了他的家之后，曾经笑这间房子里透出一种浓烈的禁欲风，整体装修的色调是偏冷的灰白色系，一进门便知道，这间房子的主人绝对是个不容易打交道的角色。

一回到家中，盛秋行整个人便彻底放松下来。夜深，他照旧冲一杯浓咖啡，准备通宵工作。

盛秋行在外公的日记里无意中翻到这样一页，时间是 2008 年 5 月 31 日，日记本上写着这么一段话：我素来不喜未经预约的会面，更不愿工作和生活搅在一起，这种看似亲密无间的人际关系恰恰暗藏着危险。人和人之间，应保持适当的距离。

显然在那一天，有个工作上的朋友突然到了家里，外公虽然礼貌性地接待了他，但心里其实是不情愿的。

2008 年的 5 月底，这个时间点对盛秋行来说是有些敏感的。2008 年的 5 月底，正是整个何家发生大变故的开始。

叮咚——

门铃声响了起来，打断了盛秋行的思绪。这种时候，会是谁来到访？

叮咚——叮咚——

门铃又响了两声。

盛秋行只能去开门。门一开启，一个女人便直冲进来，香风袭人。

"秋行，你真的在家，我终于见到你了。"女人说。

女人抱着盛秋行，盛秋行的眉毛皱了起来。

"洛雪意，是你？"他把洛雪意推开，与她保持着适当的距离。

一年多没见，两人算是久别重逢。相较于洛雪意的热情，盛秋行冷漠得像是一块没有温度的石头。

"你怎么来了？"盛秋行问。

"终于盼到你回国了，我当然得赶过来看看你，是不是呀，亲爱的未婚夫。"洛雪意歪着头，将被拒绝的失落全压到心底，努力让气氛变得轻松一些。

盛秋行提醒道："很晚了。"

洛雪意像是没听懂他话里的暗示："怎么？一定要站在这里说话吗？北京到南城的飞行时间是两小时，从机场到你家需要一小时，今天白天我都在带团队开会，我现在真的很累了，能让我坐下来喝杯热茶，稍微休息一会儿吗？"

洛雪意把行李箱放好，笑吟吟地看着盛秋行，等待他的回答。

盛秋行无奈，只能顺着她。

"酒店订好了吗？"盛秋行问。

洛雪意背着手，快速转身："我住你这里就好啦！"

盛秋行随手拿起手机："我帮你订。"

一阵尴尬的沉默缓缓蔓延开来。

洛雪意的眼睛里多了几分失望。若不是已经举行过订婚宴，洛雪意真的要怀疑，自己和盛秋行到底是不是未婚夫妻，怕是比普通朋友还不如吧。赵正苏都比她清楚盛秋行的一举一动，而她呢，只有通过赵正苏才能稍微得知一些盛秋行无关紧要的事情。洛雪意甚至不敢去想，如果自己哪天不主动联络了，盛秋行会不会直接就忘记了世界上还有她这个人存在。

"喝水还是饮料？"盛秋行问。

"有酒吗？"洛雪意抿了抿嘴唇。

盛秋行想了一下："有。"

"麻烦帮我倒一杯伏特加，加冰。"洛雪意客气地道了谢。

盛秋行点头："好。"

酒送到她面前，他给自己倒了一杯水。两人相对无言，尴尬满满。

洛雪意将杯中酒一饮而尽，姣好的面容上迅速染了一层粉红："秋行，我还想再喝一杯。"她双手捧着空杯子送回到盛秋行面前。

盛秋行瞥了她一眼："酒多伤身。"

"那么点酒怎么会伤身？我平时喝的也不止这么一点，没关系啦，再来一杯就好。"洛雪意深深地叹了口气，"我这一天真是太累了，早晨六点半起床到现在，连眼睛都没合过，喝一点酒，等会儿好睡觉。"

"如果累了，就先回去休息。走吧，我送你。"盛秋行转身去拿外套。

洛雪意咬住嘴唇，又是委屈，又是烦躁。

"我只是想多要一杯酒，难道这么点小要求，你都要拒绝我吗？"其实洛雪意真正想要问的是，他到底把她这个未婚妻摆在了什么样的一个位置。还有关于他们的未来，他又是怎么打算的。这本来是每一对未婚夫妻之间不用避讳便可畅所欲言的话题，可到了她这里，突然变成了不可开口的禁忌。他避而不谈，她更是不敢直接去问。

来的路上，洛雪意明明已做了打算，一定要与盛秋行开诚布公地谈一次，把一些问题聊清楚。可真正到了盛秋行面前，看着他的眼睛，她的一腔孤勇突然莫名其妙消失得无影无踪。

"先回去休息，等你明天睡醒，我们再谈，一星期内我都会待在南城。"他穿好外套，拖着行李箱走在前面。

洛雪意进门待了不到五分钟，已被客气地"请"了出来。盛秋行的礼貌和客气无懈可击，但就是因为太礼貌、太客气了，洛雪意才有一种说不清楚的失落感。

她被送到了附近一家酒店，办完手续，盛秋行送她到房门口，道了声"晚安"。

盛秋行根本没打算跟着一起进房间。洛雪意看着他离开的背影，深深地叹了口气。

顾小遥销假后第一天上班，还没在工位上坐稳，芮姐便走了过来，询问大成律师事务所那两位律师的专访准备情况。

大成律师事务所？这名字听起来怎么这么熟？顾小遥几秒钟后，突然醒悟过来，那正是盛秋行和赵正苏创办的律师事务所。

最近怎么到哪里都和这个人扯上关系！

"我现在就去联系，尽快确定采访时间，但是可能只能采访到赵正苏，盛律师刚从国外回来，目前还在休假，什么时候能正式上班连律所那边都不确定。"顾小遥在拿到拜访计划时就已经第一时间跟大成律师事务所联系过了，那边给出的答复是，赵正苏愿意接受采访，但时间上需要另行确定。盛秋行则没有办法预约，律所的行政助理建议顾小遥直接放弃，或者换一个采访对象。

当时顾小遥还有点失望，现在与盛秋行打过一些交道后，她一点都不遗憾没法采访到盛秋行了，那个没有人情味的家伙真是讨厌。她在文山市患上了重感冒，他至少得负一半责任。

"没有拿到盛秋行的专访，真有点遗憾。"芮姐感叹了一声。

顾小遥在心里默默地回：并没有什么遗憾，很开心能避开与那个男人打交道。

"这样吧，盛律师那边你可以放放，先把赵正苏的专访做好，抓紧时间，保质保量，我等着收你的稿件。"芮姐给了她一个眼神，让她自己去体会。

第 10 章　与顾小遥正式认识

赵正苏十点整赶到了大成律师事务所。他西装革履、皮鞋锃亮，打扮得十分精英范儿。

周律师站在门口与前台小妹闲聊，一见赵正苏，顿时瞪圆了眼："你昨天不是说今天有事不过来了吗？"

"与《每日周报》的记者临时约了个采访，她需要在办公室取景拍照，就临时改了行程。"赵正苏微笑道。

周律师说："盛律师也是今天有事，临时过来所里，原来你们早就约好了。"

"盛律师？哪个盛律师？"赵正苏停住脚步。

"咱们所里还有几位姓盛的律师？当然是咱们的盛大状喽！"周律师指了指最里面的办公室，"人就在里面，九点就到了，似乎挺忙。"

"他不是说要休假两个月吗？突然改变主意了？"赵正苏来了精神，兴奋地搓搓手，"我去看看。"

盛秋行不抽烟，喜欢喝茶，工作强度大的时候，就喝浓咖啡，所以，从他办公室里飘出来什么味儿，大概就能判断出他今天的工作状况。若是淡淡茶香，则表示一切正常；如果是咖啡的香味，则表示盛秋行这一整天将从早忙到晚。

赵正苏在门口闻到一股浓郁的咖啡味，他心里就有数了。

"家里的事这么快就处理好了？"赵正苏倚着门，敷衍地在门板上敲了敲。

"还没有，只是临时回来处理韩六道那个案子。"盛秋行说完，抬起眼眸，冷森森地瞪了赵正苏一眼。

相处多年，他们对彼此的个性再了解不过，一个眼神就能明白彼此的意思。

"韩六道的脾气有点倔，不知道从哪儿听说了一些关于你的事，就坚定地认为只有你才能把他从火坑里拖出来。你还在国外的时候，他就来过所里很多次。他一直问你什么时候能回来，还一再要求我想办法联络上你；等你回国了，他就更不会放弃了。他来律所找我的时候，其实我只是跟他说了个大概地点，青翠山那么大，找到你的概率可以说是非常小了，哈哈……"赵正苏一阵干笑，抬手抓了几下头发，"谁知道还真被他给找到了，这个韩六道，有点意思啊！"

盛秋行不想跟他说这些废话。

赵正苏的笑声更大了："我就猜到，只要韩六道找到你，他还是很有可能打动你的。瞧，你这不就把案子接下来了吗？还专程赶回南城处理。这韩六道还真的有些本事。"

"请你把门关上，不要影响我工作。"盛秋行不客气地赶人。

"好好好，我走我走，绝对不打扰你。"门关上几秒，很快又被打开，赵正苏探进来一颗脑袋，"还有件事要报告一下，你家雪意昨天给我打了电话，询问了一下你的近况，我还以为你早就告诉她你已经回国了，就顺口提了一句，没想到雪意当时就急了。所以，你最好还是留意一下，这两天雪意肯定要跟你联系，别让她找不到你，不然她又要急得不行，揪住我一通问。"

盛秋行的眼神里已经透出令人发怵的寒色。

赵正苏惊得往后退："不是吧？她来了？"

"昨晚十二点到的。"盛秋行将钢笔"啪"地扣上，身体自然向后仰，

"说吧，身为狗头军师的你，给了她什么样的建议？"

"我是专业律师，南城知名的那种，就算是提建议，也是高效、便捷、可行性强的好点子，普通客户得捧着真金白银买我的点子，按小时收费，你怎么能说我是狗头军师嘛！不准确！不贴切！"赵正苏抬手看了看表，故意做出忙碌的样子，"《每日周报》的记者小姐姐不知道有没有到，咱们这层楼不太好找，我还得安排人下去把她给接上来。"

"赵正苏，你干的好事，你去收场。"盛秋行冷冷地说。

"喂，秋行，你要这么说，我就得好好跟你说道说道了。首先，洛雪意是你的未婚妻吧？办了订婚宴，昭告天下的那种。她作为我的准弟妹，来寻求我的帮助合情合理，你说我要用什么样的借口拒绝？我要是真的冷眼旁观，把关系闹僵了，等以后你们结婚，她枕头风一吹，这得多影响咱俩的关系？"赵正苏竖起两根手指，滔滔不绝地说下去，"其次，你一声不吭，说走就走，连个招呼都不打，人家雪意心里会怎么想？你们都是未婚夫妻了，你出门前最起码告知她一下吧，这也是基本的礼貌吧？你连最基本的表面功夫都不肯做，还怪人家雪意着急？她来找我探听情况，这是一个女人最正常的反应，我一点没觉得有什么不对。"

见盛秋行没有反驳，赵正苏底气更足了，继续往下说："第三，你出国不吭声，回国也不告诉人家。你俩订婚也有四年了，不温不火、不远不近，你着实是把人家给晾得够呛。雪意一听说你返回南城就立即赶了过来，她显然对你，对这段感情是非常上心的。你可要搞清楚，昨天雪意向我探听情况时，我也不知道你在哪里，我都不知道你在哪儿，就更不可能透露给她了。她应该是做好了非找到你不可的准备，南城找不到就去文山市，文山市没有就上青翠山。别怀疑，雪意好歹是带团队的领导，她决心做一件事便能够贯彻执行下去。只不过她运气好，才飞到南城就见到了你，也免去了一番波折。"

"嗯。"盛秋行终于给了一点回应。

赵正苏摇摇头："哥们儿，你该有个决断了，拖下去不是办法，你得为女方考虑一下。一年一年又一年，女人的青春是很宝贵的。如果你还有娶她的想法，那就早点把结婚提上日程，不要让人家等太久；如果你没有这个打算，最好也开诚布公地讲给她听，毕竟未婚夫妻一场，做人留一线，日后好相见。"

盛秋行的眸子闪了一下，显然是听进去了。

话一说完，赵正苏鼓起来的勇气便消散得无影无踪。

赵正苏再次换上吊儿郎当的笑容："不行了，我真的要去接采访的小姐姐了，留给她一个完美的绅士形象，这样她写采访稿的时候，也会手下留情，多替我们讲些好话。"

与此同时，顾小遥与摄影师以及摄影师的两个助理一起，带着全套采访器材，站在大成律师事务所门前。

"等会儿大家动作麻利一些，赶紧把采访任务完成，不要耽误时间。"顾小遥翻了翻工作日志，在采访表格的上端标注到达时间，接下来她准备争分夺秒，争取一天内多完成几项工作，尽最大努力把之前耽误的工作补回来。

"顾小姐，好久不见，你真是越来越漂亮了。"赵正苏笑着迎了出来。

预约采访的时候，顾小遥就已经跟赵正苏打过交道了。赵正苏是个极其优秀的律师，亲和力强，逻辑性强，语言表达能力强，且最强的是他的记忆力，预约采访的时候，赵正苏便说顾小遥看起来眼熟，他只用了一分钟就想起了一年前在飞机场那一面之缘。

因为有了那么一段小插曲，让二者后来的沟通始终气氛良好。

顾小遥轻轻握住赵正苏的手："赵律师，上周放了你鸽子，我心里特别不安，对此，我再次向你道歉，因为我的私事耽误了你宝贵的时间，我真不知道该怎么去弥补。"

"虽然顾小姐没有说为什么取消了上次的采访计划，但我相信顾小姐是个敬业的好记者，一定是发生了某种不可预料的突发状况，才会让你做出那样的决定，你就不要再道歉来道歉去了，事情已经过去，就不要再提。如果你仍然介意，不如等会儿请你们的摄影师把我拍得帅一些，让我在公众面前的形象更加完美，这样就算是补偿了。"

顾小遥欣然同意。她本就对赵正苏的印象不错，今天他给她台阶下，顾小遥对他的好感度又增加了几分。

顾小遥已经做好了工作准备，律所的小助理贴心地为她倒了一杯柠檬茶润喉。因为单位对这次采访非常重视，所以此次采访的内容，除了以文字的形式整版发表外，还会在新媒体端用视频发布。

"原本单位给出的采访名单里有大成律师事务所两位合伙人律师，结果盛律师不在，就只能请赵律师多辛苦些，一人承担两人的任务了。"顾小遥说完，端起茶杯润润嗓子，准备开始采访。

她一口茶含在口中还没咽下，赵正苏就说："盛律师今天来了。"

顾小遥惊得差点当场喷出来。这消息实在太令人震惊了，完全出乎意料，以至于她一时没缓过来。

赵正苏好笑地看着她："秋行在这儿，你好像特别惊讶。"

"他不是去文山市了吗？"顾小遥脱口而出。

赵正苏的笑容转深了不少，顾小遥的微表情让他感觉到了一些不寻常，在了解更多情况之前，他决定不动声色。

"盛律师之前的确在文山市处理一些工作，昨天晚上乘坐最后一班高铁回来了，今天直接过来上班了，他一向非常敬业。"

赵正苏的话令顾小遥眼皮狂跳。

文山市到南城的最后一班高铁？说的不就是她昨天晚上坐的那班吗？真没想到，竟然这么巧，他居然也在。

顾小遥摆出一副漠不关心的表情来，努力让自己看起来自然些。

赵正苏可没打算放过她，他身体前倾，似笑非笑地问："顾小姐跟秋行似乎已经见过面了，看来一定是发生了一些我不知道的趣事，介意分享一下吗？"

顾小遥直接翻白眼了。趣事？哪里有趣了？！

她跟盛秋行较劲儿，得了严重的感冒，差点就倒在文山市，再也回不来了。

顾小遥心里是这么想的，嘴上还得讲得客气，她谨慎地回答："我这次请假回去办事，去的恰好也是文山市，我与盛律师住进了同一家酒店，恰好又在酒店大堂内碰到，所以我确定他在文山市，不过我们没有机会做进一步交流，所以我还真不知道他昨天晚上回来了。"

"你们已经认识了吧？"赵正苏听得兴致大起。

顾小遥摇头："他是我的采访对象，我提前做过一些功课，当然能认出他，但盛律师并不认识我。"

"不认识没关系，我替你们介绍一下，这不就名正言顺了吗？要说你俩真是挺有缘分的，我们第一次在机场见面时，其实秋行也在，只不过他急着过安检，早走了二十秒，错过了与顾小姐这么可爱的小姐姐认识的好机会。文山市那么大，你们还能住进同一家酒店，这实在是太奇妙了。不行，我得立即把盛秋行喊出来，当面给他讲讲这神奇的巧合。"赵正苏起身就朝着办公区里边走去。

顾小遥抬起手，话还没讲出来，就被自己的同事给围住了，一群人叽叽喳喳问个不停。

"小遥，你可以呀！跟赵律师这么熟，现在跟盛律师竟然也认识！怪不得芮姐总说你天生就是吃这碗饭的，果然没有错，瞧瞧这运气，这实力，我们今天的采访一定可以很顺利。"

"是啊，小遥，你在文山市巧遇盛律师的时候，不是已经知道他是我们的采访对象了吗？怎么没有直接跟盛律师表明身份，聊上几句呢？这也是为我们接下来的工作做好铺垫呀！"

"赵律师为人谦和，十分好相处，盛律师跟他是合伙人，相信也是差不多的，我们不用担心。"

听到同事说盛秋行跟赵正苏差不多，顾小遥突然接口："那可未必。"

"什么意思？"一个同事问。

顾小遥苦笑道："就是字面的意思，有句老话叫作'人不可貌相'。意思是说，看上去好相处的人也许骨子里并不好相处，而看上去不好相处的人，有可能很好相处。"

所有人都被她给逗笑了。显然大家都以为她在开玩笑。

"你最近真是越来越幽默了。"摄影师夸道。

顾小遥摇了摇头，只有她自己清楚，她是一点开玩笑的意思都没有。

没过多久，赵正苏带了一个身材高大的男人返回，那个男人穿着衬衫，气质偏冷，与赵正苏在一起时，一冰一火，差别非常大。

"来来来，我来介绍，这位就是我说的记者小姐姐，顾小遥顾记者。"
赵正苏指着顾小遥说。

　　盛秋行的目光扫过来，明显有一瞬间的停顿。

　　"原来是你。"盛秋行嘴角微扬。

　　这一句话，成功引起了所有人的好奇。

　　当所有人的目光都看向顾小遥时，顾小遥的脸色顿时变白，她最不愿意看到的场面，似乎就要发生了。

第 11 章　不给面子

"你好，盛律师。"顾小遥主动伸出手。

盛秋行淡然一笑："原来顾小姐是记者。"

盛秋行握住顾小遥的手指，一股冰冷的气息传递过去，令顾小遥心头一凛。

"我是《每日周报》的记者，这次来，我是……"

盛秋行打断她："请出示你的记者证。"

顾小遥有些不明白他这是什么意思。

盛秋行说："我指的是我国新闻机构的新闻采编人员从事新闻采访活动使用的有效工作身份证件，顾小姐不介意拿出来吧？"

采访对象要求记者出示记者证是很正常的一个要求，但不知为什么，这句话从盛秋行口中说出来，让顾小遥没由来地生出一股憋屈感。

"秋行？"赵正苏想替顾小遥解围。

盛秋行却好像知道他要说什么，说："公事公办。"

一听这话，赵正苏就把到嘴边的话给咽了回去。

"顾小姐不会是忘了带吧？"见顾小遥迟迟没有动作，盛秋行皱起了眉。

"当然不是。"顾小遥勉强微笑，迅速打开包，把记者证递了过去。

所有人都瞪圆了眼睛，静静地看着这一幕。

盛秋行接过证件，认真检查，从核发单位到编号再到钢印，他没错过任何一处细节。

"怎么样，还有疑问吗？我还可以提供我们单位的电话，盛律师如果对我的身份还有疑问，可以直接打到我们单位去验证。"顾小遥的笑容甜甜的，语气却非常冷。

"秋行。"赵正苏从后边拉了一下盛秋行，意思是不要把事情做得太过了。

"接受采访会直接影响到大成律师事务所的形象，我作为合伙人律师，有义务对记者的身份进行核实，这是工作。"盛秋行盯着顾小遥的眼睛，每个字都讲得十分清楚，"认真做事的人，不仅不会介意我的做法，相反，他们还会非常高兴遇到我这样的人。这样双方都可以省去很多不必要的麻烦。"

"盛律师说得对。"顾小遥点头。

"证件没有问题。"盛秋行把记者证还给顾小遥。

"那么我们现在可以开始工作了吗？我们今天的采访任务很重，既然盛律师也在律所，我们希望能将盛律师的采访一起完成。"顾小遥说完，看着盛秋行。

"抱歉，这个要求我不能答应，目前我还在休假，工作上的事你找赵律师。"盛秋行朝着所有人点了点头，然后就要走。

"盛律师别走啊！两个人一起做采访，镜头感会非常好，如果拍摄顺利，最多只耽误您一个小时的时间。"

"对啊，盛律师，我们已经做好了采访准备，您可以先看看采访提纲，问题不会很复杂，相信很快就能结束。"

"今天一次性做完，以后也不用再来打扰您了呀！"

赵正苏帮着一起劝："秋行，你就多待一会儿吧，大家聊聊。"

"我今天的计划里没有采访这一项，抱歉。"盛秋行说完就走，连赵正苏的面子也不卖。

"我就知道是这样。"顾小遥嘀咕了一声。她全程没开口，她不想让盛秋行觉得自己是在求他。

"诸位，还是按照原定计划，只采访我一个人吧。盛律师那边的确有很多私事要处理，他也的确是在休假。今天他出现在公司，说真的，连我都很意外，不过据我对他的了解，若不是特别重要的事，他是不会牺牲自己宝贵的休息时间的。"赵正苏八面玲珑，解释得很到位。

众人表示理解。顾小遥一点都不意外，盛秋行由内而外透着一股自私的气质，这样的人一看就是习惯了以自我为中心，他才不会牺牲自己的利益去配合别人呢。她早就看穿了他。

"顾小姐，你这边有什么问题吗？"赵正苏关切地问。

顾小遥勾了下嘴角："我只关心什么时候能正式开始访问，大家都很期待赵律师讲公民法律意识以及公益法律援助方面的内容呢。"

赵正苏微笑道："我有预感，我们今天一定会谈得很愉快。"

完成了采访任务，顾小遥团队又去社会新闻部跟了一个婆媳不和的热点，那对婆媳一吵架就喜欢报警，她们三天两头地吵，频繁拨打报警电话，要求警察来处理她们之间那点家务事，被批评教育后还继续报警，口口声声说那是她们的合法权益。

婆媳最后一次吵架直接动了手，最后两人被赶来的警察直接带回派出所。这种新闻最是吸引人眼球，因为顾小遥等人距离事发地最近，芮姐就直接把任务扔给了她。

顾小遥等人记录完了婆媳斗，回到单位已经是晚上八点。顾小遥叫了盒饭，几个同事围在桌前边吃边聊，芮姐也端了一杯茶过来。

"今天顺利吗？"芮姐问道。

顾小遥点头："顺利。"

"听说你们在大成律师事务所遇到盛秋行了？怎么没连他的采访一起做了？其实这位盛律师在业界的名气要比赵正苏大得多，他的专访更有价值。"芮姐翻开最近列出的名人采访计划表，点了点盛秋行的名字，"喏，他排在最前边。"

"芮姐，我提了一起采访的建议，但他不配合。"顾小遥无奈道。

"不配合是几个意思？"芮姐正了正神色。

"他说他在休假，不处理任何工作。"顾小遥实话实说。

"休假还待在律师事务所？"芮姐直接指出了问题的关键。

"听说就是临时有事去加个班，做完事立刻就走，反正他就是不肯接受采访，求也没用。"本来很好的四菜一汤突然变得索然无味，顾小遥拿筷子戳了几下饭盒，然后盖上盖子。她想起盛秋行就气饱了，吃不下去了。

"你有个人情绪，小遥。"芮姐一针见血，指出了重点，"这只是一份工作，你必须想尽办法去完成。有困难是很正常的嘛！关键是要多和采访对象沟通，不放弃，办法总比困难多。"

顾小遥点头，她承认芮姐讲得很对，但她觉得这套理论放在盛秋行身上一点都不管用。

那个男人绝不是勤沟通、不放弃就能打动的。

芮姐见顾小遥一脸谦虚，终于露出了满意的表情。

"这样吧，趁着盛律师还在南城，你再去联系一次，确定一下采访时间，把他的专访拿下。"芮姐说。

顾小遥心底一慌："可是……"

"别跟我找借口，我不听这些，我只告诉你，盛秋行是非常具有代表性的成功人士，他的专访是这季度的重点之一，你的采访稿除了新媒体这边要刊发，报刊那边也定了整版刊登。小遥，你知道这意味着什么，更应该明白，如果盛秋行的专访做好了，对你个人的职业发展也非常有好处，单位的大领导都看着呢！"

顾小遥硬着头皮道："我去想办法啃下这块硬骨头。"

"加油！"

等芮姐一离开，顾小遥瞬间像泄了气的皮球，贴在座椅上。

"我到底答应了什么啊！"顾小遥叹了口气。

盛秋行在丽景西餐厅订了位子，邀请洛雪意晚上七点共进晚餐。

洛雪意接到邀请后喜出望外，第一时间给赵正苏打了电话。

赵正苏很高兴，认为这是自己的功劳。他劝洛雪意早些结束异地恋，毕竟两个人只靠电话、微信维系感情，时间长了必然是要出问题的。盛秋行的工作很忙，洛雪意那边带着团队做产品运营也没什么多余的时间，两人聚少离多也就算了，平时连通个电话的时间都没有，这就有点说不过去了。

挂了电话，洛雪意的狂喜就已经消散得七七八八了，她很认真地思考赵正苏说的话。其实这些问题，她早就想到了，或许，这一次见面，就是解决这些问题的。

晚上七点，精心打扮的洛雪意准时到达丽景西餐厅，她穿了一件米白色小香风连衣裙，踩着细高跟鞋，行走如风。

盛秋行还没有到，洛雪意点了一杯柠檬水。她望着窗外的夜景，整个人有些失神。

"抱歉，路上有点堵，我迟到了。"盛秋行的声音响起。

洛雪意回过神来："没关系的。"

"谢谢。"盛秋行客气地将菜单送到她面前，"想吃什么，自己点。"

洛雪意轻轻把菜单推回去："你帮我点嘛！"

"我来？"盛秋行颇为意外。

"未婚夫给未婚妻点餐，这不是很正常的事吗？"没有亲密气氛，洛雪意却硬要营造出那种感觉，委实有点尴尬。

"好吧。"盛秋行从不会在小事上纠结，既然她有这样的要求，他就按照自己的习惯，要了两份经典牛排，五分熟，配黑椒汁。

当听到牛排是五分熟时，洛雪意的表情明显有点不太对，但既然已经说好了由盛秋行来点菜，她也不好改口拒绝。

"在国外的生活怎么样？有什么感受分享一下吗？"洛雪意很怕彼此间沉闷的气氛一直持续下去，她随便找了个话题聊。

盛秋行答："大多数时间待在图书馆看书。"

"同学呢？有趣吗？能聊到一起去吗？"

"还好，聊案情比较多。"

沉默持续了三分钟。服务员送上了牛排，还给他们一人倒了一杯红酒。

洛雪意重整精神，微笑举杯："不管怎样，还是很开心你回国了。秋行，我很想你。"

"谢谢。"盛秋行看了一眼酒杯，"我开车过来，不方便喝酒，就以水代酒吧。"

他端起水杯，要与洛雪意碰杯，洛雪意避开了。

她执拗地要求："陪我喝一点吧，好吗？等会儿可以把车寄放在停车场，或者叫代驾开回去，我们已经很久没见了，我想与你喝一杯。"

"今晚不行，稍后我还有工作要处理，饮酒会影响我的判断。"盛秋行依然拒绝。

洛雪意露出浓浓的失望。她咬了咬嘴唇，从来没有如此无力过。

"吃吧。"盛秋行切着牛排，一刀下去，五分熟的牛排还带着血丝。

洛雪意端起酒杯，一口喝光了杯中酒。接着她把他的杯子拿过来，眯着眼嘲讽地笑："都已经点了，总不能浪费吧，你不喝我喝。"

"少喝。"盛秋行皱紧了眉。

"一点酒而已，谈不上多。"洛雪意与他目光接触，不知想到了什么，终究没有赌气再来个一饮而尽。她对血淋淋的牛排没有丝毫兴趣，只吃了几口配菜，胃里还是火辣辣的。

"你回文山市了？"洛雪意问。

盛秋行点头："去看望外婆，顺便给外公上坟。"

"我们的事，你打算什么时候告诉外婆？"酒精的刺激下，洛雪意比平时多了几分勇气，把萦绕在心底很久的问题给问了出来。

盛秋行看向她不说话。

"我的要求很过分吗？秋行，我们订婚很久了，四年了吧？是不是该考虑进一步的关系了呢？"洛雪意端起酒杯，又喝了一大口。

盛秋行的眼睛漆黑，就像里面藏着旋涡，仿佛连人的灵魂都要吸进去。洛雪意还想喝酒，但酒杯空了，她苦笑着收回酒杯。

"对你来说，外婆是最重要的人。我们虽然订了婚，但你外婆只要一天没有知晓，这个订婚总是少了些什么。秋行，你愿意和我订婚，愿意昭告天下，让所有人知道我洛雪意是你的未婚妻，说明你对这段感情还是非常认真的，对吗？"她期待他的回应。

但盛秋行没有回应，他在思考，他很犹豫。

"结婚的事提上日程后，我会辞职，来南城找一份新的工作，或者休息一段时间，去南城大学读两年书，充实一下自己，我们不用再异地生活了。"她愿意做出让步，愿意牺牲耗费多年心血才得到的事业，愿意重新开始。

但是，这些付出的前提，是他给她一个肯定的答复，让她看到希望，给她坚持下去的动力。

"你会后悔。"盛秋行终于开口，但似乎他说的并不是洛雪意期待听到的话，"我不认为一段平等的关系里需要一方的牺牲去成全另一方。"

"总要有人做出让步。"洛雪意的身体迅速向前倾，"我过够了这种有男朋友却比单身狗还单身的生活，我过够了爱人永远不在身边，哪怕通个电话也得算好时间，生怕会给对方造成困扰，我更不愿意一个人面对漫漫长夜。秋行，我好怕，你懂吗？我都已经开始渐渐习惯了这种状态，若不是被人提醒，我甚至没觉察到有什么不对。"

洛雪意猛灌几口冰水，入喉的冰冷感有助于她保持最后一丝清醒，把心里的想法完整地表达出来。

盛秋行并没有打断她，由着她把积累在心里的情绪全都发泄出来。"但是，我终于发现，其实是我错了。我一直在自己欺骗自己，用那些见了鬼的心灵鸡汤来安抚自己，假装我们之间根本不存在任何问题，假装我们一定可以拥有美好的未来，假装我很快乐，我心甘情愿接受这样的感情模式。"洛雪意努力压抑着泪水，她不愿在他面前崩溃。

"现在我不想活在幻想中了，秋行，我需要你给我做一个了断。你来选吧，要么我们结婚，我来南城，与你厮守；要么我们分手，解除婚约，一刀两断，就当没认识过。"

第 12 章 分手与专访

洛雪意是笑着离开的，走之前，她与盛秋行握手，互道珍重，然后，便拎着她的包头也不回地走了。

不远处，顾小遥屏住呼吸，目睹了一对情侣分手的全过程，其中一人还是最近与她极度犯冲的盛秋行。她有种不小心撞破别人隐私的焦虑感，如果不是因为她走出去必然要从盛秋行面前经过，她早就想起身离开了，有多快走多快，坚决不惹麻烦。

洛雪意走后，盛秋行没有立刻离开。他坐在那儿慢悠悠地把牛排吃完，中间还接了一个电话，讲了几分钟便挂了，而后又让服务员把餐后水果送上来。

顾小遥腹诽，刚刚分手他胃口还那么好，这个男人果然是冷血动物。

"一份意式咖啡，三倍浓缩，不加糖。"盛秋行对服务员说。

顾小遥大为震惊，三倍浓缩还不加糖，他是喝咖啡还是喝中药，这个男人有自虐倾向吗？

咖啡很快送过来，浓香飘散，单是闻着都觉得苦。

顾小遥看了眼时间，她跟芮姐约的时间很快就到了，如果她敢迟到，明天早上芮姐一定会以磨炼新人意志力为由，给她一个永生难忘的教训，让她知道守时的重要性。

可如果她动作幅度过大，被盛秋行发现，那盛秋行一定会误会她是在跟踪他，盛秋行恼羞成怒几乎是必然的，他借题发挥也是可以预见的。

正在左右为难时，电脑开机的声音从盛秋行那个方向传来……顾小遥顿时明白他为什么点咖啡了，敢情是他想在这儿工作？

盛秋行从走进西餐厅开始，就注意到了角落里的顾小遥。他皱了皱眉，大脑里闪过各种猜测，但因为洛雪意还在，他不好发作，只能当作没看见她。洛雪意离开后，顾小遥仍然坐在那儿，不点餐，也不见她与人有约。她探头探脑，时常向他的方向张望，一张小脸表情十分丰富。当盛秋行突然看向她那边时，顾小遥像是受到了惊吓似的，迅速做出了躲藏的动作，好像怕被他发现。

他打开笔记本电脑，将案件思路再理一次，然后，给韩六道打电话，定了一个碰头的时间，开庭日期越来越近，海量的准备工作只进行了最基本的阶段，即使他是赫赫有名的"盛大状"，也打不了无准备之仗。

打电话的时候，他恰好看见顾小遥戴着一顶棒球帽，脚步匆匆地从他身边走过去。

"顾记者，好巧。"盛秋行不紧不慢地开口唤住了她。

顾小遥此刻的感觉，大概像是被一道雷给劈中了。她僵在那里，非常尴尬，手不知道往哪里放，表情不知道怎样才能够看起来自然一些。

挂断电话，盛秋行的注意力全落在了顾小遥身上。

顾小遥有些心虚，但转念一想，她什么都没做，也没有不当的行为，为什么要心虚呢？

"盛律师，真巧。"顾小遥清了清嗓子，"你是在工作还是约了人？"

"约了人，也在工作。"盛秋行答完，补了一句，"你刚刚不是都看到了？"

顾小遥干笑："我什么都没看到呀，我一直都在忙。"

"今天发生的一切，涉及我和另外一位小姐的个人隐私，我希望顾记者能够守口如瓶，不要透露出去。"盛秋行盯着顾小遥的眼睛，一副高高在上的样子。

"放心吧，我没有八卦的习惯，我已经够忙的了，实在没空再去关注别人的私生活。"顾小遥答得很迅速。

盛秋行的表情微微有些缓和："谢谢。"

顾小遥下意识地按了按帽檐："如果没有别的事的话，我就先走了，我那边还……"

"你还想预约专访吗？"

他突然这么问，顾小遥惊着了："可以吗？"

"我在南城还有六天的时间，但从明天开始，所有行程都排得很满，精确到小时，很难再专门为你留出时间。"

顾小遥叹了口气，有些失望地说："实在很忙那也没办法，只能等以后你正常上班再约了。"

盛秋行将顾小遥的失落看在眼中，不知道为什么，他竟然隐隐有种想笑的冲动。

或许是眼前这个女孩子表情变化得实在太快了，很多时候她连掩饰心情都不会，喜怒哀乐全写在脸上，一目了然。

"如果你想早些完成专访，也是有办法的。"盛秋行再次话锋一转。

顾小遥的心情瞬间从谷底直达云霄，起起落落的速度，比过山车还要刺激。

她猛地抬头，帽檐下的那双眼睛闪闪发光。

"盛律师，您快说，有什么办法可以早些完成专访？"顾小遥急得都快哭了。

"现在是七点四十分，今晚十点钟我约好了一个客户，预计九点四十分出发。也就是说，我有两个小时的空闲时间。"他似笑非笑地问，"你要吗？"

"要要要！我要！"

不要是傻子。

"那好，你还需要做什么准备？召唤你的同事过来？"盛秋行决定要善解人意的时候，他是可以做到非常体贴的。

"盛律师稍等，我立刻去协调。"顾小遥风风火火地离开了。摄影师会在一小时内带着必要的器材赶过来，但是助理在跟另一个新闻，今天晚上正在加班，不过这也不算是大问题，助理做的事她来完成就好。

顾小遥与盛秋行互加了微信，她把采访稿的提纲列出来，先让他过目。

在盛秋行研究提纲的时候，顾小遥把随身带着的化妆品全都拿了出来。谢天谢地，因为最近惨无人道的加班，她已经做好了两三天回不了家的准备，因此身上带着非常多的东西，比如说眉刀、眉笔什么的，化妆袋内零零碎碎的小物件塞得满满当当。

"你做什么？"盛秋行这才看清楚，顾小遥手里拿的是一把银色的眉刀，钝钝的刀锋在灯光下光芒一闪。

顾小遥认真说："你的眉毛有点乱，修理一下会更好看。"她又指了指桌上的散粉、高光、隔离和遮瑕，"这些是给你化妆用的，也是为了上镜好看。"

"有必要吗？"盛秋行淡淡地说。

"有必要的，化妆并不是女性的专属，男性在一些必要的时候，同样需要修饰，比如接受采访，需要稍做准备，比直接素颜上镜要强，这些专访是要给读者看的，那些读者很可能将来就会成为盛律师的客户，在潜在的客户面前保持一个良好的形象，也是为自己的事业考虑，您说呢？"顾小遥真心佩服自己，灵机一动，扯出了这么多理由，她的临场反应算得上是相当不错了。

"好吧。"盛秋行被说服了。他闭上了眼睛，一副任人摆布的模样。

顾小遥却突然呼吸凌乱了起来。

她还是第一次如此近距离接近一个男人。

盛秋行无疑是英俊、成熟而富有魅力的，他身上散发着成功男士独有的自信。从盛秋行的身材来看，他平时似乎有运动的习惯，他对自己的形象管理相当不错，外形条件可以打极高的分数。

顾小遥有些不自在，她越是想表现自然，越是局促不安。顾小遥帮他处理好了眉毛，又给他擦了一层薄薄的粉底，尽可能让盛秋行面部的轮廓看起来更柔和一些。

闻到了女人护肤品的香气，盛秋行的眉毛皱得更深了。

"很快就好了，不会擦得太白，更不会让人觉得娘气，等到灯光打下来，看上去就好看了。"顾小遥忙不迭地解释。

"你不是很讨厌我吗？"盛秋行突然来了一句。

顾小遥正在为他扑散粉定妆，听了这话，粉扑差点直接掉了。

"是为了这个专访顺利？"

"不然呢？"顾小遥冷着声音反问。

"在文山市的那一晚，你打扰到了我，我的回应也很正常，不是吗？"他跟她讲道理。

"对，威胁我要报警，连累我重感冒，这些都非常正常。"她虽然声音很小，可他离得那么近，还是听得清清楚楚。

正要反驳，几个人急匆匆走了进来。顾小遥立即过去："你们来了，太好了，时间刚刚好。还有一个小时左右，速度得加快些，大家配合好，尽量不要出现失误。面对镜头不要紧张，争取一次过。"

"灯光调整好，再换个角度试试，非常棒，可以开始了。"顾小遥整了整神色，很快进入了拍摄状态。

她的笑容温暖不失大气，露出两排整整齐齐的小白牙，穿着休闲装，有种青春逼人的气息。

"感谢大成律师事务所的首席金牌律师盛秋行先生接受我们《每日周报》的采访，在律师界，盛律师的名气非常大，听很多人说作为盛律师的委托人，无疑是幸福的，盛律师是最优秀的辩护人，他善于从细节处寻找突破点，一击必杀，直到胜利；而作为盛律师的对手，则有点水深火热的意味……个人的成长是一个蜕变的过程，你要蜕一层皮才能有一个新生，这个过程往往伴随着种种痛苦，相信大家都很想知道，胜诉率奇高的盛大状是如何一步步成长为一名优秀律师的。盛律师在成长的过程中，是否也曾经历过宛若蜕皮一般的剧痛？"

镜头对准了盛秋行。盛秋行端然稳坐，侃侃而谈。

他首先谦虚地说，自己只是一名普通的法律工作者，本职工作只能说做得还算不错，他没有经历过什么蜕变期，人生也没有巨大的起伏波折，就是按部就班地读书、毕业、考研、工作。他自然是努力的，但很多时候，他其实只是运气不错，遇到了好的合伙人。大成律师事务所自成立以来，受到来自各方的关爱，他代表律所全体同人，对所有关心律所的人真诚地道一句谢谢。

盛秋行一番话说得特别顺，没有卡壳、没有犹豫，表情真诚，情感自然流露。

顾小遥简直不敢相信，身边那个平易近人、和蔼可亲的男人，竟然是盛秋行！

"小遥，愣什么，继续采访啊！"摄影师挥了挥手，打断了顾小遥的胡思乱想。

顾小遥看了看采访提纲，整理好情绪，然后继续。

接下来的采访过程很不顺利，盛秋行总能驾轻就熟地接上话题，并且总可以将话题转到自己想要表达的事情上去，中心思想就是宣传大成律师事务所，宣传他们所的律师多牛多专业，向潜在用户表达不论选择他还是选择大成律师事务所，都将是最明智的选择。虽然盛秋行答得很痛快，但那些回答却不是顾小遥想要的回答。

采访完毕，盛秋行说："顾记者有点不在状态。"

顾小遥怒目而视。还敢说她不在状态，也不想想，是谁在全程压制她。她无论抛出去什么话题，他都有办法转移话题，没有一个是按照她设想的来，正因为如此，她不得不绷紧自己，去听他讲话，然后在最短的时间内想出应对话术，才能勉强接住他抛回来的问题。

"九点半，时间到了，今天聊得非常尽兴，期待下一次能有更深层次的对话。"盛秋行站起身，与顾小遥握手。

"每个人的专访，我们单位一般只会做一次，即便重复采访，时间也会相隔很久，所以短时间内，我们应该没什么机会聊。"顾小遥露出冷淡而不失礼貌的笑容，客气地表达她的真实想法。盛秋行太危险，也太聪明，她与他实在不是一个段位的，所以啊，还是少接触为妙。

"顾记者对今天的专访可满意？"盛秋行微笑着问。

"满意，当然满意。"顾小遥敷衍地回答。

她隐约能感觉到盛秋行似乎是想表达什么，但是她现在明显用脑过度，不愿意再去多思考。

盛秋行突然靠近，用只有两个人能听清楚的音量说："顾记者不要忘记守口如瓶的承诺，毕竟，我已经配合做完专访了，这就是我的诚意。"

顾小遥瞪圆了眼睛。她之前就在奇怪，今天的盛秋行怎么跟换了个人似的，特别亲切，十分配合，原来他以为她会用他的隐私威胁他。

"顾记者的诚意呢？"盛秋行把私人物品收拾好后，并没有立即离开。

盛秋行锐利如刀的眼神落在顾小遥身上，让顾小遥感觉到有种割裂的痛意。

顾小遥口干舌燥："你放心吧，我会做到的。"

盛秋行满意地点头："记住你的承诺。"

盛秋行离开后，几个同事围了上来。

"可以啊，顾小遥，那么难搞的人物都被你拿下了，工作能力越来越强了，真是佩服你。"

"你对他许了什么诺？他怎么突然愿意接受采访了？等会儿回去好好整理一下素材，这一期专访刊发后肯定会取得相当不错的效果，芮姐那边你算是能过关了。"

顾小遥只是笑，但只有她心里最清楚，这笑容有多么苦。

盛秋行那个人，实在是……

算了，专访搞定了，反正往后和盛秋行也没什么接触的机会，她还是不想那么多了。

带回去的专访素材果然让芮姐十分满意，领导心情一好，便慷慨地大手一挥，免了顾小遥的加班任务，还允许她明天上午在家好好休息。

顾小遥回去后洗了个热水澡，之后趴在床上便睡了过去。

她半梦半醒之间，听到了一阵急促的敲门声，有人在外用拳头使劲儿砸防盗门，力气大得好像在敲鼓，顾小遥的心脏跟着一阵急跳，仿佛什么不好的事就要发生了似的。

猫眼早就坏了。顾小遥把房门打开了一条线，看到一对老夫妻憔悴的脸。

"周叔叔，周阿姨，你们怎么来了？"顾小遥吃惊地问。

门外站着的正是周蛾父母，他们背着个挺大的编织袋子，眼神有点怯。

第13章 为什么分手

盛秋行早上七点半准时到达大成律师事务所，泡了一杯特浓咖啡，开始一天的工作。

赵正苏特意起了个大早，一进办公室，东西一扔，先来找盛秋行。

"你居然决定跟洛雪意分手？！"赵正苏说。

盛秋行抬眸，淡淡看了他一眼："嗯。"

"昨天晚上为什么不接我电话？"赵正苏的手重重拍在桌子上。

"晚上十一点，这是休息时间，我的手机会调整到自动静音状态。"盛秋行平静地解释。

"我信了你的鬼，平时你熬夜处理工作，哪天不是到凌晨？少拿这些话来忽悠我。"赵正苏对盛秋行太了解了，不只在工作上，生活上也是，两人做了快十年的朋友，盛秋行屁股上长个痔疮赵正苏也会第一时间知道。

"韩六道的案子很复杂，涉案卷宗就有六卷，加起来超过二十万字，这些我都要在开庭前全部研究完，时间很紧，我需要充足的睡眠来保持精力旺盛。"

如果是其他人，把这套合情合理的话说出来，赵正苏一定信。但如果是盛秋行，那意思大概是说：他跟洛雪意之间的事不需要再拿出来讨论，他本人不想提，最好赵正苏识相点别去问，大家皆大欢喜。

可惜赵正苏一直是那个最不识相的。

"雪意有什么不好？人家够懂事的了，你忙工作的时候，她全力支持，你跑到国外一年多，她也没怪过你。原以为你回来，就是好事将近，你这是哪根筋不对，非闹到要分手的地步？"

"她很好，是我不想再耽误人家。"盛秋行双手交叠，轻轻放在桌上，"你很清楚我在做什么，这种生活未来还要持续多久，我心里也不是很清楚。正苏，我不能让她一直等下去，而且她也不想再等了，急着想要在今年结婚。"

"我就不明白了，你想调查那桩旧案，跟你要不要结婚有关系吗？"

盛秋行严肃地点头："有。"

赵正苏气得一口气差点没接上来。

"那你说，有什么关系？"赵正苏抱着手臂，大有一副不拿到答案，就绝不离开的架势。

"分心。"盛秋行捏了捏眉心。

"你盛大状什么时候会分心了？这个理由连小学生都不会相信。"赵正苏瞪着他，"你能不能给个走心点的理由？"

"比如？"盛秋行将问题抛了回去。

"比如，你爱上别人了。"赵正苏盯着他的眼睛说。

"谁？"盛秋行更认真地问。

"我怎么知道是谁？这不是在问你吗？"

"这是你做出的假设，我怎么知道你指的是谁？"盛秋行一脸莫名其妙。

"我……"赵正苏气结，"跟你怎么就说不清楚了呢。"

"因为你自己并不知道自己在表达什么，作为一名律师，逻辑上的不严谨将留下巨大的漏洞。正苏，业务上的事最好要认真对待，任何时候，都要对自己高标准，高要求。"盛秋行说。

赵正苏气得鼻孔冒烟。本来他还打算据理力争的，结果盛秋行慢悠悠地又补了一句："而且我和洛雪意分手，你这么激动，似乎不太合适。"

"你……"赵正苏一下子跳了起来，"你说什么呢！"

"好了，这个话题到此为止，我真的还有很多工作要处理，你如果特别闲，可以帮忙一起看。"说完，三卷厚厚的卷宗直接丢了过去，吓得赵正苏往后一跳："我手里还有十来个案子要处理，你不要加大我的工作量。"

"也好。"盛秋行点头，做了个送客的手势。

赵正苏气呼呼地走了。出来后，他的表情垮了下来，叹了口气。洛雪意还在等他回复呢，他等会儿回电话时要怎么说呢？劝她看开点？劝她好聚好散？说下一个会更好？

他这个旁观者，还真是不容易啊！

盛秋行被打断了思路，一时间也没心情立即投入工作。他看向窗外，湛蓝的天空万里无云，太阳很烈，刺得人睁不开眼睛。

咚咚咚！

有人在门外猛敲，敲的不是盛秋行的办公室。不一会儿，嘈杂声变大，有人在哭，有人在讲话，窸窸窣窣的，盛秋行听不清楚外面的人在说什么。

这里是律师事务所，接待客户，处理工作，平时都极为安静，突然吵闹明显不正常。

盛秋行皱起了眉头。不一会儿，周律师走了进来："秋行，外边有一对老夫妻指明了要见你。"

"跟他们说，我在休假，不接待客户。"类似慕名而来的客户多不胜数，盛秋行习以为常。今天又来了一个，不管对方是谁，不管对方愿意付出多大的代价，盛秋行都不准备接单。毕竟，他还有更重要的事情要做，一个韩六道已压缩了他不少时间，他不会再给自己揽更多的活儿。

"秋行，我们也跟他们解释了，说你目前在休假，没办法接工作，但他们似乎因为女儿被什么人给害死了，听说你不接案子，情绪一下子崩溃了，现在正在外边哭闹呢。两人岁数都挺大的，赵律师亲自去安抚了，他担心老人情绪激动，再哭下去会出大问题，就让我进来，希望你……"

盛秋行一道眼神过去，立即止住了周律师的滔滔不绝。

周律师讪讪道："是赵律师让我过来找你的，人家毕竟是冲着你来的，或许见了你，情绪会好些。"

"被拒绝后，他们会更不好。"盛秋行打断了他的话。

"但是……"

"没有但是，我真的没时间再接别的案子，明知不可为而为之，不只是给自己添麻烦，还是对委托人的不负责。你去跟客户说，大成这边有很多优秀的律师，客户完全可以信任他们。"

周律师知道说服不了盛秋行，只好退了出去。

没过多久，外边彻底安静了下来，想必是问题已经圆满解决。

盛秋行再次投入到工作当中，韩六道的案子细节实在是太多了，到目前为止，他还没有找到一个精准的突破点，这让盛秋行有些烦躁，他在整个案情上有一个简单的判断，但如果上了法庭，所有判断的支撑点必然是要落实到证据上的，面前一大堆资料或许就有他要找的东西。

大浪淘沙的过程，最是消耗人的精力，盛秋行像老练的猎人一样寻找着资料中的蛛丝马迹。

时间过去不知多久，盛秋行依然一无所获。盛秋行将平光镜摘下来，放在一旁。咖啡空了，他喊了几次助理，也不见回应，只好自己去冲咖啡。

一开门，盛秋行就见到一对老夫妻互相搀扶着从长椅上站起来，冲着他露出了一个怯怯的笑容。

"您好，请问，您是盛律师吗？"其中年纪大的男人开口道。

"你们是？"盛秋行问。

"我姓周，叫周志明，这是我老伴，我们坐了很久的车特意来到南城，就是为了来见你。盛律师，我们带了一点老家的土特产，都是亲手做的，很干净，你就收下吧，不值什么钱，但这是我们的心意。"周志明将一个塑料编织袋往盛秋行面前挪了挪。编织袋是那种农民工进城最喜欢用的蓝白编织袋，编织袋里面塞得满满当当，一看分量就不轻。

盛秋行垂眸看了看："非常感谢周先生的心意，但所里有规定，不能私下收取礼物，很抱歉，我不能收。"

盛秋行抬起水杯："我要去接水……"他的意思是，想让他们把路给让开。

老夫妻的身子往一起挤了挤，把路堵得更紧了。

"盛律师，我们是专程来找您的，请您一定帮帮我们，帮帮我们吧！"旁边的老妇人先哭了起来。

她一哭，周志明顿时也是老泪纵横，抿着嘴唇哼了几下，很快就号啕大哭了起来。

"我们的女儿死得好惨啊！她是被人害死的。"周志明哭着说。

做律师多年，盛秋行见识过大大小小的阵仗，卖惨的，哭可怜的，五花八门，他的心肠早已冷硬，这对老夫妇哭得再惨，他也只是叹了口气。

"二位，请克制情绪，不要激动。"赵正苏和周律师一起走了过来，看到周志明夫妇，顿时也有些头疼。

"老人家，刚刚不是已经跟你们说得很清楚了吗？盛律师这边的工作早已经排满了，实在没办法再来负责你们的案子。其实我们大成律师事务所里的律师都很优秀，他们会尽最大努力帮你们解决问题，不一定非得盛律师。"

"盛律师也是秉承着对委托人负责的态度才谨慎接案，如果他没时间处理你们的案子，必然会让你们的利益受损，你们之所以来找盛律师，还不是想要一个好的结果？您听我一句劝，只要把您的事情解决了，哪个律师真不重要。"

赵正苏与周律师你一言我一语，努力劝二老。

盛秋行点了点头："我那边还有事处理，这里交给你们了。"

盛秋行脚步极快，周志明夫妻俩的哭声渐渐小了。

盛秋行在茶水间给自己泡咖啡时，平静地告诉自己，做律师就该时时刻刻保持理智，不能被一时的情感波动影响，他的拒绝是经过充分的考虑的。

盛秋行返回办公室时，赵正苏已经将老夫妻劝走了。

"你不要怪他们堵你，他们也的确是很可怜的。二老家里是农村的，两儿一女，原本和和睦睦，他们的女儿非常优秀，读了大学，回乡创业，结果却被人给骗了，欠了不少钱，一时没想开就跳楼自杀了。他们白发人送黑发人，悲愤欲绝，现在只想给女儿讨一个公道，让女儿瞑目。"

"被骗，他们应该去公安局报案。"盛秋行提醒。

"好像是借了什么贷款，被人给套路了，我也没听特别明白，老人家情绪太激动，案情讲得有点含糊。"赵正苏说。

周律师说："但是一听他们说的就知道这是个赚不到钱的活儿，你瞅瞅他俩穿的衣服，都不知道是多少年前的款式了，旧成那样还在穿，显然家庭条件并不怎么好。他们是真的把律师事务所当成慈善机构了，以为来这里就能免费获得帮助。"

赵正苏皱眉："别胡说。"

周律师一脸不服气："我可真没胡说，刚在会客室的时候我都打听过了，他俩是看了前段时间做的法律公益的采访才找到律所来的，也不知道是谁给他们说的，以为可以在这里免费获得法律援助，并且可以点名由哪个律师来援助，真是可笑。他们倒是真的很有眼光，还知道挑咱们律所最大牌的律师。"

盛秋行默默地喝咖啡，只听不评价。

赵正苏是基层公益法律援助的推行者，每年大成律师事务所都要做很多无偿的公益活动，下社区，走乡村，每一季度都有相应的主题，但说到底，公益性质的法律援助与正常业务办理有着明显不同，每年也有严格的限制条件。在赵正苏的推动下，无偿法律援助成了律所的一个小传统，只是公益法律援助全凭律师自愿参加，如果律师实在不想参加，律所也不会强求。

盛秋行就从来不参加，他太忙，同时也的确没有兴趣。

"我回去继续忙。"盛秋行喝完咖啡，把空杯子给了赵正苏。

"有眉目了吗？"赵正苏问。

"快了。"盛秋行答。

盛秋行的专访很快就在线上发布了，助理给盛秋行发了个链接过来，点进去就会进入公众号界面。视频被精心剪辑过，变成了一段精练的对话，时长八分钟左右。

视频里，顾小遥青春靓丽、活力四射，她与他像朋友一样聊天，欢乐时开怀大笑，动情处泪光闪闪。

盛秋行原本只想看看那个对他始终有几分敌意的顾记者有没有公报私仇，可看着看着，他竟然全看完了。

视频下面的文字内容很客观，向读者介绍了一个真实的律师。

盛秋行关掉链接，就在这时，门外响起了一阵号哭。

赵正苏黑着脸走进来："周志明夫妻俩躲在楼梯间里，看样子还是在等你，被保安发现后，老太太的心脏病突然犯了，幸好身上带着速效救心丸，目前暂时稳定下来了。他们这种情况应该去医院，免得出什么意外，可是那两位说什么都不肯走，一个劲儿地只说想见你。秋行，我是真没辙了，你能不能出去安抚一下他们，你也不希望律所这边惹上大麻烦对不对？下午来办事的客户多，他们一直哭个不停，实在太影响律所形象了。"

"我怎么安抚？"盛秋行明显不太高兴。

"他们是有求于你，要不你听听他俩的想法？"赵正苏眨眨眼。

"告诉他们，我没时间接法律援助。"盛秋行冷笑。

赵正苏咳嗽了两声。

"如果他们被再次拒绝，你猜那时候会怎样？"盛秋行抛出问题。

"大概……心脏病又要犯一次。"赵正苏叹气。

"我不认为应该助长一些人'我弱我有理'的不良风气，你说呢？"盛秋行的话里连一点妥协的意思都没有。

赵正苏发现，自己竟然被说服了。他转身走出了办公室，完全放弃了让盛秋行出面平息事端的念头。

谁知，赵正苏刚出来，就见一个穿着运动装、梳着马尾辫的女孩子一脸着急地从外面跑了进来。

她把双肩包一扔，直接冲到老夫妻面前："叔叔阿姨，你们怎么来这里了？"

赵正苏极为意外："顾小遥？"

顾小遥蹲在老太太面前，用纸巾帮老太太擦眼泪。

赵正苏来到顾小遥面前："你认识他们？"

顾小遥愤怒地看着赵正苏，眼睛里有泪光在闪烁。

"你别误会，我们这儿没人欺负两位老人家，是他们想要委托盛律师接案，但是盛律师实在没时间接他们的案子，他们无法接受这个结果，就一直待在这里不走。你来得正好，快劝劝他们吧，别伤了身体。"赵正苏说。

在他看来，顾小遥应该是可以讲道理的，她一定可以理解。

顾小遥却只是给了他一记白眼，转而跟周志明夫妇说起话来。

"你们对南城不熟悉，想去哪里可以跟我说，我会请假陪你们的。你们突然跑出来，一直不接电话，我真的担心极了。"

周志明抹了抹眼角："娃儿，我们得给蛾子一个交代啊！她不能就这么白白没了。"

"我知道，我也能理解，我和周蛾是最好的朋友，我会尽最大努力帮你们。"顾小遥努力安抚着老人的情绪。

顾小遥说了好多，终于有了些效果。周志明这才透露了一些事："我们在你桌子上看到了这个地址，听说这里的律师不要钱就能帮我们申冤，所以我们就找来了，可是照片上那个厉害的律师不愿意帮忙，听说他只肯接收费的案子，不免费的，但是那些书本上写的不是这样的，怎么一到了他这里，又要钱了呢？"

盛秋行在不远处站着，听到这些，仿佛有些明白了。

第 14 章　皆为利来

顾小遥想跟老人解释，可周志明话音刚落，一旁的老太太就紧紧按住了心脏，脸色煞白，随时要晕倒似的。

"你们先跟我回去好不好？等会儿我去跟大成律师事务所的律师沟通，一定找一个值得信赖的好律师给你们，放心吧，我会尽最大努力帮你们。"顾小遥说。

周志明摇头，老太太也跟着摇头。

"这个事儿不好整咧！娃儿，必须得找最好的律师。"周志明说。

"好律师有很多的。"顾小遥看向了赵正苏，不经意间，她与盛秋行的目光对了个正着。

他是什么时候站在那里的？他一定已经听到了周志明的话了吧？他竟然一点反应都没有。

顺着顾小遥的视线，周志明很快也发现了盛秋行，他跌跌撞撞地就要冲过去。

"我要再去求求盛律师，他一定会答应的。"周志明带着老伴在律所门外等了这么久，目的就是为了能和盛秋行再说上几句，现在好不容易有了机会，他当然不会错过。

顾小遥却一点都不乐观，直觉告诉她，盛秋行没那么容易被说服，他如果下定了决心不帮忙，就不会轻易动摇，如果闹一场能有用，怕是大成律师事务所都要被人挤爆了。

顾小遥连忙把周志明拦下："你们坐着，让我去试试。"

"他很不好说话的。"周志明小声说。

"我和他打过交道，毕竟认识，没准儿他能给我个面子呢。"把人安抚住，顾小遥立即走到了盛秋行身边，强撑出一抹微笑，客气地说："盛律师，能不能单独聊聊？"

盛秋行表情严肃："我真的没时间。"

"是担心他们拿不出律师费吗？那么，由我来全额支付的话，您愿意再考虑一下吗？"

"不考虑。"盛秋行连一秒钟都没犹豫，"真没时间。"

"出事的人是我大学同学，也是我最好的朋友。她的名字叫周蛾，才 24 岁，长得好看，有自己的事业，懂事、孝顺又勤奋。她突然自杀，二老接受不了这个事实，我也接受不了，所以，我们都想为她做点什么。"顾小遥说得眼角都湿润了。

盛秋行却不为所动："如果真的懂事孝顺，就不会用自杀的方式来解决问题了。"

顾小遥皱眉："你对自杀者有偏见？"

盛秋行不答反问："你没有吗？"

顾小遥差点接不上话来，她组织了一下语言，才说下去："自杀当然不对，但也要区分情况来对待，生命对每个人来说只有一次，失去了就永远没有了。我相信，周蛾在那时一定是遇到了极大的困境才一步步走上了这条不归路。我对她没有偏见，因为我了解她是个什么样的人，更明白她有多热爱生活。因此，我对她的死无法坐视不理。"

盛秋行点了点头："伟大的友谊。"

顾小遥眼底燃起了几分期待："盛律师……"

她的话还没说完，就被盛秋行打断："但我帮不了你们，抱歉。"

盛秋行回到办公室，简单收拾了下东西，准备离开。

"娃儿？怎么办？"周老汉这会儿已经把顾小遥当成主心骨了，他连续被拒绝，心里早已对盛秋行产生了一丝畏惧。

"盛律师，你等等。"顾小遥追了上去。

"我要下班。"盛秋行笔直走向电梯。

顾小遥只好跟着，边走边说："现在时间还早呢，还不到四点。"

盛秋行回："待在里面还能办公？"

顾小遥叹气："抱歉，我们打扰到你了。"

盛秋行一脸的无所谓："无法工作，那就下班，我不喜欢浪费时间。"

"盛律师，你真的不能再考虑一下吗？其实我也知道在你看来，这只是一个小案子，但对于周蛾的父母来说，这个案子已经是天大的事了，如果不能妥善解决，两个老人家接下来都不知道要怎么活下去。你能看得出来吧，他们很伤心，特别伤心，在这种时候，他们需要帮助。"电梯下行，顾小遥不顾身边还有好几个陌生人在，有些激动地与盛秋行说。

电梯门打开，位于负二层的地下停车场到了。

"我的态度表达得很清楚，顾记者，希望你也能多给予我几分理解，不要强人所难。"来到车子边，盛秋行打开车门，准备离开。

顾小遥的耐心耗尽，她猛地将车门推上。

"喂，你能不能不要这么铁石心肠？究竟要怎样，你才肯答应下来？"顾小遥说。

盛秋行的眼睛黑得如同深渊。

"盛秋行，你就一点同情心都没有吗？人命关天的案子，周家二老就差跪在你面前求你了，你稍微有点反应好吗？"顾小遥继续说。

"顾记者！"盛秋行不屑地笑了，"我可以明确地告诉你，来到我面前的委托人，每一个都拥有一个令人心碎的故事，每一个都有令人动容的理由，每一个都说没我不行，难道因为这些，我就要放弃自己的原则，大包大揽，将天底下所有的可怜人都收留了吗？"

顾小遥被问得哑口无言。

"而且我现在还在休假阶段，过几天就会离开南城，我帮不了他们，就这样。"盛秋行再次拉开了车门。

关上车门之前，顾小遥迅速出手，拦住了他的动作。

她嘲讽道："你还在休假，但你却出现在大成律师事务所，这不是也在处理工作吗？"

盛秋行还没回答，顾小遥就继续说了下去："你手头的工作就能挪得出时间来处理，而周蛾这个案子，你却说什么都不接，真正的原因不是你没时间，而是你心里已经有了判断，这个案子并不能为你带来大笔的律师费，不值得你去浪费时间，是这样吗？"

"是的。"

顾小遥突然说不出话来了。

"有那么一拨人，惯于用圣人的标准衡量别人，用贱人的标准要求自己。但我想，顾记者并不是这样子的女孩儿，对吗？"盛秋行冷冷道。

顾小遥无语，她现在有种想要吐血的念头，她手指的力道微微一松，盛秋行立即将车门关紧。他的车子绕过了她站的位置，直接冲出了停车场。

很久之后，顾小遥回过神来，愤怒地大叫："盛秋行，你是个浑蛋！"

盛秋行还没到家，就接到了赵正苏的电话。电话那端，赵正苏止不住地发笑："你对顾记者说什么了，把她气得不轻，她回来的时候，小脸通红，跟我说话都没好气。"

盛秋行说："教教年轻人最基本的做人道理。"

"年轻人还没被现实摩擦过，带了几分天真那也是很正常的事，那么可爱的姑娘，你也不要对人家太狠了。"赵正苏一贯是怜香惜玉的，对年轻好看的女孩子容忍度奇高。

"你打过来，就为了说这些废话？"盛秋行不耐烦地问。

"别恼别恼，我只是想要告诉你，洛雪意的飞机是晚上八点四十分，南城凤翔国际机场T2航站楼，那是最后一班从南城飞往北京的航班，现在是下午四点四十分，你懂我的意思吧？"赵正苏问。

"我不懂，如果没有别的事，我先挂了。"

"我的意思是，你现在如果后悔了，立即赶去机场，就算是全城堵车，你也能稳稳地在航班起飞之前把洛雪意留下来。秋行，爱情不是儿戏，别被一时的冲动蒙蔽了理智。"赵正苏说。

"谢谢。"挂断电话，盛秋行望向窗外，一副冷峻的面孔在光与影之间不停变换。

他和洛雪意之间存在的问题远不是一场婚礼就能解决的。

此刻的他，分不出太多的精力去照顾另一个人，既然如此，何必再将洛雪意拖进来呢？

盛秋行在沉默中前行，电话再次响起，这一次，是个陌生号码。

他接起："你好，我是盛秋行。"

"盛律师，我是顾小遥，我想……"

他打断了她："刚才骂得不过瘾，想再骂我一顿？"

顾小遥噎住："你说话一定要这么刻薄吗？我打过来，只是想道个歉。"

"冲动之下恶语伤人，事后再去弥补，你觉得有意义吗？"

顾小遥又一次陷入沉默。

"无话可说？"盛秋行问。

停了一秒，他继续说："没话说我就先挂了。"

"盛律师，等等。"顾小遥慌忙打断他。

"如果还是为了那个案子，你就不必开口了，说什么都没用，我真的没时间处理，与钱无关。好了，我在开车，就不聊了。"

另一边，大成律师事务所内，赵正苏抱着手臂，露出不出所料的表情："我说不行的吧，秋行做事很有计划性，而且最讨厌无故改变计划，他的原则简直不可动摇。放弃吧，换其他律师，我介绍个优秀的给你。"

"所内还有胜诉率更高的律师吗？"顾小遥问。

"从这个标准来看，当然是没有人能比得过秋行。咳咳，虽然秋行的胜诉率远远超过其他同行，但这并不能说明其他律师不优秀，因为一场诉讼从准备应诉到法庭判决，能主导胜诉的因素很多，而且对于我们这些法律工作者来说，胜诉不单纯只是判决书上的获胜，还有很多其他的评判标准。比如在刑事案件当中，原本应该判死刑的当事人，最终被判决死缓，这就是辩护律师的胜诉，又比如本应该判处五年到七年有期徒刑的当事人，最终被判了五年而不是七年，这也是辩护律师的胜诉，但这些是无法计算在律师的胜诉率中的。"赵正苏说。

顾小遥仍然不死心："周蛾的案子比较特殊，我们想要讨回公道，需要最强有力的助力，虽然我不喜欢盛秋行的为人，但我研究过他，我不得不承认，他的确是最适合的人选。赵律师，我知道这有点强人所难，可是我依然想再去试试看。"

"你还想试？"赵正苏愕然。

"嗯，再试试。"顾小遥使劲儿点头，决心不容置疑。

"好吧，那只能祝你好运了。"赵正苏佩服地看着她。

生活中，大多数人都懂得知难而退的道理，愈挫愈勇的人倒是真不多，尤其顾小遥要挑战的人还是盛秋行，勇气可嘉！

韩六道坐在盛秋行正对面，无论和盛秋行接触多少次，他都觉得盛律师非常难相处。盛秋行的目光永远严苛，宛若能够看穿人心。当进入工作状态，盛秋行极为注重效率，准备好的问题一个接一个抛过来，几乎不给韩六道思考的时间。

有些问题，韩六道觉得为难，便习惯性地撒谎，想要蒙混过关，但每一次都会被盛秋行识破。

盛秋行微微皱着眉，严厉道："韩先生，既然你决定委托我作为你的代理律师，你就应该尽量对我讲实话，实在不方便透露，你直截了当告诉我就好。你对我说假话没有任何意义，这种行为会干扰我的判断，进而使我对整个案件的走向产生错误的认知。你应该知道代理律师判断不准确意味着什么，由此产生的一切后果，也必然会由你本人来承担。接下来的问题，你思考几秒再回答，如果你没办法配合我工作，那就不要浪费彼此的时间。"

这一番指责可谓相当严厉，韩六道脸上挂不住，可仔细一琢磨，盛秋行说得也没错。

韩六道苦笑道："我真搞不懂盛律师是怎么看出来我没有说实话的，难道我在撒谎的时候，脸上写着'撒谎'两个字吗？"

盛秋行说："每件事的发展都有一定的内在或外在逻辑，我的问题全都是围绕案件展开的，没有意义的问题我不会问，如果某个问题的答案与预估中的回答有偏差，接下来的一系列调查都将明显偏离我们的调查方向。我无法判断出你是否在撒谎，但却能明确地发现你的回答符不符合逻辑。"

"是这样吗？好厉害！"韩六道由衷地佩服。

"好了，既然理解了，我们继续吧。离开庭的日子不远了，整个案件也进入了最后的梳理阶段，我希望韩先生能尽量配合我。"盛秋行说完，录音笔再次打开。

两个半小时后，盛秋行停止提问，他的笔记本也翻到了最后一页。

"盛律师，这些有什么用啊？能帮我赢了这场官司吗？"韩六道讲得口干舌燥，整个人直犯迷糊。

"有用。"盛秋行点了下头。

"有什么用？"韩六道问。

"现在还不确定，我还需要一些时间。"盛秋行止住了话题，"时间挺晚了，你先回去吧，路上小心。"

等韩六道一离开，赵正苏的电话就打了过来。

"谢天谢地，你总算肯接电话了！我打了二十几个电话，你都没看到吗？"赵正苏说。

"刚才在跟韩六道梳理案情，不方便接电话，你有什么事吗？"盛秋行把钢笔一丢，整个人向椅背贴了过去。

"你居然真的没去机场？"赵正苏诧异道。

"赵正苏，你到底要八卦到什么时候？"盛秋行不高兴了。

"不是八卦，是意外！意外你懂吗？我还以为你最后会想通，没想到……算了，我也是多管闲事。"赵正苏迅速转了话题，"对了，顾记者有没有去找你？"

第 15 章　盛秋行上了南城热搜

一听这话，盛秋行的火气又蹿了起来："赵正苏，你还敢自作主张？"

赵正苏委屈地说："误会了误会了，我可没有暗示或提醒顾记者去做什么，是她自己不肯放弃，想再去找你谈谈，那姑娘有股子执拗劲儿，跟你有点像。"

"韩六道的案子我已经破例了，法律援助你安排其他律师去做就可以。我再强调一次，我很忙，你不要大大小小的事都甩到我这边来。"

见盛秋行真的动了怒，赵正苏的声音放低了很多："你是律所的明星律师，平时就会有很多人慕名而来，我已经尽力在跟客户解释了。秋行，有时候你也得为我考虑一下，律所这边的行政事务都是我在处理，做不到尽善尽美，你也得理解我呀，对不对？"

"说吧，顾小遥打算做什么？"盛秋行懒得再听赵正苏诉苦，直截了当地把话题给引了回来。

"我也不知道她想做什么，可能会努力求你。"

盛秋行冷酷地说："求也没用。"

赵正苏附和："的确。"

顾小遥真的会去求盛秋行吗？那也未必。自从那天在律所不欢而散以后，盛秋行就没有了她的消息。

韩六道的案件，证据搜集工作进入收尾阶段，为了补充一些细节，把证据给定死定扎实，盛秋行亲自去了出事的工地，走访了许多证人。

盛秋行现在恨不得将二十四小时撕成四十八小时去用，与案件没有关系的事，都被他抛诸脑后了。直到有一天，有几个朋友不约而同打电话给他，用极其吃惊的语气告诉他，他上了南城热搜。

南城市民有早晨读新闻的习惯，吃个早饭，南城的大事小事他们就都知道了。热搜分两种，一种是短期热搜，话题出现得快但是也消失得快，过去了就不会再出现。例如一部新出的电影、一部新出的电视剧、明星的绯闻等；另一种是长期热搜，话题比较长久，余音绕梁，经久不衰，在相当长的一段时间内都属于比较热的话题，不会轻易改变。

不管是哪一种，盛秋行一旦"榜上有名"，整个南城的人基本都会认识他。

个人的名字上了南城热搜，通常不会是因为太优秀，更可能是惹了众怒，被骂到全城皆知。

盛秋行带着异样的心情打开了每日新闻，在整个网站最显眼的位置，挂着南城热度前十位的搜索关键词，排名第四的位置赫然有他的名字，关键词写的是：盛秋行，伪慈善律师？

在这个话题下，群情激昂，网络上永远不缺口诛笔伐者，他们动辄笔墨横飞，批判他们看不惯的社会现象。

盛秋行花费了一些时间，寻找到了热搜的源头。原来在每日新闻下有一个流量极大的热点新闻板块，那上面挂着一则小新闻，暗示大成律师事务所公益性法律援助弄虚作假，说大成律师事务所提供的无偿法律援助流于表面，只可以简单地咨询，一旦涉及具体的案件处理时，他们便会以各种理由拒绝服务。新闻举了一个具体事例：一对来自开屏县小洛乡的农民夫妇，听说大成律师事务所在进行公益性的法律援助，便带了自家的土特产来到律所，恳求盛秋行律师出手帮忙，但这位盛律师一直以工作忙、没时间、正在休假等借口为由，拒绝处理。文章情感色彩浓厚，说那对老夫妇人到晚年，承受着白发人送黑发人的痛苦，还要承受律所一次次无情的捉弄。文章最后呼吁整个社会予以关注，不要让"慈善""援助""公益"这些美好的字眼成为某些人牟利的工具。

这"欺世盗名"的大帽子从天而降，不管砸在谁头上，那个人都是无法承受的。

盛秋行终于变了脸色："顾小遥！"

而在另一边，在新媒体部的办公室里，桌上的办公电话从早上开始就一直响个不停。

此刻，顾小遥正坐在芮姐的办公室里，一副认命的表情。

"你要我说你什么好呢！"芮姐气得大口呼吸。

"我写的都是事实，新闻就是要给公众还原真相，改善社会风气的，我问心无愧，并且可以为我写出来的新闻稿负责。"顾小遥不服气地说。

"但如果记者利用自己的笔杆子来夸大并且扭曲事实，那么这个真相就不是真实的，具有误导性。你是我一手带出来的，我就想不通了，为什么你入行不到两年，就染上了这个坏毛病？"芮姐把资料夹重重地往桌上一摔。

顾小遥吓得一激灵。

"我……我没有！大成律师事务所一直都热衷于所谓的公益法律援助，但他们对找上门的弱势群体也的确采取了回避的态度。我有第一手资料，包括录音、照片、采访等，如果您怀疑我是故意夸大或扭曲事实，我可以拿出证据来给您看。"她敢写出来，就不怕质疑声。

"只一件事，就可以代表全部了吗？大成律师事务所一直致力于公益法律援助，每年四场，每季度一次，他们帮了那么多人，你只凭一件个案就否定了别人之前那么多的努力？顾小遥，你还觉得自己有道理？"芮姐按着一直在发痛的太阳穴，使劲儿揉了几下。

"我没否定他们之前的努力，但也不能因为他们曾经付出过，就理所当然地认为，他们所做的每一件事都是对的。有好的地方，应该表扬、应该宣传，像之前我们为赵正苏和盛秋行两位律师做的专访，就从正面宣传了大成律师事务所。可是，对于他们做得比较差的一面，难道就要视而不见，甚至是替他们隐瞒吗？"顾小遥据理力争。

"顾小遥，你是存心抬杠是吗？"芮姐气得低吼。

"我没有抬杠，我只是在表达我自己的看法。"她别过脸，声音降低了很多。

"你的新闻稿在发出前有一道领导审批程序，你提交了吗？谁允许你直接把稿子发出去的？你有这个权力吗？"芮姐愤怒地瞪着她。

"我……我手快点了提交，忘了审批的事了，这是我的责任，我会负责，请按照公司的规定来处理。"顾小遥声音更小了。

"你！"芮姐翻了个白眼，"我就不明白，盛秋行哪里惹到你了，让你连一个记者的职业操守都不顾了，这么明显的针对行为，会给你的职业生涯染上污点……顾小遥，你觉得值得吗？"

值得吗？顾小遥其实从来没考虑过这种事。她只知道有些事一定要做，哪怕明知道得付出一些代价，也得勇往直前，一拼到底。

"如果没有别的事，我出去工作了。"顾小遥站起身，走了出去。

芮姐点开了新闻后台的页面，事件在持续发酵，"老年丧女""农民维权""弱势群体"等，一篇几百字的新闻稿，尽是抓人眼球的字眼儿。顾小遥的新闻稿在短时间内造成了巨大的轰动，六小时就冲上了南城热搜，在这个时候删掉新闻稿显然不可能了，就算是直接删了也没用，新闻稿被到处转载，全网皆是，话题在南城热搜一旦榜上有名，除了等热度自然冷却外，别无他法。

而这时，公司高层的人物已陆续发出了声音，芮姐一想起那些警告与责备，头皮都在隐隐作痛。办公桌上的电话又在响个不停，铃声似乎比往日更急促几分。

芮姐刚一接起，电话那边已是劈头盖脸地开骂："郭芮，你手底下那个记者是怎么回事？谁允许她写那篇稿件的？又是谁允许她将稿件刊发在网站上的？大成律师事务所是市里面树立的模范典型，年年搞公益，帮助了不知道多少人，现在突然暗示他们在搞假慈善，那不是在质疑市里的一些人对大成律师事务所的支持也是别有用心吗？你们新媒体部都干什么吃的！我告诉你，事是你那边出的，你给我立即去解决，我不管你用什么办法，把整件事先平息了再说。真是的，招惹谁不好，偏去招惹一群律师，没证据敢胡写，惹急了人家直接告你们诽谤。"

芮姐听出了对方是报社的李副总，李副总上来就劈头盖脸一顿骂，显然这事是闹大了。

芮姐苦笑："李总，您先别急，您听我说，顾小遥之所以写了这篇新闻稿，手上的确是有相应的证据，不然的话，她也不敢胡编乱造，至于为什么会不经审核直接刊登出来，其实这也是一个意外事件，咱们那个发送系统一直有个小BUG，提交审核和直接发表的按键紧紧挨着，稍微不小心就会点错。之前新媒体向技术部报修了好多次，但因为问题不是很大，技术部没及时修改，之前也出了几次这样的事情，但因为新闻本身的内容不敏感，后面也就不了了之了。当然，这也是我工作上的疏忽，也是顾小遥工作失职，我们会做出检讨，并承担起相应的责任。"

李总听完，气得都笑了："听你的解释，一切全是意外，都把人家的明星律师给弄上南城热搜了，他正被一群网友口诛笔伐呢，而你们新媒体这边却只是轻描淡写地用'意外'两个字来推脱责任？"

"我们才给大成律师事务所的两位明星律师做过专访，李总可以去看看那两期采访内容，全都是正面评价，对律师本人，对大成律师事务所，连一个字的恶评都没有，毕竟我们作为媒体人，也希望能多宣传从事公益事业的单位，为那些需要帮助的人尽一份力。李总，两篇专访的作者全都是顾小遥，如果她对大成律师事务所有意见，那她怎么会如此中肯地评价大成律师事务所呢？其中关于盛秋行律师的那篇专访，与今天发布的新闻稿相隔不到一个星期，从常理上来推断，顾小遥真的不是有意这么做的。"

"郭芮，你跟我说这些没用，事情已经发生，我劝你一句，如果不是故意去整人家，最好以积极的心态去寻求一个解决的办法，别等人家找上门的时候去处理，到那时，里子面子全都不好看。"

电话"啪"地挂断。芮姐捏了捏眉心，接着用内线把顾小遥又喊了进来。

"我相信你不是故意针对盛秋行，但事情必须有个妥善的解决方法。因为你的关系，盛秋行被挂在南城热搜上下不来，现在你来想办法解决。"

顾小遥抿着嘴唇，一副虚心听取、诚心弥补的样子。

芮姐叹了口气："你呀，一直乖乖的，怎么就闯了这么大的祸出来？"

顾小遥的脑袋压得更低了。

芮姐一脸惋惜："这次的事闹得太大，领导们也很头疼，他们认为大成律师事务所那边一定会采取行动，等到那时，我也保不住你了。"

顾小遥终于有了反应："芮姐，如果我能想办法弥补呢？"

芮姐看着她："什么办法？"

"我去找盛律师，真诚道歉，取得他的原谅。"顾小遥双眼发光。

"他会原谅你吗？盛秋行不像是容易打发的人。"芮姐并不乐观。

"总之要试试。"顾小遥站起身，信心满满地说，"我现在就去找他。"

事到临头，也只能如此。芮姐给顾小遥批了假，让她去找盛秋行。

从办公大楼走出来时，顾小遥的脸上哪里还有一丝焦虑，她的眼神无比坚定。这份工作当然是她喜欢且热爱的，可为了周蛾，为了给周家父母一个交代，她拼着工作没了，仍要试试。

周蛾绝对不能白死，必须要有个所有人都能接受的结果才行，否则，她余生难安。

与此同时，大成律师事务所此刻正焦头烂额。

赵正苏朝着盛秋行无奈地摇头："真没想到，一则小新闻，竟会闹得满城风雨。"

"你现在应该去想办法撤掉热搜，平息事端，将影响力降到最低。否则，你多年做公益的心血就白费了。"盛秋行淡定地说。

"我们做公益的初衷本就是回馈社会，在能力范围内尽可能多做些好事，只要我们自己知道自己在做什么就好了。"赵正苏朝着他笑了笑。

盛秋行勾了勾嘴角："既然是这么想的，你愁什么呢？"

"能不愁吗？"赵正苏叹了口气，"你呢？真的一点情绪都没有？"

毕竟，挂在南城热搜上的是盛秋行，不是他赵正苏。

"愤怒。"盛秋行给出了两个字，但脸上却没有愤怒的表情。

"顾记者还是太年轻了，年轻人做事比较冲动。"赵正苏屈指敲了敲桌面，"我已经打电话给她领导了，让他们先把那条新闻撤掉，后期该怎样补救，他们会给出一整套处理方案。真是的，周志明夫妻俩岁数大了，搞不清楚状况，顾小遥怎么也跟着瞎起哄呢？"

"她是故意的。"盛秋行说。

"什么？"赵正苏没反应过来。

"她是想利用这种方式引起社会舆论的关注，让我不得不去接手周蛾自杀案。"盛秋行迅速在键盘上敲出一行字，之后就关了文档。

第16章 与知名大律师反目成仇

盛秋行知道，顾小遥很快就会来找他。

他的判断没有错。一小时后，顾小遥就坐在了他面前，冲着他笑。

"顾记者，你这样的行为有违职业操守。"盛秋行双臂交叠。

"我的文章没有一个字是虚假言论，盛律师如果觉得我有违背职业道德的行为，可以当面指出，我会虚心接受，诚恳改正。"顾小遥中气十足地回答。

"顾记者说这个话，自己信吗？"盛秋行盯着她的眼睛。

"我问心无愧。"顾小遥大声回答。

两个人在沉默中对峙，互不相让，谁都没有先退一步的意思。尽管顾小遥在盛秋行的注视下早已头皮发麻，但她仍气势十足。

"既然问心无愧，也没有什么好说的了，门在那边，不送。"盛秋行下达了逐客令，连一个多余的眼神都懒得给她。

顾小遥攥紧拳头："盛律师的知名度颇高，再在南城热搜上一直挂着，被一群正义的网友持续关注，这种滋味不太好受吧，若是时间长了，有人开始深挖盛律师的私事，到那时，您所有的过往都将暴露在网络上，所有的秘密都将不再是秘密，甚至盛律师在工作过程中的一些见不得人的事也会全部被挖出来。若是盛律师一不小心有些不法行为，后果会怎样？我想像盛律师这样的大神，很多事应该比我这个小记者更加清楚。"

"顾记者的行为是在趁火打劫。"盛秋行拿起桌上的打火机，慢慢旋转。

"我是善意的提醒。"顾小遥没有因为盛秋行的坏脸色而自乱阵脚。

"除了提醒呢？"他问。

顾小遥都摆出这样的姿态了，他哪里可能还看不清楚。

果然，她微笑："给出解决方案，供您参考。"

盛秋行讽刺地说："把我架在火上，一手拎着油桶，一手拿着灭火器，然后来跟我谈解决方案？以顾记者的智慧，只做一名记者真是可惜了。"

顾小遥假装没有听懂他的意思。她保持着优雅的笑容，继续往下说："我们这一行有个词儿叫作'舆情反转新闻'，一些紧跟社会热点的新闻事件，在发展过程中呈现反转趋势。即网络群体的舆情表达游走于不同的舆论旋涡中，主流舆论或多数派意见数次向不同方向倾斜，使得舆情表达最终发生逆转。"

盛秋行挑了挑眉。

顾小遥继续说："虽然你现在的确处于舆论的旋涡中，被人抨击批评，处境艰难，但这并不代表没有办法逆转形势。只要操作得当，是可以形成一波大反转的，舆论逆转不仅会为盛律师澄清一些误会，还有可能让盛律师的事业更上一层楼。怎么样，要不要听听我的计划？"

盛秋行笑了："你确定是要帮我洗白而不是趁机落井下石？或者找准机会再来一记更猛的？"

顾小遥轻点了下头。

盛秋行说："我不会跟一个为了达到目的不惜坑害别人的人谈条件。"

办公室内再次陷入僵局。

顾小遥镇定的表情终于崩掉了，一丝尴尬挂在脸上。

"如果你没有更多要说的，现在就可以离开，我还有工作要处理，不送。"盛秋行说完不再理会顾小遥。

这毫不客气的赶人方式让顾小遥再也无法忍耐，她落荒而逃。

到了办公室外，顾小遥的眼泪簌簌地流了下来。

她一边在心里骂自己软弱一边又不停地给自己打气。她这么做并不是为了她自己的利益，而是为了周蛾，为了周蛾的父母，她即使失败了，也没办法说服自己放弃不管。

"顾小姐，你怎么在这里？是来找秋行的吗？"赵正苏从办公室里走出来就见到了顾小遥，脸上露出了意外的神情。

顾小遥连忙擦了擦眼泪："赵律师，您好。"

"怎么哭了？秋行给你难堪了？"赵正苏猜到了怎么回事儿，但对于这个，他不好多说。

顾小遥的一篇新闻稿把大成律师事务所、盛秋行甚至是他赵正苏全都推到了舆论的风口浪尖，赵正苏也有点生气，但是看到顾小遥哭得稀里哗啦后，赵正苏的心瞬间就软了。没办法，他一直都是这样的脾气，天生温柔。

"对不起，赵律师，我知道我给你们带来了巨大的困扰，但是……"顾小遥咬住了嘴唇，突然觉得在这个时候，不论解释什么，都显得苍白无力。

"秋行在里面吗？这里面一定存在着误会，顾小姐实在不像是个没有原则的人。"赵正苏的手上多了一张纸巾。他递到顾小遥面前，温柔地笑了。

顾小遥真的有些后悔了，心里如刀割一般难受。

"如果是真的有误会，还是要想办法去解除掉比较好，其实一个问题有很多解决的办法，并不一定非要采用极端的方式。那位去世的周小姐一定是你非常重要的人吧？每个人都有软肋，为了在意的人失去理智情有可原。对于热搜的事，我的确有些不高兴，但我又不能指责顾小姐什么。"赵正苏按住太阳穴，一副很头疼的样子。

顾小遥头微低，从赵正苏的角度恰好能看到她不停颤抖的睫毛，他察觉到顾小遥有些沮丧。

"秋行那个人有一是一，有二是二，原则性很强。你如果想要利用热搜事件逼他管周蛾自杀案，我劝你还是放弃这种想法，他绝不可能同意。触及底线，他一定会采取行动维护自己的合法权益，而我们大成律师事务所也不会坐视不管，盛秋行与大成律师事务所的利益是不可分割的，真到了那个时候，大家的脸上全都不好看。这种两败俱伤的做事方式实在是不可取。"赵正苏顿了顿，压低了声音，"你不如换一种方式。"

顾小遥猛地抬头。

赵正苏叹气："盛秋行那个人吧，很讲道理的，你把他说服了，他一定会帮你。"

"把他说服？"顾小遥不太明白要怎么做。

"以理服人，说服他！"赵正苏给了她一个鼓励的眼神，"少点虚伪客套，多些真诚，虽然最后他不一定会松口，但之前造成的一些误解还是有希望解除的。"

在赵正苏的连哄带骗下，顾小遥鬼使神差地又一次推开了盛秋行办公室的房门，站到了他的面前。

"你怎么还在这儿？"盛秋行有些不耐烦。

"能不能给我二十分钟，我想跟你聊一些事。"顾小遥小声说。

"我有工作，没时间闲聊。"盛秋行拒绝。

"那么十五分钟？不，十分钟，我尽量言简意赅，不会多说废话。"顾小遥的脸颊在发烫，她已经用上了所有勇气，小腿都在跟着发抖。

"请你出去。"他瞪着她。

顾小遥顿时尴尬得不行，她有种强烈的想要转身就跑的冲动。

恰好这时，赵正苏端了两杯咖啡走进来，一杯放到顾小遥面前，一杯给了盛秋行。

"秋行，你就听顾小姐说说，如果其中的确有误会，或许还有更妥善的解决方案，我建议还是以先解决问题为主，至于其他事，可以等眼前的事平息之后再去考虑。"

盛秋行的目光冰冷："我拒绝。"

"听听也不会掉一斤肉。"赵正苏拽着顾小遥的手臂，让她先坐下来，"处理突发事件时情绪不要那么大，先聊一下，聊完再说别的。"

"她给了你什么好处？你这么帮她？"盛秋行没好气地问。

"年轻好看的女孩子值得多给三分耐心。你啊，偶尔也要怜香惜玉。"赵正苏出去了，把空间留给他们。

盛秋行抬起手腕，看了看表："你有十分钟，现在开始计时。"

顾小遥还没反应过来，就见盛秋行将桌子上的电子表转了过来，他拍了下钟表盘开始计时，一切都按正规程序走，说十分钟就是十分钟，多一秒都别想。

顾小遥顿时找回了当时去报社面试时的状态。她清了清嗓子，开始组织语言。

开屏县的地理环境两极分化，产粮区的交通四通八达，当地村民极富，家家小洋楼，户户小汽车，人们不必外出打工就能在家安居乐业，过上富足的生活。但还有几个乡都是山地、洼地，交通不便，本地的就业机会少，年轻人不得不外出打工，村里除了留守的老人和儿童之外，就没其他人了。

顾小遥家在大洛乡，周蛾家在小洛乡，这两个地方一衣带水，在她们大学毕业以前，大洛乡和小洛乡真是要多穷有多穷，要多差有多差。

顾小遥和周蛾虽然是上大学才认识的，但因为两个人是老乡，又住在同一宿舍，四年下来，感情极深。大学毕业后，她们各奔东西，但这份情谊却不曾断过。

周蛾回乡创业，风风火火。她交了男朋友，她计划把家里的破土房推了，重新建房子让年迈的父母居住，她甚至还想等到水果电商的生意做大做强时，把两个哥哥和嫂子都找回来，一家人齐心协力，在家门口做生意，再也不分开。

可这么一条鲜活的生命，却在最美好的年华溘然长逝。

"周蛾做的是水果电商的生意，简单说，就是以各种网络平台为销售渠道，将大、小洛乡和其他几个特色水果产业基地的水果收购回来，经过简单的分级、包装、宣传，在网络上销售。做这个生意要押不少资金进去，除了进货的钱外，还有快递费、各个平台的保证金、广告费等。周蛾家没什么钱，亲戚朋友那边也借不到太多，随着生意越来越好，赚的钱越来越多，投入的成本也就越来越大。这样的商业模式其实非常脆弱，一个不小心就可能会导致资金链断裂，但对于周蛾这样的人来说，开弓没有回头箭，她逼着自己继续前进，所以后来她找那些网络上的小额贷款借钱，后来她就陷入了一个恶性循环中，无法挣脱。"

时间已过去了八分钟，顾小遥的语速也越来越快。桌上的咖啡已凉了下来，她口干舌燥，却没时间喝一口润喉。

"周蛾去世后，我请假去了小洛乡，顺便调查周蛾自杀的原因。那时候我并不知道周蛾深陷小额贷危机，是她的父母来南城找到我，我才了解了事情的始末，周蛾在网上借了八十七万，对她放贷的公司超过一百家，这些人持续骚扰她，要她还钱，当日周蛾自杀，就是因为这个。"十分钟已经到了，顾小遥的眼眶泛红，"如果是正常的贷款，没有问题。但是，逼死周蛾的是'套路贷'，她被骗了。"

顾小遥也不知道自己说的这些有没有打动盛秋行，似乎没有吧。他一点反应都没有，顾小遥失望至极。

顾小遥继续说："其实我也不只是想替周蛾寻一个公道，我还想为更多深陷套路贷的受害者寻一个公道，因为周蛾的原因，我去查了很多关于'套路贷'的信息，每年被引诱、被骗或者因为各种原因深陷其中的人至少有几万。这是一个没有严格监管的灰色地带，如果受害者因为'套路贷'连命都没了，那这种灰色地带就应该彻底被毁掉。"

顾小遥站起来，郑重地给盛秋行鞠了个躬："我承认，那篇新闻稿的确是带了一点逼你接案的心思。你是南城最好的律师，如果这个案件交到你手上，胜诉率会比其他人高许多。但我的确不该那样做。由此带来的恶劣影响，我会想办法去消除。盛律师，我的话说完了，我要走了，周蛾的父母还在等我回去。"

顾小遥失落地朝着门口走去，她在心里不断安慰自己，只要尽力了，她可以问心无愧，至于最终结果如何，听天由命去吧。

"案件的相关资料，你带来了吗？"盛秋行问。

顾小遥迅速转身。她快速跑回来，从双肩包里取出一个文件夹、一只手机和一个U盘。

"我都带来了，在这里呢。"

第 17 章　赶鸭子上架

十分钟后，顾小遥走出了盛秋行的办公室，脸上泛起了甜甜的笑容。赵正苏神出鬼没，突然从隔壁办公室走出来。

"怎么样？他答应了吗？"

顾小遥摇头："说是先看看再决定，还让我不要抱太大希望。"

"案件资料留下了？"

"嗯，留下了，他说需要一些时间，叫我不要催。"

走到这一步，顾小遥也明白有些事的确急不来，她按捺着性子，不停地告诉自己一定要耐心等待。

"好吧，看来替你争取到的这十分钟，还是有效果的。"赵正苏点了点头。

顾小遥要走，赵正苏拦住了她的去路："你的问题解决了，我的问题，顾小姐是不是也要出手帮一把呢？"

顾小遥："你的问题？"

"你忘了吗？他被你挂上了南城热搜，此刻正在被键盘侠口诛笔伐呢。"赵正苏边说边拿出手机，"热度很高啊，早晨还是热搜第四，现在已经是热搜第一了。"

顾小遥露出了不好意思的表情，她都不敢去看赵正苏的眼睛。

"对此，你有什么看法？或是有什么解决的办法？"赵正苏问。

顾小遥更加不好意思了："我是有个解决办法，应该管用。"

"快说。"赵正苏来了精神。

"我们可以进行新闻事件大反转，现在网友和媒体关注的焦点在盛秋行身上，既然大家那么关心，索性由我来做一个系列报道，持续关注大成律师事务所的慈善公益行和基层法律援助活动。我作为事件最初的爆料者，网友自然会认为我的文章更具说服力，如果我的报道出现了反转，那么大家就会对这次的事件产生改观，这样的宣传，最是令人印象深刻。"顾小遥早已考虑好了解决方式。

顾小遥当时计划得好好的，盛秋行如果想洗白自己、证明自己，他就必须接受她的提议，然后全力以赴去赢得此案，还周蛾一个公道。否则的话，大家的损失实在是太大了，任何人都承担不起这样的后果，但是她没想到，盛秋行会直接拒绝她。要不是赵正苏从中斡旋，也许盛秋行看都不会看周蛾的案子。

赵正苏仿佛没察觉到顾小遥的不自在，喜滋滋道："你这个办法真不错，跟秋行提过了吗？"

顾小遥摇头："没来得及。"

赵正苏说："等会儿我去跟他说，具体的方案由你来把控，你们报社那边的领导是什么意见？跟访需要大量的时间，他们会同意你专门来处理盛秋行这件事吗？如果不行，还是由我出面交涉吧，我跟你们新媒体部的主编郭芮的私交不错，跟你们报社的毛社长、李副总也是好朋友，他们应该会卖给我一个面子。"

顾小遥的眼睛一亮，困扰她的问题突然被赵正苏三言两语搞定了，她的心情舒适极了。

两个人一拍即合，商量好了一些细节后，顾小遥离开了大成律师事务所。

韩六道的案子被收到了一旁，明明时间非常紧张，这个案子也到了比较关键的阶段，但盛秋行就是没办法集中注意力去处理。

他翻着顾小遥留下来的文件夹，时不时用眼角余光看向那部不停地弹出催款信息的手机，那是周蛾的手机。手机已经调成了静音状态，每隔几分钟就会有陌生的电话号码打进来，那些号码来自不同地域，显然不是一家公司在催款。

顾小遥走时特意叮嘱过，这些电话全都是催债公司打来的，盛秋行可以随便接听，但没有太大的意义，因为这些催债的人除了威胁、骚扰、警告外，就说不出其他话来。

自从周蛾开始向小额贷款公司借钱后，这些骚扰电话就从来没有停过，它们宛若催命符，将周蛾逼上了绝路，一直到她死都没有停过。

盛秋行接起一个电话，轻轻说了声："喂？"

一个操着外地口音的男人自称是某某催收公司的工作人员，受了××贷款的委托，负责对周蛾进行催收。自报家门完毕，对方要求周蛾四十八小时之内还款，如果她敢不照做，就会将周蛾的亲友的电话号码全都公布到网络上去，并且还要曝光周蛾的家庭地址，之后他们污言秽语，大声谩骂，对周蛾进行人身攻击。

盛秋行把手机放在桌上，翻看资料。资料一部分是周蛾的父母写的委托申请，他们认为是这些比恶鬼还可怕的网络高利贷逼死了他们的女儿，这些借贷公司没有严格的监管和审批，随意发放贷款，它们巧立名目，收取高额利息，简直就是变相抢劫，最终导致了周蛾的自杀。

另一部分资料则是周蛾的贷款记录，贷款时间、借款平台、金额、归还时间等，全都记得非常清楚。后来周蛾借的钱越来越多，还钱越来越不及时，仿佛有一只无形的大手在操控着一切，形成了一个巨大的旋涡，周蛾被卷入其中，一直下坠，最后连命都没了。

那个喋喋不休的催债电话在自说自话了十几分钟后，终于挂断了电话。

电话安静了一分钟，另一个号码打了进来，盛秋行再次接起，这次讲话的是另一个人，同样是催债公司。盛秋行从对方的话语里听出周蛾只欠了他们三千元，而他们却非常"敬业"地用可以把人逼死、逼疯的姿态，威胁说如果不按时还钱，就要去她家门口刷红油漆。如果不还钱，他们会一个一个去找她的亲戚还，她还不上，她的亲人就要替她还，她的爱人要替她还，如果大家都不肯管，那周蛾的所有亲朋好友都要被骚扰得日夜难安。

"你到底想没想好，就三千，还了不就得了，何必那么磨叽。"催债的人嘲讽道。

盛秋行回："周蛾已经死了。"

催债的吓了一跳，很快，他叫得更大声："喂，兄弟，你是周蛾的男朋友吧？她借了三千，你就帮她还了呗，免得大家都麻烦。"

盛秋行冷冷地说："周蛾是跳楼自杀的，二十几层楼，一跃而下，摔得粉身碎骨。"

嘟嘟嘟……

对方迅速挂断了电话。

办公室的门留着一条缝隙，赵正苏站在门口有一段时间了。

盛秋行连接了两个电话，放的全都是免提，声音那么大，离老远都能听得清清楚楚。

在盛秋行打算听第三个电话之前，赵正苏走了进来。

"我有点意外，你竟然真的接下了周蛾自杀案。怎么，突然又有时间了？还是被顾记者的诚意打动，不忍心一而再，再而三地拒绝？"赵正苏嘀咕，"实在不像是你的作风。"

"还没有最后决定。"盛秋行淡淡地答。

"东西都留下了，还不算是决定？"赵正苏一脸不信。

盛秋行像是没听懂他的调侃，将已经看过一遍的案卷资料从头到尾又翻了一遍，这一次是快速浏览，重点是在查找是否有遗漏的地方。

又有人打电话进来了。这一次盛秋行只看了一眼，没有接听。此时此刻，一股难以言喻的气氛扩散开来，盛秋行的情绪变得有些不对劲儿，与往常不太一样。

赵正苏想到了什么，他禁不住叹了口气："你是不是想起了何老？"

盛秋行的手指攥成了拳："出了那件事以后，家里的电话有一段时间就是这样，24小时响个不停，接下来便有人阴阳怪气地说我外公是大骗子，骗了他们的钱。他们威胁要去学校举报，让他名誉扫地，让他不能再去课堂上教书，他们还打算来家门口泼油漆、贴封条，穷尽一切手段羞辱他。"

对于盛秋行外公的状况，赵正苏知道一些，但并不多，因为盛秋行从来都不提家里的事，赵正苏也只是在零散的谈话碎片里大概猜到了一些。

难得盛秋行愿意开口，赵正苏便坐了下来，不评价不多问，只当一个倾听者。

"为了获取暴利，人性扭曲堕落，手法千变万化，可核心的这一部分，却还是那么老套。"盛秋行冷冷道。

"司马迁曾说过：'天下熙熙皆为利来，天下攘攘皆为利往'，追名逐利或许是人的天性。并不是每个人都会在不损害他人利益的前提下去赚钱。在贪婪和欲望的驱使下，有人便选择了铤而走险，什么恶招都能使出来。"赵正苏感慨地说。

盛秋行不语。赵正苏笑了："但也有很多人守法而活，尽自己的本分赚钱，严于律己、宽以待人，比如我。所以，事物都有两面性，要分开来看。"

盛秋行瞥了他一眼，仍没说话。"行了，我得下班了，晚上还有两个约会，就不在这儿陪你了。至于你上热搜的事，目前有上、中、下三个解决方案，临走前，我要跟你商量一下。"赵正苏说。

盛秋行是被挂在南城热搜上的焦点人物，但在这件事上，他比任何人都不上心，没有主动提起，更没有气急败坏地去想办法对付始作俑者，他比任何时候都冷静，冷眼旁观着所发生的一切。

"喂，你能不能有点反应？别让我自说自话！"赵正苏不满地敲了敲桌面。

"哦？你说，我在听。"盛秋行坐正了身体。

赵正苏依旧不满，还想要发难。

盛秋行提醒："别忘了，你还有两个约会，要赶时间。"

赵正苏气结，但也不得不承认他说得对："下策是花钱去买热搜，只要你的名字从那个榜单上消失，事件关注度很快就会淡下去，每天都有吸引眼球的热点事件在发生，人类这种喜新厌旧的生物，一定不会持续关注你。"

"这样做的话，大成律师事务所的名誉会受损，你坚持了六年多的公益法律援助服务将备受质疑，从此这个污点便会永远留下来，时不时地被有心人提起，作为攻击你的手段。"盛秋行将赵正苏没有说完的话补了上去。

赵正苏耸耸肩："所以说，这是下策，能解决问题，但无法尽善尽美地解决。"

盛秋行给了他一个眼神，示意他继续说。

赵正苏清了清嗓子："中策是雇水军去南城热搜上引导舆论走向，他们不是说你心黑手狠假慈悲吗？那就让水军介入，拿出一系列的事实去打网友的脸，你在南城搜索上的热度已经是第一了，也不必急着下来，只要我们引导舆论走向，这也是变相的宣传不是吗？一次南城热搜，比我花钱买一年的广告效果还要大，反正我们做公益一直是实打实地付出，真的要拿证据出来易如反掌。但是这么做的缺点就是你要一直待在风口浪尖，被无数人评论，你的隐私都会被人揪出来晒一晒，一举一动都被人密切关注。"

赵正苏说完，还不忘朝着盛秋行挤眉弄眼："我们盛律师在学校的时候是出了名的学霸，上了班又是出了名的盛大状，人长得帅，气质也好，确实容易引起话题。但是你私生活谨慎，从不拈花惹草，像你这种极度自律的家伙，还有什么好怕的呢？越揪你的过往，反而越令人钦佩，没准儿还会因此给你引来来一大波粉丝。"

盛秋行看着赵正苏狂热的眼神，突然有点担心。赵正苏本来就酷爱利用粉丝效应来包装律师，提高大成律师事务所的知名度，这次他肯定不会放过这么好的机会。

想起赵正苏曾使出的五花八门的营销手段，盛秋行就有些头疼："不是还有个上策吗？是什么？"

赵正苏慈眉善目地笑了笑，将顾小遥的提议原原本本地复述了一遍。

接着，他补充道："所谓上策，全都是阳谋，我们把你大大方方地摆在公众面前，接受群众监督，对你进行跟踪报道，以实际行动来打破之前的谣言，使你的形象在公众心里发生逆转。"

盛秋行点头："说得好。"

赵正苏离开后，盛秋行继续处理手头的工作。等到工作结束，他想到还没有回复赵正苏，于是就给赵正苏发了一条短信："我同意执行上策。"

第18章　尴尬的相处

顾小遥的采访计划为期一个月，有效跟访时间不少于十五个工作日，也就是说，在整个采访周期里，顾小遥与盛秋行相处的时间不会少于十五天。她要近距离观察盛秋行，客观评价，还原一个最真实的盛秋行。

顾小遥的策划案交上去后，一路绿灯，领导们签字同意后，她就来到了大成律师事务所。

"一个人来的？"赵正苏饶有兴致地看着正在摆弄照相机的顾小遥。

顾小遥笑着点了点头："采访是我额外的工作，临时加在工作计划里的，不方便给其他同事添麻烦，所以就我一个人来。不过你放心，我一个人也可以搞定。"

"顾小姐果然是才貌双全。"赵正苏嘴甜，听他说话，如沐春风。

"谢谢赵律师，以后免不了还有要打扰的地方，请多关照。"

"好说好说，不用那么客气，顾小姐的工作我们一定配合，只希望顾小姐多多弘扬正能量。"

"一定一定。"

两人说话的时候，盛秋行走了进来，瞥了顾小遥一眼，点了下头，算是打过招呼了。

不知道是不是错觉，盛秋行走过的地方，周围的温度好像都跟着降了不少。

赵正苏与顾小遥原本是很有话题聊的，突然间谁都不想再继续了。

顾小遥的工作是跟访盛秋行，于是她直接进了盛秋行的办公室。

一分钟后，她气呼呼地走了出来。

盛秋行竟然以工作为由，不客气地赶她出去。

看来盛秋行答应让她跟访也是无奈之举，盛秋行恐怕还在恨她吧。

但让顾小遥开心的是，盛秋行始终没有拒绝接手周蛾案，她注意到了，原本摆在他办公桌上的案件资料已被妥善收了起来，接下来需要怎么处理，他还得考虑。顾小遥提醒自己要有耐心。

盛秋行的办公电话变成了热线电话，每隔十几秒就会响一次。他的手机也成了重灾区，电话响个不停，多数是陌生号码，但也有少数是老朋友打过来的，问候他的近况。

"我要拍几张你的工作照放在新闻APP的讨论话题上，我们需要做一个小型的线上新闻发布会，向关心你、关心大成律师事务所的网友们宣布这次的跟访计划。"顾小遥发现自己每次与盛秋行说话的时候，都得小心翼翼。

"我没有时间协助你。"盛秋行冷冷道。

顾小遥一窒："你现在还在南城热搜上挂着呢，今天的热度比昨天还要高，省电视台的早间直播新闻已经专门提过这件事了。我与赵律师商量过了，要找一个合情合理的方式，来转移网友们的注意力，让整个事件的热度先降下来，而这次的线上新闻发布会就是一个好机会。"

"哦。"盛秋行继续翻着手上的资料，嘴巴上是在应，但注意力明显在别的地方。

天知道她的话他究竟听进去几分。

"喂，盛秋行，你究竟是怎么想的，到底要不要把这次的事先平息下来嘛！"顾小遥有些急了。怎么该急的人一点不急，她倒成了着急的太监了。

"那是你负责的部分，不必问我。"盛秋行说。

顾小遥狠狠地瞪了盛秋行一眼，转头又去摆弄她的相机。

既然他也说了这件事是由她来负责，那么分内的工作，她也就不必再去征求他的意见了。

顾小遥在拍摄时，盛秋行果然没有说什么。

阳光从窗口投射进来，铺满了整个办公室。他的面前放着一杯咖啡、一支钢笔、几叠文件、一台笔记本电脑、一部台式机，还有一些零散的纸张。

顾小遥举着相机换了好几个角度进行拍摄，逐渐进入了工作状态，她不是专业的摄影师，想要拍出效果好的照片需要花费不少心思，好在顾小遥在工作上向来耐心十足。

韩六道这个案子暂时进入了一个僵局，案件的走向对他本人十分不利。盛秋行打电话给韩六道，问他最近如何。韩六道十分沮丧，他甚至已经做好坐牢的准备，言语之间全都是丧气话。盛秋行没有说什么，只约了他两天后见面，让他准备应诉，见面后再讨论具体的应诉细节。

打完了电话，盛秋行的眼睛不经意间往顾小遥那边看去。她扎了个高马尾，身上套了一件运动服，坐在不远处的茶几上，身体微微前倾，眼睛一直盯着电脑。她沉思了一会儿，手指便飞快地在键盘上敲击。

盛秋行站了起来，拿起衣服准备出去。他一动，顾小遥立即跟上："你去哪儿呀？"

盛秋行看了她一眼："吃饭。"

"呀！都十一点半了，的确是到了午饭时间，我跟你一起去，顺便聊点事。"顾小遥跑回茶几旁，迅速将东西收拾妥当。

"我没打算邀请你共进午餐。"盛秋行说。

"没关系呀，不用邀请，也不需要你请，我们 AA 制，绝不占你便宜。"顾小遥微笑道。

"顾记者，你根本不必真的来跟访，若你有心解决我目前的问题，直接写几篇新闻稿发上去，把握好时间，做出跟访的姿态，一切就解决了。这样你也不必强迫自己跟在我身边。恕我直言，我对顾记者的印象并不好，很难与你正常相处，更不可能跟你成为朋友。"

"作为一名记者，我有我的职业操守，闭门造车、胡编乱造这种事有违职业道德，我是无论如何都不会做的。盛律师难道会关在办公室里，凭想象来处理委托人交给你的案件吗？"顾小遥反驳道。

盛秋行无言以对。顾小遥回之以微笑："瞧，你也不会这样做对吧？"

顾小遥心情不错，两人一起到了停车场。盛秋行才开了车门，她一溜烟坐上了副驾驶座，动作之快，令人吃惊。

盛秋行挑了挑眉，问："想吃什么？"

"红烧牛肉面。"

"嗯。"

在之后的十几分钟车程里，盛秋行都没再说话。在如此尴尬的氛围里，他怡然自得，完全不受干扰。

车子停在一个巷子口前，顾小遥的眼睛瞬间闪闪发亮。

顾小遥在南城读了四年大学，毕业后做的又是记者工作，她很早就是南城的活地图了，对隐藏在南城大街小巷的美食相当熟悉。因此，当盛秋行把她带到这间招牌奇破，位置极偏，看起来乌漆墨黑的小店时，顾小遥不仅没有失望，反而兴奋得不得了。

她别有深意地看了盛秋行一眼，万万没想到，看起来精英范儿十足的大律师居然也是同道中人。

盛秋行勾了下嘴角："怎么，嫌破？还是嫌脏？"

"不不不，我这个人好相处得很，对吃的更是不挑。"顾小遥说完便走进店里。

"来啦？"老板娘看见顾小遥，笑道。

顾小遥点头："嗯，来啦！"

老板娘跟顾小遥说完话，又看向了站在她身后的盛秋行，问候的方式也是一样："来啦？"

盛秋行点头："红烧牛肉面。"

老板娘记录下之后，问顾小遥："你呢？"

"我也一样，红烧牛肉面里多一份牛肉，香菜、香葱放双份。"顾小遥说。

"得嘞！买单吧。"这家小馆是先付费后送餐的规矩，点好之后，就得给钱。

"我来，我请你。"顾小遥去拿手机，准备扫码。

盛秋行直接将一张百元钞票放在了老板娘的身边："两瓶北冰洋，不用找了。"

顾小遥还想说什么，他已抓着她的手臂，来到最里面一张桌子前坐下。

中午是用餐高峰期，赶过来吃面的人很多，店内只剩这么一张空桌，如果不是盛秋行眼疾手快，他们两个就得站着吃面了。

"你以前来过？"两人同时说话，对视一眼后，双方眼睛里浮现出了笑意。

没过多久，两碗热气腾腾的牛肉面就端了上来。"过瘾。"顾小遥往碗里加了两大勺辣椒，辣椒油把牛肉面染得红彤彤的，她吃了一大口，满脑门都是汗。

盛秋行的吃相就优雅很多，看似不紧不慢，有条不紊，实际上他吃东西的速度并不比顾小遥慢多少，当她连面带汤吃个精光时，他也恰好放下筷子。

顾小遥打了个饱嗝儿，冲着盛秋行笑了笑："真好吃。"

盛秋行把汽水递给她。

"绝配！"顾小遥竖起了大拇指。

可惜，无论顾小遥怎么搞好气氛，盛秋行始终寡言少语。不过，他们之间的关系好像变好起来了。

顾小遥决定抓住这个机会，把周蛾的案子说一下。

顾小遥转了转眼睛，说："盛律师，周蛾的案子，您是愿意接下来了吧？"

盛秋行想了想："嗯。"

他还有拒绝的余地吗？如果他拒绝，这个女孩子一定会缠着他，到时候她肯定又会想出什么鬼点子来招惹他。

他肯接下这个案子，当然也有他自己的理由，但盛秋行并不打算告诉顾小遥。

"太好了，我就知道你这么好的人，心也一定很善良，不会坐视不理的。"顾小遥眉开眼笑。

"我的时间有限。"盛秋行说，"所以这个案子，除了我之外，还要让我的同事帮忙，在我忙不过来的时候，我同事会帮忙做一些准备工作。"

顾小遥露出了迟疑的表情："你同事介入后，还是你来主导整个案件吧？"

"是的。"盛秋行点头。

顾小遥眨了眨眼睛："你保证会负责到底，不会找个机会都扔给你同事。"

"我不会。"盛秋行强调。

顾小遥这才稍稍放心，她喃喃道："反正我打算全程把这个案子跟下来，我会把这一期连载的专访写好，除了要给周蛾讨回一个公道，我还希望能为弱势群体出些力，赵律师的慈善援助计划我非常支持，虽然我能做的事不多，但我会尽最大努力去多做一些。"

"你这么支持赵正苏，就应该让赵正苏接手周蛾案。"盛秋行说，"现在改委托律师还来得及，如有必要，我也会帮你说服他。"

顾小遥的脑袋摇得像只拨浪鼓："不不不，赵律师擅长的是合同纠纷、著作权纠纷和婚姻纠纷类的案件，周蛾这个案子涉及的却是刑事诉讼、行政诉讼等，你才是最合适的人选。"

顾小遥可不是单凭一时冲动就赖上盛秋行，她是做过细致的调查的。

盛秋行说："那好，你下午通知周蛾的父母来律师事务所办理委托手续，交好费用，然后我会安排好时间。"

顾小遥听完，表情当场僵住了。看见她露出这副表情，盛秋行的心里也生出了一些不太好的感觉来。

气氛突然再次尴尬了起来。

盛秋行与顾小遥分开后，立即给赵正苏打电话："你知不知道那个姓顾的记者，竟然连律师费都不打算给，从一开始就想着空手套白狼，不花一分钱，以道德绑架的方式，逼我接下这个案子！"

赵正苏干笑道："是……是这样吗？"

盛秋行气得砸了下方向盘，拳头恰好碰到了喇叭键："你再给我装。"

赵正苏哈哈大笑："秋行，你先别急着上火，那天在律师事务所，他们不是说得很清楚吗？我只是没想到，他们居然真的会把这种想法贯彻到底！"

"赵正苏，我的时间非常宝贵，每个小时、每分钟、每一秒钟都只为有价值的客户服务，这一点你应该比任何人都清楚，现在就请麻烦你，立刻马上现在给姓顾的记者打电话，明明白白告诉她，我不是大成律师事务所公益援助法律团队里的一员，OK？"

盛秋行直接挂断了电话，赵正苏只能继续干笑。

其实盛秋行一直都非常缺钱，虽然他收入颇丰，但是他花钱同样厉害，除了自己日常的开销外，他还负担着老太太的日常生活开支。

第 19 章　不要上升道德高度

　　盛秋行把老太太宠到了极致。比如，老太太每天的饮食有冰糖燕窝、辽参炖小米粥、有机蔬菜，这些全都价格不菲。老太太的衣服都是品牌服饰，化妆品也是国际名牌，除此之外，盛秋行还雇了人负责照顾老太太的日常起居。家里还专门请了一个司机，负责老太太出行，随叫随到。

　　那个被盛秋行捧在手心里的老太太，不是别人，正是他的外婆。

　　赵正苏曾说，盛秋行是被一种强烈的补偿心态给绑架了，他失去了外公，失去了幸福美满的家庭，一夜之间，他被迫长大。盛秋行是亲眼看着外公去世的，于是外婆便成了他的软肋，他的支柱，他的一切。

　　所以，盛秋行用过度保护、过度宠爱的方式，照顾着他唯一的亲人。

　　没有钱？那就去赚。只要能用钱解决的问题，就不算是问题。盛秋行的金钱至上论，就是这样培养起来的，并被他奉为真理。

　　很快便有人说，若是想要盛秋行出山，就必须开得出令他心动的价码；若是想要得到整个南城最厉害的盛大状的鼎力相助，丰厚的律师费是必不可少的敲门砖。

　　的确，如盛秋行在电话里所说的那样，他从不会将自己的时间浪费在他认为无意义的事情上，基层法律援助固然是赵正苏全力推行的，但盛秋行就是不肯答应加入，因为是无偿的，他不愿意浪费时间。

赵正苏无法责怪盛秋行的市侩。盛秋行也从来不避讳这些。当年加入大成律师事务所的时候，面对他最信任、最要好的朋友赵正苏，盛秋行的态度依然如此。

他本就是这样的个性，赵正苏还能说什么呢？每个人的追求不同，每个人都有需要背负起的责任，赵正苏就更不可能站在道德的制高点上去评价盛秋行的行为。

只是眼前这件事的确有点棘手。周志明夫妇只是小洛乡的农民，他们哪里拿得出昂贵的律师费，何况还是盛秋行的律师费。

赵正苏才叹了口气，他的电话就又响起来了，这次打过来的人是顾小遥，对方同样怒不可遏。

"赵律师，我从来都没见过那么抠门儿的男人，他开着几十万的车子，过着优渥的生活，怎么就把钱看得这么重？我知道他没有参加无偿法律援助的项目，但偶尔破一次例帮一帮弱者，那又能有什么嘛！周蛾的父母多可怜啊！他们失去了女儿，身上哪里还有什么钱，只不过是求一个公道，六十几岁的老人连几百块的高铁票都舍不得，坐了十几个小时的硬座从小洛乡赶到南城，怎么可能有钱给他。钱当然很重要，每个人都离不开钱，但钱并不是世界上最重要的东西。他怎么可以一听周蛾的父母没钱，就立即翻脸，说什么都不肯接这个案子呢？！"顾小遥气炸了肺，一个劲儿地嚷嚷。

赵正苏安抚："顾小姐先别激动，究竟发生了什么事，你先说清楚嘛！"

顾小遥咬牙："盛秋行要周蛾父母去律师事务所缴费，办理委托案件的流程。"

赵正苏点头："没错，律所这边的流程的确是这样的。"

"可是，之前不是说好了，可以帮周蛾父母申请免费的公益法律援助吗？怎么突然间又变卦了呢？"顾小遥真的受不了这样的反复无常。她都已经跟周蛾的父母打过包票了，突然发生这种状况，顾小遥根本没办法接受。

"公益法律援助的事我已经跟你解释过了，它虽然是大成律师事务所的项目，但并不强制所内的律师必须参加。盛秋行从没有参与过，所以他拒绝免费服务也在情理之中。他当然有他的考虑，我们应该尊重每一位律师的选择，我想，他是有拒绝的权利的，而且不能因为他拒绝，我们就可以站在道德的制高点上去批评他。"赵正苏耐心地解释。

"赵律师，你能不能去跟盛律师交涉一下，看看能不能破例一次，帮帮周蛾父母，他们真的太可怜了。他们真的没什么钱，平时为了省钱，一天只吃两顿饭，每天都在盼望着事情能有一个转机，更盼着能早点把这个案子了结，让已经去世的周蛾入土为安。"说到这里，顾小遥的鼻子一酸，"你知道吗？周蛾现在还躺在文山市殡仪馆呢，很多事没一个定论，她的死亡证明就开不出来，天知道她还要在那冰冷的地方躺多久。身为她生前的好友，我想起来都觉得好难受，生她养她的父母会是一种什么样的心情，你可想而知。"

赵正苏连叹了几口气。如果是别的律师，赵正苏可能也就答应去说服他试试了，但是顾小遥和周蛾父母却坚持只要盛秋行……用后脑勺去想也知道，盛秋行一定是拒绝的。赵正苏不愿揽麻烦，他婉言拒绝，告诉顾小遥，他也没有办法。

顾小遥在大街上溜达了两个小时，依然郁闷。她取了银行卡，去最近的提款机查了查余额，带着一种义无反顾的心情，赶到了大成律师事务所。

"聘请盛秋行需要的费用你们可以从这张卡里刷，但等会儿周蛾父母来的时候，请你们告诉他们一切免费，不要让他们再背负更多的压力。"顾小遥说。

周志明夫妇赶到大成律师事务所的时候已是老泪纵横。他们对每个人鞠躬，感激不已。他们甚至想要跪在盛秋行面前，感谢他的慷慨和慈悲。他们喊着周蛾的名字，情绪一度崩溃，整个场面既混乱又感人。

顾小遥有几次转过脸去，悄悄抹掉眼泪，用照相机记录下了这一珍贵的画面。

盛秋行拿着昂贵的律师费，却接受着老人诚挚的赞美，他的心情会是怎样的呢？有没有心虚？有没有尴尬？有没有想要落荒而逃？

当盛秋行出现时，顾小遥急忙去观察他脸上的每一个表情，生怕错过任何一幕精彩的好戏。很快，她失望了，盛秋行面对周志明夫妇的感谢根本没表现出任何不适。

"手续都办好了吗？"盛秋行问。

"都办好了。"周志明说。

"请你们到我办公室来，有一些必要的注意事项以及一些关于案件方面的问题，我要当面对你们说一下。"

周志明夫妇互相搀扶着走了过去，顾小遥陪在一旁。

可进了办公室，盛秋行却抬眸看向顾小遥："顾记者，这次谈话是律师与委托人之间的沟通，涉及当事人的隐私，内容不适宜向大众公开，也不方便外人在场。"

盛秋行申明立场，直接下了逐客令。

顾小遥气结："我是周蛾的好友，这个案子一直是我陪在周蛾父母身边办的，很多事我比两位老人更清楚，你竟然不准我进去？"

盛秋行冷淡地说："我是按照律师受理案件的相关程序和惯例做事，提前向你申明这些。"

换句话说，他公事公办，问心无愧。这当然有点硬杠的意味在里面，显然是对顾小遥的态度和行为有些不满。

顾小遥瞪了他一眼："两位老人年纪比较大，周蛾的两个哥哥没在身边，他们不一定能完全明白你说的话，还是需要有个明白人在一旁陪着的。"

她就差没说，如果不亲自盯着，万一被你这黑心冷血的律师给蒙了怎么办？盛秋行不恼不怒，平静地回："既然委托了律师来处理相关法律纠纷，在与案件有关的一切程序还没有开始之前，最起码要互相信任。在此我要向诸位解释一下，律师是完全为维护委托人的合法权益服务的，换句话说，在合理合法的范围内，律师与委托人是站在一边的，如果这种最基本的信任都不存在，我建议委托人选择其他律师去解决纠纷。"

周志明夫妇连忙点头："我们相信盛律师，愿意委托盛律师来处理，我们全听盛律师的，不想去找其他人。"

盛秋行看向另一边："顾记者觉得呢？"

顾小遥气得小脸都红了。

"如果你非要进来旁听，也不是不可以，但请你尊重委托人和律师，约束自己的行为。"盛秋行说。

顾小遥问："我要怎么尊重？要怎么约束？"

盛秋行扫了一眼她的手指："放下你的记者身份，既然你是以周蛾好友的身份来参与整个案件，你就有义务在案件进展的过程中，对与案件有关的内容进行保密，未经律师和委托人允许，不得随意拍照、录像，更不得将相关内容写进你的新闻稿里，引起社会关注。"

顾小遥咬着牙："好的。"

盛秋行点了下头："把你的相机和录音笔全都关了，留在门外，然后再进来。"

案子前期还要做大量的准备工作，这是个烦琐且细致的过程，每一个细节都有可能左右案件的走向。

周蛾自杀案的部分资料盛秋行之前已经看过。盛秋行开口道："目前已经确定的事实是，导致周蛾自杀的关键因素的确是巨额债务缠身。"

周志明一听这些，情绪顿时有点激动："或许蛾子是被害死的呢？她自杀的时候，没人在身边。所有人都说她就是想不开，非要跳楼，可我的蛾子怕高，平时让她去房顶收晒好的粮食她都不敢，她怎么敢跑去跳楼呢？自杀的方法那么多，她偏选了最害怕的一种，我不相信蛾子是自杀的，我不信我不信……"

盛秋行抬眸看了一眼周志明："的确是有疑点，这个我会进一步确认。"

盛秋行在工作日程表上飞快地做记录。工作日程表的第一行，便写着要确定周蛾的死因是自杀还是他杀。

一个小时过去了，盛秋行问完最后一个问题，喝了一口咖啡。

"目前我们掌握的线索不多，资料有限，单凭这些没办法确定具体责任人是谁，更不可能直接进入诉讼程序，向法院或相关部门提出申请。"

盛秋行说。

"那可怎么办，我的蛾子……"周志明说。

盛秋行打断了周志明夫妇的哭声："我最近会去一次文山市，还会去一次开屏县，看看能不能在周蛾生前待过的地方找到一些更有价值的东西。但这些都需要时间，案件进展可能会相对慢一些，你们要有心理准备。"

"我陪你一起去。"顾小遥双眼放光。

盛秋行不置可否，他合上案件资料，拿起周蛾生前使用的手机："她日常使用的手机号码有两个，而这部手机只装了一张手机卡，除了这部手机，周蛾是不是还有一部手机？"

周志明夫妇茫然地看了一眼彼此："我们只有这一个电话，平时找蛾子的时候，也只打过这个电话号码。"

顾小遥说："周蛾的确使用过两个电话号码，一个是在南城读大学的时候办理的，作为私人电话号码使用；另一个号码是做水果电商时申请的工作号码，不过后来她使用的时间长了，并没有严格做出公私号的区分，就随意地用了。另一部手机，很可能在她男朋友毛俊达的手上。"

第 20 章　商务座和二等座

周蛾自杀案全权委托给了盛秋行，一些杂事则由顾小遥代劳，周志明夫妇再在南城待下去也没太大意义，于是，离开大成律师事务所后，两个老人就准备回家。

顾小遥坚持给他们买了高铁票，细心安排他们的行程，唯恐不周。目送他们离开后，顾小遥深深地叹了口气。

这个季节的南城，一天比一天热，在阳光下暴晒一会儿，皮肤就又烫又疼。

从高铁站出来，顾小遥先去了单位，跟芮姐报告了接下来的行程，接了些在文山市和开屏县可以完成的采访任务。离开单位后，她直接回家收拾行李，准备乘坐晚上最后一班高铁出发。

盛秋行也在准备回文山市。他列了一张物品清单出来，让自己的助理蒋采枫去采购。

蒋采枫看了一眼长长的清单，顿时笑了："盛律师的女朋友一定是天底下最最最幸运的女孩儿，每次都能收到这么多礼物。"

香奈儿的香水、粉底，宝格丽的项链，燕窝、鱼翅、西洋参，还有进口的维生素、鱼油、保健品……"麻烦了，还是快递到以前的酒店去。"

盛秋行没有做任何解释。

"您放心，一定做好，让你女朋友一百个满意。"蒋采枫拿着盛秋行的银行卡走了出去。

赵正苏看见蒋采枫手里的物品清单时，瞬间全明白了。

赵正苏说："他这是确定了又要回文山？"

蒋采枫压低了声音问："赵律师，咱们八卦一会儿，文山市的那个女孩儿跟咱们盛律师谈恋爱也有六七年了吧？虽然我没见过本人，可是每次从盛律师带回文山的礼物来看，他对这姑娘肯定是宠到了骨子里了，得是多深的爱才愿意付出这么多啊！既然这么爱，干吗不把姑娘娶回家？盛律师也老大不小了，一直玩异地恋，也不嫌累。"

"别胡说。"赵正苏轻拍了下蒋采枫的手臂，"好好去采购，不要买错也不要买漏。"

与蒋采枫分开后，赵正苏直接来到了盛秋行的办公室。

"什么时候回文山市？"他问。

"今晚，最后一班高铁。"盛秋行说。

"上次回去，你不是买了一堆东西吗？这才隔了几天你又买一堆回去，老太太那边哪里用得完。"赵正苏说。

"不知道外婆喜欢什么，问她她也不说，索性多买点让她选。"盛秋行说。

赵正苏摸了摸鼻子："你呀，拿出对老太太的那份孝心的十分之一给雪意，你们两个怕是早就结婚了，连孩子都生了吧。"

盛秋行瞪了赵正苏一眼。

赵正苏连连摆手："得，我不说了还不行吗？真是的，也不看看自己多大了，再耗下去，真的要走中年大叔的路线了。其实这也没什么不好，就是夫妻俩岁数太大，将来一定会有问题。比如说，你四十岁娶了个二十出头的小娇妻，二十年后，小娇妻到了四十岁，正是如狼似虎的年纪，而你已经六十岁了，身体某方面的功能肯定持续下滑，心有余而力不足。到那时候，生活各种不协调，我都替人家女孩子委屈，所以啊……"

一本最新出的法律杂志砸了过来，赵正苏赶紧躲开。

"忠言逆耳，我不说了还不行吗？真是的，我也是为你好。"赵正苏委屈道。

又一本《民法总则》飞了过来，赵正苏急忙退了出去。

晚上八点，盛秋行准时出现在检票口，他看见顾小遥穿着一套粉白相间的运动服，背着双肩包，手上还拖着一只行李箱。

顾小遥也看见了盛秋行，打招呼道："你怎么才来呀，还有十分钟就发车了，我差点以为你要赶不上了。"

盛秋行说："来得及。"

"对了，你坐在哪个车厢？我们不是一起购票，可能要分散坐，而且离得很远，把票给我看看，等下我去问问别人能不能调一下座位。"

盛秋行把车票交给了她。

顾小遥看到盛秋行的座位是商务座 01 车 01A 座。她又看了看自己的——二等座 09 车 37C 座。

顾小遥尴尬地将车票还了回去，干笑："应该没人愿意跟我换，哈哈，下车见吧。"

"嗯。"盛秋行拿了票，直接走人。

可恶，商务座居然是从绿色通道直接放行，不必排队、不必等候。

盛秋行提着小行李箱，步伐优雅。顾小遥气呼呼地盯着他的背影，心里默念："有钱就了不起吗？"

等到她排着队，随着人流一点点向前挪动时，她又在心里叹气：有钱，大概真的很了不起吧。

盛秋行并不关心顾小遥在二等座的旅程是如何度过的，他的时间总是安排得很紧凑，韩六道的案子和周蛾自杀案，这两个全是临时加进来的工作，盛秋行为了不让这两个案子影响自己真正在意的事情，他就必须争分夺秒，利用碎片化的时间来完成它们。

乘务员将一杯茶轻轻放在盛秋行的身旁，然后离开。盛秋行在日记本上写了"毛俊达"三个字。毛俊达是周蛾生前最亲近的人，周蛾自杀后，他却迅速消失了。警方调查之后，洗清了毛俊达的杀人嫌疑。但盛秋行认为，毛俊达一定知道些什么。这次来文山，毛俊达便是他第一个要去调查的对象。

过了两个小时，高铁开始减速，再过几分钟就要进站，盛秋行将桌上的电脑收了起来。

"欢迎盛先生下次继续选择高铁商务座，希望还能再见到您。"高铁乘务员面带笑容，目送盛秋行离开。

盛秋行下车后，便习惯性地深呼吸了一口。文山市与南城有明显的不同，这里的空气更清新一些，盛秋行一走出车厢，整个人舒服了不少。

几分钟后，他身后传来顾小遥气喘吁吁的声音："盛律师，不是说好了在商务车厢的门口见面吗？你怎么不等我，就自己先走了呢？"

"有吗？"盛秋行奇怪地问。

"我给你发微信了呀。"顾小遥有些生气。

盛秋行把手机拿出来，打开微信看了一下，顾小遥的微信头像上显示数字17，也就是说，顾小遥给他发了十七条信息。

"我工作的时候不看手机，平时也不太习惯使用聊天软件。"盛秋行解释道。

顾小遥才不信这种话，他跟客户、同事、家人、朋友们联系时，不用聊天软件用什么？难道都是打电话？拜托，现在都什么年代了！

再说，她也跟他用微信说过话呀，那时候他是有回复的。而现在，他明知她和他坐同一趟车过来，却不等她出来自己先走，也不打电话联系她，分明就是故意在给她难堪。

顾小遥在心里不停地告诉自己，别生气别生气，来这儿是为了工作，只要把事情做好就行了。

想到这儿，顾小遥冷静了下来。她瞪了盛秋行一眼，便背起背包，跟在盛秋行身边一言不发地向前走。

"抱歉，我是真的忘记你也在车上了，平时出差办事，一般都是我一个人。"他的声音飘过来，在嘈杂的人群中，显得不那么清晰，但顾小遥还是听清楚了。

顾小遥猛地抬眸，诧异地看着他。

盛秋行目视前方，好像根本没有说过话，一切只是她的错觉而已。

但真的是错觉吗？顾小遥在心里打了个大大的问号。

两人打了一辆车，去了上次那家酒店。

盛秋行似乎是这里的常客，前台的服务小姐一见他便微笑着问好。

"盛先生，您的房间已经准备好了。"说完，服务小姐双手送上了房卡。

盛秋行接过房卡，然后把位置让出来给顾小遥，以方便她办入住手续。服务小姐微笑着问："顾小姐是盛先生的朋友？"

"是吧。"顾小遥勉强回答。

她心里其实还是很担忧的，怕盛秋行突然否认，她的脸都不知道要往哪搁了。

然而，盛秋行没说什么，也没打算给她难堪。

服务小姐笑眯眯地取了另一张房卡送过来，说："既然是盛先生的朋友，那就免费给顾小姐升级一个房型吧，您的房间与盛先生的是挨着的，等会儿服务员会送水果过去。"

等到两人上了电梯，走到了房间附近时，顾小遥才后知后觉地发现，这房间怎么看怎么眼熟，再确认了一下，竟然就是之前住的那间 8236 房，盛秋行住的房间也没有变，正是 8238。

"再见。"盛秋行刷开门锁，走进房间关了门。

顾小遥在门前足足站了七八秒，才想到要去开房门。

没过多久，客房部送来水果拼盘，而且是两份，据说是隔壁 8238 的先生不吃这个，让服务员把水果给顾小遥送来了，顾小遥瞅了一眼，发现一份水果拼盘里放着香蕉、苹果、鸭梨，另一份放的是车厘子、奇异果和暗紫色的葡萄。不用想，贵的那份肯定是给盛秋行准备的，这种差别对待还真是明显啊！顾小遥腹诽个不停，把水果全接了进去。生气归生气，水果还是要吃的，尤其是贵的水果，更不能浪费。

盛秋行回到房间后，如往常一般，先在门口挂上了免打扰的牌子。简单收拾之后，他开始工作。他这次是研究周蛾那个案子，一一梳理之后，再制订出最近几天的行程。

第二天早上，盛秋行走出房门，顾小遥立即跟着走了出来，一看就知道她肯定是在门口守着，听见隔壁有动静，就赶紧走出来。

"你打算做什么？"盛秋行不解地问。

顾小遥理直气壮地答："盛律师人忙事情多，怕你忘了我就在隔壁，当然得多费点心，跟紧一些喽！"

"我没忘。"盛秋行答，"周蛾那个案子，还需要你的配合，我会喊你一起走的。"

顾小遥与他之间的信任感明显没有建立起来，一听这话，她的眼神立即动了动："那你现在去哪儿？"

"吃早饭。"他答。

顾小遥挥了挥夹在手指间的门卡："我也去。"

早餐是自助餐，两人各取各的，围着一张桌子吃。

盛秋行的胃口很不错，吃了青菜、牛肉、香肠、鸡蛋……他注重的是营养均衡，对于饭菜的口味没太多要求。

再看顾小遥的早餐，花花绿绿的特别好看，她还拿了一小份牛扒漂漂亮亮地放在盘子里，吃饭前先拍照，但并没有立即发朋友圈。

盛秋行注意到，那天吃牛肉面的时候，顾小遥也是先拍照，后来似乎也没有发朋友圈，似乎只是为了自己欣赏。

真是个奇怪的女孩儿。

盛秋行吃完早饭撂下筷子时，顾小遥立即加快速度，把盘子里剩下的全塞嘴里。他站起来，她也跟着站起来。

盛秋行发现，她鼓着腮帮子拼命吞咽食物的样子，有点像他在国外见到的一种名叫花栗鼠的小动物。

这个发现，让盛秋行脸上多了几分笑容："你不用那么急。"

第 21 章　顾小遥与盛秋行无法配合

　　顾小遥嘴上应着，动作一点也不慢，盛秋行一离开，她赶紧跟在他身后，意思很明显，她就是担心会被他抛下。

　　"顾记者，你不要这么紧张好吗？"盛秋行无奈地停住脚步，"我已经接了周蛾的案子，不管是出于什么原因接的，但只要我答应下来，就一定会做到最好。"

　　"盛秋行"三个字在律师界是一块响当当的金字招牌，他比任何人都在意。

　　"我知道，我相信你。"顾小遥忙不迭点头。至于这份相信中有多少水分存在，大约也只有她自己知道了。

　　"下午三点，我们去派出所调讯问笔录，六点去周蛾在文山市的住所看看。"盛秋行说。

　　盛秋行向前走，顾小遥依然跟在身后，完全没有先离开的打算。

　　"顾记者，你没听懂我的话？下午三点才出发，你现在可以回房间了。时间一到，我们在酒店大堂见面。"盛秋行皱了皱眉。

　　顾小遥这才叹了口气，一步三回头，委屈地走掉了。

　　盛秋行极少与年轻女孩子相处，顾小遥的心态他大概能猜到，但他无法容忍对方这么不信任自己。他和顾小遥注定要相处一阵子，那合作时的方式方法，还是要稍微讲究一下，他的态度今天已经表达得非常清楚了，顾小遥是个聪明的女孩儿，她一定能懂的。

前台堆满了快递箱子。酒店特意安排了两个服务生过来一起拆开快递箱，把礼物全拿出来，然后堆到盛秋行的车子上去。

"哇哦，盛先生又是要去看女朋友吗？这次带的东西超级美。"

"盛先生每次回文山市都不会空手，大概是担心直接把礼物快递上门，女朋友会觉得诚意不够，所以就在酒店整理妥当。这个女孩子上辈子拯救了银河系吗？能找到这么好的盛先生。"

两个酒店服务员看到这些礼物，无比羡慕，叽叽喳喳说个不停。

"动作快一点，把东西整理好，不要落下什么东西，全部给盛先生送到车子上去。"

"昨天晚上订的新鲜水果呢？还有今年的新茶，赶紧去那边拿出来，放到车子上去。"

"对了，还有酒店做的半成品，盛先生的女朋友特别喜欢的几款甜品，也都用冷藏箱打包好了，现在搬出来。"

酒店经理现场指挥搬运工干活。

盛秋行没有全程盯着，他跟酒店的工作人员说了一些注意事项后，就去一旁打电话了。

顾小遥也没有回房间，她躲在酒店大堂的一根柱子后，静静看着这一切。

工作人员之间的闲聊，她听得一字不落。她恍然大悟，为什么盛秋行上午明明有安排，却告诉她没有，为什么他计划好了要出去，却约她下午三点集合。原来，他藏了一个女朋友呀！怪不得！

既然搞清楚是怎么一回事，顾小遥也就很识趣地返回了房间，不再跟着盛秋行。盛秋行忙私事，她也可以先把报社安排的其他工作先做一做，这样才不浪费时间。

盛秋行去看老太太，老太太眉开眼笑。老太太亲自下厨做了两道菜。在得知是她亲手做的，盛秋行全部包圆，"光盘行动"极为彻底，连汤汁都用馒头蘸着吃下了肚。

他陪着老太太说了好一会儿话，把老太太哄得眉开眼笑。看老太太进房去午睡后，盛秋行才开着车悄悄离开。

盛秋行到达酒店，给顾小遥打了个电话，三点整，顾小遥坐上了他的车子，前后误差不超过一分钟。

顾小遥的眼神多了几分笑意："盛律师竟然真的准时回来了，我还以为……"

"以为什么？"盛秋行不解地问。

"以为你会迟到呀，今天天气很热，吃过午饭后就会很疲惫，一般人都喜欢睡个午觉。"顾小遥摇下了车窗，迎着风，惬意地眯起了眼，"文山市就是让人感觉轻松，不像南城生活节奏那么快。这边的人喝茶、下棋、涮火锅、打麻将，人人都在享受生活。"

盛秋行说："我从不午睡。"

顾小遥觉得谈话无法进行下去了，她抛出一个话题，对方一句话给堵死，这样的对话，再能说的人怕是也没办法继续了吧。

这或许就是人们所说的"话不投机半句多"。

顾小遥索然无味地将车窗关好，无事可做，干脆把脸扭到一边闭目养神，没过多久，派出所就到了。

盛秋行停下车，取了公文包，顾小遥也整理好了相机，并且把录音笔给拿了出来。

盛秋行看了她一眼："等会儿进去，人家看到你拿着这些，会产生防备心理，他们能配合你吗？"

顾小遥却不这样认为："媒体本来就有监督义务，只要他们程序合法，那还怕什么。再说，什么能拍什么不能拍，什么能报道什么不能报道，这些我心里自然清楚。"

盛秋行听了这话，露出一个奇怪的表情："比如，你写的那篇稿件？"

顾小遥反应了一会儿，才听明白他的意思，他指的是她把他送上南城热搜的新闻稿。

顾小遥露出一丝尴尬的表情，没办法理直气壮地回复，毕竟那时候她的确是带着几分想要利用媒体和舆论来逼盛秋行接案的意思，现在盛秋行嘲讽她，她除了摸摸鼻子之外，对此只能保持沉默。

盛秋行没有与她在这件事上继续纠缠下去，他再次提醒她收起相机，关掉录音笔，便直接走进派出所。

二十分钟后，两个人走出来，盛秋行眼神凌厉，顾小遥满脸不服。

"这些人怎么这样子啊，一直在拒绝我们，根本不配合我们工作。不行，不能就这样算了，我要进去重新与他们讲讲道理。"顾小遥说。

顾小遥一转身，手臂就被盛秋行给抓住了。

"够了！"盛秋行突然抬高了声音。

顾小遥抿住了嘴唇，一副不服气的模样。

"进去之前我已经提醒过你，不要提出拍摄要求，更不要把拍摄和录音器材打开，你为什么不听？还想搞偷拍那一套？"

对于这样的指责，顾小遥当然不会接受："我哪里有偷拍，照相机就拿在我手上，录音笔也放在桌上，我是正大光明地在做这件事好吗？盛律师，你是提醒过我，但我不是你手下的员工，跟在你身边，观察、采访、记录，这些同样是我的工作，我必须要认真完成，拿回去给我的领导交差。"

"现在你满意了？我们什么都没拿到。"午后闷热的天气令盛秋行脾气有些暴躁。

顾小遥表情大变，拿着照相机的手在发抖。

"我……"她还想强调她是在公事公办。

盛秋行再次打断了她："你真的是想帮那个周蛾找回公道吗？"

"当然想。"提起周蛾，顾小遥也来了情绪。

如果她不是想认真地去做一些力所能及的事，她现在又何必待在这里，看他脸色。

"如果你想，那就闭上嘴，多听话，少自作主张。"盛秋行没好气地把公文包塞进了她的怀里。

顾小遥不得不双手捧着，看到盛秋行自己走了，急忙问："你要去哪儿？"

"你就在这儿等！不准跟来捣乱，否则的话，这个案件的委托直接解除，你爱找谁就去找谁，反正别来找我。"

顾小遥从没被人如此对待过，突然来了一下，整个人都蒙了。

盛秋行步伐匆匆，直接进了派出所。

顾小遥就傻愣地抱着一堆东西，在派出所门口站着，既不能进去又不能离开。午后的太阳很大，晒得皮肤又痛又痒。她想要找个背阴的地方躲一下，可又担心盛秋行出来找不到她会借机大发雷霆，就干脆站在原地一动不动。

一个半小时过去，盛秋行终于出来了，陪着他的还有两位警察，都是四十岁左右。

盛秋行与他们握手道别，脸上堆着顾小遥从未见过的笑容。

"还是要特别感谢高所长和李队长的大力支持，客套话我就不多说了，如果以后有空去南城，一定要联络我，我来做东，请二位好好聚一聚。"盛秋行说。

"盛律师不要客气，合法范围内能提供给你查阅的证据，我们尽力支持。我们也希望还死者一个公道，警方管辖不到的地方，还有你们律师在行动，这样很好，非常好。"高所长说。

寒暄之后，盛秋行转身向顾小遥走来。顾小遥清晰地看到，在他目光朝她的方向望过来的时候，他脸上的笑容突然就消失得无影无踪。

盛秋行已经到了顾小遥的跟前，拿过了他的公文包。

盛秋行说："走了。"

顾小遥问："去哪儿？你要到了案件资料吗？"

"上车再说。"盛秋行随意应了声。

顾小遥心里想，或许是因为身后那两位警官还在，他不方便讲太多吧。

他们回到了车上，刚坐好，顾小遥已经迫不及待地想要问了。

盛秋行眉头一皱："你的脸是怎么回事？"

"我的脸？"顾小遥迅速取出镜子照了照，大惊失色。

她的脸红彤彤的，泛起了不正常的颜色。她稍微碰一下脸，还有微微刺痛的感觉。

"糟了，在太阳下站的时间太长，好像是晒伤了。"顾小遥想哭。

盛秋行没有说话，对这种笨蛋他没啥好说的。

顾小遥却很快调整了情绪："我这个是小问题，回去处理一下就好。倒是你，你在里面待了那么久，是不是了解了很多情况？周蛾的死因已经了解清楚了吗？"

盛秋行开着车，把冷气打开，车内的闷热瞬间消散了许多。

"死因已查明，的确是自杀。"盛秋行说。

顾小遥露出一抹悲哀的表情，整个身体都紧绷着，像是一只受了伤的小刺猬，将自己给蜷了起来。

"如果是自杀，就要按照正常流程开始走，让他父母去派出所把死亡证明开出来，先把后事处理一下。"盛秋行停顿了一下，"案情方面很清楚，接下来便是追责了，你们认为网络贷款是导致周蛾自杀的原因，但这并不代表法律也会这么认为。周蛾的网络贷款涉及公司太多，很难一家一家去和解，即便采取申诉或诉讼的方式，胜诉的可能性也非常小，更别提获得赔偿了，如果是从性价比的角度来分析，可以说，这个案子的意义不大。"

盛秋行是认真地从代理律师的角度来分析，不掺杂任何个人主观意见在里面。

顾小遥的脸色变得更加难看了，她做了几个深呼吸，很显然是在努力平复自己的情绪。

"难道就这么算了？"顾小遥不甘心地说。

"不然呢？"盛秋行反问。

"那是一条人命！曾经充满了希望，对未来的生活满怀期待的生命！难道就这样不明不白地没了？"顾小遥的声音带着微微颤抖。

"死亡，是她的选择。"盛秋行冷酷地说，"既然是她的选择，或许你首先应该做的，就是接受，不管是出于这样或那样的原因，她毕竟已经走了。"

顾小遥从接触周蛾自杀这件事一开始就失去了冷静。她那种疯狂、不顾一切地去讨公道的想法盛秋行能理解，但他不赞同。他的职业习惯要求他在任何时候，对待任何事件都保持冷静与理智，这样才能最有效率地处理任何事情。

车子一直向前开，不知要去哪里。顾小遥没有问，盛秋行也没有主动说。但路程总是要有个尽头的，当车子缓缓停下来，顾小遥抬起头问："我们是要去哪儿？"

盛秋行指着对面，那是文山市一家私人医院，皮肤科相当有名："你进去处理一下脸上的晒伤。"

"没事的，我回去敷个面膜也就好了。"顾小遥很意外，没想到盛秋行居然这么体贴。

"去吧，我等你。"盛秋行看了眼手表，"你有一个小时的时间，处理完之后，我们去附近的餐厅吃饭，然后去找毛俊达。"

"还要去找毛俊达？你不是说……"

"去吧，听听毛俊达怎么说，或许能有别的发现。"盛秋行在日程表上画了一个符号之后，合上了日记本。

见顾小遥满眼感动，盛秋行慢悠悠地补了一句："毕竟是收了律师费的，该做的工作还是要做，我是有职业道德的。"

顾小遥瞬间收起了所有感动，她没好气地瞪了盛秋行一眼，心里就在郁闷，自己根本不该对这个男人产生半分改观。

盛秋行微笑地看着顾小遥甩上车门，愤愤而去。她一离开，他脸上的轻松便不剩分毫。

近年来，"套路贷"被各大媒体频繁报道，这种伪装成民间借贷的诈骗行为，披着"合法"外衣到处害人。"套路贷"的骗局环环相扣，受害人往往损失惨重，甚至家破人亡，对整个社会造成了极大的危害。

尽管周蛾这个案子还有很多细节没有落实到位，但盛秋行已经有了基本的判断，周蛾九成以上是落入了一起有组织、有预谋的"套路贷"陷阱中去了，那些人或分散、联合，他们挖好陷阱，等待着猎物入网。一旦锁定了目标，他们就像食人鱼一样一拥而上，扒了猎物的皮肉，吸了猎物的骨血，连骨头渣子都不剩。

这些人将周蛾逼上了一条绝路。他们在钻法律的漏洞，认为自己会永远逍遥于灰色地带，没人能管得了他们。

　　如果是别的案件，盛秋行或许在判断性价比不高之后会选择放弃，但周蛾这个案件他不会放弃，因为它触碰到了他心底某一处落不进光的角落。那个角落，终年荒芜，寸草不生，不可触碰。他将车子的椅背放倒，整个人平躺下来。或许没有顾小遥，他最后依然会接手这个案子吧。

第 22 章　配合默契

　　盛秋行将车子直接开到了毛俊达租住的小区内，在最短的时间内到了毛俊达租住的楼房下。

　　"我上次回文山时，曾经来找过毛俊达，他退租离开了，大概是不想再被人打扰了吧，连几个月租金和房屋的押金都不要了，直接把房子退给了房东。他还贴了声明书，你再来这里也没有用，我们应该想办法找到毛俊达的新住处。"顾小遥路上睡着了，忘了告诉盛秋行毛俊达已经搬了家，不过她心里一直期待毛俊达重新搬回这里，毕竟几个月租金和押金加起来也不是一笔小钱，毛俊达很有可能搬回来。

　　盛秋行要顾小遥把拜访毛俊达的整个过程重新说一遍。顾小遥便仔细地跟盛秋行说了整个拜访过程。

　　"你说前一天你到访的时候，毛俊达还没有要搬家的迹象，他在整理周蛾的遗物，而过了一天他却离开了。这样的速度，不符合常理。"盛秋行说。

　　对于盛秋行的疑问，顾小遥同样察觉到了。

　　"当时时间很紧，我来找毛俊达只问了几个问题，聊完后我还要去高铁站，所以我没有更多时间去核实他是否真的已经搬家。他在门板上贴了字条，还留了房东电话，于是我就给房东去了个电话，从房东口中得知，毛俊达的确是搬走了，剩下的租金和押金不退，但他希望房东帮忙整理好家里的东西，等他有空来取。"

盛秋行停了下来，回头看顾小遥："这么说，你也没有亲眼看到房间里的真实状况，也不确定那个接电话的人到底是不是房东。还有就是，门板留言、房东电话、周蛾信息等，这些全都是毛俊达透露给你的信息，可信度还有待调查。"

顾小遥的心脏像是被一双无形的大手给抓住了："盛律师，你的意思是毛俊达有问题？"

"我没有任何意思，只是单纯地就事论事。在未经调查之前，你不要想太多，可有一点我们能断定，在周蛾生前，毛俊达是她最亲近的人，他们既然有结婚的打算，那么对彼此的工作、生活应该有一定程度的了解。若是周蛾自杀的背后真的存在一些不为人知的真相，大概只有毛俊达知道了。"

盛秋行抬眸，看了一眼上方："走吧，先找到他。"

两人来到毛俊达的住处，盛秋行敲了敲门，门开了，里面住着一对小情侣。毛俊达真的搬走了。顾小遥说，房间的整体没太大变化，但属于毛俊达和周蛾的私人物品已经被清理得干干净净。小情侣对前任租户的状况并不了解，也不愿意跟盛秋行和顾小遥交谈。

顾小遥这时候开始表演，她抹了抹眼角，一脸沮丧地告诉小情侣，这里原来的房客原本是她男朋友，半年前两个人闹了点矛盾，男朋友就离家出走来文山市打工了，从那时起就断了联系。她觉得两个人闹了矛盾就要解决，动不动离家出走只会让矛盾越来越深，毕竟他们在老家已经订了婚，家里的彩礼、嫁妆都交换过了，谁知男朋友音信全无。他既不说要举行婚礼也不说取消婚礼，把两家亲戚全晾在那儿，现在大家都在问她婚礼的事，她就跑来文山找男朋友了。

顾小遥吸了吸鼻子，就在这时，盛秋行送上了一张纸巾，表情沉重地抬起手臂，压住了她的肩膀。

她分明在他眼睛里看到了笑意，可又得撑着"悲伤"的情绪继续演下去。

顾小遥继续说，一个朋友给了她这个地址，还告诉她，她的男朋友已经与另一个女孩子同居了。所以，她今天必须得想办法找到男朋友，不为别的，只想要一个说法。现在，男朋友已经搬走了，没人知道他去了哪里，如果再找不到，她肯定会变成村里的笑话，所以她希望能找到房东问一问前男友的去向。

女人和女人之间，对于"渣男"的话题，永远存在着同仇敌忾的心情。

小情侣中的男生还在犹豫，女生却已忍受不了了。

她跑进去拿了租房合同出来，把房东的电话、地址和身份证复印件全给顾小遥看，并允许她拍照，以方便她下一步的查找。

临走时，小情侣还鼓励顾小遥一定要加油、一定要坚持，先把渣男找出来问清楚，能成就成，不能成拉倒，实在来气就找家里人过来他揍一顿出出气，但接下来的日子还得好好过，未来会更好。

顾小遥离开时，有些内疚。她问盛秋行，这样做是不是在欺骗好人。

盛秋行回答："是在骗人。"

顾小遥差点被噎死，在内心深处第 N 次告诫自己，以后跟盛秋行能不说废话，就一个字都不要说，不然的话，她迟早会被他的"诚实"给气死。

"但至少你拿到了关键的东西，不是吗？"盛秋行仔细查看了存放在她手机里的照片，然后指着手机号码问，"上次你打的是这个号码吗？"

顾小遥查找了一下通话记录单，答："是。"

"你再拨一个回去，问问他毛俊达有没有回来取过东西，再问他有没有毛俊达的新地址。"盛秋行把电话还给她。

"直截了当地问？"顾小遥觉得不妥。

"毛俊达最近一直被派出所和居委会调查，按照惯例，他房东那边应该也要被审查提问，经历过几次后，房东肯定已经十分厌烦，并且对毛俊达的事非常敏感，你如果像刚才那样，又演又骗，他怕是不会搭理你。出于不想惹麻烦的心态，他没准儿会直接把电话挂掉。不同的人不同对待，你就直接去问，能问到就问到，问不到就算了，我们另外想办法。"

她按照盛秋行教的话，给房东打了电话，房东果然不想聊跟毛俊达有关的话题，但也说了毛俊达的东西后来被一辆面包车给取走了。毛俊达本人没到，委托朋友处理的，房东恨不得快点甩掉这个烫手山芋，当然极力配合。

顾小遥挂了电话后，整个人非常失落："这下是真的没线索了，毛俊达也不知道躲哪里去了。"

"不一定。"盛秋行的心态平和许多，"我们先回酒店去吧，很晚了。"

顾小遥也只能答应。但车子开到小区门口时，盛秋行不知道看到了什么，突然将车子停住了。

"你等我一下。"盛秋行说。顾小遥看着盛秋行往保安亭走了过去，他掏出了一盒烟，抽出一根递给了守门的中年人，笑着拉起家常，仿佛对方是相处很久的朋友。盛秋行时不时指着远处的楼，又指着岗亭门口堆积起来的快递，与保安有说有笑。没过一会儿，盛秋行竟然蹲下来在快递里翻腾起来，他找了一会儿，终于有所发现，捧起一只箱子交到了保安手上。保安翻开摆在面前的本子，一页一页地找，接着撕下一页纸，快速抄录，交到盛秋行手上。

盛秋行拿着那张纸回到了车上，他交给顾小遥："毛俊达的新家就在附近，我们去堵他！"

毛俊达并没有真的返回老家，而是在文山市又找了一套房子，位置不算远，隔着三条街，开车最多十分钟就到了。

"怎么回事？"顾小遥说。

盛秋行看着她："嗯？"

"你怎么知道保安那里有毛俊达的新地址？"

盛秋行单手握着方向盘："简单的逻辑推理，加上一点点运气。"

顾小遥无语。跟一名律师聊天，都是这么累的吗？他说的话，她怎么就听不懂呢。

秉承着不懂就问的精神，她问道："那您是怎么把这件事推理出来的呢？"

这种过度温和的声音，惹来了盛秋行奇怪的眼神。

她冲他笑了笑。

盛秋行说："开车路过时，我看到门口堆着一堆快递，现在有很多小区附近都有快递代收点，保安亭门口堆的那些快件，就是暂时无人来拿的快递。之前毛俊达住在这个小区，他家住的楼层很高，收快递很不方便，既然其他人有将快递存放在保安亭的习惯，或许他也有。有这个假设在先，接下来就要看运气了。毛俊达搬家比较匆忙，应该是临时决定的，或许他还有快递没来得及收。基于这样的推测，我便停下车来，去跟保安聊几句，果然有收获：毛俊达的确还有两份快件今天才送到，他早早地在保安亭留下了地址和电话，希望保安能在拿到快递之后，直接转寄到他的新居去。"

顾小遥大开眼界："厉害。"

"那么接下来我们要确认的就是，毛俊达在周蛾自杀这件事上，扮演的是什么样的角色。"盛秋行说。

顾小遥说："他……"

盛秋行打断了她："不要去猜，事实就在那里，它自己会说话，若是罪恶曾存在，即使他再掩饰，罪恶依然会以各种各样的方式显现出来，我们要做的只是想办法找到这些真相。"

"嗯。"

车子在沉默中前行，路灯发出的光在盛秋行冷峻的脸上快速闪过。

过了几分钟，盛秋行开始减速，将车子停在了路边的停车位。

盛秋行说："就是这里。"

顾小遥回过神："等会儿见到他应该怎么说？他很不愿意提起周蛾，如果没有什么证据，就算追着他问也没结果。如果他再次搬家，再想找到他就真的不容易了。"

"是的。"盛秋行同意她的说法，一边往小区里走一边说，"你对毛俊达的第一印象怎么样？我的意思是说，你是周蛾生前的好友，与周蛾相处多年，对她的个人品位、喜好等应该有着相当程度的了解。在你看来，周蛾会爱上像毛俊达那样的男人吗？另外就是，你去看过毛俊达，与他有过短暂的接触，在你眼中，毛俊达表现出的悲伤，是真情流露，还是有虚假的成分。"

"盛律师办案不是讲求证据吗？什么时候你也开始追问起感觉了？"顾小遥打趣道。

盛秋行回答："感觉这个东西很玄乎，有的人第一感觉极准，这种判断的基础跟他自身的学识、人生阅历、社交关系等有着直接的关系，说是感觉，实际上却是大脑在极短的时间内做出的综合分析，有着相当强的可借鉴性。"

顾小遥狐疑："盛律师的意思是，我就拥有这样的'感觉'？"

盛秋行说："我希望你拥有。"

顾小遥没好气地翻了白眼。

思考了一会儿，顾小遥开始回答："先回答你第一个问题，周蛾会不会爱上毛俊达这样的男人。对于这个问题，其实我也曾想过很多次，毛俊达的外形很一般，虽然不丑，但方方面面全是普通人的条件，不过他是个很合适结婚的对象。毛俊达给我的感觉就是合适，谈不上有多优秀，但他们门当户对，周蛾的家世也很普通，家在小洛乡，父母都是农民。周蛾内心其实很不安，她一直期待着找到一个条件跟她差不多的男人一起奋斗，从这方面来说，毛俊达达到了她的期待值。她不一定会一见钟情，却可以在长久的相处中生出感情。"

盛秋行认真听她说话，没有打断，没有追问，只是静静地聆听。

顾小遥停顿了一小会儿，接着说："我是在周蛾去世之后才知道毛俊达的存在，我第一次联系毛俊达谈的就是周蛾自杀的事。毛俊达在电话里告诉我，他不想提起周蛾，不希望受到打扰，但我并没有听他的，哪怕电话被他拉黑，我依然找到了他。见面的时候，毛俊达对我可以说是相当不客气，他每句话里都带着讥讽，也没有刻意去表现对周蛾的爱慕和留恋。在谈话的过程中，他骂了周蛾两次，还用'那个冷血的女人'这样的字眼称呼她。他把与周蛾的合照统统扣在桌面上，不愿意再多看一眼。后来，他就搬了家。虽然他看上去并不爱周蛾，可我依然觉得，毛俊达是真的非常伤心，他种种冷漠的行为其实是在压抑自己的悲伤。"

盛秋行点了点头："我知道了。"

"就是这里了。"顾小遥抬头向上看，"三楼。"

"上去。"盛秋行从公文包里取出了一份文件，交到顾小遥的手里，"你自己去吧，把这个交给他，告诉他这里面装的是周蛾生前留下来的最后一点东西。"

"是什么？"顾小遥看着那个牛皮纸信封问。

"派出所拿到的调查记录。当然，只是复印件而已，从上面能看出最近三个月来，周蛾的三张银行卡的现金流走向，其中有六万块钱分批次打到了毛俊达的银行卡上了。"盛秋行淡淡地说，"拿去给他看吧，希望他能有所触动。"

"周蛾不是很缺钱吗？她居然还给了毛俊达这么多钱？"顾小遥呆住了。

她不是应该很缺钱吗？在这样的重压下，竟然还……

"这张银行卡后来被查出来，是在毛俊达的父亲手上，他的母亲有很严重的风湿性关节炎，常年下不了床，毛俊达的父亲曾数次从卡中取钱，所有的款项全都用在了毛俊达母亲的病上。"盛秋行看着顾小遥的眼睛说，"周蛾一直都在悄悄帮助毛俊达的父母看病，而毛俊达的父母一直以为是儿子在给他们汇钱，现在就要看看毛俊达是否知道这件事了。"

第 23 章　深情或是寡情

顾小遥问："这事很重要？"

盛秋行答："很重要。"

现阶段，盛秋行不方便出现，于是他选择留在楼下等她。盛秋行将自己的电话号码输入顾小遥的手机里，帮她设置成一键拨打，若是遇到危险，顾小遥只要按一下，盛秋行就会第一时间赶去救她。

"去吧，办完事就走。"在盛秋行的催促下，顾小遥向楼上走去。

楼道里很黑，顾小遥嘀咕道："今天太阳从西边升起来了？盛秋行居然开始关心人了。错觉！一定是错觉！"

三楼中间那一户，门上贴着春联，门口放着杂物。

顾小遥深吸一口气，敲了三下房门。

好像没有人在家。顾小遥有些担心，难道这次毛俊达又出门去了？还是说，这个地址根本不对？万一真是地址不对，案情又会陷入僵局。

顾小遥又敲了三下门，依然没有动静。

正当她准备离开的时候，防盗门发出"吱呀"一声，一个人探出了身子："谁？"

"毛俊达？"顾小遥一看果然是他，心情瞬间激动了起来。

毛俊达认出顾小遥之后，表情可没那么好看："顾小遥？你怎么找到这里来了？"

"我是记者，想要找个人还是很简单的。"

"我已经告诉过你，周蛾已经不在了，所有事情都过去了，我没有什么好说的。我现在只想过平静的生活，请你尊重我，成全我，可以吗？"毛俊达一脸疲惫，准备直接关上房门。

顾小遥拦住他："我今天去了派出所，见了负责周蛾自杀案的警官，拿到了一些东西，不知道你想不想看看。"

毛俊达冷冷地问："请问，跟我有关系吗？"

"跟周蛾有关，就是跟你有关系，我想，你会感兴趣的。我这么晚赶过来，就是想亲手把这个交给你。"顾小遥将那只塞得满满当当的牛皮纸信封递了过去。

"我不要，你拿回去吧。"毛俊达拒绝。

但顾小遥分明看到，他在说这些的时候，眼角余光不自觉地瞥了信封一眼。

"你确定你不想看吗？或许这是周蛾留在这个世界上最后的东西。"顾小遥垂下了眼睛。

"什么最后不最后的？她死了！她跳楼了！死了，没了！她早就不存在了，留下来什么东西不东西的还有意义吗？有吗？没有！人死了，什么都没意义了！我们这些俗人、庸人，不懂什么是永恒的爱情。她周蛾都不在了，我什么都没有了，我会立即忘了她，用最快的速度忘得干干净净，我不能让一个自杀的女人来影响我未来几十年的生活。"毛俊达越说越激动。

顾小遥向后退了半步。她想要离这个男人远一些。她很担心毛俊达疯狂起来的时候，会直接冲过来打人。

"滚！不要再来烦我！"怒不可遏的毛俊达，在失控之前准备把门关上。

顾小遥腿都软了，但是到了这种时候，她还是勇敢地伸出手，把门给撑住。

"谁跟你说人死了就一了百了了？谁告诉你人没了就可以当作这一切都不存在了？你是机器人吗？不高兴、不愉快的记忆，点个删除键就能清除得一干二净？做不到的事就别去欺骗自己，逃避的确可以缓解疼痛，但也会让心里的伤变成隐痛，表面愈合，实际上却结了暗痂，一点点发脓变臭，最后救无可救。"

顾小遥觉得头皮都在充血，再去看毛俊达，他显然已经蒙住了，愣愣地看着她，一时间竟然忘记反驳。

顾小遥再次举起了那个信封："这里面装着的都是周蛾曾经对你付出的一片真心，你可以把它当成垃圾直接丢弃，你家人也可以把它当成一个傻女人的慷慨而心安理得地接受，你们可以选择将周蛾的一切彻底埋葬，假装任何事都没有发生过。但我要说一句，有些事发生了就是发生了，不是否认就能抹除的，你骗得过全世界，可你骗不了你自己。"

她把信封往毛俊达身上一砸，转头就走。

一楼，盛秋行果然等在那儿，见了顾小遥，他立即走过去："不是提醒过你，控制情绪，有话好好说，不要激怒毛俊达吗？"

顾小遥苦笑："他说的那些话太气人了，一时没忍住，就直接开骂了。"

"东西给他了？"盛秋行问。

"给是给了，但是，我不确定他会不会看。毛俊达对周蛾有很深的感情，他现在只想逃避，所以……如果他实在不肯看，我也没有别的办法。"

盛秋行笃定："他会看的。"

顾小遥惊讶地看着他："为什么？"

"直觉。"

这种回答，换回顾小遥一个白眼。

盛秋行把手递过去："你看起来还在抖，需要我扶你吗？"

顾小遥直接推开了他的手。

两个人往小区外走去，情绪有点低落的顾小遥一直没什么聊天的欲望，而盛秋行一贯寡言，所以两人一路无话。

坐回车上，盛秋行没急着开车，他不知从哪里变出来两只丑橘，给了顾小遥一个："尝尝看，听说挺甜。"

"我现在哪有心情吃东西。"顾小遥叹了口气，"来到文山市后，事情的进展与我想的完全不一样。"

盛秋行把丑橘直接放在她怀里，接着他开始剥自己那只，当鲜嫩的果肉露出来时，一股浓郁的果香飘出来，在车内弥漫开来。

"或许现在毛俊达已经打开了那只信封，他很惊讶里边装的不是周蛾写下的动人的情话，没有爱的遗言，只有一组组冰冷的银行转账数据。正因为如此，他才会带着强烈的好奇往下看，他会看到周蛾不定期转到他银行卡的钱。如果他知道这笔钱的存在，或许会有所改变……"盛秋行把一瓣橘子放入口中，果然很甜，味道极好。

顾小遥下意识地也剥开了橘子。

"如果他不知道这笔钱呢？"顾小遥问。

盛秋行笑了一声，此刻的他，老谋深算，运筹帷幄。

"如果不知道，这会儿他应该在气急败坏地给他父母打电话，他要证明这些转账数据是假的，他的良心才能稍微安稳一些。"

"转账数据怎么可能是假的？我们从派出所那边拿回来的，派出所肯定也是直接从银行那边调取的数据，怎么会有假嘛！"

当然不是假的，所以，毛俊达不会无动于衷。但能不能让他配合调查周蛾案，盛秋行也没有把握。成事在人，谋事在天。他已将能做的事全都做了，接下来就要看毛俊达了。

盛秋行看着顾小遥紧张的神情，知道她已经被自己描绘的情景感染，陷入到了紧张而期待的氛围中去了。他悠闲地吃着橘子，这种从外地引进过来的品种，在文山市周围几个乡生长得不错。好山好水好土地，科学的栽培和灌溉，最终让丑橘在这片土地生了根。收获时节，一眼望去，漫山遍野的金色果实，像是一个个小灯笼一样，挂在树上。

电话依然没有动静。

盛秋行遗憾地说："看来毛俊达真的是没有什么感觉，他已下定了决心要放弃周蛾，我们可以走了。"

顾小遥摇头："那么厚的一份记录，他就算速度再快，也得看上一阵子，别急，再多给他一点时间。"

她把手上还没吃完的半个橘子递给他："要不，你再吃点？"

盛秋行面无表情。顾小遥叹了口气："已经做到这一步了，再多给他十分钟时间去考虑，如果他还没有回应，我就放弃。"

盛秋行点头："行吧。"

这十分钟，对盛秋行和顾小遥来说，是漫长的十分钟。每隔十几秒，顾小遥都要打开手机看上一眼，生怕错过什么。

就在这时，盛秋行的手机响了起来。盛秋行才要接，电话就挂断了。

顾小遥说："没坏呀，这不是能拨出去吗？"

盛秋行问："刚才是你打的？"

"嗯，我确定一下，手机是不是坏掉了。"她此刻的心情很复杂。

盛秋行瞥了一眼手机上的号码，停顿了几秒，还是保存了下来。

十分钟结束了，毛俊达依然没有打电话过来。

"放弃吧，走了。"盛秋行发动汽车。

顾小遥有些失落："这个男人怎么那么狠心？看了这些转账数据，居然还是无动于衷。"

"男人在对待感情上，会比女人更脆弱些，而且男人很会假装，生怕被别人看出来他很在乎，这就是所谓的'死要面子活受罪'吧。"

顾小遥看了盛秋行一眼："盛律师自己就是男人，在对待感情时，你也会死要面子活受罪吗？"

盛秋行想到了洛雪意，但他很快摇头："我不会。"

顾小遥不太相信："你刚刚谈起男人时头头是道，我还以为盛律师自身有着非常深刻的体会呢。"

"坦白说，我对爱情充满了期待。我曾无数次幻想，在不远的未来，那个等着我的男人会长成什么样子，他会以什么方式与我相遇，与我又会有怎样的未来。直到周蛾死去，我对一些事的看法突然有了天翻地覆的转变。"顾小遥扭头望向窗外，"人啊，心里最在乎的终究是自己，任何事都不可能——停车！"

盛秋行一脚踩在刹车板上，巨大的惯性让两个人同时向前倾，而后再摔回座椅上。

"我好像看到了毛俊达。"顾小遥飞快地跑下车，朝着小区的方向冲了过去。

盛秋行摇下车窗，远远地看了一眼，果然有一个人在小区门口四处张望。

那个人就是毛俊达吗？盛秋行眯了眯眼睛，眼底精光四射。

毛俊达今年二十五岁，曾就读于文山市一所三流大学，学的也是法学，但他不喜欢法学。四年的大学生活他都在混日子。最后一年，他在宿舍里烧水，不小心引起了一场小规模火灾，毛俊达被学校记了大过，再加上还有三科是挂科的状态，他最终没拿到毕业证。

一个没有毕业证的大学生，等于大学白念了。毛俊达一离开校园，就跑去工厂里打工，干了一年多。他感到工厂工作实在是太辛苦了，于是就回到老家，准备在文山市做点小生意什么的。也是在这个时候，他遇到了才从南城大学毕业返乡寻找工作的周蛾。他对周蛾一见钟情，认定了这个女孩儿就是他想要携手同行，度过一生的那个人。

毛俊达自身条件一般，大学没毕业这件事让毛俊达始终觉得自己低人一等，也觉得对不起辛苦供养他上学的父母。毛俊达一直没有对周蛾表白，而是以创业合伙人的身份陪伴在她身边，他作为合伙人有三成股份，而且这个股份属于技术入股，说白了，就是他拿不出启动资金，只能出一把力气，帮周蛾处理公司业务，毕竟有些事男人出面会比女人更容易一些。

周蛾是在创业的过程中对毛俊达产生感情的。说在一起，还是周蛾提出的呢。

毛俊达内心狂喜，迫不及待地答应了下来。在这场爱情里，毛俊达始终是被动的那个，直到周蛾去世。

毛俊达将盛秋行和顾小遥请到了家中。乱糟糟的房间根本没有待客的地方，于是他尴尬地把沙发上的一堆杂物抱起来扔到了卧室的地板上。

他说："你们随便坐吧，不好意思，一直想把房子收拾一下，但始终没有时间。"

"没关系。"盛秋行在沙发上坐了下来。

"那些银行转账记录是怎么回事？那些，是真的吗？"毛俊达先开了口，他眼眶通红，声音都是颤抖的。

"周蛾手上共有三张银行卡，那是近一年来，我们从她所有的交易流水中提取出来的部分转账记录，上面盖有银行的公章，以及派出所办案时留下来的公章。"盛秋行回答。

"她……她……一直在帮我养着爸妈……一直……她那么难，舍不得吃、舍不得穿，可她还是在帮我……"毛俊达崩溃得大哭了起来，他用力捂住脸，可是泪水像是决堤的洪水一般，从指缝里汹涌而出。

顾小遥的眼眶也红红的，她几次深呼吸，转过头看着窗外的天空，若不这样做，她真怕自己会跟着毛俊达一起大哭起来。

盛秋行等毛俊达停止了哭泣，才开口说："周蛾自杀必然经历过一番挣扎。她那么年轻，怎么会无缘无故自杀？如果你都不为她做些什么，那她就真的白死了。"

毛俊达猛地抬起了头，眼睛里已有了愤怒的光芒。

盛秋行取出一支录音笔，按下了播放键。

"周蛾，我警告你，快点还钱，不按期还钱，你知道什么后果，我们会把你的手机通话名单全都公布在网上，然后告诉所有人，你是个欠钱不还的老赖。你不是要结婚了吗？那个男的知不知道你欠了我们六千块钱啊？你猜，如果他知道了，你竟然是这么个货色，他还会要你吗？哈哈哈……"

"周小姐，你还是要为你的家人考虑一下，你父母就是老实巴交的农民，我们去你家堵门，他们两个以后在村里该怎么生活呢？"

"你逼急了我们，我们就去你婆家要债。啧啧啧，如果你婆家不肯出，估计他们也不会要你了，像你这样的女人，还没娶回家已经带来了那么多的麻烦，你猜猜看，谁家能受得了？"

第24章　毛俊达隐瞒了什么

毛俊达满脸愤怒。顾小遥亦是攥紧了双拳。盛秋行又放了几段录音，之后才关掉了录音笔。

"这是最近几天周蛾手机上的电话录音。只要这个手机开机，那些催债电话就会立刻打过来，他们想尽一切办法骚扰周蛾。从录音的内容我们可以得知，他们除了对周蛾本人进行人身攻击外，还以周蛾的父母、兄弟、客户、男友、男友的家人等作为威胁的手段逼迫周蛾，最终击溃了周蛾的心理防线，让她走上了绝路。"

顾小遥喃喃道："他们怎么可以这样做，怎么可以……"

"对于周蛾经历的这些，你可知道？"盛秋行盯着毛俊达说。

"我不知道，我真的不知道。"毛俊达抱着脑袋又哭了一阵，才勉强继续，"周蛾一直在负责线上水果销售的工作，她的手机里有很多客户，几个平台的销售客服一直不稳定，请来的人总是做几天就不做了，没人做的时候只能周蛾顶上，所以她的手机24小时不关机，不知道什么时候就会有人打电话过来，问这问那，我早就习惯她每天抱着手机说个不停，所以我真的没注意到这些。没想到，有那么多人用这么可怕的方式向她逼债。"

"你知道周蛾一直在网络上借钱吗？"盛秋行继续问。

"警察也反复问过我了，我真的不是很清楚。店里的水果生意需要资金，我没钱，她也没钱，我们已经向亲戚借遍了，但这个生意还是要不停地投入大笔大笔的资金，我跟周蛾说，不要盲目扩大规模，要稳扎稳打，把一个平台做稳。可是，现在做水果生意的电商太多了，每一家都有自己的优势，像我们这样小规模的商家本来生存已经是非常艰难了，单靠一个平台，每个月的盈利算下来，还不如我们各自去找一份工作赚到的钱多。"毛俊达抽了张纸巾，使劲儿擦了擦眼睛，"我说那么就把店关掉，收尾工作结束以后，各个平台的保证金全收回来，那笔钱也够我们在文山市交个首付，这样就可以买房子结婚了。可她不愿意，说什么小洛村那边嫁女儿会拼一个彩礼，辍学毕业去打工的那些女孩子张口就要十几万，她读了大学，如果要的彩礼少了，家人会在村里抬不起头。就为了攒这笔钱，周蛾没日没夜地干，我帮不了她什么，我还说她和她家人都爱财如命，结婚是多简单的一件事啊，干吗要在意外人的眼光。因此，我们简单的生活变得压力山大。"

顾小遥听到这儿，本来想要骂他几句的，可是话到嘴边，却如鲠在喉，什么都说不出来了。"如果我早知道她承担了那么多，如果我早知道……"毛俊达喃喃道。

盛秋行又一次打断了毛俊达："你的意思是，你从没有察觉到周蛾的不对劲儿？那么多催债电话，难道你一次都没注意到？"

"周蛾平时住在开屏县，我住在文山市，我们一周或者两周见一次面，一般也只能待个两天左右，相处的时间太短了。"停顿了一会儿，毛俊达突然说，"但是，我还是能想起来一些细节很不对劲儿，比如近半年来，周蛾的手机总是静音状态，她在我身边，手机会倒扣在桌面上，不让我看手机屏幕，我偶尔想要用一下她的手机，周蛾总会表现得非常紧张。说真的，我们为这种事吵过架，我还以为是周蛾背着我在和另一个人交往……我很难过，她避而不谈，我们发生了几次比较大的争吵之后，我曾经与她提出过分手，但周蛾大病了一场，始终治不好，我心里一软就去照顾她，后来两个人就和好了。到现在我才明白，她守着手机，原来不是外边有人，而是怕我发现她被人催债。"

盛秋行在笔记本上记录着聊天细节。毛俊达说完后，盛秋行问："周蛾去世前的那一晚，有没有对你提起过什么？"

"哪方面？"毛俊达一愣。

"任何方面。"盛秋行说。

"我不明白你什么意思，难道你是在怀疑我……"毛俊达突然戒备起来。

"周蛾一直是以最低还款的方式在还钱，经过一段时间后，债务滚雪球似的积累起来，现在已达八十几万。且因为周蛾去世，连最低额度都没人去还了，债务还在飞速增长。她借贷的对象，并不是银行或其他合理的借贷机构。那些人并不会因为周蛾去世就将那些钱一笔勾销，他们十有八九会继续锁定下一个还款人，比如说周蛾的父母、两个哥哥，甚至还有你。这是一个巨大的旋涡，每个与周蛾有关系的人都随时可能被卷进去。"盛秋行表情严肃，"必须要找个一劳永逸的办法解决掉这件事，不然的话，后患无穷。"

毛俊达的表情一直在变。有几次，顾小遥想要插嘴说话，但每次她刚张口，盛秋行就示意她什么都别说。

"我……我……"毛俊达拿了一根烟出来，"我也很想帮你们，但我真的不知道怎样才能帮到，我……我好难。"

盛秋行抽出一张名片放到毛俊达手上："这是我的名片，上面有我的联系方式，如果你想到了什么，可以随时给我打电话。"

说完，盛秋行就站了起来，与毛俊达道别。

顾小遥还是犯迷糊，跟着盛秋行从毛俊达的住处走了出来。

他们走下楼，三楼的灯突然灭掉了，是毛俊达关掉的。

顾小遥不解："他是什么意思，怎么感觉他很心虚，还有点鬼鬼祟祟的。"

盛秋行说："很快就知道了。"

顾小遥不解，盛秋行却不打算解释："先回酒店休息，已经很晚了。"

"就这么走了？我们还什么都没问到呢！"顾小遥满脸不情愿，走了一会儿，她又问，"你要问些什么啊？周蛾是自杀的，现在苦苦相逼的人是网络上那些借款公司，你一直在追问毛俊达，难道是怀疑他……"

"不要脑补，等待事实自己来说话。"盛秋行再次强调。

顾小遥点了下头。回到酒店以后，两人互道晚安，各自回了房间。

一天的奔波，令人疲惫，顾小遥把新闻稿写好，并发布在网站的专题里。

跟访盛秋行的系列报道已经作为话题置顶新闻网站的首页。因为位置醒目，再加上之前盛秋行被顾小遥的一篇新闻送上了南城热搜，这对组合立即引起了很多人的关注。

顾小遥的犀利文笔给许多读者留下了深刻的印象。她和盛秋行颇有点相爱相杀的意思。

顾小遥是不定期更新采访内容。在做了一个简单的新闻预告之后，她没有再发一言。南城热搜第一的热度被迅速转移到了这期新闻跟访上，关注的人数持续上升，很多人都想看看，最后整个事件会朝哪个方向发展下去。

顾小遥在进入工作状态时，会刻意摒弃个人情绪，从客观角度出发，记录事实，还原真相。她笔下的盛秋行，有别于大众固有的那个完美律师的形象，更加真实、立体。

隔天一早，顾小遥的手机有一个未接电话，还有一条短信，全都是隔壁盛秋行发过来的。

留言上说，他今天要处理别的工作，一早要赶往目的地，很晚才会回来，他让顾小遥自己安排今天的行程，如果没有问题，就不要联系他。

顾小遥翻了白眼："你以为你是谁啊？没有周蛾的事，谁要联系你！"

顾小遥洗漱完毕，就把工作计划表打开，选了一些要采访的内容，风风火火地走了出去。

她可没有多余的时间浪费。

文山市工程建筑学院从新中国成立起就存在，每年有几千名学生在这里毕业。累计下来，也有不少成就非凡的优秀毕业生。虽然学校始终没有发展壮大起来，但在文山市还是相当有名气的。

盛秋行的外公何睿就曾在此任教多年，从二十六岁到三十五岁，整整九年的时光，可以说何睿将最美好的青春年华全留在了这所学校里。何睿和妻子就是在学校宿舍楼结的婚，盛秋行的母亲在此度过了整个童年，于整个何家而言，工建学院有着非同寻常的意义，即使后来何睿被调到南城大学，他还是会时常提起这里，字里行间，满是怀念。

　　盛秋行直奔教师办公大楼。副院长乔毕森正在办公室等着他到来。

　　"乔叔，您好。"

　　"秋行，真是好久不见。"乔毕森与盛秋行握手，有些激动地说，"你外婆还好吗？真是有心了，你外公不在的这些年，你把她照顾得很好，上个月我们这群老朋友还有个小聚会，你外婆也来了，状态真是好极了，她看起来既年轻又优雅，也就五十出头的样子，她往那儿一坐，便是红尘无忧，岁月静好，看着真是舒服。"

　　盛秋行笑了笑："照顾外婆是应该的，我外公走得早，外婆一个人孤苦伶仃，我能做的实在是不多，很幸运有乔叔和这些老朋友在，你们跟外婆时不时聚聚聊聊，热闹一些，容易让老人家忘记烦恼。"

　　"你真是个懂事的孩子。"乔毕森引着盛秋行来到茶几边坐了下来，然后烧热水，准备沏茶。

　　乔毕森说："说吧，今天来找我有什么事？"

　　"很久没来看乔叔了，有些想念您。"盛秋行双手接过茶杯，温和地回话。

　　"你小子最近几年在事业上风生水起，已经是南城有名的大律师了，一天从早忙到晚，哪里有空想我这个老人家哟！行了，真的不用说什么客气话，有什么需要你乔叔帮忙的地方，尽管开口。"

　　热水注入茶碗，阵阵茶香飘散。

　　乔毕森是个很实在的人，一辈子都在做学术，为人比较单纯，不喜欢逢迎那一套。如果过于客套，乔老是不喜欢的。

　　盛秋行拿捏着其中的尺度，开了口："我最近在阅读外公的日记，其中有一段提到了乔叔，有些事怎么都想不明白，便想来找您聊聊。"

　　"哦？你外公还在日记里提起我了？这个老东西，又怎么编排我呢？"乔毕森哈哈一笑。

"外公出事前的两个星期，跟您通了个电话，如果方便的话，我想知道具体内容。"

乔毕森叹了口气："你外婆跟我说，你一直在调查当年的事。怎么？还是想着要给你外公翻案？"

"是的，总是想要试试。"盛秋行直接回答。

"人都已经走了那么久了，翻不翻案，还有意义吗？许多旧事提起来，搅和了一阵子，不知道又要生出什么其他事来。秋行，你外婆年纪大了，经不起刺激，做事之前还是要多考虑一下她的感受。故人已逝，悲剧不可逆转，她心里更在乎的是眼前的你，知道吗？"乔毕森话里有话，字里行间都是关心。

盛秋行神情平静："我相信外公在天有灵，不希望自己一生的清誉毁于那场莫名的罪案。我也不相信，一位受人敬重的学者，会被金钱蒙蔽了双眼，做出那样的事情来。"

盛秋行继续说："说句难听点的话，我外公是南城大学金融系的博士生导师，是全国知名的经济学专家，若他真的打算去搞点钱回来花花，有一百种办法能赚钱，绝对不会用那种方式去赚钱。"

这些话，触及了乔毕森的记忆，他点头："当年出了那个事，我也非常震惊，完全不敢相信你外公会做出那种事来。如你所说，太蠢了、太笨了，明知道是违法犯罪的行为，他还直接以自己的名义去做……况且你外公并不缺钱，单纯只是为了求财，他会连自己的事业、名誉一起搭进去？这非常不可思议。"

盛秋行说："我始终怀疑其中另有隐情。当年我还小，没有更多的能力去帮外公，只能任由悲剧发生。现在翻案的确是很晚了，但晚却不代表没有意义，我外公在天上也会鼓励我去做。我外婆嘴上不说，心里还是渴望真相大白的，最坏的结果已经摆在那里，不管查到什么样的结果，我和我外婆都可以接受。"

既然打算求乔毕森帮忙，盛秋行也就拿出了最大的诚意，字字句句全敲打在乔毕森心底最敏感的位置。

乔毕森的眼睛微微泛红，他叹了口气，起身来到窗前，盯着窗外几十年的校园风景，发出了一声长长的叹息。

"那天中午，你外公打电话过来想要一组数据，那是文山市有关部门送到学校这边的，希望学校写一篇关于全市经济前景预判之类的文章。相关数据有三分之二以上是保密数据，非经允许不得外泄，而你外公希望得到的，正是其中一份关于房地产业的分析资料，我委婉地拒绝了他，但你外公却希望我能看在老朋友的分上，悄悄给他看一下，他只为了学术研究，绝不会外泄。当时我正准备晋升院长，在这种时候，实在承担不起任何风险。于是，我拒绝了，并且与你外公在电话里发生了争吵，最终闹了个不欢而散。"

乔毕森转过神来，脸上写满了疲惫与后悔："我万万没想到那会是我们最后一次通话。在那之后，我就听说你外公被控制了起来，关押了一年多，之后便是他去世的消息。出了这件事以后，我心里一直充满了遗憾，更多的还是疑惑。你外公是个老学究，他为什么非要那份数据？他怎么会为了一笔钱甘愿与人狼狈为奸，毁掉自己的一生？这些事我很想当面问问他，可惜再无机会。我虽然偶尔会在聚会上与你外婆见面，但看她如今一切安好，从不提起从前，我也就识趣地放下那些不开心的事。逝者已矣，生者还在，我们都应该考虑活着的人的心情。"

"您说得对。"盛秋行点了点头。

"至于你外公要的那份资料，如今已经过了保密期，你想要的话，我可以给你一份，这件事始终是个遗憾，所以那份资料我一直都保存着。"乔毕森在书柜里翻了一会儿，从最底层的盒子里拿出了一份打印好的资料，大约有几百页，上面标注的时间是何家遭逢变故的那一年。

盛秋行的神情流露出一丝异样。他接过资料，觉得像是接过一座沉沉的大山。

"这份资料里不一定有你想要的东西，你回去看一下，能用得上最好，若是用不上也不要随意乱丢，等到哪天去看你外公了，替我烧给他吧，别忘了告诉他，我这儿还有一句对不起。"

盛秋行安慰了乔毕森几句。乔毕森连连叹气，做了个手势，意思是不用说什么。

有些遗憾，注定也只能是遗憾。

盛秋行从工建学院走出来时，已经快到中午，他给老太太打了个电话，本来是想要回家去蹭一顿午饭的，谁知道老太太在跟朋友打麻将，玩得正开心呢。于是盛秋行给老太太转了两千块钱，备注是"大杀四方"。

老太太收了钱，回了个笑眯眯的表情。

盛秋行顺便打开了朋友圈，看见了顾小遥的照片。她站在江边，背后是一座大桥，风吹乱了她的头发。顾小遥眯着眼睛在笑，她的牙齿很整齐，笑起来的时候像个不谙世事的孩子。

这女人，昨天不是说报社还有工作给她做吗？今天却跑去江边散步，还敢发朋友圈？

盛秋行关了微信，正打算去停车场拿车，谁知韩六道的电话打了进来。

才一接起，韩六道就带着哭腔嚷嚷起来："盛律师，我的公司被查封了。"

有人接二连三提起诉讼，联合执法部门也组成了调查小组进驻，韩六道的日子十分难过。他工地里的事故也重新被警方关注，正常的工作没法进行了。他每天睁开眼睛，要应付的就是这一拨拨的人马，而且根本不知道什么时候是个头。

但韩六道还在坚持着，他不能垮，他必须挺过去。

如今，大封条一贴，工地那边也跟着停了工，有人把这些照片发到业主群里，这下子几千个业主都跟着急了。

"盛律师，他们这些人已经商量着要维权了，我……我应该怎么办呀？"韩六道说。

盛秋行皱了皱眉："这件事与诉讼无关，韩先生不该来问我吧？"

韩六道低叫："盛律师求求你了，所有一切的根源还是在那些官司上，问题迟迟得不到解决，现在事情越闹越大，已经快要控制不住了，我不问你问谁呢？你在全权负责我的官司呀！你收了律师费的！"

第 25 章　高考状元盛秋行

盛秋行的确是收了律师费的，但收了律师费的盛秋行并非有求必应。

"韩先生，你委托我处理的案件正在有条不紊地进行，每一个步骤都有相应的反馈，目前我们要准备的是十三起案件的一审应诉，时间表你也有一份，你应该非常清楚。"这是盛秋行最后的耐心。

"我的公司都被查封了，官司不官司的还有什么意义？盛律师，当务之急是想点办法，把我的公司救活啊！你们做律师的人脉广，各个部门都认识很多人吧？能不能帮我找找路子，我愿意花钱，只要能办成事，花多少钱都没关系。"韩六道又拿出了老一套办法。

"抱歉，我不认识任何人，也没有你想要的路子，你换个人去试试吧。"盛秋行眼底划过一抹厌恶，"还有别的事吗？没有的话，我就挂电话了。"

韩六道开始骂骂咧咧。盛秋行道了声再见，就直接挂了电话。

盛秋行坐上车子，漫无目的地开着，不知不觉间，竟来到了江边。

这条江非常有名，水质很好，江边的环境非常优美，当地人有时间总喜欢来附近转转。江边还有餐厅、酒吧、咖啡店、书屋……风景与商业完美地融合在一起，形成了独特的风景。

盛秋行小时候偶尔会随外公、外婆回文山市参加朋友的婚礼，当时这里还没有被开发，他记得江边到处都是大石头，外公和外婆一人一边，拉着他的小手慢慢走。童年的他快乐而顽皮，父母常年不在身边，并没有让他在情感上有所缺失。他直到现在仍然坚定地认为，自己是世界上最幸福的小孩儿。

盛秋行拎着车钥匙，在江边慢慢走，一时间，过往的画面如潮水般涌来，站在相同的地点，却已经是物是人非。

"盛律师？真的是你？你怎么在这儿？"顾小遥惊喜的声音从不远处传了过来。

盛秋行看向了她。顾小遥一路小跑，来到他面前："我还以为自己眼花认错人了呢。"

"你怎么在这儿？"盛秋行问。

"拍些风景照，准备写新闻呀！文山市的这条状元江很有名的。当地有传说，在很久很久以前，这里只是个小乡村，沿江住着几百户人家，是有名的富庶之地，连续多届科举考试，状元都出自这里，于是这条江就被称为状元江。直到现在，文山市要高考的学生在考试前都会喝一口状元江的水，讨一个好彩头。这种桥段最有意思了，读者都喜欢看。"今天的顾小遥心情不错，眉飞色舞地给他讲起了所见所闻。

盛秋行静静地听着。顾小遥忽然想起了什么："对了，盛律师，我看过你的简历，你好像是在文山读的高中。"

盛秋行点了下头："高二、高三是在文山市一中读书。"

那时候为什么要从南城转学回来，盛秋行已经记不清了。对了，是爸妈把他接回来的，妈妈说希望陪儿子度过高中最关键的时期，所以也不问他的意见，就直接把他接回了家。可是文山市一中是封闭式教学，学生都要住校。于是，在家只待了一个晚上，盛秋行就住进了学校的宿舍。

今天仿佛特别容易被触动，盛秋行总是不经意间失神。

顾小遥并没注意到盛秋行的不对劲儿，继续问下去："那你在高考的时候，有没有喝状元江的水？"

盛秋行再次点头："喝了。"

"哇哦！真的有喝吗？文山市的市民对于一些传统真的遵守得非常

彻底呢。"

盛秋行心里却是在想，给他喝江水的人并不是父母，而是风尘仆仆赶回来的外公、外婆，他们当时工作还都很忙，但在他这场人生最重要的考试里，二老还是提前赶了回来。

喝状元江的江水，颇有仪式感。

盛秋行还记得，外公、外婆在江边祭了江神，煞有介事地请了一瓶水回家，给他倒了一大杯，让他喝个干净。

"盛律师，你支持支持我的新稿件好不好？有没有特别有意思的故事讲给我听听呀！我好积累些素材，写一期让领导叫好的稿子出来！"

顾小遥用一篇新闻稿把盛秋行送上南城热搜这件事，惹来了一波又一波的麻烦，大领导、小领导可全都憋着火呢，她这个时候只能少说话多做事，埋头苦干，看看能不能用些亮眼的成绩给自己重新找回一点面子。

盛秋行说："高考前一晚，我喝了状元江的水，然后拉了肚子。"

"拉肚子了？"顾小遥瞪圆了眼睛，哭笑不得，"为什么没有煮开再喝呀？"

"状元江的江神赐下的水，煮熟了就没有仙气了。"盛秋行一本正经的表情，莫名带了几分喜感。

说完之后，他补充："我外婆说的。"

"好吧……老人家的想法，有时候的确是……"顾小遥努力压抑着笑意，继续往下问，"后来呢？你顺利完成考试了吗？"

盛秋行摇头："急性肠胃炎，拉了两天两夜，打吊针都止不住。"

顾小遥眨了眨眼睛："那你的高考？"

盛秋行有些惋惜："受到了影响，发挥得不太好。"

顾小遥回想了一下："不对呀，我记得你本科读的是厦门大学法学系，那学校超棒的好吗？"

盛秋行摇头："我想读南城大学法学系。"

南城大学法学系会比厦门大学法学系更好吗？顾小遥就是南大的毕业生，她对此表示怀疑，并在心里画了个大大的问号。

"高考失败后，我想复读，但外公、外婆不同意，我只能听从老人的安排，去了厦门。"提起这个，盛秋行更加懊悔了。

他那时候，应该坚持己见。如果他去了南城大学，与外公就多了四年的相处时间，或许心里的遗憾会少一些。

顾小遥转过身去，悄悄地在手机上搜索盛秋行的简历，他是2006年就读于厦门大学，那么搜索2006年文山市的高考分数榜就可以了，以盛秋行的能力，前三十名肯定没问题的。

榜单第一名的名字上，赫然写着三个字：盛秋行。

各科分数也一一列举了出来。

总成绩：710分。

语文：127分。

数学：148分。

外语：141分。

综合：294分。

如果她没记错，高考总分是750分吧，他直接就拿到了710分，就这还说自己考试成绩不理想，没去成理想中的大学？顾小遥继续调查盛秋行，果然不出她所料，盛秋行是当年的省高考状元。

顾小遥左手捏右手，骨节清脆作响，她此刻唯一的想法就是想打人。

顾小遥回想起自己的高考成绩，总分好像才650分吧？其实已经很高了，超过了南城大学的录取分数线十几分呢，可与盛秋行比起来，根本就不够看，从此以后，她再担不起学霸之名，因为真正的学霸就在眼前，她无地自容。

当年的新闻报道里，的确提及了盛秋行是生着病上的考场，据说第一天考语文的时候他还发着高热，所以他的所有科目里，语文成绩最低。而后来情况虽然有所缓解，但盛秋行始终全程脸色惨白，整个人看起来非常虚弱，监考老师担心他考试中途出事，还专门停了一辆救护车在门口。考完了最后一科时，盛秋行直接坐救护车去了医院，但他完成了全部考试。

真是传奇一般的人物。

但新闻报道里并没有说，盛秋行拉肚子的原因，是因为前一天晚上喝了状元江的江水。

这事越想越有意思。

顾小遥背过身去，笑得脸颊都疼了。

"所以说，不是所有传统都需要遵从，还是依据科学，合理安排饮食比较好，我并不建议文山市的考生在考试之前来喝江水。真的想要拿好成绩，不如平时多努力一些。"盛秋行说完，又提醒顾小遥，"作为新闻记者，心里一定要有个尺度，引导大众树立健康良好的价值观。"

"免得上考场拉肚子？"顾小遥笑得前仰后合。

盛秋行点头："是的，喝没有处理的江水是会拉肚子的，这可不是开玩笑的。"

顾小遥只觉得神清气爽，这几天她憋着一股情绪，这一场大笑让她轻松了不少。她与盛秋行之间的距离无形中拉近了许多。虽然她还是对盛秋行的某些做法不能认同。但她也不得不承认，盛秋行这个人，并没有之前那么讨厌。

"盛律师，你请我吃过牛肉面，今天中午我来请你吃江边鱼吧，就在前面有一家店，听说是文山市的老字号，特别有名。我已经预约好了位子，时间快到了，我们一起去品尝吧？"顾小遥说。

"这条路铺了才三四年，哪有什么老字号。"盛秋行哼了声。

"你管他是不是真的老字号呢，好吃就行呗！少废话，走快点，去晚了就没得吃了。"

炽热的阳光下，顾小遥拽着盛秋行的胳膊，快步前行。他们的影子靠得很近，拉出了长长的弧度，越来越亲密了。

毛俊达两天后主动给盛秋行打了个电话，他同时还通知了顾小遥，约她一起见面。

地点选在了盛秋行和顾小遥所住的那家酒店的咖啡厅，毛俊达点了一杯冰水，而后从包里掏出了一只U盘，放在了桌上。

"这里是我和周蛾的全部聊天记录，以及周蛾电脑上删除掉的所有资料。"毛俊达又放了一把钥匙在桌上，附带了一个地址。

"这里是我和周蛾在开屏县买的房子，周蛾的电脑、笔记本和另一部手机都在那边，我一直都没有回去收拾，怕睹物思人，怕承受不起她离去这件事。我总是有种感觉，好像她依旧在家里住着，什么时候我想回去了，一推开门，就能看到她坐在沙发上，冲着我笑，就跟从前一样。"察觉到自己讲得太多，毛俊达端起水杯喝了一大口水，"你们想要找的答案，应该就在这里，另外还有这个……"

毛俊达又放了一张卡在桌上，眼泪一下子流了出来："卡里有二十万元。"

顾小遥诧异极了，她怎么都想不明白，既然还有这么多钱在，为什么周蛾不拿出来将那些贷款还掉，为什么周蛾还会被债务逼上了绝路。

"这里的钱是我和周蛾一点点攒下来的。当然，也可以说全都是她攒的。每个月她都会抽出一部分钱，雷打不动地存进这个账户。半年前，周蛾拉着我去银行，用我的身份证重新办理了一张卡，然后将之前攒下来的钱全都存了进去。她跟我说，她现在做生意，大笔进大笔出，心里非常想要攒钱，但却总是有这样或者那样的原因，让她不得不花钱出去，一直这样下去，我们永远都攒不够钱。所以，她要把钱都存在我这边，卡让我拿着，她只负责存，钱由我来保管。除了结婚、生孩子或者彼此重病要用钱时，才能动这笔存款，否则的话，不管什么样的情况，不管她或者任何人来拿钱，我都不能拿出来。"

毛俊达捂住了脸，痛苦地说："在她自杀前一晚，她来找我要这笔钱，说有急用，希望我能拿出来给她，我问她要做什么，她不肯说，只是哭着求我，让我给她应应急。可是，我一直在追问她要做什么，周蛾不肯说，我就恼了。"

顾小遥听到这里，突然明白过来毛俊达要表达的是什么意思。她瞪圆了眼："那一晚，周蛾是来向你求救的，你居然拒绝了她？你居然……"

盛秋行阻止："顾小遥，不要说了。"

"我为什么不能说，周蛾是什么性子，难道他不明白吗？她不是被逼到这份儿上，她怎么会想要动这笔钱？你还算是个男人吗？你也说了，那笔钱主要是周蛾赚来的，她来要，你为什么不给？难道她不肯说原因，就是你拒绝她的理由？"毛俊达如果当时把钱拿出来，周蛾很可能就不会死。顾小遥一想到这里，就痛彻心扉。

"人生没有如果，你懂吗？"盛秋行的手放在了顾小遥的肩膀上，"事情已经发生了，你再指责也没有用，不是毛俊达害死了周蛾！"

"不，是我害死蛾子的，是我，就是我！"毛俊达哭得更大声了。

顾小遥心底泛起一阵悲凉。看着毛俊达痛苦的样子，她脑海里浮现出的却是周蛾灿烂的笑容，这一切真像是讽刺一样。

那是一条命啊！鲜活的生命！怎么就这样没了呢？

"周蛾死后，我一直在逃避，不敢回忆当晚，不敢去想我们的争吵，更不敢碰这二十万，今天能把话说出来，我心里舒服多了。盛律师，你是专业的法律人士，现在我请你帮忙判定一下，我是否也犯了故意杀人罪，是不是需要承担起相应的法律责任。如果需要，我这就去派出所自首，替周蛾偿命。"毛俊达泪流满面。

盛秋行轻轻地摇了摇头："你没有犯任何罪，不要胡思乱想。"

咖啡厅是半开放式空间，这个时间，还有不少客人。毛俊达一哭，有不少人看向这边。

"你别哭了，毕竟人死不能复生，用眼泪解决不了任何问题，我们还是想一想接下来能为周蛾做些什么吧。"顾小遥递了几张纸巾过去。

"我……我也不知道还能为她做什么，这二十万是她赚的，就把钱交给她的父母吧，也算是周蛾最后为他们尽的孝。可是我不敢去见她的家人，我怕他们会怪我，更怕……"毛俊达泣不成声。

盛秋行说："能为周蛾做的事还有很多。"

毛俊达和顾小遥一起看着盛秋行，目光里透着一丝迷茫。

"整个案情已经完全浮出水面，那么接下来就是要寻找合适的主体提出诉讼，为周蛾讨回公道。"盛秋行双手交叠，"我的意思是，周蛾很明显是被'套路贷'坑了。所谓'套路贷'，并不是一个新的法律上的罪名，而是一系列犯罪行为的统称。其本质上是一系列以借贷为名，骗人钱财的违法犯罪活动。'套路贷'这类犯罪行为最初起源于民间高利贷，其后经过不断演变而成为以获得被害人财产为目的的犯罪行为。套路贷涉嫌诈骗罪、敲诈勒索罪、非法拘禁罪、寻衅滋事罪等，法律将是我们有力的武器。"

顾小遥感叹："真的有很多犯罪分子在放贷坑人。"

盛秋行平静地回："那就一家一家找，让他们现出原形。"

顾小遥的眼睛在闪闪发光。

"你不是要写一个系列报道吗？不会没有素材的。"盛秋行语气加重了几分，"我的时间真的很紧张，要做这个事就要尽快，希望你们能配合。"这次，连毛俊达也跟着一起点头，盛秋行让他们重新燃起了希望。

在顾小遥和盛秋行的陪伴下，毛俊达终于鼓起勇气来到了小洛乡，他把银行卡交给了周蛾的父母，但因为接下来还要面临一系列的法律程序，这笔钱是以毛俊达的名义赠与二老的。周蛾父母一辈子都没离开过小洛村，是那种嘴笨了一辈子，不太懂得表达的农民，他们拿着卡，像个孩子似的号啕大哭。接下来，要准备的便是周蛾的葬礼，她将安睡在小洛乡，不再被人打扰。

离别的画面实在令人感伤。顾小遥觉得自己承受不住那种画面，便提前跟周蛾的家人说了一声再见，与盛秋行一起匆匆离开。

盛秋行和顾小遥在开屏县的房子里补全了这期套路贷系列案件的第一手资料，及时做了合法的证据保存，这些证据在不远的未来，将一一呈现在法庭上。盛秋行和顾小遥相信，他们终将会拿到一个满意的判决结果。

到那时，再来祭拜周蛾吧。留在文山市的最后一晚，顾小遥窝在酒店阳台的沙发里。她开了一瓶红酒，一边喝一边与天空说心里话，这也是她跟周蛾最后的交流方式了吧。

盛秋行也到了自己房间的阳台上，与顾小遥四目相对。

"又在喝酒了。"盛秋行皱眉道。

"知道啦，你又要说喝酒的女孩儿很丑了吧？真是的，我又不会喝醉，只是想放松一下，别那么古板。"顾小遥跑回房间，取了一只杯子倒上红酒，然后踮着脚趴在阳台边缘，隔空递给盛秋行，"盛律师，请你喝一杯。"

第 26 章　韩六道的执念

顾小遥已经做好了被拒绝的准备。

谁知，盛秋行竟然接过了那杯酒，他的手指很凉，蹭过她的指尖。

"谢谢。"盛秋行举杯。

顾小遥笑着说："周蛾的事一直都在麻烦你，我在这儿郑重地说一句谢谢，你是被我硬拖进这个案子里的，打乱了你的工作计划，我非常抱歉，但如果时间倒转，重来一次，我还是会毫不犹豫发那篇新闻稿，依然会坚定不移地选择你来做代理律师。因为，你南城盛大状是最棒的，我服气。"

半杯红酒，一饮而尽。

顾小遥脸颊发烫："接下来还有很长的维权之路要走，还请盛律师尽心尽力，让我天上的朋友能早日安息。"说完，她又给自己倒了半杯，然后一饮而尽。

比起她那种"拼命三郎"式的喝法，盛秋行可就优雅多了，隔空对月，浅浅轻啜。他看出顾小遥心情非常糟糕，也知道她为什么会如此伤感。有些我们以为可以相伴一生一世的人，或许到了某个时刻，就突然消失了。这仿佛是命运的安排，无论我们是否愿意，最终唯有接受这样的命运。

"明天回南城吗？"盛秋行问。

顾小遥放下酒杯，趴在阳台上："是啊，要回去了，把最近的采访稿和新闻稿整理一下，再把跟访的感悟写一写。全都处理完毕，我就要回去上班了。芮姐那边催得紧，我得撸起袖子加油干！"

"那种生活，也是你喜欢的吧？"盛秋行说。

"喜欢啊，充满挑战，每一天都有新故事，而且你永远都猜不到明天会怎样。偌大的南城，市井小巷里藏了许多故事，有意思极了。我一直觉得自己很幸运，考上了喜欢的大学，学习了喜欢的专业，毕业后从事着喜欢的工作，把兴趣爱好与赚钱完美地融合在了一起。这样的人生，是老天对我的眷顾，真好。"顾小遥眯着眼，迎着天空，"逝者已逝，活着的人要更加珍惜每一天，每个人都是从生到死地活一场，莫要辜负了这大好时光。"

"你醉了。"盛秋行说。

"醉就醉吧，一入江湖岁月催，人间难得几回醉！"

扑通——顾小遥说完，人就跟着倒了下去，一动不动了。

盛秋行吓了一跳。他喊了客房经理过来，把门打开，检查她的状况，发现她只是酒劲儿上头，睡着了。

"真是个让人操心的家伙。"盛秋行瞪了顾小遥一眼，之后把她抱起来，扔到床上，盖好被子。

顾小遥窝在被子里呼呼大睡。真是个单纯的家伙，开心的时候就恣意地笑，比谁都笑得大声；不开心的时候就哇哇大哭，像个不谙世事的孩子。如果别人得罪了她，她会第一时间变成刺猬，予以反击。如果别人对她好，她就会加倍对别人好。

这样的个性，真的很容易让别人产生好感，至少不会让人讨厌吧。

察觉到自己正在胡思乱想，盛秋行迅速收了思绪。

"再见，顾小遥。"之后他便不再回头，往门外走去。

隔天，顾小遥乘坐早晨七点半的高铁返回南城。临走时，她给盛秋行发了短信道别。

或许是因为睡前喝了那杯酒，盛秋行昨夜睡得极好，醒来时，上午已经过去，眼看着要吃午饭了。

手机里有十几个未接电话。盛秋行看了一眼，其中有外婆打过来的，还连打了两个，也不知道是不是有什么事。

他立即回拨，几秒钟后，电话接通，老太太愉快地说："家里煮了一大锅番茄牛腩，还有椒盐大虾，味道老美咧，要不要回来吃？"

盛秋行立即回："要的。"

"十二点准时开饭，来得及吗？"老太太更加高兴了。

"推迟半小时吧，我要收拾一下行李，从今天起，我打算搬回家住一阵子。"

老太太惊呼："真的吗？你小子不要骗我老太婆，回来住多久？不要临时变卦。"

"大概两个月左右，我就一直陪着你，哪儿也不去，绝不变卦。外婆，等哪天有时间我们一起去看看外公吧？你们很久没见，一定很想当面聊聊。"

老太太一个劲儿地说好，电话挂断时，声音里已多了些哽咽。

盛秋行继续翻着留言信息，拣着重要的回复，直到他看到了顾小遥那一条。

她已经回南城了？赶的是七点多的那一班高铁，还真够早的。

盛秋行抓了一下头发。顾小遥知不知道她这个样子颇有点落荒而逃的意思。她肯定不知道，所以他得告诉她。

盛秋行快速编了一条短信：起那么早，宿醉不难受？

发完之后，他已经可以想到顾小遥暴跳如雷的样子。她生气的时候，脸总是很红，一双眼睛瞪得像铜铃。

从来没有人知道，盛秋行其实很喜欢与有活力、有精神的人相处。受职业、性格、经历的影响，他形成了冷静、沉稳、寡言的性格，情绪的起伏永远在可控范围内，不会大喜大悲，不会纵容情绪来主宰理智，更不会像顾小遥那样，伤心时放肆一醉，隔天再满血复活。

自身不曾拥有的特质，才会特别关注，特别喜欢吧。盛秋行没有等顾小遥回信息，便走进了浴室。

他洗了个冷水澡，振奋了精神，再走出来时已是神清气爽。

赵正苏的电话打了过来，说的是韩六道的事，那天盛秋行和韩六道在电话里不欢而散后，韩六道隔天就到了大成律师事务所，带了他手底下的兄弟好一通闹腾。他说他花了钱他就是爷，盛秋行有义务为他提供全方位的服务，现在公司封了，他被业主追得狼狈不堪，盛秋行不管不行，他赖也得赖上。

"我真没想到他会玩这一手，很久没遇到这样不讲理的人了，他看起来也是人模人样，说话办事也能沟通，但也太不冷静了，连一点最起码的修养都没有，看来他完全慌了。"说起这些，赵正苏就觉得头疼，但他更担心盛秋行这边会有什么想法。当初盛秋行接下韩六道的案子，有一半也是他促成的，他还记得那时，盛秋行拒绝得非常彻底。

后续的麻烦事一件件到来，还都是与案件无关的，赵正苏看着都觉得闹心，就更不敢想盛秋行的心情了。

盛秋行看到那十几个未接电话，还以为赵正苏或大成律师事务所那边出了什么状况。

"稍后我来处理。"盛秋行话一说出来，电话那端的赵正苏立即舒了一口气。聊到这里，事情就算是完美解决了。要知道，盛秋行答应了的事，还从没有办不到的。

盛秋行打电话给韩六道时，那个素来老实憨厚，喜欢把"我太难了""我真不容易"之类的话挂在嘴边的男人，一反常态，突然趾高气扬起来。

"盛律师，我就知道你一定得来找我。"韩六道说。

盛秋行淡淡地说："韩先生，我们在律师事务所签约的那份授权代理合同，你可还有备份？"

"当然是有的。"

盛秋行很满意："合同第三页第六条1、2、3、4、5条款，麻烦您看一下。"

电话里传来一阵翻找的声音，看来那份合同就放在韩六道手边。

这样倒好，省事多了。

盛秋行等了一分钟没有说话，之后才不紧不慢地继续："看明白了吗？没看懂的话，可以再看一次。还看不懂的话，我来帮你解答。合同上的意思就是，律师有权自行决定行使案件诉讼过程中的各项权利，如遇分歧，协商解决，协商不了，可解除合同，哪一方的责任就由哪一方来承担违约责任，还有最重要的一条，与诉讼无关的事宜，律师可拒绝参与。"

韩六道不满道："这些条款都是不合理的，有哪一个标准能判断出是不是与案件有关？我说有关系就是有关系，明明是一件事，非要分开来说，那就是不科学。"

"合不合理，任何人都能做出简单的判断，韩先生不必跟我争辩这些，我还是之前的态度，如果韩先生信任我，希望我能代理接下来的十几起诉讼，我就会尽全力帮韩先生维护个人的合法权益，争取在诉讼中能够达到预期目标，最大限度地减少韩先生的损失；但如果韩先生不信任我，或者韩先生过度高估了我的个人能力而产生不切实际的念头，进而要求我去完成韩先生的突发奇想，很抱歉我做不到，韩先生可以解除合同，另请高明。好了，话我就说到这儿了，请韩先生再把合同读几次，冷静下来，想出一个合理的方案，我们再联络。"挂了电话，盛秋行去酒店前台退房。

前台小姐办完了退房手续，让盛秋行等一等，说是他的朋友离开时有东西留给他。

不一会儿，前台小姐拿了个纸袋回来，交到了盛秋行手上："就是这个。"

纸袋上写着"和记饭包"四个大字。纸袋上还放着一张纸，看上去是随手从酒店吧台的顾客意见表上扯下来的，上面还印着酒店 logo 呢。

顾小遥的字端庄秀气，看上去与她风风火火的个性不大相符。

她写着：盛律师，我昨天在文山市一家很有名的店里订了两份饭包，给你留了一份，吃的时候放进微波炉里稍微热一下，酒店有这样的服务。糟糕，我得赶紧去赶高铁了，回南城再见。

留言的最下面还画了一只憨态可掬的小熊，虽然是简笔画，但灵动有趣。

盛秋行拎着那只纸袋离开了酒店，在开饭前，他赶到了家里。

老太太快步迎了出来："很好很好，没有迟到。哼，我可是盯着钟表，一分一秒数着呢。"

"外婆，我答应了您的事，什么时候爽约过？对自己的外孙要有信心好吗？"盛秋行把行李箱交给了老太太，她拉着箱子，两人一起往房间里走。

"就是对你有信心才会有所期待嘛！"老太太放好东西，转过身来，把盛秋行拎着的纸袋也接了过去，"和记饭包？这不是新街口的那家店吗？听说味道特别棒，排队的人极多，平时非常难买到。"

"您也知道？"盛秋行惊讶地问。

"昨天打牌的时候，有个老姐妹提起来，说她有个孙女上周回去看她的时候，拎的就是这家的饭包，还说有一款加了龙虾肉的最好吃，另外加了酱肉和鸡腿的也好吃。"老太太说。

纸袋拆开，有三层饭盒，第一层是酱肉饭包；第二层是烤鸡腿饭包；第三层是大龙虾饭包。

老太太念叨过的，一样不少，全摆在那里。这下，老太太更高兴了，连连夸奖盛秋行会办事，买东西总能买到老人家心里去。

老太太捧着饭盒去厨房加热，开心得走路都带着风。过了一会儿，老太太宣布开饭。

桌上有几道硬菜，还有三盒饭包，都用嫩绿的小叶子包裹着，加热后，绿叶融化至透明，散发着一股甜甜的香。

"挺好吃。"老太太赞不绝口。

午饭之后，老太太回房睡觉去了。盛秋行来到二楼的卧室，看着电话想了想，还是拨了出去。没一会儿，一个清脆的声音便响了起来："你好，我是顾小遥。"

"我是盛秋行。"盛秋行自报家门之后，突然不知道说什么了。

顾小遥那边应该是在跑新闻现场，听着就很忙，周围有很多人在嚷嚷，还有车子的声音。

"盛律师，你找我有事吗？是不是周蛾那个案子又发现什么了？"见他一直不说话，也没有挂断电话，顾小遥急了。

"不是工作的事。"盛秋行按捺住不自在，"谢谢你送的饭包，味道很好。"

顾小遥松了口气："原来说的这个呀！嗨，我还以为怎么了呢，那个和记饭包在文山市很有名啦！你知道我这人一直都很喜欢美食的。"

盛秋行在办公桌前坐了下来，他不太习惯电话闲聊，也不太喜欢其他人打给他的时候，没完没了地说些与工作无关的废话，以往有人这么做的时候，他会极不耐烦，三言两语之后，一定会找个借口挂断，不浪费那个时间。

但今天这样一个午后，他变得特别有耐心。

她真是个小美食家。盛秋行也喜欢美食，但仅限于品尝，并不执着。

顾小遥言语间，把他们归于同一类人，仿佛两人是同道中人。

"盛律师，我是不是又有些滔滔不绝了？打扰到你工作了吧？好了好了，总之什么时候回南城记得联络，我有空的时候带你再去尝尝几家风味极佳的小店，虽然店面很小，但名气很大，试一试包你不会后悔。"

盛秋行微笑："好。"

顾小遥挂了电话，盛秋行背着手在窗前看了一会儿小孩子的篮球比赛。几个小朋友在抢球，他们投了很多次篮，但真正能投中的没几个。

不讲电话了，球赛也就没什么趣味了。盛秋行转身回到桌边，望着那堆成小山的资料，轻轻叹了口气。他与赵正苏约定好了回去上班的时间，那也是赵正苏的底线，一旦日期临近，赵正苏必然会来催促。赵正苏的耐心已到了极限，这一次就算他有再合理的理由，赵正苏也不会批假给他了。

希望能运气好一些，在有限的时间内，寻找到那个突破点。盛秋行整理了下思绪，打开资料看了起来。

顾小遥挂断了电话才想起来跟访的事儿，前三期的新闻稿都已经发出去了，由于每一期的稿件都是顾小遥跟访当天的所见所闻，不可避免地带了一些个人情绪在其中，她在介绍盛秋行的同时，也加入了一些自己的看法，即使没有多加笔墨，依然有不少读者被顾小遥的看法影响，义愤填膺起来。

盛秋行在南城热搜上待了整整一个星期，热度持续不下，把报社的领导给愁坏了，大成律师事务所那边一天三个电话打过来，赵正苏拍着桌子发火，说再不解决就直接送律师函。

报社的几个领导跟赵正苏都是朋友关系，赵正苏一翻脸，领导们都有点下不来台，这件事毕竟是报社理亏，审核上把关不严，一件小事被渲染过度，负面影响无限扩大。盛秋行在南城热搜上挂了那么久，与他有关的一切被网友们扒了个底儿朝天。幸亏盛秋行行事谨慎，私人作风严谨，才没有更大的麻烦来临，目前一切尚在可控范围内。

这也是赵正苏没有动真格的原因。而在这时，顾小遥的系列跟访，给了人们另一个观察角度，让他们去了解一个不一样的盛秋行，整个专题引起的流量关注还是相当不错的。

顾小遥从文山市返回，也只是被几个领导轮流教育了一通，实际上并没有真的受到什么处罚，甚至领导们还鼓励她把这个专题做好、做精，最好是达到一个双赢的局面，既给盛秋行正名，又打造一个新闻热点，为报社带来流量。

第 27 章　关于顾小遥的处理意见

名律师近距离跟访系列共有六期内容，后三期是顾小遥回到南城之后才发布上去的。

从第四期报道开始，顾小遥笔锋一转，将盛秋行的另一面展现了出来，她写了同样钟爱美食的盛秋行，为了一碗牛肉面可以等很长时间；她写了当年盛大状在高考前一夜喝了大半杯状元江的水，结果第二天急性肠胃炎发作，又是高热又是腹泻，最后还是拿下了当年的省高考状元；她还写了盛秋行最后还是接下了周志明夫妇的委托，风尘仆仆赶回文山。他有着强悍的业务能力，整个案情梳理得清清楚楚，接下来的维权之路任重而道远，但有盛秋行相助，相信在未来的某个时刻，一切将会有一个完美的解决方案。

至此，跟访系列告一段落。

跟访话题还会继续置顶七天，之后会被撤下，换上其他的热点话题。

每个月第一个星期的星期一，晨会都会长一些，因为要对上一个月的工作做出总结，然后再制订这个月的工作计划，你一言我一语，一上午就过去了。

新媒体部这边，顾小遥明显是最具争议的人，因为她的个人情绪，做出不恰当的行为，导致整个新媒体部甚至整个报社都承受了不小的压力，但也因为她提出的跟访方案，取得了意料之外的效果，为报社的网络客户端增加了不少用户，上个月的用户访问量一举突破了网站访问量的最高峰，并且后续的访问量还在持续攀升。因此，报社的领导做出指示：这样的跟访，可以作为试点项目，多做几期看看，跟访对象的选择要是社会各界比较关注的高端成功人士，跟访的主题可以灵活一点，刊载的东西并不一定全是严肃的东西，适当点缀一些柔和、温暖、感性的话题，会起到出其不意的效果。

芮姐从提起这件事时起，用词变得相当严厉，她没说顾小遥后来取得的亮眼成绩，单说这次新闻稿错发事件引起的一系列后果，把顾小遥骂了个狗血淋头。

等到散了会，她更是狠狠地一摔书："有些事还是必须得跟你说清楚，顾小遥，你扪心自问，那篇新闻稿真的是误发上去的吗？"

顾小遥也知道早晚会面对这个事情，其实芮姐能忍到现在已经非常不容易了。

她低着头："不是误发，我是故意的。"

"故意的！没错，你多厉害啊！才从业不到一年的小记者，新闻、采访、拍摄这些专业技能还没学明白呢，倒是先学会怎么利用手里的那点权力去坑人、害人，逼人就范了！怎么样，觉得很爽吧，你在报社里还是个刚刚从实习记者转正的菜鸟记者呢，就把南城最有名的金牌律师给送上南城热搜了。你心里是不是在扬扬得意？嗯？顾小遥！"

芮姐的指责，令顾小遥露出了惶恐的神情，她当时那样做，纯粹是被周蛾的死给刺激到了，一腔愤怒无处发泄。她当然知道，用那样的手段去逼盛秋行就范，无论从职业道德还是个人人品上，都是极其不恰当的行为，但她最终还是赌上了事业、赌上了人品，义无反顾地去做了。

既然做了，必然是要承担后果的。

顾小遥本来有一肚子的话想说，可仔细想想，那些理由全都是她的借口，说得再多，仍然无法弥补工作上的失误。所以，她把辩解的话全都咽了下去，思量再三，开口说："我愿意承担责任，单位有什么处理决定，我都愿意接受。如果觉得跟访专题仍然无法弥补盛律师在名誉上受的损失，我也愿意用其他方式来补偿，这个另行协商就好。"

说完，她把头压得更低了些，声音也放软了："芮姐，我知道错了，以后我再也不会犯同样的错了，你就再给我一次机会好不好？"

芮姐冷哼了一声，沉默不语。

顾小遥这会儿是真知道怕了，一颗心提到嗓子眼儿里，在芮姐不开口讲话的几分钟里，她已经想到了失业，想到了无家可归，想到了流落街头。总之，脑子里跳出来的每一幅画面都凄惨无比。"你呀！要我说你什么好！"芮姐没好气地瞪了她一眼，将一份盖了大红公章的内部通报拍在桌上，"这是公司对你这次不当行为做出的处理决定，你自己拿去看吧！"

顾小遥的小脸瞬时煞白。

芮姐冷笑："不敢看了？"

顾小遥的手指明显在哆嗦。

芮姐继续说："才知道怕？"

顾小遥眼睛里含着泪花，眼泪就在眼眶里打转。

芮姐扭过脸去，根本不搭理她，早知道这样，当初干什么去了？

顾小遥磨磨蹭蹭，用了一分钟才勉强鼓起勇气，把处理意见翻过来。

关于顾小遥同志工作失误的处理意见

各部门（团队）：

　　顾小遥，女，隶属于新媒体事业发展部，记者。

　　处理决定：顾小遥违反公司关于新闻上传的相关内部规定，将未经审查的内容发布于公司门户网站，在社会上造成了不良影响，为严肃组织纪律，教育其本人及公司全体职员，经公司主管会议讨论决定，给予顾小遥同志党内严重警告处分。

顾小遥惊呼："只是警告处分？"

芮姐用冷森森的声音纠正："是严重警告处分，背着这个，一年内不能参与升职考核，没有季度奖、年终奖，而且如果在一年之内再犯一丁点错误，哪怕只是芝麻绿豆那么小的错，你也要吃一盘炒鱿鱼，收拾东西走人，谁都保不住你。"

顾小遥激动得直点头："我知道的我知道的，从现在开始我会提起十二分小心，绝对不会再出错了。哈哈哈，芮姐，我的好芮姐，才是一个警告处分，我还以为这次就要吃上炒鱿鱼，今天下午就得滚蛋了呢。"

芮姐连瞪人的力气都没有了，一脸恨铁不成钢："瞧你那点出息。"

"没错，我真是挺没出息的，呜呜呜，芮姐，我都要被吓死了。"顾小遥克制不住情绪，闷闷地哭了起来。

"吓死最好，长长记性，以后看你还敢不敢自作主张。"芮姐气呼呼地说完，忍不住又敲了敲桌面，"往后再犯低级错误，我绝对不会再帮你背锅。顾小遥，你不想想这段时间我是怎么过的，上上下下、大大小小的领导全盯着咱们这边，电话一个接一个，吵得我头痛死了，还好我咬死口，全赖到系统BUG上边去了。你也算争气，跟访的新闻写得不错，算是把这些事给平息了。因此，上边才肯睁一只眼闭一只眼，放你一马，但这种幸运可不是常有的，以后做事再不谨慎，你在这个行业里也很难走得远，知道吗？"

顾小遥抹了一把眼泪："知道了。"

韩六道在赵正苏那里得知了盛秋行又去了文山市，这一次，他没有直接过去堵人，而是先跟盛秋行取得了联系，放低姿态，得到了盛秋行的同意后，这才连夜出发，开着车过去。

隔天，盛秋行见到了韩六道，看见他顶着两个大黑眼圈，整个人憔悴得不行。韩六道一下子好像老了好几岁，胡子拉碴，嗓子沙哑。

"上火了，牙龈疼，嗓子也疼，晚上睡不好，白天睡不着。不瞒您说，我已经两天两夜没合过眼了，脑子控制不住地在想事情，尤其是躺下时，就总是克制不住地去想监狱里的生活是什么样的。想着想着，吓得一激灵，浑身都是白毛汗，就更加睡不着了。"韩六道说着说着，身体缩成一团。

盛秋行打开了工作日志，拔出钢笔，在空白的纸上写下了日期，录音笔也打开了，与委托人沟通的每一个工作细节都做得一丝不苟。

他说："韩先生，你的心乱了。"

韩六道苦笑："那天在电话里，虽然我的表达方式有些粗鲁，但现实的状况是怎样，盛律师想必已经清楚了。坦白说，我现在依然还是在自救，而且是很徒劳的那种挣扎，我已经没有信心打赢接下来的官司了，就算赢了又怎么样呢？公司没了，几千万的债务背在身上，还有拖欠的工资、物资以及楼盘烂尾后引起的一系列后果，这些还是要我来承担的。我本来也不是什么能人，能走到今天这一步，只是赶上了国家的好形势，换成其他任何一个人，哪怕是一头猪，站在我当初的位置，也一样会飞起来。富贵临门，多可笑，我还一直认为是我自己多厉害。哈哈，如今想来，实在是笑话。"

盛秋行在纸上写了几个字，悠悠开口："有句古话韩先生一定听说过，'上天欲让其灭亡，必先让其疯狂'；西方国家也有类似的说法，'上帝要毁灭一个人，必然会先让他疯狂'。疯狂地追求金钱，疯狂地追求权力，疯狂地报复每一个他讨厌的人，疯狂地追求本不属于他的东西，让他一步步走向死亡的深渊，直至毁灭。这些话，放在韩先生目前的处境，一样可以说得通。"

韩六道张着嘴巴，认真听，然后，他发现自己什么都听不懂。

盛秋行微笑："我的意思是，不管眼前的境遇多么糟糕，理智与冷静永远是制胜的不二法宝。形势越是不利，你反而越要抑制住自身的负面情绪，否则的话，很可能连最后一丝胜机都会失去。要知道，任何机会都只留给有准备的人。"

韩六道听了直点头："盛律师说得有道理，我是急躁了些，因为我实在不知道该怎么办才好，我感觉好像失去了全世界。不，准确地说，应该是全世界都变成一块大石头压在我头上，这种感觉，您一定没有体会过。"

大丈夫能屈能伸，落魄时低下头，这没什么，韩六道觉得自己能做到。

"我们来聊案子吧，时间有限，心灵鸡汤救不了急，也灭不了火。"

韩六道目前公司被查，账目被封，物料供应商、承包商、工程队等十几家公司全拿不到账目款，一天拖一天地等下去，韩六道连拆东墙补西墙的能力都没有，只能用一个"拖"字诀，能糊弄一个月是一个月，能多糊弄一天是一天，十几年积累下来的信用值几个月就给耗光了，有些人察觉到了不对，在公司没被封之前，就去法院起诉了，还有些人心存幻想一直等啊等，最后发现韩六道那边的窟窿越来越大，公司一旦查封接下来很可能走的便是破产清算程序，到时候能拿到多少钱谁都没把握。所以，这些老朋友突然间反目，追债的手段五花八门，韩六道的压力一下子就上来了，他人都要崩溃了。

　　"盛律师，你说说看，现在还来谈这些案子真的有意义吗？工程款的确是欠着没给，物料费也积压了几个月，公司不能正常运转，工地停工，每天都在不停地耗损，这些难道就是我想看到的吗？我比任何人都想解决这些问题。若是没办法在明年十二月底准时交房，业主们再闹上一波，我都不知道怎么办了。"顿了顿，韩六道苦笑着，"当然，照着这个形势下去，工期已经非常不足了，别说交房了，我都不敢保证房子能建起来，八成是个烂尾楼吧。"

　　"你那个楼盘是标准的刚需盘，小户型占了三分之二以上，买房的业主大多是倾其所有交了首付款的，楼盘烂尾，影响的不仅是你，还有几千个家庭。"盛秋行严肃地提醒。

　　"是啊，我还是去监狱里蹲着吧，不然的话，坑了那么多人，里面还有不少我自己的朋友，我可怎么交代，没准儿以后我出门，走大街上都会有人指着我臭骂。晚上回家还要防着别人跳出来给我一闷棍。"韩六道又抓了抓头发，"我怎么就混到这个地步了。"

　　"上次你说，派出所已经把卖劣质钢筋水泥的供货商给控制起来了，后来有没有告诉你调查结果？"盛秋行说。

　　韩六道说："那几个小子就说我工地上的质检部监管不严，每个月下旬负责监管的经理有三天的假期，他家是外地的，他一般会选个周末休假，加起来就是五天，他是为了能跟家人多待几天。没想到这段时间却成了那帮浑蛋算计我的好时机。"

监管经理是韩六道的心腹，他信得过的人才能安排在那个重要的位置上。监管经理平时的确是尽职尽责，他韩六道的公司工作好几年，一丁点小差错都没出过。谁想到，差错要么不来，一来就是致命差错。

如今，因为工地出了人命，监管经理和安全生产经理都还在拘留所里没不来。

韩六道只要一想起这些，心脏就刀割似的难受。他的兄弟一个接一个进去，他也不远了吧。

"警方的审讯笔录有调取吗？"盛秋行问。

"那个我哪里拿得到，只是听说，警方还在调查两个经理是否有接受贿赂的行为，他们认为供货方想要拿残次品掉包，没人里应外合很难做到。总而言之就是调查调查再调查，凡事都没有个定论，一切都是猜测。"韩六道沮丧地说，"我现在最缺的是时间，我眼看着就要被逼上绝路了。盛律师，不瞒你说，你这边已经是我最后的希望了。我在南城已经待不下去了，每时每刻我都在担心，也许下一分钟，警察或者其他人就会来找我。你知道吗？门外有一点风吹草动我都能惊醒，偶尔听到脚步声，我就会吓出一身白毛汗。"

"这是心虚的表现。"盛秋行指出。

"我倒不是心虚，我只是害怕，家里的老娘病情不稳定，小孩还在读书，老婆没有工作，一家老小都需要我来养活。哪天我如果不在了，他们该怎么办呢？我自己无所谓，贱命一条，去哪里都能凑合，但我的家人呢？没了我，他们的人生会陷入怎样一番境地？我真不敢多想，但越是不愿意多想，脑子反而越是胡思乱想，简直像是要疯了一样。"韩六道说完，又使劲儿地抓了抓脑壳。

"韩先生是想找个一劳永逸的办法解决？这样的想法，目前来看有些不现实，事情多的时候，焦虑暴躁没有用，最科学的办法就是沉下心，一桩一桩去解决，好比是在解开一团乱麻，你越心急就越乱，除非你有个一刀砍断的好办法，不然你就只能捺着性子，一点点把它们全都解开来。害怕有用吗？怕，难道该来的就不会来了吗？"

盛秋行取了一张表格出来，放在他面前："韩先生额外付了一笔钱，这份时间表就算是还你的好意。"

一张纸，就值三十五万？韩六道将信将疑地接了过来。看完之后，他眼神放光、脊背挺直，连呼吸都变得急促了起来。

"按照时间表上的进程去走，或许还有转机。"盛秋行说。

韩六道点头如捣蒜。

"这份东西值不值三十五万？"盛秋行笑了笑。

"值！太值了！盛律师，你怎么不早点拿出来呀！如果早有这个，我也不至于……"

盛秋行打断了他："早拿出来也没用，没到那种程度，很多操作都进行不了，现在就是所谓的'置之死地而后生'。韩先生，有时候身处绝境也是触底反弹的最佳时机，反正都已经这样了，不如放手一搏，哪怕失败都没有遗憾，你觉得呢？"

不得不说，这一番话，字字句句都点在了韩六道的心坎上，他连连点头，对盛秋行的那点不满早已经消失得无影无踪。这次来文山市，韩六道主要目的还是想暂时躲掉南城的烦恼，但令他没想到的是，竟然有意外收获。

"一会儿我陪盛律师吃个午饭，就立即回南城去。在第一次开庭之前，我还要拜访很多人，还有很多事需要我去做，时间不多，我不想浪费，所以盛律师就多包涵了。"韩六道一脸焦急。

"午饭就不用了，我今天中午要陪家里人外出，以后还有很多机会，不急于一时。"盛秋行说。

盛秋行的拒绝令韩六道如释重负，两个人又聊了一些细节，韩六道便离开了。

韩六道走后，盛秋行不紧不慢地给赵正苏打了电话："韩六道不会再去律师事务所闹了。"

赵正苏惊喜道："这么快就解决了？厉害厉害，能问一问你是怎么做到的吗？秋行，你就是我心中唯一的偶像，我实在太崇拜你了。"

盛秋行简单地将如何搞定韩六道的过程给赵正苏重复了一遍。在赵正苏不断的惊叹中，盛秋行警告："有再一再二，没有再三再四，你如果再找麻烦过来，别怪我不给你面子。"

赵正苏尴尬地说："瞧你说的，其实我也不是故意的，你知道的嘛，嘿嘿。"

盛秋行轻哼："这只是一个善意的提醒。毕竟，丑话说在前头，后边我冷酷无情的时候，你才不会在心里记恨我。"

第 28 章　何睿的初衷

从乔毕森那边搬回来的资料都堆在书案上。东西越来越多，可线索却始终没有。盛秋行看了几个小时资料，依然没有什么发现，连他这样有耐心的人也不禁生出了些烦躁的感觉来。

难道，调查的方向从一开始就是错的？

当人的行为违背自身行为准则的时候，人都会有一个下意识的掩饰过程，也就是说，在做了错事之后，人会首先想办法把这些不当行为掩盖掉。何睿的日记虽然是私人物品，一般来说不会给第三个人看到，但这就说明他一定会对自己坦诚吗？他会不会在内疚、后悔和焦虑等负面情绪的驱使下，写出了不真实的日记？

盛秋行的心里生出了更多情绪，以至于他已没有办法把精力集中在那些资料上。

老太太的声音从楼下传来："秋行，我要出去散步，你要一起去吗？"

盛秋行走了出来："这时候太阳正烈，您是要去哪儿散步呀？"

老太太笑得眉眼弯弯："以前不是跟你讲过了？我和几个邻居在附近建了一座小农庄，里面种了不少瓜果和蔬菜，还养了一些家禽。我想给你煮鸡汤补一补，打算过去逮一只鸡。"

"外婆，您这么说，会让我觉得您拥有一座大农场，想吃什么就有什么。"盛秋行笑道。

"就算是吧，你跟着去看看不就知道喽！你这孩子，说是搬回家来住，实际上每天大部分时间还是躲在房间里瞎鼓捣，偶尔放松一下脑子嘛！做人应该活在当下，莫要把自己逼得太狠了，也不怕跟我老太婆一样，长了一脑瓜的白头发。"老太太嘴上抱怨，眼睛里可全都是笑意。

她并不是在怪罪盛秋行，而是心疼她的外孙。

盛秋行立即回房换了件衣服，撑着遮阳伞，陪着老太太一起出了门。

小农庄就在小区外东北方向的位置，原本这里是一大片空地，地形不是很好，很难列入规划去搞商业，这个小区里住着不少能人，几个老头儿、老太太凑一起一商量，就有了这么个小农庄。

小农庄用篱笆给围了起来，盛秋行一看到篱笆就笑了起来，他一下子就懂了，为什么平时最注重打扮的老太太会突然钟爱起了田园风。原来是因为这里和外公、外婆原来的小家特别相似，也是用篱笆围起来的，外公外婆原来的房子不算大，却有一大片菜园，二老在里面种了不少菜。除此之外，菜园里还有四分之一的区域用来种花。百花芬芳，别有一番风情。

盛秋行彻底放松了下来，他呼吸了一大口新鲜空气，闻到了泥土最原始的气味。

盛秋行感叹："这里真舒服。"

老太太见他喜欢，也很高兴："是吧，我们可是花费了不少心思呢，只不过我们这些人全都老啦！干不动太多的体力活，就专门请人过来料理。我们自己就做做规划、提提意见，然后想吃什么就直接过来采摘就行了。"

"这样最好了，您不能累着。"对此，盛秋行绝对赞同，"请人照料比较妥当，毕竟专业的事还要交给专业的人去做。"

老太太一听，哈哈大笑："真是服了你这张嘴，什么事都可以给我找出一个合理的解释。好啦，种个菜、养个鸡也不需要多专业，你外公还在的时候，他白天上班，傍晚回去料理菜园，不也把一个大菜园给弄得妥妥当当……"

看到盛秋行的表情变了一下，老太太就知道自己失言了。

老太太拍了拍盛秋行的手臂："你回来的这几个晚上，我每天都能梦见你外公回来看我。人老了，总是梦见故人，或许是一种征兆……我猜，他在那边也是挺想念我的。"

"外婆！"盛秋行低吼。

老太太僵硬地笑了笑："傻孩子，人生就是一个从生到死的过程，生是期待、是希望；死是终点、是归宿，这些是自然规律，谁都无法避免的，你也要看开一些。"

盛秋行怒气冲冲地说："您要长命百岁，一直陪着我，不要说不吉利的话，我不爱听。"

老太太的手指着远处的架子："你瞧瞧，西红柿和黄瓜长得多好，比超市里卖的那些好吃多了，全都是小时候的味道。走，我们去摘一些，晚上凉拌。"

盛秋行拎着竹筐，跟在老太太身后，一张冷峻的面上清晰地写着"我非常不高兴"。

老太太摘了一圈东西回来，见他还是那副表情，瞪了他一眼："你这孩子，脾气就没怎么变过，一说到你不爱听的话题，就摆出脸色来看。事实就是事实，事实摆在那儿永远也不会改变，让你看开一些、看淡一些，你怎么就学不会呢？"

盛秋行的眉头皱得很深。老太太拉他去葡萄架下边坐着，那边摆了一套竹椅，还有小圆桌子。

"还在追查你外公的事吗？前些天我接到了老乔的电话，他说你去找过他了？"老太太说。

盛秋行点了下头。对于这个话题，他不愿意讲太多，他不想老太太跟着伤情。

"你依然坚信，你外公……他是无辜的吗？"老太太问。

盛秋行毫不犹豫地点头。

老太太叹气："你这孩子……"

"外婆，你是外公的妻子，也是世界上最了解外公的人，您也经历过当年的那些事，所以您是最有发言权的。您是否还能回想起更多的细节，当年家里的经济条件究竟怎么样？我们家有什么特别需要用钱的地方吗？还是有其他一些需求？"

老太太眼神落在了盛秋行身上。

"我一直在查找线索，也坚信一定能找到线索。没有思路，我就在那些资料里一点点翻，慢慢地找。我相信，终有一天，真相会大白于天下。外婆，您是了解我的，我认定了一件事，就绝不会放弃，绝不！"

盛秋行眼睛里的光芒闪烁着。盛秋行极少激动，上一次见到他这样，还是他通过司法考试的时候吧。老太太清晰地记得，盛秋行本来考上的是厦门大学金融系，后来他说自己要做一名律师，于是他冒着毕不了业的风险，重修了法学专业，最后以双学士学位毕业。

"你从小就是我和你外公带大的，虽说是隔辈亲，但和老来子又有什么区别呢？你外公总是担忧着你的未来。我们一天天变老，身体变差，事业上不可避免地在走下坡路，而你的人生还很长。你那么聪明，那么努力，你外公对你生出了许多期许，他很希望能看着你上大学，然后读硕士，读博士，希望看到你结婚生子……那种期待，也变成了一种担心，每时每刻都在伴随着他。秋行，你外公真的很爱你，虽然他嘴上不说，但他心里一直都很希望能为你做些什么。他不愿意看到你将来为钱发愁，所以，在你很小的时候，你外公就开始对金钱有了新的认识，他那个人也是很倔强的，一旦思想上有了转变，便没有任何人能阻止他去努力。这一点，你们其实很像。"老太太说。

盛秋行的脑子里轰隆隆的。他曾想过无数种可能，但唯独没想到，外公赚钱的念头竟然是从他身上开始的。

难道说，他做的一些事，目的是为了给他攒一笔钱出来？难道说，他……

盛秋行的脸被人轻轻摸了一下。

老太太发现他的情绪有了大的变化，便伸出手，打断了他的思绪。

"又在胡思乱想了。我只是说你外公是从那时候开始有了人生的新目标，我可从没说过，他去做了违法犯罪的事情。秋行，我对你外公太了解了，正因为夫妻之间存在着这样的了解与信任，我才更加相信，你外公不会做过分的事。"

盛秋行的脑子依然在响，但短暂的失控之后，他迅速冷静了下来。

老太太拍了拍他的手："我不相信我的丈夫会为了钱铤而走险，我更不相信我的丈夫会毫无底线，为了敛财去坑害别人。这么多年过去了，我从来没有怀疑过这一点。"

"外婆。"盛秋行眼睛一热。

"但是，有些事过去了就真的过去了。他不在了，我的心也跟着死了一部分。对于追查当年的真相，我没有信心。原谅我秋行，我老了，看着田园风光，怀念着美好的往昔，这是我唯一能做的事。"老太太站了起来，她发现墙脚长了一片绿油油的小青菜，是上个月发的芽。她乐呵呵地过去拔了一小把，刚好够晚上一盘菜。

回家的路上，盛秋行已经恢复了正常，他没有再提外公的案子，老太太也没有再提。

夜里，盛秋行继续看何睿的日记，一遍又一遍，没什么特别的发现，只在只字片语中感受到淡淡的温馨，那一笔一画藏着岁月的温度，即使多年以后，盛秋行仍能体会得到。

深夜。本该早早入眠的老太太轻轻叩响了盛秋行的房门。她将一本厚皮日记本交到了盛秋行手上："这是你外公的工作日记，他习惯放在学校的柜子里，和一些书本存在一起。出事之后，他的大部分物品都被拿走做了证据，也包括这个。后来案子判了，他的一部分私人物品被送了回来，其他的全放在了存放遗物的那间房里，我拿走的只有这个。"

"为什么？"盛秋行看着日记本，颇为意外。

老太太翻开了日记本的第一页，上边有何睿的私印，还有一段文字，那是哥伦比亚作家加西亚·马尔克斯创作的长篇小说《百年孤独》里的句子：

你那么憎恨那些人，跟他们斗了那么久，最终却变得和他们一样，人世间没有任何理想值得以这样的沉沦作为代价。

在日记本的最后一页写着：

生命中所有的灿烂，终要寂寞偿还。

不得不说，盛秋行在看到了这两个句子之后，心脏狠狠地痛了一下。

"你和我有着一样的感觉，对吗？这也是为什么，我不愿意追究到底。"老太太低下头去，"秋行，我宁愿执拗地相信你外公是无辜的，只要我相信就好了，就算他真的做过什么，作为妻子、作为爱人、作为亲人，我都能够给予最大的宽容和体谅，我永远不会怪他。"

日记本交到了盛秋行手上，老太太摆摆手，便回房间去了。

房间内，死一般寂静。盛秋行捧着日记本回到了桌边。他读书，拼命地读，学习法律法规，学习如何进行案件调查，学习心理学，学习逻辑推理，甚至连法医学等冷门知识也不放过，他为了给外公洗冤，付出了太多。

盛秋行眼前闪过外公的面孔，那是记忆中最后一次与外公见面。外公穿着灰黑色的中山装，戴着眼镜，说话的时候总是冲着盛秋行微笑。这位老人身上有种独特的气质，那是经年累月地读书所形成的个人魅力。

一幅幅画面接连在眼前闪过，极为快速。盛秋行搞不懂自己为什么会胡思乱想。最终，他恍然，原来是外公工作日记上的两段话干扰到了他的判断，让他产生了怀疑，而他内心深处的信念又在疯狂地反驳着这种怀疑。

"我相信你，外公。"盛秋行运用强大的自制力，将诸多纷扰赶出了脑海。他翻开外公工作日记，静心读了下去。既然是工作日记，里面记载的内容便基本上都是与工作有关的。

看完大约三分之一，他对外公日常的工作安排也有了大致的了解，他的工作流程非常简单，大体分为三个部分：备课教学、理论研究、学术会议。外公每个月的工作时间是固定的，于是他就把时间安排好，然后严格按照时间表上班，每天晚上六点钟准时到家，因为外婆肠胃不太好，他要忙着回去做晚餐。

"线索，我需要的是线索。"盛秋行口中喃喃道。

当盛秋行翻日记翻到一半时，他终于有所发现。

那是在外公被公安局控制的前两个月，他的工作日记里开始出现了一些新的东西，比如他曾接受一家公司的委托，那家公司委托他就南城的几个大产业出具一份评估报告，这份评估委托预付款有六万元，每完成一部分，外公便会得到相应的收益，共计四个部分，项目全部进行下来，扣掉税，还可以到手四十万元。对于何睿来说，这笔钱数目不小，不违反规定，全靠业余时间来完成，业务上的一些东西他驾轻就熟，委托方的各种标准要求得很细致，看起来有点麻烦，却难不倒何睿，只要有详尽的数据作为支撑，他自信可以交出一份让委托方满意的评估报告。

类似这样的项目，每隔一段时间就会有。

何睿并不会为了钱什么项目都接，他骨子里是个有些倔强的老学究，在做什么事之前，会举一反三，想到很多后果，若是项目违背了他做人做事的准则，他是无论如何都不会答应的。

但这份评估报告何睿是欣然接受的，六万块到账以后，他拿出一半的钱买了新款的电脑和手机，直接寄到了厦门大学。没错，盛秋行入学没多久就迎来了自己大学的第一个生日，中午宿舍的几个兄弟凑一起请他吃了顿火锅，下午回学校时他就收到了外公寄来的礼物。

那时候的狂喜，盛秋行直到此刻还记得。

外公选的是市面上最好的牌子，最新的机型，作为学生，大家全都是拿着生活费紧巴巴地过着日子，偶尔一顿火锅已经是非常奢侈了，而像盛秋行这样，过个生日就得到最新款手机，这在大学里并不多见。

时间有点久了，记忆里的一些细节变得模糊起来。盛秋行叹了口气，继续看了下去。

何睿接下来的工作都围绕着这份评估报告进行。两个月后，何睿交出了评估结果，并且在三天后，顺利拿到了尾款，至此合作结束，整个过程可以说是相当愉快，对方对何睿的工作能力给予了极高的评价，对整份评估报告赞不绝口，并且一再对何睿表示感谢。日记里描述，合作方称这份客观真实的评估，为他们未来要做的几个大项目提供了坚实的基础，它或许不能直接转化为金钱，但在一些决策者的眼中，参考价值极高。

何睿被夸得心情激动，整个人有点飘。对方此时又拿出了一份合同，恳求何睿再次出手相助，同样是一份评估报告，要他从经济学角度针对文山市房地产业未来三年发展趋势写出一份预告，酬劳为五十万。

盛秋行看到这里，眼神已然森冷得不带一丝温度。

南城永威集团股份有限公司。就是这家公司，将他的外公踢入了黑暗的深渊，第二份委托评估合同是一切罪孽的开始，裹挟着可怜的老人，坠入万劫不复的深渊。

但何睿的背后，并非没有人。盛秋行已经足够强大，他正一步步靠近真相。

有些人，哪怕藏得再深，终究还是会露出马脚。想神不知、鬼不觉地把做过的事掩盖掉，哪有那么容易。

顾小遥在清晨六点被一个电话吵醒了。她带着几分起床气，接了起来。

"喂，我是盛秋行。"盛秋行说。

顾小遥顿时一激灵，直接坐起来。她眯着眼看了好一会儿手机，确定电话号码没有错误。

"我……我是顾小遥。"她一说完就后悔了，既然是他打给她，他当然知道要找的人是谁。

"顾记者，很抱歉这么早打扰你，我有一件事需要你帮忙，明天晚上八点见一面如何？地点就定在大成律师事务所，到时候我请你吃饭。"盛秋行语速飞快，言简意赅，不浪费一丁点的时间。

"明天？"顾小遥想起了今天是星期六，而明天是星期日，也是她这几个星期来唯一的一天休假。

顾小遥心里骂了盛秋行几句，已是心平气和："需要我做什么，你可以直接在电话里说，如果不影响什么，我可以直接处理，不必那么客气。毕竟，我们现在也算是朋友了嘛！朋友之间简单直接就好。"

第 29 章　心情微微异样

"朋友"两个字说出口的时候，顾小遥心里有点忐忑不安。她担心盛秋行不承认。虽然之前他们的确一同经历了一些事，但于盛秋行而言，不过是正常的工作。与他有过共同办案经历的人，都希望能与这位南城金牌大律师成为朋友吧？她突然来了那么一句，心里带着些许不安。

"事情比较复杂，电话里说不清楚，顾记者明天如果有空还是来一趟吧，我的家人还带了一份小礼物过来，一定要我转交给你，明天见面，正好亲手交给你。"

盛秋行的话，牵动了顾小遥的某根神经，她想起盛秋行在文山市的那位神秘女友，他说的会是她吗？他女友怎么会想到送小礼物过来？难道是因为那份饭包？

顾小遥越想越复杂。

盛秋行已经有些不耐烦："顾记者，你明天能来吗？"

鬼使神差一般，顾小遥答应了。

等挂了电话，顾小遥才疯狂地叫了起来："天啊天啊天啊！我是疯了吗？我答应过去干什么嘛！还嫌自己最近的工作不够多吗？呜呜呜，他接周蛾的案子时，代理费连个折扣都没有，哼，算什么朋友嘛！"

尽管后悔不已，可隔天顾小遥依然准时来到了大成律师事务所。

赵正苏今晚也在加班，见了顾小遥有点惊讶："顾小姐，你怎么来了？是有什么事吗？"

顾小遥指了指里面："我跟盛律师有约了。怎么？他没提前给我做预约申请？"

大成律师事务所有着严格的接待来访客人的流程，一般来说采取的是预约制，否则的话，到这里能不能找到律师就得看运气了。这里每一位律师都非常忙，出外勤、查案件、法庭应诉……所以，律师很可能不在办公室。

顾小遥之前跟律所打过交道，对律师还是比较了解的。

"你跟秋行有约了？不太可能吧？秋行去文山了，一直没回来呀，而且现在还是他的休假期呢，他是绝不可能……"赵正苏的话还没说完，就见盛秋行提着一堆东西从外面走进来。

盛秋行将一个手提袋给了赵正苏："她给你的。"

"这么远带过来给我，有心了，一定又是好吃的，我今晚还没订外卖呢。"赵正苏那叫一个开心，就差跳起来了。

"你下次打电话的时候少哭穷，不然很容易让人误会你的律师事务所开不下去了。天天白开水就馒头，吃个盒饭就巴不得全世界知道，亏你说得出口。"盛秋行说起人来，那也是相当不客气。

"会哭的孩子才有人惦记嘛！这是真理。"赵正苏说完还特意提了提袋子，得意扬扬，"瞧瞧，这就是证明。"

盛秋行瞪了他一眼，觉得这人脸皮真是厚到一定境界了。

盛秋行把另一只纸袋子交给了顾小遥："你的。"

顾小遥看着两个男人斗嘴，津津有味。

"我……我可没跟你女朋友诉苦，怎么还有我的？"顾小遥说。

"女朋友？你哪儿来的女朋友，你们不是……"赵正苏瞪着盛秋行，一脸狐疑。

"拿着。"盛秋行不耐烦地催促，顺便给了赵正苏一个警告的眼神，不许他胡说八道。

盛秋行领着顾小遥来到办公室，顾小遥才坐稳，盛秋行就问："吃晚饭了吗？"

顾小遥摇了摇头。虽然是休息日，但来律所这边恰好要路过报社，顾小遥想着还是带一些采访需要的物品比较妥当，就回了报社一次，恰好芮姐在加班，逮到了她，便不客气地扔了一篇手底下实习生写的新闻稿过来，七八百字，要求顾小遥逐字逐句改一遍，然后交给实习生。

改别人的稿子多难啊！逐字逐句能改的只是错别字罢了，真的要写到点子上，触及读者的灵魂，就必须得有属于记者本身的思想与意见，这个并不是能改出来的。

顾小遥为了尽早脱身，只能整理思路，用实习生的口吻，再写一篇。

芮姐非常满意，但还是不放顾小遥走。芮姐又把那个实习生叫了过来，让顾小遥面对面给她重讲了一遍新闻稿的写法。芮姐临走时还提醒实习生，如果这么简单的工作都悟不透，那可能说明她并不适合记者这个职业，而她作为新媒体部门的主管领导，是不会随随便便给一个不合格的实习生在转正表上写下"同意"二字的。

可以想象，那是怎样一番场景，芮姐因为实习生的工作能力问题耽误了正常的工作进度，一直在加班，实习生则在担忧自己的未来，克制不住地哭了起来。

顾小遥只能认命，临时给实习生做起了导师，把在学校里学过的最基础的新闻写作知识给实习生过了一遍，然后开始教她如何抓住新闻重点。不得不说，很多事情都是有灵性这一说法的，虽然实习生能听懂顾小遥讲的理论，但真的让她自己对着电脑屏幕写作，她永远写不出自己想表达的东西，这就像淘宝的买家秀和卖家秀，远看差不多，近看根本不是一个玩意儿。

就这样，顾小遥离开报社的时候，已经是下午六点半了，距离约定好的时间已经很近了，顾小遥等了很久才有公交车过来，她拼全力挤上去，勉强在约定时间到达。

顾小遥没打算跟盛秋行说今天的遭遇，可当她听到盛秋行问她"你吃晚饭了吗"时，顾小遥的肚子却不争气地"咕咕"叫了起来。

这回不用开口也知道，当然是没吃。

"茶水间那边有一台微波炉，你把袋子里的东西拿去热一下，加热之后会更好吃。"盛秋行说完，还用内线喊没下班的律师助理帮忙泡两杯咖啡进来，两杯特浓。

当盛秋行把一杯咖啡递过来时，顾小遥才明白过来，其中一杯咖啡是给她的。那还是咖啡吗？那简直就是兴奋剂，还是最难喝的那种，为了能够保持精神亢奋，盛秋行真是够拼的，虐起自己来毫不含糊。

但问题是，他想虐自己，尽管下手，没人阻拦。为什么要为她准备一杯特浓咖啡啊？！还有，他所说的请她吃饭，难不成吃的就是这个从文山市带过来的，女朋友做的爱心便当？

这也未免太——节省了吧。热好的饭盒，送了过来。

盛秋行给了她一份："边吃边说。"

顾小遥打算只吃几口，没想到才吃下第一口，她就觉得手指和嘴巴完全不受控制，大口大口地吃了起来，她的眼睛里全都是幸福的光芒。

盛秋行好笑地看着她吃东西："味道好吗？"

顾小遥使劲儿地点头："特别好吃，你女朋友厨艺真不错，果然是留住一个男人的心，首先就要留住男人的胃，厨艺这么好，算得上是大师了吧。"

"嗯，她如果听到你的赞美，一定会很开心。"盛秋行喝了半杯咖啡，"上次带你订的饭包回去时，她也一直在夸你会选择美食。"

"同道中人嘛！"顾小遥笑了笑。

奇怪，为什么她觉得自己的笑容有点僵，心里还微微有点酸呢？像盛秋行这样的男人，有个漂亮的女朋友那才是非常正常的吧？她的情绪怎么突然变得有点奇怪了呢？

盛秋行找她，希望她能帮忙调查一起多年前的旧案，时间比较久了，取证工作极其艰难，而且还牵涉一起交通肇事致人死亡的案件，一堆线索混合在一起，光是梳理起来就极其困难。

"我希望你能帮我。"盛秋行盯着她的眼睛说。

"我能帮你什么？我只是个小记者罢了。"顾小遥完全没理解他的意思。

"十年前，准确地说是 2008 年 11 月 11 日下午四点五十分，在南城大学正门前发生了一起交通事故，一辆白色的奔驰轿车逆向行驶，直接撞向了一辆正常从校内驶出的小汽车，小汽车驾驶室被撞变形，南城大学金融系教授何睿当场死亡。这起交通事故，你们报社当年派了记者过来，做了一个很细致的采访。因为一些原因，刊登在报纸上的新闻只有寥寥数语，但当年那个记者接触到的东西，或许不仅仅只是这些。顾小遥，我希望你能找到采访的记者，并且把第一手资料全都找出来，如果可能的话，我希望能与当年采访的记者见一面，当面问一些问题。"

"这个就有点难度了，毕竟是十年前的事，当时还没完全推行无纸化办公，电脑里也不知道能不能调出相关的资料，我回去先试试看，找到了还好说，过去跟那个记者沟通就好了。如果找不到的话，还得去档案室一点一点地翻，这需要一些时间。我最近工作比较多，正常的上班时间不太方便过去，得利用业余时间才行。"顾小遥不习惯把话说得太满，怕给对方无限期待，但最终又做不到，最后没法收场。

盛秋行点了点头："你愿意帮忙我已经很感激了，尽快就好，我不会给你限定时间。"

"其实，这件事你直接找我的领导或者干脆找报社的领导就很容易解决，他们的权力比我大。他们一声令下，好多人会一起帮忙，这是最有效的手段。"

顾小遥给出的是最合理化的建议，盛秋行显然也明白这一点，但他摇头："我不想让太多人知道我在调查这件事。"

"难道，这里面还有什么问题？"顾小遥脑洞大开，联想到了很多。

"只是单纯的不希望被关注到。小遥，昨晚通电话的时候，你提起过我们是朋友，对吗？"

被盛秋行盯着，顾小遥藏在心底最深处的异样感正不受控制地泛滥起来。她的心跳在持续加速，手心里渗出了一层细密的汗。

"哈哈，应该是吧。"顾小遥故作轻松道。

盛秋行对这种敷衍的回答并不满意："你不想与我做朋友吗？"

"当然不是了。"顾小遥摇头，"但是，盛律师的朋友里，似乎并不缺像我这样的小记者，所以……"

该死，她到底在自卑什么，对方的名气大，是南城最厉害的律师又怎样？

她也不差呀！

再给她十年的时间，她也会变成非常厉害的大记者的！对此，顾小遥深信不疑。

"你是我的朋友。"盛秋行打断了她的话，紧跟着反问，"那么你呢？愿意跟我做朋友吗？"

这种简单粗暴的追问，实在是让顾小遥没办法否定。

顾小遥最终当然是点头。

盛秋行满意地说："我现在需要的是朋友式的帮忙，当然的确如同你所说，我可以直接打给你的领导，或是你领导的领导，从更高层面来解决这个问题，但那样一定会引起很多人的注意，他们会不由自主地联想很多，把简单的事情复杂化，这些并不是我想要看到的。"

绕了一大圈，顾小遥竟然明白了他要表达的意思。那意思大概就是，顾小遥是个小人物，不会引起各方关注！

顾小遥埋下头，把鸡肉和小板栗全都吃干净，最后一口米饭也蘸着汤汁吃掉，绝对不浪费。

吃完之后，她才发觉吃得太多，肚子又涨又撑。

顾小遥抽了纸巾擦擦嘴，然后说："既然是帮朋友，那就没什么好说的了，我尽快给你答复。"

"谢谢。"盛秋行还有很多工作要做，聊完了正事，顾小遥提出要离开，盛秋行也没再挽留。

顾小遥才走出盛秋行的办公室，斜对面第一间办公室的门就打开了，赵正苏露出半个身子，朝她快速挥挥手。

顾小遥来到跟前："赵律师也在加班？"

"顾小姐要不要进来喝杯茶聊聊？"赵正苏摆出无比亲和的笑容。

"你找我也有事？"顾小遥问。两个星期前，整个大成律师事务所的律师都恨不得一起出动，把她送上法庭。这才几天啊！态度来了个一百八十度转变，盛大状要跟她做朋友，赵大状也对她和颜悦色起来。

赵正苏说："没什么要紧的事，就是聊聊而已，顾小姐的跟访系列做得很好，给我们家秋行平了反，也没让我多年的心血毁于一旦，就冲这一点，我非常感谢顾小姐。这次的事其实是一场误会，咱们算是不打不相识，以后打交道的机会还多着呢，多些了解少些误解，这不是很好吗？"

赵正苏能言善辩，几句话就把气氛热络了起来。顾小遥被他迎进办公室，好茶奉上，谈话的气氛比刚刚在盛秋行办公室还要好些。

"前些天秋行已经把周蛾那个案子的资料准备好了，我还特意看了一遍。虽然周蛾是自杀，但她自杀的原因是深陷网络套路贷之中，这些带有不良目的的小额贷款公司涉嫌诈骗、非法集资等，维权将是一个漫长的过程。盛秋行接下这个案子，可见他已下定了决心，要用法律武器，替周蛾和周蛾的家人讨回一个公道，我们律师事务所也愿意给予最大的支持。"

赵正苏非常会找话题，拿周蛾的案子作为切入点，很顺利地就把顾小遥的注意力吸引了过来。

顾小遥眼底浮现起了一丝哀伤的神色："谢谢了。"

"这趟文山之行，你和秋行相处得不错，他居然肯带你去见老太太了，我真是有些意外。"说来说去，这才是赵正苏真正关心的部分，瞧他似笑非笑的模样，就知道他对盛秋行的八卦有多关心了。

"老太太？什么老太太？"顾小遥一脑门儿雾水。

"一定是秋行提醒过你，不可以把老太太的事泄露出去，对不对？顾小姐的性子还真是谨慎，怪不得连秋行都对你刮目相看。"赵正苏摆摆手，"我清楚，我理解。好吧，既然他不想透露，我就不追问了。"

顾小遥说："你在说什么，为什么我一点都听不懂？"

赵正苏说："听不懂就听不懂吧，你就当我没问好了。"说完他还朝顾小遥挤挤眼。

顾小遥完全蒙了。做律师的男人，脑回路大概跟普通人不太一样吧。

送走了顾小遥，赵正苏立即端着他的茶壶来到盛秋行的办公室。

"喝一杯？今年的新茶，一周前才到，三千多块钱一斤呢，我都舍不得拿出来待客。"赵正苏说。

盛秋行抬眸："抓着顾小遥聊那么久，问出你想知道的东西了？"

赵正苏摆摆手："别提了，那姑娘的嘴巴真叫一个严，我旁敲侧击，运用了审讯技巧，她还是没招。她的心理素质强大，完全不为所动，将装傻进行到底，我是赔了夫人又折兵，搭上了一壶好茶，却是一个字都没问到，可惜可惜。"

盛秋行没搭理赵正苏，在他忙的时候，没心情跟赵正苏进行如此没有营养的对话。

"秋行，你跟洛雪意分手，不会是因为……"赵正苏刻意停顿了一下，借此来观察盛秋行的表情。

盛秋行在电脑上飞快地打字。他明明听到了赵正苏的话，但因为没兴趣回答，所以就装作没听到。

可惜赵正苏从来都不是个知难而退的人，盛秋行的冷脸更是阻止不了他的求知欲。

"天，难道你真的喜欢上了顾记者！所以你才坚决跟未婚妻分手，彻底和洛雪意斩断过去？"赵正苏大声说道。

盛秋行忍无可忍："赵正苏，你是闲出一定境界了，如果你真的没事可做，去把周蛾自杀案相关的涉案责任人做个区分，过段时间要给他们挨个寄律师函过去，共有二十七家小额贷公司涉嫌诈骗，我打算一家一家告过去。"

"二十七家全都告？"赵正苏听傻了。

"已经精减过了。"盛秋行似乎知道他心里在想什么，直接解释。

"可是，这二十七家公司分散在全国二十几个城市，即使现在有些大一点的城市开通了线上提交起诉书，但还是有很多地方需要到现场办这些手续，你如果全都弄，工作量也太大了。而且最后拿到的赔偿应该也很有限。那么点诉讼代理费，连飞来飞去的机票钱都不一定够，更别提这会占用你大量的时间，性价比不高啊！"赵正苏连连摇头。以他对老友的了解，盛秋行可不像是会做赔本买卖的人。

"不是每件事都要用钱衡量的。"盛秋行回答。

赵正苏眼神诡异，绕着盛秋行看了又看，怀疑眼前这个人，根本不是自己认识的盛秋行。

盛秋行继续说："对待委托客户，公事公办，按约定收费，这很合理。但如果是对待朋友，就不必想太多吧。"

赵正苏挖了挖耳朵："你的意思是，周蛾和她父母是你的朋友了？"

盛秋行纠正："顾小遥是我的朋友。"

第 30 章　何睿的资料丢失

顾小遥从律所离开后，并没有直接回家，她坐着公交车又返回了单位，然后一头扎进档案室。

2008 年 11 月 11 日下午四点五十分在南城大学附近发生的交通肇事案，死者是南城大学金融系的教授何睿，这种新闻应该很容易找。因为2008 年的时候，互联网已经普及，一些社会上的重要新闻都会在第一时间被放到网络上，即使过去这么多年，通过浏览器搜索，应该能查得出来。

顾小遥在手机上搜索了一下，果然，有关何睿教授的新闻迅速被查了出来，但无论是哪篇报道，都只是简明扼要地写了几句话，事件背后的故事则一概看不出来。

"这不是全都有吗？他还让我找什么？"顾小遥琢磨了一会儿。突然，她想明白了，盛秋行想要的应该是当时记者在采访过程中所搜集到的一些不能发表在报纸上的素材。虽然不懂他为什么如此关心这个新闻，但既然他提出了要求，她也答应了，就快些搞定吧。

顾小遥想通之后，干劲儿十足地开始查找。

报社的资料存档系统于 2016 年经历了升级改造，改造好的存档系统可以储存 2016 年以后百分之九十五以上的信息，而 2016 年之前的资料，则放在了档案室的主机服务器里，另外一些文字形式的资料则分门别类，摆在了架子上。

顾小遥来到了档案室最里面的架子前，搬了梯子爬上去，在编号20181111NCDX的资料箱里应该就有盛秋行要的东西。当然，这只是一起交通肇事案，当年也不太可能保留下来太多东西，但能有多少就是多少吧，她按照盛秋行的要求去完成，其他事她无须多想。

资料箱摆在架子的最顶端，目测还挺大，居然是那种最大号的储存箱。

顾小遥爬了上去，双手托稳了底部。她觉得自己不一定有办法把那东西搬下来，毕竟看起来很沉。

谁知，箱子竟然毫无重量。

顾小遥一下子失去了平衡，身体向旁边栽倒下去，差点从几米高的地方直接摔下来。

顾小遥吓出了一身汗，腿都软了。她把资料箱取下来，然后发现里面果然什么都没有。

"没东西还摆个箱子在这里做什么嘛！"抱怨了一声后，顾小遥的脑子里突然冒出了一些想法。

如果真的没东西放，资料室这边绝对不会放空的存档箱在这里，这边的工作人员再无聊，也不会做这种事。

那么最简单的解释就是，有人把箱子里的资料拿走了。

资料室是面对全体工作人员开放的，存放在这里的大多是一些旧物，没什么太大意义，但丢掉又不合适。原本有个小姐姐在负责档案室的日常维护，但在年初的时候，小姐姐怀孕了，忙着产检、保胎、筹备生娃等各种事宜，经常请假，资料室这边就进入了无人看管的状态，但对于整个报业集团来说，这间小小的资料室大概是最微不足道的地方，所以也没有引起重视。

不知从什么时候起，资料的借还变得非常随意。资料拿走了，自己在门口的记录簿上签名就行了；资料还回来了，自己也自觉在门口的记录簿上签名即可。如果哪天谁忘了签名，忘了也就忘了。这里连个监控摄像都没有，丢了一样东西，找回来的概率基本为零。

顾小遥一筹莫展，这下该如何跟盛秋行交代呢？她考虑了好一会儿，决定再去翻翻记录，看能不能有新的发现。

记录簿都存放在进门口的柜子里，按照年份月份排列得整整齐齐，每个月记录一到三个本子，要查找起来，还是需要一段时间。

顾小遥一口气查找了近五年的记录，翻本子翻得手指都疼了，依然没有任何发现。

事情进展到这里，顾小遥忽然气馁了，她怀疑另外五年的记录中也找不到相关资料，毕竟时间太久了，东西真的丢掉的话，怕是没办法找回来。

要不要放弃呢？顾小遥决定问问盛秋行。微信发过去以后，顾小遥就后悔了。这么晚了，盛秋行或许已经休息了。

深夜给一位单身男士发消息是很不妥的行为，即使聊的是工作，也很容易引起不必要的误会。如果盛秋行的女朋友跟着盛秋行一起来到了南城，看到了她发的微信，难保不会……

顾小遥发呆的空当，盛秋行居然回了微信。

他问：这么晚了，你还在报社？

顾小遥连忙回：是啊，晚一点，同事少，来资料室里找东西才不容易引起注意嘛！我下周的采访计划排得比较满，很担心到时候挤不出时间来完成你交代的事。但好像还是完不成了，我真的找不到资料借阅的记录。

回完了，顾小遥还拍了两张照片一并发过去。一张是空无一物的资料箱，另一张则是堆满桌面的记录簿，以证明她是真的有在认真做事。

盛秋行问：你们报社的门禁严格吗？我去找你会不会被挡在大楼外？

顾小遥不明白他什么意思，但还是诚实地回答：在访客登记表那里填一下名字就可以进来了。怎么，你现在要过来帮我找吗？

盛秋行：是的。

于是，十几分钟后，盛秋行真的出现在了顾小遥的面前，他看了一眼还有几层的记录簿，开始解西装的扣子。

顾小遥的脸悄悄地红了。

盛秋行脱掉西装，随意扔在一旁，长腿钩过一把椅子，坐稳后便开始翻找起来。

哦——

这就开始了？

"小遥，你应该很累了，那边有张床你凑合休息一会儿，接下来的部分，我来做。"

顾小遥呆呆地看着他。他非常专心，仿佛忘记了周围的一切。他一页一页地翻找，速度极快，偶尔还会停顿下来，确定一下。

是谁说过来着，认真的男人最有魅力了。

就在这一秒，顾小遥的心里突然有什么东西在炸裂。那么清晰、那么生动。她清楚，那是心动的声音。

空掉的档案箱已被顾小遥搬到了桌子旁，盛秋行每翻一本，习惯性地会瞟档案箱一眼。

他的判断与顾小遥基本一致，当年采访过交通肇事案的记者一定是有了别的发现，他已搜集了很多资料，只是因为这样或者那样的原因，无法写成新闻稿刊登在报纸上。但按照报社的规定，采访资料不管用得上用不上，最后都要归类存档，以备后用。

那么，这么大的一个箱子，里面曾经装过什么东西呢？

盛秋行只觉得一股沉闷的气息压在胸口，他翻阅的速度越来越快了。

顾小遥搬个了凳子坐在盛秋行对面，也拿起了一本记录簿翻阅起来。

盛秋行看了她一眼，就看见这姑娘眼睛都熬红了，原本整齐的马尾已经半散，一大块灰尘挂在她左边的头发上，对此她一无所知。

"两个人找会快点，还有那么多呢，一个人不知道要找到什么时候。"顾小遥解释道。

盛秋行没再多说什么，与她抵着头，一起干活。

不知过去多久，盛秋行说了句："天亮的时候，我请你吃早饭。"

顾小遥笑了："还是你女朋友煮的爱心早餐？"

盛秋行认真地回："南城最好的早餐店出售的豪华套餐一份。"

"成交。"

六个小时很快过去了。当两个人各自将手上的最后一本记录簿放回原处时，已是早上六点四十分，再过一会儿，报社的职员将陆续来上班，新的一天即将开始。

顾小遥眨了眨眼："你那边有发现吗？"

盛秋行面容冷峻，轻轻摇头。

顾小遥叹了口气："我这边也没有。完了完了，我们两个或许谁眼花了，错过了最关键的信息。如果错过了，我们找时间再查一遍，我就担心是哪个家伙拿东西不留记录，那就糟了。"

盛秋行站起身，稍微活动了一下肩膀和手臂。

"这里的东西对你很重要吗？还有其他可以代替的办法吗？如果没有的话，这周找个时间再来找吧。"顾小遥的心情同样很复杂，并不仅仅是努力一整晚没有收获，更多的是她突然意识到，她对盛秋行存在着某种异样的情感。

这个发现来得太突然，她措手不及，不知该如何处理。

但不管怎样，顾小遥还是觉得自己会记住这样一个完整的夜晚，盛秋行就在不远处，她抬眸就可以看得到。

金色的阳光透窗而入，那些遐思如同肥皂泡泡，迅速破裂。她的心思也一下子被拉回到了现实中。

对此，顾小遥极力掩饰，她不愿意被盛秋行看出异样。

"不用了。"盛秋行摇了摇头，又看了一眼档案箱，"总有其他办法把东西找出来的。"

"资料不知道是什么时候被拿走的。我很担心，万一是几年前拿走的，那找回来的希望很渺茫。"顾小遥轻咳，以此来掩饰自己的不自在。

"你说的有道理。"盛秋行只回了这么一句，就不再说什么了。

顾小遥感受到了他的失落，但她并不知道该如何去安慰眼前这个男人。

盛秋行拿起西装，随意套上："走了。"

"去哪里？"顾小遥被他拉着向前走。一晚上没睡，顾小遥整个人晕乎乎的，都要飘起来了，脚踩着地面，像是踩在棉花上，每一步都是软软的。

盛秋行回答："吃早餐。"

顾小遥迷迷糊糊地想起来，好像昨天晚上盛秋行有提起过要请她去南城最棒的早餐店吃一份豪华大餐。她没当真，他却记得自己的承诺。

这个男人真的很不错。

顾小遥的脸颊更红了。她心想，如果盛秋行没有女朋友，她一定不会错过这么好的一个人，就算厚脸皮倒追，她也一定会去试试……

"顾小遥？"盛秋行的手在她眼前挥了挥，"你是太累了吗？怎么一直在走神？"

"没有，只是在想事情。我是在想啊，会是谁把这一箱资料给搬走了呢？那么大的一箱资料，想带出报业大厦也不容易，保安会问的嘛！"天哪！她到底在说什么，嘴巴不受脑子控制了！她紧张得就像个孩子。

"你的脸好红，是感冒了吗？"盛秋行的手直接贴在了她的额头上。

顾小遥完全僵在原地，全身的血液像是在逆流。她肯定自己没有生病，但她也知道此刻的自己必然极度不正常。

"我……我们不是要去吃早餐吗？"她急得快哭了。

盛秋行收回了手，仿佛察觉到了不对，但他很镇定："你确定你现在是想吃早餐，而不是……"

"我是！"顾小遥的声音陡然间放大。

车子一路飞驰，朝着那间早餐店而去。

盛秋行的确没有注意到顾小遥的异样，他一路都在想着报社的那些资料。其实他最初拜托顾小遥帮忙寻找资料，只是抱着尝试的心态。他真的没想到，顾小遥那么快就给了他反馈。尽管没有找到资料，但盛秋行的脑海里已有了方向，这便是忙碌了整个晚上真正的收获。

盛秋行说："昨晚真的要谢谢你，小遥。"

顾小遥慢慢地转过头，看了他一眼后，迅速移开了眼神。

"只是一些小事，没什么啦，你不用放在心上，咱们已经是好朋友了嘛，好朋友就应该互相帮助。"此时此刻，顾小遥也只能用这样的话一遍遍提醒自己别犯花痴。

"你说得对。"盛秋行笑了笑。

"你一整晚都没有回去，你女朋友肯定担心坏了，你没有忘了跟人家提前说一声吧？"顾小遥刚说完这些话，就气得差点咬掉自己的舌头。她是什么身份啊，干吗八婆地提醒这个？

盛秋行回答的却是："谁跟你说我有女朋友？"

顾小遥听见这话，没由来地有点生气。

是的，她很愤怒，但也说不清楚这股怒火究竟从何而来。

"你……"她正想大声驳斥他的时候，盛秋行的微信突然响了，竟然有人打视频电话过来了。

顾小遥眼尖，看见了视频窗口上写着两个字：莲卿。这明显是一个女孩子的名字，古典而优雅，头像看得不是很清楚，但能确定的是，必定是女孩子在找他。

顾小遥心想，前一秒还打算否认自己有女朋友，瞧吧，后一秒女朋友已经打视频电话过来了，看他还怎么圆。

不过顾小遥又琢磨，她坐在副驾驶座上呢，即使和盛秋行之间不存在任何暧昧关系，但终究是不好解释。为了避免麻烦，盛秋行肯定不会接这个视频电话，等到了早餐店时再回拨，这样子的话，她就成功混过去了。

她的想法，直接粉碎在了他的动作之下。

盛秋行竟然直接点了接听。

屏幕经过一个小小的卡顿后，一个满头银发、面容清秀的老太太出现在了画面上，她瞪着盛秋行："臭小子，你不是说这次会在家里陪我住到六月底吗？你说说看，这才过去几天，你就跑掉了。走就走吧，你还偷偷地走，连说一声都不会吗？知不知道礼貌呀？家里大人不会担心吗？"

盛秋行静静地听着，嘴角带着笑容，直到老太太说完，他才轻声说："外婆，我有点急事要回南城处理，处理完很快就回文山陪您啦！很快的，最多三天，等回去的时候，我给您带南城的吊炉烤鸭好不好？咱们回去用烤箱热一下尝个新鲜，其他的您拿去送小区里的朋友，她们一定会喜欢。"

盛秋行三言两语，就让老太太从怒冲冲变成笑吟吟。老太太说："真的呀！很快就回来啦！还算能接受。哼，但是你偷跑的事情不能原谅，等你回来的时候，看我怎么收拾你。"

"好好好，全都随您。对了，您还需要带什么回去吗？等会儿列个单子，用微信发过来给我，我去准备好，一起拿回去。"

"不要再买东西了，你每次回来都大包小包，上回已经买回来一汽车的东西了，这次还买什么买，不要再买了，知道了吗？"老太太说。

盛秋行只是笑，但老太太说的话听进去了几分，大概只有他自己知道了。

顾小遥在一旁无比震惊，她好像误会了一些事？车子一个颠簸，顾小遥的身子跟着晃了晃。

老太太眼尖，瞬间捕捉到了她的存在："秋行，你副驾驶上坐着个姑娘对不对呀？快给我看看是谁！"

顾小遥使劲儿摇头。可是宠外婆狂魔盛秋行哪里会因为她的拒绝而去拒绝自己的外婆。

盛秋行稍微调整了手机摄像头的角度，顾小遥就完全暴露在了老太太的目光下。顾小遥尴尬地挥了挥手："您好，我是顾小遥。"

第 31 章　万般滋味在心头

　　直到盛秋行挂断视频电话很久，顾小遥还觉得自己的脑袋在嗡嗡作响。

　　她瞪着盛秋行，但盛秋行根本不看她。他开着车，哼着歌，心情愉快，神采奕奕，一点都不像是熬了一夜没睡的人。

　　"你知道尬聊的滋味有多难受吗？我都不知道自己说了些什么！还有你难道看不见我现在的样子吗？一夜没睡，憔悴得像个鬼，顶着两个黑眼圈，你就不怕你外婆被我吓到吗？"顾小遥气呼呼道。

　　盛秋行摇头："我外婆胆子大，你不用担心。"

　　顾小遥瞪圆了眼。他刚才那个话，是在试图安慰她吗？拜托，完全体会不到一点点安慰，反而有点想当场翻脸的冲动。

　　不过，令顾小遥更加震惊的是，那位所谓被盛秋行藏在文山市宠到没边的"女朋友"竟然是他的外婆，盛秋行在老太太面前，简直换了一个人，体贴、温柔、孝顺，乖得要命。顾小遥深呼吸，再深呼吸。她想哭，又想笑；尴尬，又快乐；放松，又紧张……

　　万般滋味涌上心头，尽数化为恼怒。主要是因为除了故作恼火之外，她真不知道该摆出什么样的表情来面对这奇怪得不能再奇怪的局面了。

"对了，我们刚才聊的话题好像是我家里的女朋友吧？现在你见到了，还有什么想说的吗？"盛秋行占据了上风，但并没有得饶人处且饶人的意思。他想到顾小遥之前左一句女朋友右一句女朋友，就有一种想逗她的冲动。今天得了这么一个机会，他当然得反击一下。

"既然是外婆，为什么要藏着掖着，会让人误会的好吗？"顾小遥不服气地说。

"我从来没有刻意藏起来，照顾外婆是我私生活的一部分，不对外公开也是我的选择，至于外人如何去猜测，就随便他们了，没什么大不了的。"盛秋行说。

顾小遥被说得哑口无言，只能鼓着腮帮子，凶巴巴地瞪了他一眼，之后就把脑袋瓜扭到一旁去，拒绝再跟这个可恶的男人讲话。

这是顾小遥最安静的一顿早餐，她将全部情绪发泄在吃的上，一言不发。

过了早晨七点，盛秋行的手机就变成了热线，一会儿一个电话，一会儿一个留言。

盛秋行边吃早餐边处理公事，与顾小遥之间那一丝淡淡的情绪，随着工作的开始，迅速消散得无影无踪。

吃完之后，两人离开小店。盛秋行提出要送她回家，被顾小遥婉言谢绝。他还有别的事，也没有强求，两人分手之后，他开车离开。

直到看不到盛秋行的车后，顾小遥才露出一抹甜甜的笑容，心情迅速飞扬了起来。

赵正苏竖起了一根手指，用力地一摇："秋行，你相信我，这是最后一次，真的是最后一次。干完这一票，你可以再多休假半个月，这是我给你的补偿。怎么样？哥们儿够慷慨吧？"

盛秋行直接被气笑了："赵正苏，你知不知道'信用'两个字怎么写？你要不会，我送你本《新华字典》，你拿回去好好学一学。"

赵正苏自觉理亏，但仍厚着脸皮说："特殊情况特殊对待嘛！重点客户当然有优先权，律所也算是打开门做生意的行当，总有身不由己的时候。再说，你也是大成这边的合伙人律师，对所里的一些大事有不可推卸的责任。你想想看，在你出国这一年多里，是谁风里来雨里去，替你守着这份家业？又是谁临危不乱、百折不挠、力排众议，替你稳定后方？我赵正苏是你事业上的好搭档，生活上的好兄弟，人生路上的好伙伴，现在你回国了，偶尔也心疼一下我吧？替我想想，多帮我一下下。"

再任赵正苏说下去，不知道他要扯出多少这些年做过的事。盛秋行说："出去。"

"我不出去，你今天不答应，我绝对不会出去。"软的不行，又不敢来硬的，赵正苏只好继续耍赖。

盛秋行不吃这套。

"这样吧，韩六道那个案子你来，周蛾那个案子可以交给我，我将它直接列为大成律师事务所本年度重点援助的公益项目，为打击猖獗的互联网诈骗犯罪出一份力。而你呢，腾出手来，把眼前这个案子接下来，这样一举数得，不是很好吗？"赵正苏嘴上安排得井井有条，表情却是比吃了一嘴黄连还要苦涩。

"赵正苏，你是看不惯我休息是吗？我休了几天假，你就给我不停地找事。今早老太太还催我快点回文山呢，如果我迟迟不归，老太太打电话过来，你要我怎么回？我陪她的时间本来已经少之又少，出国后更是十几个月没有见，我多陪陪老人家，你总跳出来给我找事，你存的什么心？"盛秋行说。

面对盛秋行的质问，赵正苏气势弱了下去："但是，这个案子人家指名要你代理……"

"指名要我代理的多了去了，个个都应？我不活了？"

"人家愿意额外给一笔代理费。"

"你赵正苏总笑我唯利是图，现在是谁一看到钱就挪不动步？"

赵正苏完全说不过盛秋行，他叹气道："秋行，你让我把话说完。"

盛秋行冷着一张脸，手指头攥成拳头，骨节都泛起了浅白的颜色。

"你还记得郑鹤荣吗？你们曾经见过好几次，你仔细想想会有印象。你出国留学前最后接的那个'买椟还珠'案，官司打得非常精彩，因为当事人是郑鹤荣认识多年的老朋友，所以官司打完后，郑鹤荣非常欣赏你，而这一次他家里遭了大难，急需一位专业的律师，他第一个就想到了你，并亲自来到律所与我聊了一个多小时。"

"郑鹤荣"这个名字盛秋行不陌生，赵正苏一提起来，他脑子里立即跳出了对方的大致信息。

郑鹤荣，男，五十岁左右，一米七几的身高，一百七十几斤的体重，身材圆润，满面红光。他是南城富豪榜上前十名的人物，九几年的时候靠着农产品深加工发家致富，旗下公司有一百多个食品类的专利。后来他似乎投了几个大型养殖场去养猪，后来恰好赶上了几场世界性的猪瘟，小的养殖户扛不住风险，纷纷倒闭，可郑鹤荣没事，紧接着猪肉价格暴涨，郑鹤荣的资产翻了一倍。这件事成了郑鹤荣在各种场合的谈资，每次提起，他都笑呵呵的，一个劲儿说自己生活在最好的时代。

"居然是他？"盛秋行有点惊讶，"他有什么事，需要我们出面处理？而且他名下的企业里应该有很专业的法务部吧？直接叫下边的员工解决不就可以了？"

赵正苏喝了一大口茶润喉，接着说了下去。

"问题就在于，他现在遇到的事儿，不能动用公司那些法务，他本人是这样说的，第一，术业有专攻，即使都是律师，每一位律师擅长的领域也不尽相同，他那边的企业法务更习惯处理合同类纠纷，郑鹤荣没办法相信他们可以跳出企业思维模式，去处理一桩刑事案件；第二就是因为是刑事案件，他想要尽量降低影响，全程保密，如果他去找公司的法务部接手，哪怕他再低调，也会在极短的时间内人尽皆知。没办法，公司就是人多嘴杂的地方，很多事很难控制。"

盛秋行敏锐地捕捉到了一些关键信息："刑事案件？需要辩护律师？他惹了什么事闹得这么严重？"

"目前整个案件还在保密阶段，我也承诺过不可以将案情泄露出去，不过跟你说一下应该不要紧，毕竟郑鹤荣想找的代理律师就是你，不跟你讲明白怎么回事，你怎么可能会答应他。"说完，赵正苏还干巴巴地笑了两声，以此来缓解尴尬。

赵正苏稍微整理了一下思路，然后缓缓开口。

郑鹤荣曾经结过三次婚，最终全都因为这样那样的原因离了婚。这三段婚姻留给了他四个孩子，其中三个女儿全归了三位前妻，唯一的儿子郑琨是郑鹤荣亲自养大的。自从郑琨出生以后，郑鹤荣心灰意懒，对婚姻不再抱有任何期待，开始过上了只谈恋爱不结婚的潇洒生活，时间一晃，十几年过去，郑琨长大了。

这个孩子从小就不喜欢读书，对一切新奇事物都特别感兴趣，郑鹤荣提起郑琨时总是赞不绝口。但因为郑鹤荣的事业越做越大，人也越来越忙，没法给予郑琨更多的关爱。没有父亲在身边，也没有母亲的教养，郑琨逐渐成长为一名纨绔子弟，喜欢呼朋唤友，吃喝玩乐。等郑鹤荣意识到不妙的时候，郑琨的人生观、价值观早已经形成，再想去纠正回来已经来不及了。幸好，这孩子本性还算纯洁善良，一直没给郑鹤荣惹什么事。赵正苏说到这里，还特意补了一句："当然，纯洁善良的评价是郑鹤荣给的，听完了后面发生的事，我可一点没看出来这小子有纯洁善良的特质。"

"继续说。"盛秋行不耐烦地催促。

赵正苏笑了笑，继续说下去。

郑琨平时花钱大手大脚，不想上班，也不想学习，看上去很颓废。郑鹤荣看不过眼，总是要管教儿子几句，可郑琨压根儿不听他的，要么和郑鹤荣顶嘴，要么直接走人，父子俩的关系一度非常紧张。

郑鹤荣管得了偌大的公司，却拿唯一的儿子毫无办法。

好在郑琨才十八岁，虽然叛逆期比别人家的孩子长了点，但总有一天是要结束的。郑鹤荣坚信，总有一天，儿子会理解他的不容易。

直到，那件事发生了。

2018 年 4 月 17 日晚九点，郑鹤荣的现任女友从郑家的别墅离开，她是来和郑鹤荣商量结婚的事的。郑鹤荣与这位小他二十六岁的女朋友一直相处愉快。郑鹤荣渐渐老了，竟然生出了再次结婚的念头，小女友乖巧懂事，一心一意想跟他厮守终身。小女友年轻有情趣，跟她待在一起，郑鹤荣感觉自己年轻了许多。

结婚就结婚吧，反正他郑鹤荣又不是养不起。

可是郑琨对这位比他大不了几岁的女孩子毫无好感，他对这场即将到来的婚礼表现出强烈的抵触，为此三人发生了激烈的争吵，郑琨还打算动手打那个女孩子，最后成功将她逼走。

女孩儿临走时，撂下了一句狠话，意思大概是，我和你爸结婚，只要你爸答应，这事儿就算定了，你作为儿子除了接受和祝福，没有更多的权利。你不就是担心我嫁进来再给你爸添个老来子会分走你的财产吗？你瞧瞧自己那不求上进的样子，你爸但凡有个比你强点的儿子，他就绝对不会把自己辛苦打拼一辈子的公司交到你这种败家子手上。

郑琨此刻已经彻底被激怒了，把女孩儿骂了个狗血淋头。女孩儿也不甘示弱，捂着肚子说她已经怀孕了，抽血检验过，木已成舟，谁都改变不了。

于是郑琨便疯狂地质问起了郑鹤荣，从郑鹤荣那里得到肯定的回答之后，郑琨就要殴打女孩儿，但被郑鹤荣和家里的佣人给拉开了。就这样，女孩儿大获全胜，得意扬扬地离开了郑家。

郑鹤荣当时忙着安抚儿子，没像往常那样开车送小女友，甚至忘了交代家里的司机送女孩儿回去。

女孩儿走后，郑琨说要回房去休息，郑鹤荣觉得这个时候郑琨也的确需要冷静，便让他离开。没想到，郑琨顺着卧室的窗子爬了出去，他开走了郑鹤荣的商务轿车，追上了女孩儿，直接撞飞了她。等到救护车赶到现场的时候，女孩儿已经死了，她的确已经怀孕，这一死便是一尸两命。郑琨涉嫌故意杀人，被警方带走，目前正在南山市拘留所，等待进一步调查。

郑鹤荣失去即将到来的小儿子，也面临着要失去养育多年的大儿子，他整个人已经接近崩溃。但他不能倒下，因为他身后有那么大一家公司，他一倒下，公司会受到非常大的影响。于是，他强忍着悲痛，找到了大成律师事务所，希望能聘请一支律师团队为郑琨辩护。为了能有更高的胜诉把握，他指明了一定要盛秋行加入其中，主导整个案件的进展。

因为盛秋行的胜诉率实在是太高了，郑鹤荣咬死口必须让盛秋行出马。他花多少钱都没关系，盛秋行和大成律师事务所提出多少要求也没关系，只要在他的能力范围内，他一概满足。

说到这里，赵正苏摇了摇头，感慨了一声："可怜天下父母心，生娃这件事必须得谨慎，万一生出像郑琨这样的败家子，这一辈子都跟着糟心。"

盛秋行问："案情确定了？警方已经提交检方了吗？"

赵正苏叹气："刚走完手续，用不了多久就要接到开庭通知了。"

盛秋行摇头："还有其他有利于郑琨方面的证据吗？"

赵正苏摇头："完全没有，郑琨开车撞人，被害人父母不肯签署刑事谅解书，他们对检方提出的要求是严惩凶手。女孩的父亲跟郑鹤荣差不多大，一直以来，他都反对女孩儿和郑鹤荣在一起。现在出了这种事，女孩儿的父亲怎么可能原谅郑家。"

盛秋行直接忽略了赵正苏的感叹："既然如此，那还聘请什么律师？律师也要尊重法律，案情该怎样处理，法庭拥有最终的决定权，这样的情况，任何人都无力回天。"

"我也这么说了，可是郑鹤荣不死心哪！他自己求了再求，又托人来求了又求。秋行，他甚至拜托了南大的老校长郑书。我这才知道，郑老跟郑鹤荣还是亲戚，虽说两人并不是直系亲属，但也是能说得上话的。喏，郑老上午已经跟我通了电话，直接要了你的联系方式，说他亲自与你谈，还说……"赵正苏突然停顿了一下，看样子像是在犹豫要不要继续讲下去。

"说什么？"盛秋行最烦别人说话只说一半。

赵正苏盯着盛秋行的眼睛，略显忐忑："郑老还说，他与你外公何睿教授是多年的老朋友了，他不信何睿的外孙连这点面子都不愿意给。"

对方抬出何睿，令盛秋行有些犹豫不决。

去世的外公是盛秋行的软肋，哪怕外公去世多年，这一点始终没有变。

"即使我答应了，也完全没有把握把人捞出来。据目前掌握的资料来看，情况非常不乐观。按照以往的惯例，郑琨故意杀人，导致一尸两命，情节非常恶劣，法院最后的判决不是死刑就是死缓，没有太大余地。"

赵正苏跟着点头："我也把这些都跟郑鹤荣说过了，郑鹤荣心里有数，可他依然不肯放弃。对他来说，救郑琨是他作为一个父亲必须去做的事，无论法院最后的判决结果怎样，他都得尽全力去试一下，不然的话，将来他想起这件事，心里剩下的只会是懊悔，郑鹤荣是不想给自己留下任何遗憾吧。"

考虑良久，盛秋行终于松了口。但答应归答应，他还是要求赵正苏亲自出面，与郑鹤荣谈好细节。首先是费用方面，他不会打折，而且还要另外收一个加班费，现在毕竟是他的休假期，不是正常上班，在律师费上他是不可能让步的。其次就是他的行程比较满，一些必要的开庭前期准备工作，需要郑鹤荣那边配合。他将抽出一整天的时间，把整个案件梳理一下，而且他必须得跟郑琨见一面，就案件本身做出沟通，这些全都要郑鹤荣去安排。

赵正苏办成了事儿，喜滋滋地离开了。他才走，盛秋行的电话就响了起来，是一个陌生的座机号码。他接起，电话那边有个老人中气十足地说："你好，我是郑书，你外公何睿的老朋友。"

盛秋行语气中多了几分尊重："郑校长您好，我外公生前曾多次提到您，外公在南大任职期间承蒙您的照顾，他出事后，也是郑校长力排众议，给了外公一个体面的追悼会。这么多年来我始终没有找到合适的机会道谢，但我和我的家人一直心存感激。"

盛秋行是个懂得知恩图报的人，对于那些曾无私给予他外公帮助的人，他都会尽力去报答。与郑书说了一段充满回忆的对话之后，盛秋行又给老太太去了个电话，将前后的情况说明了一下。

老太太本来还很不高兴盛秋行又要拖延回文山的时间，可一听是南大的老校长有事找他，立马不生气了，还让盛秋行好好帮人家办事。

盛秋行翻开日记本，写上了"郑书"二字。或许等这个案子告一段落后，他可以借此机会登门拜访这位南大老校长。

在老校长那里，他能否得到一些启示，进一步了解当年的真相呢？

第 32 章 未满十八岁

郑鹤荣在收到了盛秋行的肯定答复后，着实高兴了很久。他特意打电话过来跟盛秋行道谢，并且还要请盛秋行吃饭，当面聊郑琨的案子。

郑鹤荣这种社交方式让人感觉有点怪异，毕竟盛秋行是作为刑事案件代理律师来处理他儿子的案子，一上来就吃吃喝喝，盛秋行怎么想怎么别扭。

然而郑鹤荣并不觉得有什么不对，盛秋行婉言谢绝后，他还连提了三次。盛秋行倍感不适，与此同时，他也深觉怪异。郑鹤荣失去了女朋友，失去了未出生的孩子，马上连大儿子都要没了，他竟然还吃得下饭？盛秋行虽然没有这种经历，但他知道，正常人都不可能像郑鹤荣那样，还能谈笑风生，好像什么事都没有一样。郑鹤荣是受刺激过度，太反常了吗？像是能理解盛秋行的疑惑，郑鹤荣在电话里给出了一个解释："悲剧已经造成，再怎么努力都没用了。当下要更顾着活着的人。郑琨的确是做了错事，但他毕竟是我儿子。是我这个做父亲的没有教好他，但凡能有一点希望保住他，我也会尽全力去做。盛律师，你没有结过婚，没有做过父亲，那种感觉或许你无法理解。"

盛秋行没有做过父亲，无法体会为人父的感觉，但郑鹤荣这种过分平静的态度仍然让盛秋行感觉怪异。郑鹤荣迅速安排了盛秋行与郑琨见面，郑琨此刻在南城市第一拘留所内，他看起来很消瘦，神情憔悴，眼神里透着几分惊恐。

在盛秋行自报家门后，郑琨并没有放下戒备，无论盛秋行说什么，他都是一言不发，就像是没听到似的。

郑琨这种态度更加令盛秋行奇怪。

盛秋行一开始还以为郑琨是受到了惊吓，或者产生了某种误解才会如此抗拒，后来他将来意重复了一次，并且告诉郑琨，自己是接受了郑鹤荣的委托给他提供帮助的。

郑琨突然冷笑起来："你说什么？他让你来帮我？帮什么帮？怎么帮？故意杀人罪都扣在我头上了，不就是想整死我吗？来啊，现在他可满意了？"

盛秋行皱起了眉："你父亲委托我来全权处理你这个案子。郑琨，你还很年轻，将来还有很长的路要走。到了这个时候，你父亲都没有放弃你，可见他是真的爱你。"

郑琨听了这些，不仅没有感动，反而疯狂地大笑了起来。他捶桌子、踢桌脚，制造出一系列噪声，显得十分怪异。

站在一旁的警察走了过来，两名警察一起将郑琨控制住，并表示郑琨目前的状态已不适合见外人，今天的会面必须要提前结束了。

临走时，郑琨大叫："你回去告诉死老头子，他想弄死我没那么容易，我研究过《刑法》，我还没满十八岁，谁都判不了我死刑！连死缓都判不了！我不需要什么律师帮忙，我等着法院来判，到了法庭上，我会把那天发生的事全都说出来，反正我死不了，我什么都不怕，哈哈哈……"

两个警察一边一个架着郑琨，像是拖一只发疯的野兽。过了好久，盛秋行还是能听见他的尖叫声。

这对父子全都透着几分不正常，是他们受刺激过度，还是已经疯了？

盛秋行从拘留所走出来后，就看见郑鹤荣从一部车子里钻出来，一路小跑，朝着他奔了过来。

到了跟前，郑鹤荣迫不及待地问："盛律师，你见到我儿子了吗？他怎么样？他还好吗？"

郑鹤荣表现出一副焦急的模样，虽然这很合情合理，但盛秋行就是觉得郑鹤荣是在表演，不是真的担心儿子。

盛秋行看着郑鹤荣，说："郑琨说他不满十八岁，这是真的吗？"

"郑琨今年已经十八了啊！"郑鹤荣一头雾水。

"你有他的身份证或身份证复印件吗？在你提交给律所的各项资料里，我没有找到。"盛秋行说。

郑鹤荣回想了一下："我手机里好像有他的身份证照片，我给你找找。"

翻找的时候，郑鹤荣轻声说："在生活上，有些无关紧要的事，我的确是有点粗心的，但我记得孩子是 4 月 20 日过生日，我和彩琪……就是我那个女朋友——去世的那个，我们还一起为他准备了生日礼物，只是后来我们突然为了彩琪肚子里的孩子吵翻了天，紧接着又出了这档子事，这几天过得跟做梦一样，想起来都不真实。"

身份证照片一直找不到，郑鹤荣急得脑门冒汗："我去年才给郑琨办的成年礼，他怎么可能没到十八岁呢？他肯定是在骗你，这孩子，永远都不让人省心。"

郑鹤荣盯着手机，盛秋行盯着他，郑鹤荣带给他的怪异感越来越严重，那种感觉就好像对方是在极力做一场表演，向他或者所有人证明他是一位好父亲。

但表演这个有意义吗？郑鹤荣在不停地奔波，要求赵正苏帮忙组一个律师团去为郑琨辩护，为了请他出手，郑鹤荣不惜请郑书校长过来说情。他做了这么多，不就是一位好父亲在拼尽所能的表现吗？可他还在演呢，做这些的目的，又是为了什么？

还在思考，郑鹤荣发出一声惊呼："找到了！"

在看过照片之后，郑鹤荣突然惊住："这……"

盛秋行瞟了一眼，心里就有了数："案发当天，距离郑琨生日还有两天，郑琨的确是未满十八岁犯案，只要把身份证复印件往审判长面前一放，基本上就不用担心郑琨会被判死刑或者死缓了。《刑法》第四十九条，有专门关于死刑适用对象的限制，明文规定，犯罪的时候不满十八周岁的人和审判的时候怀孕的妇女不适用死刑。恭喜你，郑先生，你儿子的命是保住了。"

"可是，我怎么记得郑琨今年是十九岁了呢，去年，我还……我还……"郑鹤荣看上去并没那么高兴，他依然在纠结年纪的问题，不停地抓头发。

"中国人对年龄的计算方式有两种，一种是周岁，从出生当天开始算起；还有一种是民间的算法，被称为虚岁，是按照古人的说法，从女人受孕结胎时开始算起，但这种一般是民间的算法，从法律的角度看，法庭审判还是会以身份证件上的生日为准。"盛秋行以前也遇到过类似的状况，稍微一想，大概就知道是怎么一回事了。

"所以，郑琨他真的未满十八周岁？"郑鹤荣僵硬地问。

"嗯。"盛秋行不愿意多费唇舌解释同一件事，他有些诧异地问："怎么？郑先生不高兴吗？"

"高兴！当然高兴了！我儿子的命保住了，哈哈哈，保住了。"笑了好几声之后，郑鹤荣就脸色阴沉起来，不知道在想什么。

"对了，还有件事我得跟你沟通一下，那就是郑琨的精神状态似乎有些不好，他大概需要做一些心理疏导，你可以向拘留所提出这方面的申请。"盛秋行简单地将郑琨在里面的奇怪表现给郑鹤荣描述了一遍。

郑鹤荣神情尴尬，有点沮丧地低下了头："那孩子是在恨我，他大概是觉得，我会害他吧。"

盛秋行点头："这是一种比较合理的推测，但我已经告诉过他，他的案子将由我来全权负责，我和我的同事将竭尽所能，为郑琨争取到最大的利益。但郑琨对此似乎并不感兴趣，他根本不信任我，并拒绝与我进行任何形式的沟通。这个问题只能由你来解决，如果郑琨不配合，我的工作将很难进行下去。我们需要从郑琨身上全面了解那天所发生的一切，然后从中找到法律上认可的点来说服审判长对郑琨从轻处理，这是其一；还有就是，郑琨目前已经十八周岁，在法律上他已经是成年人，所以他有权利接受或拒绝我们的辩护，如果他认为我和我的同事是带着恶意来的，目的是为了害他，我想郑琨很有可能会拒绝辩护。他已成年，他有权利接受或拒绝，其他人无权干涉。"

郑鹤荣的脸色已经变得非常难看了。

"好了，我还有事，就先回去了，郑先生把我说的问题解决好后，再与我联络吧。"盛秋行坐上了汽车，与赵正苏通了个电话，说的还是郑琨在拘留所内的奇怪反应。

盛秋行说："我觉得，郑琨非常不信任郑鹤荣，这对父子之间的矛盾太大了。"

赵正苏回答："那些熊孩子，总觉得父母欠他的，社会欠他的，全世界都欠他的。他把郑鹤荣的女朋友撞死了，他担心郑鹤荣来算账，也算是正常的反应吧。"

"郑鹤荣跟你一个说法，但我总觉得不太像，没见到郑琨之前我已经觉得有点不对劲儿了，现在那种奇怪的感觉更严重了。"盛秋行攥紧了方向盘。

"这种家庭伦理大戏，可不是咱们这些律师能管的。但有件事可以确定，郑鹤荣给的律师费已经全部到账了，不管最后这个案子怎么样，也不管小郑同学是接受委托还是拒绝委托，我们都不会退钱。"赵正苏非常得意。

盛秋行挂断了电话，发现顾小遥发了短信过来：给你打电话一直占线，等会儿看到信息之后，给我回个电话。

盛秋行第一时间回拨，电话只响了一声，顾小遥立即接了起来。

他问："有眉目了？"

顾小遥说："我已经找到当年负责采访的两位记者了。"

盛秋行为之一振："真的吗？他们都是谁？可以约出来见一面吗？我有些问题想要当面请教他们。"

顾小遥静默了一会儿："这怕是有点难度。"

"怎么回事？"

顾小遥说："两位记者都是报社的老人，一位名叫江英，三年前得了肺癌，检查出来已是晚期，治疗不到半年就去世了；另一位名叫王旭，五年前就辞职离开了，目前还不能确定人在哪里。我查过，熟悉她的人里都没了王旭的联系方式，她以前用的手机、微信、微博和信箱已经全都不用了，王旭这个名字又太普通了，整个南城就有 237 个重名的，放到全省范围，有 1000 多个人叫王旭，这么多人，完全不知道该怎样筛选。"

盛秋行听着顾小遥的声音，仿佛已经看到她气呼呼地鼓起腮帮子，在办公室里走来走去的样子。

"无法通过报社的关系找到王旭的身份证号码吗？"盛秋行问。只要有身份证信息，想要查找一个人还是有希望的。

"我试过了，真的没有办法查到。和我差不多一起进公司的同事根本不认识王旭，连听都没听过，就更不可能给出有效信息了。还记得王旭的人大多数是报社的领导，我不太方便跑去问，而且我也不确定哪个领导知道。"顾小遥的口吻里满是歉意。

"王旭的直管领导是哪位？"盛秋行思考过后问。

"姓马，但也早已经退休了，我想就算是找到了直管领导，他也联系不上王旭。"顾小遥丝毫不乐观。能想的办法她早已尝试过了。其实她心里特别想把这件事办得漂漂亮亮，给盛秋行一个惊喜，但她努力了半天，最后却没什么成果。怕耽误了盛秋行的事，顾小遥考虑过后，还是给他打了个电话。盛秋行的人脉比她广得多，她解决不了的事，没准儿他会有办法。

"好的，我知道了，小遥，非常谢谢你，你给了我非常大的帮助。"每次盛秋行去掉姓氏直呼顾小遥的名字时，顾小遥都有种被撩到的感觉。虽然知道盛秋行绝对没有那方面的意思，可顾小遥就是克制不住乱跳的心脏，快乐得无以复加。

盛秋行问："小遥，我这边有一个很不错的新闻题材，不知道你有没有兴趣。"

顾小遥顿时精神抖擞："律所那边有什么新案子吗？"

这反应能力，真不是吹的。顾小遥对新闻事件有着令人惊叹的敏感度，盛秋行仅仅给了一个暗示，她就迅速做出了反应。

"是的，目前案件还在公诉阶段，涉及未成年故意杀人，我现在不便公开当事人的隐私。但这件事闹得比较大，后续发展方向并不明朗。

我有预感，眼前暴露出来的问题仅仅只是冰山一角，随着案情的深入，还有很多东西会被披露出来。如果你感兴趣，你可以第一时间以我的行政助理的身份介入，等到案情可以公开的时候，你就掌握了第一手新闻资料。"盛秋行停顿了一会儿，等待着顾小遥的回答。

"也就是说，即使掌握了第一手的新闻资料，也不便第一时间公开，是这个意思吗？"顾小遥需要进一步确定。

"是的，时间是非常关键的一部分，你需要克制住兴奋，等到开庭日期确定之后，大约就可以写一期独家新闻了。"

"好的！我先去跟芮姐做个报备，得到许可后，我立即跟进。"顾小遥高兴极了。

"那么，既然你要做一段时间我的行政助理，委托你处理一些额外的工作相信你也不会拒绝了，我能这样理解吗？"盛秋行趁机提出要求。

顾小遥不得不感慨一句"天下没有白吃的午餐"，她才对盛秋行生出了一丝好感，他就立即毁掉了这种好感。

"好吧，为了独家新闻，我可以替你做点事，但我要提前说清楚，你可别把我当免费劳工一样可劲儿地用，把我累坏了，我是会翻脸的。"顾小遥说。

盛秋行微笑："我请你吃遍南城大餐，还管够。"

顾小遥宣告投降。

夜里，盛秋行做了个梦，他与外公何睿肩并肩走在南城大学的环形跑道上，周围是学生在晨跑，外公边走边活动身体，顺便问了下盛秋行的近况，有工作上的，也有生活上的。

在梦里，盛秋行清晰地知道，身边这位老人其实早已故去。外公想知道什么，他就认认真真回答什么。他只盼着这美好的梦境不要那么早结束，他想跟外公多待一会儿。

外公临走前，把手搭在了他的肩上，语重心长地说："秋行，我的事不要再查下去了，我没有冤屈，也没有不甘，我只盼着你和你外婆能好好地活着，快快乐乐，无忧无虑。"

盛秋行摇头："我没办法放弃。"

盛秋行刚说完，周围的景物便开始扭曲了起来。

梦，马上要结束了吧。

盛秋行大声问："外公，你告诉我，是谁害了你。"然而，外公只是微笑地挥手同他道别，然后开始跑了起来，最后消失在了一片黑暗之中。

盛秋行想追，但脚底如同灌了铅般沉重。

手机显示是凌晨三点，盛秋行索性起床，在跑步机上运动了一个小时，心情才逐渐平静下来。

"查了这么久，总算是要触及关键了吗？"盛秋行冲了个澡。他站在镜子前，询问镜子里的自己。镜子里的盛秋行眼神冰冷，周身泛着一层寒气。

洗完澡后，盛秋行回到电脑前开始工作，他从一堆电子邮件中看到一个眼熟的邮箱账号，那是洛雪意的邮箱账号。

盛秋行犹豫了一下，还是点开了洛雪意发过来的邮件。洛雪意只发来一句话：我怎么都想不通，为什么我们会走到今天这一步，是因为长期的异地恋？是因为各自忙碌，没有交集？还是因为你从来都没有爱过我？盛秋行，如果你不爱我，那年的圣诞节，你为什么要向我求婚？

盛秋行怔了几秒，最终还是选择关掉邮件。那时候他想结婚是真的，后来要分手也是真的。她放不下，始终想要一个理由。只是就算知道了理由又能如何呢？人和人走到一起总是需要这样或者那样的契机。当时的心境已不在，洛雪意期待的婚礼自然也就没了。

所谓爱情，不过是一种幻想，他不知其中滋味。

盛秋行一口气把邮件全都处理完毕。

清晨，窗外的天空灰蒙蒙的一片，什么都看不清楚。顾小遥在微信朋友圈发了一条状态：糟糕，失眠了一整夜，今天还要上班，怎么破？她还上传了一张图片，那是摆在她家阳台上的一盆花，叶子大多数都是黄的，看起来十分凄惨，和她此刻的心情还真是绝配。

盛秋行默默点了个赞。没过半分钟，顾小遥就找上门来了："盛大状，这么早就玩手机，难道你也失眠了一整晚？"

盛秋行尚未想好如何答复，顾小遥的下一条微信已经发了进来："你肯定是又喝了那种变态的浓缩咖啡。啧啧，你是钢铁人，不知道累的吗？"

第33章　要不要一起吃早餐

已经记不起有多久没被别人问"累不累"了。

似乎在所有人眼中，盛秋行就是个超人，不知道累、不知道苦，每天不是在工作，就是在工作的路上。久而久之，连他自己都这么认为了。

"盛大状，你要注意休息啊！不要太拼了。"顾小遥的关心总透着几分小心翼翼，她要把一些正在酝酿的情感努力控制在好朋友的界限内。尽管这是她第一次清晰地感受到了爱情的存在，可并不代表她真有勇气走向他。

盛秋行有了回应："嗯，要不要一起吃早餐？"

得到这种奇怪的回复，令顾小遥有些局促不安。她要怎么回答呢？

盛秋行紧接着又发了一个定位过来，是一家港式茶餐厅，位置较远，在二环那边。

面对盛秋行的邀请，顾小遥想着要矜持一下，但手指很快打了一个"好"字发了过去。

盛秋行说："半小时后，你家楼下见。"

顾小遥后悔已经来不及了。

盛秋行又发："我去接你。"

顾小遥这下一点困意都没了，直接冲进浴室洗澡。

半个小时很快过去，盛秋行准时到了顾小遥家门口。顾小遥慌慌张张地走出来。今天她穿了一件白衬衫，下身配着红色短裙，脚下踩着一双细高跟儿鞋，手上拎着精致的女士小挎包，看起来非常漂亮。

"对不起，让你久等了。"顾小遥坐在副驾驶座上，轻轻拨了下头发。

盛秋行看见她的嘴唇擦了一层浅浅的口红，嘴角微微上扬："我也是刚到。"

"怎么突然想到约我去吃早餐？"顾小遥歪着头，一双大眼睛闪闪发光。

盛秋行答："你喜欢美食，我要与你聊一些工作。"

"这样子啊，我还以为……还以为你是昨天晚上没睡好，来跟我这个失眠患者交流一下心得体会呢？"顾小遥有些小失望地说。

"最近压力大？"盛秋行关心道。

"大概是吧。坦白说，我的脑袋里现在装的就是一团糨糊，脑子基本处于无法思考的状态，你这时候要跟我聊工作，我怕你会失望。"她没那个心情。

"那就只品尝美食吧。"盛秋行顺着她的话回。

"好耶！"顾小遥这才开心了起来。

盛秋行开车的时候，郑鹤荣打了电话过来，一阵寒暄之后，他问盛秋行能不能见一面。恰好盛秋行也有事找他，便约了时间："九点钟，你去我办公室找我。"

郑鹤荣回："我定了十点十分的飞机，要去上海出差，九点钟不合适，盛律师，你现在有时间吗？我请你吃早饭？"

"我和我的助理在一起，你不介意可以过来一起吃。"盛秋行瞥了顾小遥一眼，顾小遥想了想，轻轻点头。

顾小遥突然从顾记者变成了顾助理，想必打这通电话的人，就是"独家新闻"相关人员了。考虑到要追独家新闻，免不了要跟这人打交道，早点认识一下，她也有心理准备。

当盛秋行和顾小遥来到店里时，一报名字，服务员就把他们领进了一个豪华包厢，此时，郑鹤荣站了起来，与盛秋行握手。

"能见到你我心里就踏实了大半。来来来，先坐下，我们边吃边聊。"郑鹤荣说。

郑鹤荣和盛秋行寒暄完毕，服务员送上了餐点。

郑鹤荣笑着说："盛律师真是美食家，居然能发现这么个好地方。你告诉我这家店的名字时，我还很陌生，于是就问了一个朋友，他说这家店在广州是不折不扣的老字号。在南城开的这家分店，后厨一半人都是总店那边调过来的，所选食材也全都是总店统一采购然后空运到这边的，最大限度地保留了老字号的水准。我也是第一次来，今天必须好好尝尝。"

盛秋行看向顾小遥："我哪里懂什么美食，是我的助理说这里还不错，非要带我过来尝尝。郑先生，我向你介绍一下，这位是我的助理顾小姐，在未来的一段时间内，将由她来负责一些比较琐碎的日常工作。"

"那以后就要麻烦顾小姐了，我以茶代酒，表示感谢。"郑鹤荣虽然是大企业家，但非常谦和，哪怕对方只是个助理级别的小人物，他也不会怠慢别人。

顾小遥微微一笑："谢谢郑总。"

盛秋行与郑鹤荣随后聊起了案情，因为知道顾小遥是盛秋行的助理，郑鹤荣也就没什么防备，把要说的全都说了出来。

"郑琨目前的确是有些精神不正常，毕竟杀了一个人，还是孕妇，他的心理负担肯定非常重。他总是怀疑我会因为这件事责怪他，甚至是恨他。他完全拒绝我的帮助，对我这边提供的一切敬而远之，他甚至还去跟拘留所的警察说些子虚乌有的假话，虽然警方很快就证实了他在说谎，但也为我这边带来了不小的麻烦。这个孩子，既叛逆又大胆，做事不计后果，他对我的误解太深了。"郑鹤荣长吁短叹，连连摇头。

盛秋行边听边吃东西。顾小遥说的果然没错，这边的茶点真的特别好。如果没有人在耳边"嗡嗡嗡"地说个不停，这将是相当完美的一顿饭。

顾小遥静静地吃着，她表面上看起来正专注于食物，实际上她比谁都全神贯注。果然如盛秋行所说，这个案子有很多有趣的点值得去挖掘，

"父子反目"的戏码有点像一出现实版的豪门恩仇剧，再加上"忘年恋""老来子"等，真的曝出去的话，怕是会直接上南城热搜。

但一般来说，到了郑鹤荣这样的地位，他是绝不会容许自家隐私被媒体公开的，所以这个新闻最后能不能正常报道出去，完全无法确定。

郑鹤荣说："我已经给郑琨联系了心理医生，不知道能不能起到一些作用，做错事的是他，反过来最恨我的也是他，有时候我真是想不明白这孩子脑袋里装了些什么。盛律师，他一直在威胁我，我真担心到了开庭那天，他会突然跟审判长说些乱七八糟的话。"

盛秋行问："你怕他说什么？"

郑鹤荣笑容微僵，看上去有着明显的不自在。

"他会说什么我也不是很清楚，他不是当着你的面威胁我了吗？作为一位父亲，我真的已经很尽力去照顾他了，哪怕他做了天大的错事，我依然没有放弃他。可他呢？什么时候把我这个父亲放在心里过？他不去反省自己的错误，反而一心想坑死这个世界上最爱他的人。唉，有这样的儿子，我真不知道该说什么好。"

盛秋行放下筷子，又问："你的这些话，应该直接对郑琨说。你们父子俩多沟通，有些事就好办了。"

"如果能够沟通的话他又怎么会走到今天这步田地，自从他知道我即将有个小儿子开始，他就认为自己被抛弃了。"

话题渐渐沉重。顾小遥给自己加了一碗汤，新送来的豆豉蒸鱼很美味，顾小遥大快朵颐。

郑鹤荣终究还是失望地走了，父子间的罅隙三言两语说不清楚，更别提解决了。

等郑鹤荣一离开，顾小遥长长地出了一口气："吃早饭的时候听这些，快要消化不良了。"

"你发现了吗？他情绪不太对。"盛秋行说。

顾小遥回想了一下，回答："好像是有点心虚？"

盛秋行投来赞赏的目光。

顾小遥说："可是，为什么要心虚呢？犯错被抓进去的是他儿子，做父亲的在外着急紧张，努力想办法帮儿子，这些全都是人之常情。他可以愤怒、可以谩骂，可以有任何负面情绪，但唯有心虚显得有些奇怪。"

"郑琨说要在法庭上说出真相，郑鹤荣应该是对这个有所忌惮。"盛秋行端起茶杯喝了一口，"我有预感，这个案子没那么简单。"

"要是今天不用上班就好了。"顾小遥伸展了腰肢，跟在盛秋行身后走出了饭店。

"现在去哪儿？我送你。"盛秋行回头看着顾小遥。

顾小遥晃了晃脑袋："不用啦，我自己走就行，多谢你的早餐，真的很好吃。你有事就赶紧去忙吧，回头见。"

盛秋行直接打开了副驾驶的车门："顾小遥，上车。"

顾小遥客气了好久，最终仍是败在了盛秋行的坚持下。

盛秋行问："打算去哪里？"

顾小遥回了一句，之后就完全没有意识了。她睡着了，睡得很香，睡得很甜。

盛秋行把顾小遥送到她单位附近，轻喊了她几声，没醒，又摇了她几下，依然没醒。

虽然顾小遥化了精致的妆容，可盛秋行还是能看到她眼睛周围一层淡淡的青色。联想到之前顾小遥每天都是从清晨忙到深夜，连续好几个星期都没休过假，盛秋行便知道她最近日子过得很辛苦。

喊不醒？那就继续睡吧。车子的后备厢里有薄毯，盛秋行取出来，裹在了她的腿上。看来顾小遥一时半会儿是不会醒了，他干脆取了电脑出来办公。他时不时会看她一眼。顾小遥睡觉时非常不老实，总是一会儿侧着，一会儿蜷着，一会儿用脑袋拱着靠枕，一会儿又拿手指在一旁乱摸，摸了半天不知道摸到什么，手又缩了回去。

中午十二点，盛秋行的工作告一段落，他给赵正苏回了个短信，拒绝了赵正苏邀请他一起吃午餐。

赵正苏贼兮兮地回：你连挂了我三次电话，是因为身边有妹子在，不方便讲话吗？

不得不说，在某些方面，赵正苏的直觉和判断还是相当准确的，只是他的优点没用在正事上，全拿来八卦了。

盛秋行不理他。赵正苏下一条短信很快就发了过来：不回话就是变相承认了呗？说吧，你跟谁在一起？盛秋行，你最近很不对劲儿。盛秋行依旧不理他，他寻思着要不要把赵正苏拉到黑名单里去。

赵正苏锲而不舍：不会是……顾记者吧？

盛秋行终于回了，只有两个字：不是。

赵正苏简直要疯了：真是顾记者？盛秋行，你跟洛雪意分手，不会是因为你喜欢上了顾记者吧？

盛秋行把手机放到一边，有点后悔搭理赵正苏。他又看向了顾小遥，这一次，顾小遥睁开了眼睛。她愣愣地看着他，显然有些意外，不太理解自己怎么会在这里。

"我是不是在做梦啊？"顾小遥坐了起来，揉了揉眼睛。

"我怎么会睡在这儿？几点了？"顾小遥捂着嘴，打了个哈欠，迷迷糊糊地看时间。

大约有那么两三秒的沉默，而后顾小遥尖叫了起来："十二点？什么鬼！我就眯了一会儿，这就到中午了？"

盛秋行看着她欲哭无泪的模样特别想笑。

"芮姐打了好多个电话，微信也有好多留言！惨了惨了，我还在留岗查看阶段，居然放了整个采访团队一上午的鸽子。"顾小遥悲伤地扭过头，含着眼泪对盛秋行说，"你怎么不喊我起来呢？"

"你看起来很累，睡得很香。"盛秋行努力过，但没有成功。

"睡得再香也要把人给摇起来啊！这里是你的车，又不是我的床，睡什么睡，正事全耽误了。"

"偶尔休息一下也不错。"盛秋行抬起手臂看了眼手表，"去吃午餐？"

"吃什么午餐，我得立即赶到报社去，芮姐现在肯定是在磨刀霍霍，她不会放过我的。"顾小遥垂头丧气。

"那更要好好大吃一顿，潮汕牛肉锅怎么样？南街口那里有一家是我朋友开的，味道不错，我可以让他给我们留两个位子，过去的话不用排队。"盛秋行已经开动车子了。

顾小遥深吸一口气,说:"好吧,反正都已经这样了,先去吃饱,然后下午再想办法弥补上午的时间。"

此时,盛秋行单手开车,拨出了一个电话。

"喂,郭主编吗?我是盛秋行,中午有时间吗?我想约您吃个饭,聊聊之前顾记者做的那个跟访系列。嗯,我和我的合伙人赵正苏律师都有些想法要当面与郭主编聊。那么,下午一点,就在南街口的潮汕牛肉锅见面吧?好的,我等郭主编,一会儿见。"

挂了电话,盛秋行后面又约了赵正苏过来吃饭。

"你……你刚才约的人是芮姐?"顾小遥睁大了眼睛。

盛秋行点头:"是啊!"

"你想要做什么!"顾小遥有点急了。

"聊工作。"盛秋行似笑非笑,"顺便帮你一把。"

"帮我什么?"顾小遥完全蒙了。

"你旷工一上午,总要有个合理的原因,等会儿我来替你向郭主编解释。放心吧,不会有事。"

"你怎么替我解释呀?"顾小遥现在还处于宕机的状态,无法正常思考。

"等会儿你就知道了。"盛秋行神秘地笑了一下。然后,顾小遥发现自己不仅没有放下心,反而更加焦虑了。

到了火锅店,车子才停稳,顾小遥就有了想逃跑的动作。可惜,她的手臂被盛秋行给抓住了。

一块湿巾递了过来。

"做什么?"顾小遥不解地问。

"脸。"盛秋行回答完,就先一步下了车。

顾小遥疑惑地拿了镜子对自己一照。镜子里现出了一张妆容凌乱的脸,脸上黑一块白一块,红一块粉一块,要多憔悴有多憔悴,要多悲催有多悲催。

天!她想尖叫。

她发誓，再也不熬夜了。

"吃火锅就是要人多才够热闹。"赵正苏下了一大盘肉，把牛肉丸也倒了进去。有他这个暖场人物在，就算在座的都是陌生人，聊一会儿下来，也都热络得像多年未见的老朋友。

盛秋行向郭芮解释，他最近有事情拜托顾小遥在做，那个事情涉及一起故意杀人案，顾小遥忙了一晚上，早晨休息了会儿，又接着忙了一个上午，连自己的工作都耽误了。

芮姐想到了什么："就是那位南城名流的事？"

顾小遥点了下头。

郭芮没再多问，但她对待顾小遥的态度明显和善了许多。

等到把顾小遥等人送走了，赵正苏陪着盛秋行散步："你啊，你啊，你啊。"

"我什么？"盛秋行瞥了他一眼，不明白赵正苏又在发什么神经。

"原本我还只是猜测，现在我算是确定了。盛秋行，我一直觉得你既古板又没趣，真没想到，你也会玩移情别恋。啧啧，看不出，真看不出。"赵正苏摇头晃脑，感叹连连。

盛秋行没理他，就是有点后悔答应了跟他一起回律所，明知道他那么八卦，就应该让他自己回去。

"吃顿火锅而已，你倒吃出心得体会来了？"盛秋行说。

"火锅耶！这就很说明问题了！"赵正苏给自己系好安全带，嘴上也不闲着，"一般商务宴请都会选择比较安静的场合，比如西餐厅、咖啡店等，这种地方比较安静，方便聊公事。火锅店则一般是极好的朋友或是情侣选的地方。这一点你比我知道的多。这种简单的错误你是不会犯的，那么，真相只有一个！"赵正苏说。

盛秋行抿了抿唇，瞪了这个八卦爱好者一眼。

"真相就是，今天这顿饭，你本来只打算与顾小遥过来享受。但后来发生了一些事，约会变成了饭局，我和郭芮全都是临时喊来的，这一点，从你之前拒绝我的午餐邀请就能证明。哼，盛秋行，没想到你是这样子的盛秋行！"赵正苏气呼呼道。

第 34 章　移情别恋

盛秋行开着车，任赵正苏讲得起劲儿，表情没有一丝变化。

"喂，兄弟，你倒是回句话，我推理的对不对？"赵正苏一脸期待。

盛秋行说："不对。"

"不对？怎么不对了？逻辑上完全没有问题，而且你最近超级不对劲儿。盛秋行，不信你现在拿个镜子看看你自己，满面春风，眼含笑意，你的车子里除了有女人的香水味儿，还有一股恋爱的酸臭味，我的鼻子不会出错，闻得清清楚楚。"赵正苏就差站起来指着盛秋行的鼻子大喊一句"不要狡辩"了。

盛秋行神情如故："懒得理你。"

与郑琨的第二次见面定在了三天以后。在此期间，盛秋行做了一系列的准备工作。他和郑鹤荣每天都要通几个电话，案件的每个细节盛秋行都要确认仔细。案发现场的每个细节，郑鹤荣都会主动重复好几次，很多时候盛秋行并没有问起，他也会一遍遍地重复。

因为郑琨的案子证据确凿，公安机关掌握了一系列证据，证据链可以说是相当完整，接下来便是等检察院提起公诉了。

公诉机关有一个严格的审查起诉程序，一旦通过，郑琨被判有罪的可能性非常大。但郑琨在犯案时未满十八周岁，这件事在公、检双方的档案里竟然都没有提起，也不知是工作上的失误还是因为其他什么原因造成的，但不管怎么样，"未成年人"这个身份是非常有利于郑琨的，至少他的小命肯定是保住了。

顾小遥得到了芮姐的命令，要写一写郑琨这个案子。所以，既然顾小遥有这个机会能从盛秋行那里拿到第一手资料，那不如尽早动笔，能不能用再说，东西先准备好。

于是，顾小遥便有了大把的时间堂而皇之地跟在盛秋行身边。

盛秋行也很配合，把拿到手的资料全部摆在顾小遥面前，随她翻阅。

看过资料后，顾小遥有些诧异："这上边说，郑琨的杀人动机是担心自己未来的小妈生出一个儿子，取代他在家中的地位，影响他未来的财产继承权。在愤怒的驱使下，郑琨开车撞死了他的后妈，一尸两命。最终，郑琨在家人的陪同下，去派出所自首。"

盛秋行正在看何睿的工作日记，被顾小遥打断了思路，他抬起头看向了她。

"怎么？有问题？"盛秋行问。

"问题是没有，我只是觉得这事很奇怪，怎么都想不通。"顾小遥合上了卷宗，长叹了口气。

盛秋行意味深长地看着她："说说看。"

"十八年前，郑琨刚出生的时候他老爸郑鹤荣就已经发迹了，家里的生活很不错，并不会为了钱发愁。按照常理，在这种环境下长大的孩子，对金钱应该不至于那么敏感吧？而且郑鹤荣身体健康、精力充沛，不出意外，再活个二三十年没问题。郑琨为了几十年后的财产继承权，居然开车把人给撞死了，这个……恕我直言，我不懂他杀人的逻辑，想不明白这种杀人动机是怎么从他的大脑中产生的。"

顾小遥捧着茶杯喝了一大口茶水，稍微平复了心情，继续说："我个人觉得，这个杀人动机非常难以理解，郑琨跑去杀人，他难道不知道杀人是要偿命的吗？他现在与后妈同归于尽，那么他自己又能得到什么呢？"

"人在情绪激动的时候，大脑会被冲动主宰，做出不计后果的事，这便是最近几年媒体上炒得火热的一个法学概念——激情犯罪。在西方犯罪学中，激情犯罪被认为是一种'挫折攻击型'犯罪，是指当事人在绝望、暴怒等剧烈情绪状态下实施的犯罪行为。它缺乏明显的犯罪预谋，并且犯罪的发生与犯罪人消极负面情绪的长期积累或者刺激有着直接的关系。"

顾小遥依然摇头："好啦，我怎么想不重要，最终还是要看审判长对整个案子的判断。郑琨的案子由你来辩护的话，你有把握能达到什么样的预期效果呢？"

盛秋行想了想："无期徒刑。"

顾小遥吐了下舌头，脑子里突然有个想法，她几乎没经思索便说了出来："如果没人辩护呢？"

盛秋行无奈："无期徒刑。"

顾小遥瞪圆了眼睛："什么嘛，辩不辩护都是无期？"

如果是这样的话，要盛秋行这样的金牌大律师还有什么意义吗？虽然顾小遥没有直说，但盛秋行仍然看出了她心里的想法。

"案件在侦查过程中已经有了定论，众多证据组合在一起形成了完整的证据链，检察院提起公诉就是根据这一套证据来完成的，法院判决的依据也是这一套证据。在没有其他新证据提交之前，律师能起到的作用的确不大。"稍微停顿后，盛秋行无奈地说下去，"很多委托人他们都认为律师拿了钱就应该帮人消灾，有时候他们还会要律师去干一些明显违反律师职业纪律或者犯罪的事情。但实际上，律师也有很多无能为力的时候。"

"这些话，你有没有跟郑鹤荣说过？如果他知道自己掏了高额的律师费最后根本没有作用，他会不会……"顾小遥咬住嘴唇，一方面觉得自己可能真的说太多不合适；另一方面又觉得不说不太妥当。她是知道有些人的做派的，那些人有求于人时可以把姿态放得极低，若是发现对方没了利用价值，下起狠手的时候也是毫无顾忌。

"他不会。"盛秋行屈指敲了敲桌面，"他自知郑琨这个案子翻案难度极大，最初所求只是要保住郑琨的命。而现在，他的要求已经完全达到了，最后的判决结果无论是有期徒刑还是无期徒刑，都已远远超过了他的预期。"

"但愿是这样。"顾小遥叹了口气。

盛秋行计划明天上午再去拘留所见郑琨，他表示可以让顾小遥同行。

顾小遥问了盛秋行一些律师助理工作的相关事宜。她怕自己不够专业，到时候露馅就不好了。

盛秋行回答："你跟在我身边，不要乱说话，不要乱走动，那里有一份进入拘留所或监狱后需要遵守的事项，你有空的时候可以看一看。"

顾小遥乖乖地拿着注意事项坐在沙发上，一字一句认真地看了起来。

隔着一小段距离，盛秋行每次抬头，都能看到她认真的表情。赵正苏之前说的那些话，仿佛还在他耳边回响。

盛秋行原本没觉得赵正苏的话有什么，但他此刻确实生出了一丝异样的感觉，他极少关注异性，可是此刻，他竟然真的觉得面前的女孩儿，还是相当好看的。

盛秋行摇了摇头，强迫自己把目光从顾小遥身上移开。顾小遥突然走了过来，弯下了身子凑到他跟前："盛律师，你看看这个。"

顾小遥在手机百度搜索页面输入了"郑鹤荣"三个字，一大堆新闻跳了出来，其中有一条新闻发布于 1 小时前，郑鹤荣在上海参加一个商业座谈会的讲座，他正在分享优秀企业成功的心得，配图用了一张郑鹤荣正在演讲的图片。从图片上看，郑鹤荣整个人的精神状态相当不错。

"成功人士难道都是演技派吗？他是怎么做到的？家里出了这么大的事，工作上却是一点不耽误？"顾小遥往前翻网页，看的都是与郑鹤荣有关的新闻。像郑鹤荣这种社会名流，每到一个地方参加活动，都会有人进行宣传报道。郑琨开车撞死人的第二天，他都还去了南城市体育场参加了南城商业联合会举办的运动会，作为嘉宾，他发表了一段慷慨激昂的讲话。

盛秋行的目光微微收缩。

顾小遥不好意思地说："会不会是我太敏感了？或许，郑鹤荣就是那种把家事和工作区分得特别清楚的人？"

现实生活中，能把工作与生活完美区分的人其实并不多见。普通人总是疲于奔命，表面看似轻松，实际上全靠死撑。

盛秋行拿出手机，打开了郑鹤荣的朋友圈。

别看郑鹤荣已经快五十岁了，但他却跟个年轻人似的，酷爱用微信朋友圈来记录自己的日常生活。

盛秋行说："郑琨杀人的那个晚上，郑鹤荣发了家庭聚会的照片，一桌美食。你看这张照片，在桌子边缘的位置露出了一只手，这便是死者的手。郑鹤荣发朋友圈的时间是晚上7点，当时气氛应该还可以，他们吃着饭，聊着天。在晚上8点10分，郑鹤荣转发了他们公司的新闻，还附加了一句鼓励的话，显然当时状况也还不错，所以他才有心情做这种事。"

顾小遥下意识地靠近了许多，眼睛随着盛秋行的手指而动。

"接下来的第二天，郑鹤荣的朋友圈没有更新状态，第三天、第四天就开始正常更新了，有晒美食，也有晒会议，或者转发一些链接等。再往后一个多月的时间里，他都在正常更新朋友圈。如果没有出郑琨这档子事，他这样一点问题都没有。"盛秋行说。

顾小遥说："这就是我最疑惑不解的地方，他怎么一点都不伤心难过呢？"

盛秋行明白了她的意思："最疼爱的儿子入狱，即将被判刑，甚至当时预估的可能是判死刑，他的反应却完全像个没事人一样，就像是……"

"就像是他心里根本不在乎郑琨的死活，但他身为郑琨的父亲，又不得不表现出来一些东西，免得太假了。于是，郑鹤荣干脆来一场表演，他一边扮演着慈父，一边期待一些事情发生。"顾小遥看向盛秋行，"我这么说，是不是有点阴谋论了？"

"明天我们去和郑琨聊一聊吧。"盛秋行没有正面回答顾小遥。

"嗯，我也更加感兴趣了。"顾小遥点了点头。

隔天早晨九点，穿着深色职业套装的顾小遥跟在盛秋行身后，一同走进了拘留所。

谈话室内，两个警察坐在门口处的椅子上，郑琨很快被带了过来。由于郑琨涉嫌故意杀人，他的手上和脚上都戴着刑具，所坐的椅子也是特制的，只要一坐好就动弹不得，除了张口说话外，他无法做出任何危险性动作。

"你怎么又来了？郑鹤荣究竟给了你多少钱？一百万？两百万？还是更多？"郑琨的每句话里都带有敌意，甚至是挑衅。

"你父亲郑鹤荣先生委托我为你做刑事诉讼辩护，委托费不到三万，在南城各个律所，这个收费已经相当高了。当然，我也是最专业的律师，担得起这个价格。"盛秋行一板一眼地回答。

郑琨嘲讽道："律师费才三万？郑鹤荣只用一顿酒钱就请来了南城最好的律师来维持他慈父的形象，的确是相当值得。"

盛秋行说："你的父亲很担心你。"

郑琨一听这个，情绪顿时激动了起来："你哪只眼睛看出他担心我了？就因为聘请你过来辩护？还是说，他在你面前惺惺作态，说了很多听起来很担心我的话？还是说，你觉得只要是亲生父亲，父亲便理所当然地爱着孩子？"

盛秋行把笔记本合上："郑琨，你已经被检方以故意杀人罪向南城市中级人民法院提起公诉，二十三天后，案件将会开庭审理，到那时，才是真正决定你命运的时刻。的确，你研究过《刑法》，知道犯案时未满十八岁的未成年人不适用死刑，你身份证上的出生日期，的确能保证你受这一条法律的保护。然而你想过没有，在这个世界上，死亡并不是最可怕的事情。如果你坐牢二十年，那么你人生最美好的年华都将在监狱里度过。你的自由被剥夺，你日复一日在监狱里醒来，宛若坠入一个漫长的噩梦，那种叫天天不应、叫地地不灵的滋味，你确定自己真的能扛过去？"

郑琨突然不说话了。

"你已经满十八岁了，判决过后，你将进入监狱服刑，不会有人把你当成小孩子看待，你将是一个具有完全民事行为能力人，你将与过去优渥的生活彻底告别，你的亲人朋友将无法再给予你任何帮助，你必须完全靠自己才能撑下去。那种生活，你闭上眼睛去想一想吧，我不打扰你了。"盛秋行抬起手臂看了看时间，"我这次探访一共三十分钟，讲刚刚那些话已用去了十二分钟，接下来你还有十八分钟可以考虑，要不要接受我的帮助。"

顾小遥在一旁替盛秋行捏了把冷汗，她算是长见识了，原来律师办案，也可以如此不假辞色地去和自己的客户说话。

郑琨沉默了足足三分钟才开了口："你……你是郑鹤荣找来的人，我不信你。"

"准确地说，是郑鹤荣先生付费，要求我来到这里为你提供必要的法律援助，如果你不信任我，你可以要求更换律师，这些是你的权利。"

郑琨吃惊地望着盛秋行："你不在乎？"

盛秋行反问："我为什么要在乎？"

"你不是郑鹤荣找来的吗？"

这种孩子气的问题把盛秋行几乎逗笑了："律师费我已经收了，只要我没违约，我是不会返还这笔费用的，至于你愿不愿意接受我的辩护，这也是你的权利，由你自己来决定。"

跟一位律师争辩，郑琨注定要失败。

探视时间还剩十分钟。郑琨的心理防线彻底崩溃了。他的眼泪开始在眼眶里打转："盛律师，你能帮我做无罪辩护吗？"

盛秋行摇头："你目前有两个减刑的点可以利用，一是涉案时未满十八周岁；二是有自首情节，但这些并不足以成为无罪辩护的基础，除非有新的有利于你的证据出现，不然的话，律师辩护起到的作用很有限。"

郑琨的眼神迅速黯淡了下去："其实我心里清楚，我的车子撞死了人，而且还是个孕妇，我躲不掉的，我得给他们偿命。可是，我不是故意的，我真的不是故意的。"

郑琨眼泪止不住地滑落。

盛秋行提醒："注意时间，把有利于你的那部分事实说出来。现在不要哭，因为哭不能解决任何问题。郑琨，你是成年人了，多替自己考虑一下，多做些对自己有益的事。现在，控制你的情绪，组织语言，告诉我，那天晚上究竟发生了什么？把你没对警察讲出来的那部分话全都说出来吧。"

郑琨立马止住了哭泣，盛秋行的话显然起到了一定的作用。一想到盛秋行说的那些可怕的画面，郑琨的语速便加快了许多。他很清楚，留给自己的时间不多了，若是说不完，下一次的探访时间就是一周以后，到那时，留给盛秋行想办法的时间将所剩无几。

"那个女人来家里吃晚饭，我说不行，可是她说我管不着。郑鹤荣非常宠她，他们两个相差二十几岁，可是他们居然告诉我他们之间是纯粹的爱情。呵呵，真是有趣，一个比我大不了几岁的女孩子竟然会爱上一个四十九岁的肥胖老头儿，还说不是为了钱。他们通知我，那个女人的肚子里有了孩子，已经三个月了，验过血，是个男孩儿。郑鹤荣非常高兴，喝了点酒。他豪言壮志，说自己能活到一百岁，还要花五十年的时间去奋斗，将他的小宝贝抚养长大，送他去读最好的学校，接受最好的教育，等到他有能力接管公司的那一天，就把家业全都交给他。哈哈哈，真是可笑，他看都不看我，仿佛我在他眼里，就是个将要被丢弃的垃圾。"

第 35 章　山重水复疑无路

"你就是这样被激怒的？"顾小遥听到这里，忍不住说了一句。

盛秋行看了她一眼，接着提醒郑琨："时间不多了，不要浪费，你继续。"

郑琨咧着嘴笑起来，这一画面，看起来略带几分诡异。

"从小到大，我在这个家里就是少爷，是掌上明珠。我什么都不缺，什么都有人给我准备好了。在我小时候，我爸也说，会把我好好地抚养长大，送我去读最好的学校，接受最好的教育，等他老了，就把拼下来的家业都给我。还说什么我就是他一生努力奋斗的唯一理由。你说说看，这个男人怎么就那么善变，奋斗目标说换就换！"郑琨大叫，"他考虑过我的感受吗？他什么都要给那个女人的孩子，我怎么办？从小到大他都不让我跟我妈联系，我妈早就不认我了，他也不打算要我了，我未来该怎么办呀？"

"你对开车撞人这一部分，还有什么要补充的吗？"盛秋行依然平静。他的这种不动声色，有种莫名的威慑力。

"我的确是开车撞了她，那又怎么样？她想骗我家的钱，她该死，能生孩子就了不起吗？我家又不缺孩子，她还没进门呢，就敢对我蹬鼻子上脸了，我偏不惯她那个脾气。而且，我还知道了一个很大的秘密，说出来的话，那可是'啪啪'打郑鹤荣的老脸。没准儿他知道以后，会气到心肌梗死呢。"郑琨脸上浮现出一抹嘲讽之色。

"哦？你父亲可不是普通人，他可是海天投资集团的董事长，心理素质和抗压能力都相当强，你知道的小秘密最多让他生一会儿气，不会起到什么作用。"盛秋行说。

"什么心理素质强大，那都是摆出来给别人看的。他之所以还能撑住，只是因为被击中的点并不是他最脆弱的部位，给郑鹤荣当了十八年的儿子，我当然知道他最脆弱的点在哪里，我有把握将他一举击溃。"郑琨咬牙切齿，仿佛他处心积虑要去对付的人是他的仇敌。

顾小遥翻了个白眼，她的暴脾气都被激起来了，好想打人。

盛秋行盯着郑琨的眼睛："你爸在监狱外费尽心思保你的命，你在拘留所里却想尽办法气死他。郑琨，你这么做除了让你的家庭破碎、亲人伤心、外人看笑话外，能有什么好处？"

郑琨的表情黯淡了下来。

"你想要整自己的父亲来发泄你的怨气那是你的自由，但我劝你，做决定之前先过过脑子，身为一名成年人要学会负责。你现在被抓起来，这个教训还不够深刻吗？当然，你可以拒绝接受我的劝告，这也是你的权利，不过总会有人来教你做人。看见那两位穿着警服的警官了吗？他们的工作，就是教不懂事的人如何做人。"盛秋行说。

郑琨脸上的得意之色终于消失了，他再次被拉回到残酷的现实中，脸色比之前还要苍白几分。

"今天的探访时间到了，我们得回去了。"盛秋行望向顾小遥，"我们走吧。"

郑琨急了："等一下，我还没说完呢。"

"郑琨，你如果有想要说的话，等下一次见面再说吧，你最好想清楚再跟我说，这样我们就可以高效地利用这三十分钟，希望我可以帮到你。"盛秋行说完，时间也到了。

警官走到盛秋行和顾小遥跟前，请他们离开。

郑琨被架着走出了谈话室。走出老远之后，他突然尖叫了一声，喊了些什么，隔着两道铁门，盛秋行听得不是很清楚。

顾小遥回头看了眼，然后又看向盛秋行："你就不好奇他想说什么？"

"不管他想说什么，对于这起故意杀人案都起不到正向的作用，所以，听不听意义不大。"

顾小遥咬了咬嘴唇："你一点都不好奇？"

盛秋行摇头："不好奇。"

顾小遥嘟囔："其实你心里对郑琨这个人的评价也是完全负面的吧？一方面他很傻、很天真，一方面他又很暴力、很残忍。他杀了人，可是一点都不愧疚，简直是个人渣。这种家伙的案子，你为什么还要接呢？替他做刑事辩护，不就是在助纣为虐，让亡者难以安息吗？"

盛秋行反问："舆论能够认定一个人有罪吗，能给一个人判刑吗？"

顾小遥想了想："当然不能，一个人是否有罪，还是要由公安机关侦查完毕，形成完整的证据链，把证据链提交给检察院，然后再由检察院提起公诉，最后由有管辖权的法院开庭审理才能宣布判决结果。这是法律明文规定的，必须得遵守。"

顾小遥心里还有点得意，最近她跟律师相处得比较多，着实下了不少功夫去研究法律法规，回答个把法律相关的问题，她还是能在关公面前耍大刀的。

盛秋行笑着说："你回答得很正确，即使对方非常明显已经犯罪，但是怎么定罪，还需要看他的犯罪动机，具体情节和造成的后果，最后给予他应有的惩罚。在刑事诉讼中，检察官代表国家提起公诉，律师提供辩护，审判长居中裁判，形成三角的结构。若没有检察官去追究责任，坏人就得不到审判。没有审判长的居中裁判，审判就会陷入混乱，而没有律师的帮助，审判则容易出现差错。很多人以为律师代表正义和善良，但是律师仅仅只是一个职业而已，作为一个负责的律师，首要责任是维护当事人的权益，而不是去追求案件真相，追求正义。"

顾小遥如鲠在喉，有些话堵在那里，想说说不出，想咽又咽不下去。"律师工作类似医生抢救病人。医生的目的就是救治病人，他不会因为对方是犯罪分子就放弃对病人进行救治。因为我们都不是审判者，我们没有权利去决定一个人的生死。人类拥有复杂的情感，这些情感不见得客观公正，因此我们才让法律来代替我们做决定，法律可以不带任何感情色彩，只根据法律条文来定一个人的罪行，这才是法治国家的体现。"

顾小遥半天说不出话。

面前这个男人，实在是令人费解。可顾小遥明明无法理解，还偏要试图去了解这个男人，她对他充满了好奇。盛秋行和她近在咫尺，但彼此之间的距离感始终存在。这无形之中的距离是眼睛看不见的，想要消除并不容易。

顾小遥低下头，轻声嘀咕："一点好奇心都没有，没意思。"

盛秋行的嘴角带着若有若无的笑，至于有没有听到些什么，大概也只有他自己知道了。

离开拘留所后，顾小遥和盛秋行因为各自有事，便分开了。

郑鹤荣下飞机后第一时间赶到了大成律师事务所，要求跟盛秋行见面。

赵正苏颇为为难，因为盛秋行今天根本没来律所，盛秋行最近忙得飞起，郑鹤荣没有预约就直接来找人，注定是要失败的。

郑鹤荣急得声调都变了，一个劲儿地催促赵正苏。

"盛秋行没接，估计又在忙。不过没事，他一向是这样子的，等他忙完了，会打电话过来的。"赵正苏说。

郑鹤荣问："什么时候？"

赵正苏摇头："不知道，看运气。"

郑鹤荣被气得说不出话来，但对着赵正苏那张大大的笑脸，他实在没法借题发挥。

憋着这口气，郑鹤荣风风火火地离开了，因为两个小时后他还有一个重要的商务晚宴，他必须准时到场。

而另一边，盛秋行将车子停在了一栋居民楼前，他看了看手机短信，确定地址没有错误，就直接走了上去。五分钟后，盛秋行走下楼，与顾小遥通了电话。

"地址准确，但王旭已经搬走快三年了，新来的屋主没有王旭的联络方式，这条线又断了。"盛秋行说。

"你别着急，我继续想办法查。听芮姐说，王旭的老领导是现在报业集团副总李彭，如果有机会，我看看能不能从李总那边找到点线索。不过，你得有点耐心，李总比我高了好几级，我和他平时没有工作上的接触，贸然去问这些会起到反作用，我得找个合适的机会。"

盛秋行说："谢谢你，小遥。"

顾小遥倒是有些不好意思了，闲聊了几句后，挂断了电话。

临近傍晚，一轮火红的太阳将大半个天空都染红了。

盛秋行此时略有几分急躁。他有一种预感，只要找到王旭，一定可以从他身上找到一些线索，这些线索有可能会将之前所有零散的证据串起来，让隐藏起来的真相浮出水面。

何睿在被公安机关以涉嫌非法集资、诈骗等罪控制起来后，经历了一个漫长的审讯期。他的事业，他的名誉，他的家庭生活，他的一切的一切，都在那段时间里被摧毁得支离破碎。

最终，在妻子的斡旋下，何睿得以保释。出来后，何睿去了一趟南大，然而，谁都没想到，他从南大回来的时候，就发生了那一场可怕的车祸。

盛秋行想到这里，情绪突然激烈到不受控制。想要替外公翻案的心情越强烈，他对自身的要求就越高。经历了一次又一次失败，他以为自己已拥有了平常心，可在这样的一个傍晚，他的情绪正在接近崩溃的边缘。

"外公，你是无辜的，对吗？我始终坚信这一点，始终坚信。"盛秋行深吸了一口气，肺腑之间充斥了南城混浊的空气，这令他非常不舒服。

就在这时，电话再次响起来。才一接起，盛秋行就听见顾小遥兴奋的声音："盛律师，我有办法确定王旭的下落了，但还需要一点点时间，最慢不超过两个星期，我一定会把她给揪出来，你等着我的好消息！"

盛秋行愣了一下。

顾小遥从报社的同事那里终于找到能间接与王旭取得联系的人，对方是王旭在报社内唯一的好友，王旭离职以后，换了几次手机号，但这位同事与她私交极好，一直都有联系。

顾小遥一再拜托那位同事告诉她王旭的下落，好话说尽，但效果不大。不过顾小遥能理解这个同事，毕竟她们俩是不同部门的人，之前又完全不认识，现在顾小遥让她说出王旭的下落，这个同事肯定会觉得很奇怪，自然会有戒备。

"盛律师？你还在吗？"顾小遥说。

盛秋行轻晃了下脑袋，回过神来。

他回："我在。"

顾小遥轻声问："你怎么了？心情不好吗？"

盛秋行开口："没有。"

顾小遥有点尴尬。是她这边太热情了，反而让盛秋行觉得无所适从了吗？

顾小遥的脸烫了起来，仿佛她心底的那点秘密随时可能被他窥破。她突然没办法继续这样聊天了，脑子里寻找着借口挂断电话。

"晚上想不想吃酸菜鱼，我知道有一家店，味道很正宗。"盛秋行问。

顾小遥吞了下口水。她是想拒绝的，而且她今天晚上还有个采访稿要写，实在挤不出时间去吃大餐。

盛秋行听不到她的回答，索性直接定下了时间："六点钟，我来接你。"

顾小遥的嘴巴比脑袋更加诚实，反应速度也更快些。

她回："好。"

这个电话结束后，夕阳完全落下。

盛秋行回到驾驶座上，眼前浮现出顾小遥的脸。想着想着，他笑了起来。多么难得，这个世界上除了外婆，还有另外一个人，能让他一想到便心情愉快起来。

顾小遥那个小吃货，吃东西的时候还挺可爱的。

与郑琨的第三次见面是在开庭之前。

郑琨扯着脖子大叫："盛律师，你怎么才来啊？你知不知道我每天都在等你？"

盛秋行不慌不忙地打开了记录本。

"郑琨，你想通了？"盛秋行说。

"是的是的，我有很多话要跟你说，我想出去，我想自由，我不能在监狱里待上二十年，不想一辈子都在高墙里度过。盛律师，我错了，我真的错了，你救救我，我在这里受够了，真的一天都待不下去了。"

郑琨在拘留所经历了什么，盛秋行大概是知道的。在上一次见面之前，郑琨虽然已经进了拘留所，自由受到了限制，但郑鹤荣还是为他做了很多事情，除了聘请律师做好应诉准备之外，他还耗费了大量心思，只求郑琨在里边过得舒服些。郑琨之所以觉得在拘留所生活还过得去，是因为郑鹤荣在背后不停地努力。

而郑琨却在拘留所大放厥词，字字句句全都是针对郑鹤荣的话。老父亲的心顿时被伤到了。心灰意冷之余，郑鹤荣虽然不至于完全放弃拯救郑琨，但却不再托关系让他在里面受到优待。

没了郑鹤荣的庇护，郑琨的日子就不好过了。这对于从出生起就一直养尊处优的郑琨来说，根本受不了。

十天左右，郑琨瘦了一大圈，眼眶发青，脸颊迅速凹陷下去，以往的嚣张跋扈已经彻底没了。他见了盛秋行，跟见到救世主一样，哇哇大哭，眼泪、鼻涕混成了一团。

盛秋行问："你是否还有未向警方交代的涉案细节？你抓紧时间说一说。"

郑琨拼命点头。

盛秋行满意地说："你现在可以开始说了，注意时间，加快语速，剩下的二十六分钟，将是你人生中至关重要的时间，我希望你不要浪费。"

受了挫折，郑琨整个人明显成熟了不少。

"我爸已经四十九岁了，他一年三百六十五天，至少有三百三十天都在应酬，虽然与那个女人是所谓的情侣关系，但实际上两个人相处的时间并不长。那个女人爱玩爱闹，喜欢购物，我爸对于她来说，就是一个自动提款机。可笑的是，所有旁观者都能清楚地看到这一点，唯独我爸看不清楚。我爸知道那个女人怀孕了，怀的还是个男孩儿，就想娶她，恨不得把天底下最美好的事物全都送到未出生的孩子面前。"

讲到这里，郑琨的声调不知不觉高亢了起来："我爸变成了个老天真，我可不会。其实在那女人怀孕一个月时，我就已经知道了这件事，不过那时候我爸不知道她肚子里的孩子的性别，还在犹豫要不要这个孩子。盛律师，我还有两个姐姐在呢，我爸并不缺孩子，他想要的只是个儿子！能传宗接代的儿子！我按捺着愤怒，开始雇人查那女的，最初我只是怀疑她肚子里的孩子不是我爸的，想着哪怕揪住一点把柄，给她添添堵也好。私家侦探很快就锁定了目标，发现那女的背地里还有其他男朋友。她的男朋友与她年龄相仿，两人同进同出，连顾忌都没有，她就是把我爸当成个憨子。"

郑琨神情沮丧，但想到了盛秋行的提醒，他快速往下说，争分夺秒。

"那天晚上，我爸郑重地跟我宣布，要娶那女的。我很生气，加上喝了不少酒，我掀了桌子，砸了东西，指着那个女的骂，结果我爸护着她，骂我窝囊废，骂我是垃圾，他还说等小儿子出生，就把我这个不争气的东西扫地出门。我爸以前也经常骂我，但是那一次，他是真正做好了放弃我的打算。"郑琨的声音开始颤抖。

盛秋行瞥了一眼录音笔，时间显示还有八分钟。他听到此处，已有了些模糊的推断，但他不能打断郑琨，此时最好还是听他讲下去。

"我开着车子，追上了那个女的，我问她，孩子是不是我爸的？她最初极力否认，后来我直接把私家侦探拍摄的照片砸到她脸上，那些照片很火爆，根本狡辩不了。我趁机诈她，我说我已经有了证据，能证明她肚子里的种是野种。可我没想到的是，那个女的听完了以后，不仅不害怕，反而挑衅我，她直接承认了孩子就不是我爸的，她给我爸戴了绿帽子之后，还想让我爸给她养孩子，等孩子长大，再夺了我的继承权，夺走本属于我的一切，她就是这么打算的，就算我去跟我爸说这些事也没用，她化验单都准备好了，也不怕做亲子鉴定，她既然敢做，就能保证每个环节都不出差错，而我除了看着这些事发生，其他什么也做不了。"郑琨捂住脸，手铐发出"哗啦啦"的脆响，"我永远都忘不了，她骂我是个废材，叫我滚一边去。"

"你被愤怒冲昏了头脑。"

"我本来没想撞她，可是她就在车子外大喊大叫，她一直在骂我，明明是她在做坏事，可她却一点羞耻心都没有。我打开远光灯，叫她滚开，想要吓唬她。可她一点都不害怕，插着腰站在路中央，指着我的鼻子说：窝囊废，有种你就撞死我，没那个胆子就滚一边去，别管闲事。"

第 36 章　自首的机会

惨剧，就这样发生了。郑琨撞了人以后，有很长一段时间大脑都是空白一片。他是被郑鹤荣从驾驶座上拉下来的，他也看到了那个女人倒在血泊里。

郑琨看着郑鹤荣叫了救护车把那个女人送去了医院，但郑鹤荣并没有跟着一起去，而是带着他第一时间去了派出所投案自首。

郑琨甚至没来得及把当时发生的一切完完整整地复述给郑鹤荣听。当时场面太乱了，郑鹤荣揍了他一拳，再回过神来时，他就被上了手铐，身边来来去去的全都是警察，从那之后，他就一直被关着。

"我很久以后才知道那个女的当天晚上就死掉了，也是从那时候开始，我爸就再没来看过我。我想他一定非常非常恨我吧，他以为我害死了他的女人，害死了他的老来子，他肯定恨不得杀了我，我……我好后悔……我不该那么冲动的……呜呜……"

郑琨痛哭起来。

盛秋行问："这些你没有跟警察说？"

"因为……我爸被这个贱货戴了绿帽子，这事儿传出去太丢人了。他可是海天投资集团的董事长，圈内鼎鼎有名，所有人都尊敬他、崇拜他，想要跟他做朋友。如果被人知道他被人骗得这么厉害，他的脸就丢光了，我真的很废物，从小到大都不争气，可是我也想保护他，我不愿意别人嘲笑他。"

被嘲笑却无法辩解，那是个什么滋味，没有人比郑琨更明白。正因为太懂那种滋味，郑琨才不愿意把有利于自己的这一部分告诉给审讯的警察。

另外还有一件事是他始终难以释怀的："我撞死那个女人以后，我爸一秒钟都不耽搁，直接把我交给了警察，他心里得是多失望多愤怒，才会一眼都不想看到我，想着直接让法律来惩罚我，让我给那女的和她肚子里的野种偿命。我……我其实也非常恨他，他对我为什么就不能多一点点信任呢？我可是他的亲儿子，他谁都信，偏不信我，我……我……"

说到这里，郑琨已经哽咽得再说不出一个字来。

盛秋行说："《中华人民共和国刑法》第六十七条规定，犯罪以后自动投案，如实供述自己的罪行的，是自首。对于自首的犯罪分子，可以从轻或者减轻处罚。其中，犯罪较轻的，可以免除处罚。"

郑琨猛然间抬起了头。

盛秋行好像猜到他要说什么，轻轻点头："我猜，你爸的真实想法是想要为你争取到自首的机会，你用车子撞了人，地点还在居民小区，在极短的时间内，会有人报警。如果等警察来将你控制住，那时候就算不上是自首了。自首是法定的可以从轻、减轻或者免除处罚的行为，你爸的头脑比任何人都清醒，他没去医院，而是先来处理你的事，本身已经说明了在他心里你的地位会更重要一些。"

郑琨的眼泪簌簌流下，他很想找理由去驳斥盛秋行的话，但他心里却有个声音在说，盛秋行说的是对的。

"时间到了。"陪在一旁的警察开口。

盛秋行点了点头，之后又对郑琨说："我们开庭的时候见。"

郑琨可怜巴巴地问："盛律师，我还有救吗？"留给他的，却只是盛秋行的背影。

有没有救，这种答案谁知道呢？作为律师，盛秋行只能尽力而为，至于最终的结果，那要看审判长的裁决。

从拘留所走出来以后，盛秋行就接到了郑鹤荣的电话："盛律师，谢谢你。"

一听这话，盛秋行心里就有了数，知道刚才和郑琨之间的对话，郑鹤荣已经全都知道了。

郑鹤荣这得到消息的速度委实令人惊讶，从另一个方面来说，郑鹤荣也在暗示，他拥有控制全场的能力，盛秋行最好不要小瞧他。

郑鹤荣没有追问案件的最新进展，也没有问盛秋行是否还有拯救郑琨的希望。他大概已经了解这个案子的最终走向了，因为了解得够彻底，最终他反而平静了下来。

盛秋行回到律所，才坐下来，就发现老太太在微信上打了好几个视频电话过来，盛秋行担心她有事，赶紧回拨过去。视频一接通，看见老太太与平时没什么区别，他才放了心。

"外婆，我刚才在开车呢，没有注意看手机，不是故意不接您的视频。"盛秋行说。往常老太太打不通他电话，或者联系不上他的时候，总是会假装生气一会儿，然后等他来哄。今天却少了那个步骤。

老太太直接问："秋行，你跟我说实话，洛雪意是谁？"

这个名字突然从老太太嘴里说出来，盛秋行的脸色顿时沉了下来。

"谁跟您提起她的？"盛秋行问。

老太太说："你别转移话题，快点回答我的问题。"

盛秋行答："住在北京那边的一个朋友，很久不联系了。"

老太太顿时发火："朋友？什么朋友会和你在四年前办订婚宴，全中国的人都知道了，就我老太婆一个人蒙在鼓里？"

"外婆……"

"你别喊我外婆，我不是你外婆。盛秋行，你太欺负人了，你外公不在了，你的胆子也是够大，明知道我盼着你结婚，盼着你生孩子，盼着你能在我去见你外公之前成个家，这样我到了那边，见到你外公我也有话可以说。可你呢，订婚不告诉我，解除婚约也不告诉我，现在我问你，你还告诉我那个差点成了我外孙媳妇儿的女孩子只是你在北京那边的一个朋友？"

老太太说着说着，开始抹眼泪。她捂着眼睛哭得很伤心，握着手机的手一直在晃，屏幕也跟着一直在晃。

盛秋行心疼得不得了，又怕老太太气伤了身子，一个劲儿道歉解释。他跟洛雪意的那次订婚，说起来是有些缘由在里边的，当时一方面是他考虑欠妥，另一方面也是利益相交，甚至是彼此互相利用。他和洛雪意以订婚的形式完成了最稳固的组合，其间的因素在视频通话里说不清楚，盛秋行唯一确定的是，他们之间没有爱情。他欣赏洛雪意的果敢决绝。洛雪意欣赏他的干脆利落。两个互相欣赏的人很放心让对方成为自己团队中的一员。

那段时间，盛秋行的事业有了一个极大的飞跃，两年内接了两个全国性的商业大纠纷，他作为主要辩护律师参与其中，起到了至关重要的作用，也因此奠定了他在律师界的地位。

洛雪意也很出色，很快成了圈内有名的高级打工女王，年薪数百万，活得意气风发。他们同样出色，但或许正是因为这样，两人才没办法真正放下一切，走到对方的心里去。两人订婚之后，不是没有尝试过去接纳对方。然而，结婚不同于结盟，并不是强强联合那么简单。

老太太哭了好一会儿，在盛秋行的安抚下，情绪总算没那么激烈了。

"明天你回一次家，我有话说。"老太太说。

盛秋行为难地说："外婆，我这儿还有工作，临时走不开。"

"那就后天？或者是大后天？都可以，你看着办，给我一个确定的时间，我来安排。"

老太太满脸严肃，让盛秋行有了不好的预感。

"安排什么？"盛秋行问。

"把洛雪意小姐请来家里，我要当面问问，你们两个到底是什么情况。你们两个在没有家里大人到场的情况下订了婚，订就订了吧，又在订婚多年以后突然说要解除婚约。在你们这些年轻人的眼里，婚姻已经变得如此儿戏了吗？喜欢就在一起，不喜欢就一刀两断？"

盛秋行的嘴角抽了几下。办公室的门开着，赵正苏不知什么时候站在了门口，兴致盎然地听着盛秋行和老太太对话。

好不容易哄得老太太挂了电话，盛秋行开始发飙了："你故意的吧？"

赵正苏连连摆手："你可不能冤枉好人，我发誓这件事与我无关。你和雪意在一起的时候我没说，你们分手以后我也没说。我怎么可能跑老太太那里去多嘴？我从不做讨人嫌的蠢事。"

盛秋行余怒未消："不是你还会有谁？"

盛秋行和洛雪意是在北京办的订婚宴，整个南城知道这件事的不超过五个人，而能跟老太太直接联络的人就只有赵正苏，所以赵正苏的嫌疑最大。

但赵正苏又不是个不懂分寸的人，老太太是盛秋行心尖上的宝贝疙瘩，无论如何，赵正苏也不会把这些事闹到她那里去。

"不是我，当然还有别人，比如——"赵正苏与盛秋行交换了一个眼神。

几乎是在同一时间，两人说出了一个名字。

"洛雪意？"

"洛雪意！"

几分钟后，洛雪意接了盛秋行的电话，听了他的质问，她落落大方地承认了。

洛雪意说："你一直都很清楚，我和你订婚的那几年，我一直非常期待能去见见你的家人，尤其是你最敬重的外婆。现在虽然我们已经分手，但毕竟那是我的执念，如果有机会，我依然希望见她老人家，算是给自己一个和解的机会吧。

"秋行，你实在不必太过敏感，我并不打算采取任何报复行为，我也没有要对你家老人出手的想法，真的只是想跟老太太坐下来喝杯茶而已，你不必担心。"

说完以后，洛雪意便说有工作要忙，便挂断了电话。

盛秋行握紧了手机，脸色铁青。

赵正苏蹑手蹑脚地往一边躲开，没躲几步，就听见盛秋行冷森森地喊了他一声，顿时把他吓得一激灵。他不仅没有停下来，反而加快速度逃跑。

几分钟后，被强行带回来的赵正苏耷拉着脸，坐在办公桌的对面，可怜兮兮地看着盛秋行。

"我真的什么也没做。"

"我知道。"盛秋行微笑，"我只是请你帮我一个小忙。"

赵正苏往椅子里挤了挤："帮什么忙？"

"陪我一起回文山。"盛秋行说。

一听这个，赵正苏来了精神："怎么？你盛大状也有怯场的时候？一个洛雪意而已，你自己弹弹手指头就搞定了，哪里用得到我。"

"老太太会生气。"盛秋行眼神幽深。

"生气那是难免的，谁家大人听到了这些事都得气个半死，再说你家老太太就你这么一个大外孙，什么事都会放进心里边惦记着，发生了这样的事她接受不了也在情理之中。"赵正苏说。他极少看到盛秋行露出害怕的表情，但每次瞧见，他都觉得心情莫名舒畅。

"老太太的心脏不好，情绪起伏不宜太大，这对她的健康有害。"盛秋行垂眸。

"这个事本身就是刺激人神经的嘛！老太太已经知道了你订婚的事，就算你不让洛雪意过去，她老人家也绝不会就这么算了，所以你还不如让她去，也许你们的关系会因此变好。说真的，洛雪意很适合做盛太太，有这么个女人在你身后，只会让你如虎添翼。再说了，从遗传学上来讲，你给你未来的儿子找了个'双商'超高的妈，对孩子是非常有好处的。我认为，做人不可以太自私，成立家庭的目的就是为了生孩子，从这一点上来看，洛雪意是个好选择。"说来说去，赵正苏字里行间还是希望盛秋行能改变心意，重新考虑跟洛雪意在一起。

但是盛秋行一点反应都没有。赵正苏瞬间就明白了，刚刚说了那么多根本不起任何作用。

"旧爱不行，带新欢总可以了吧？你最近跟顾记者打得火热，要不就带她一起去文山？把顾记者往老太太面前一推，告诉老太太，这位就是给她找好的外孙媳妇儿。那时候，老太太的注意力一定转到顾记者身上，洛雪意再说什么，老太太也不会往心里去了。毕竟，老人家最看重的还是自己外孙的幸福，最后选哪个女孩儿，老太太依然要以你的意见为主。"

赵正苏完全沉浸在自己脑补出来的画面当中，越说越起劲儿，根本停不下来。

盛秋行瞪着他："练拳吗？"

"练拳？练什么拳？我们不是正在商量对策，帮你过了老太太这一关吗？"赵正苏话没说完，一对拳套凌空丢了过来。

赵正苏抬手接住，顿时觉得骨头疼。

"别，我可不陪你玩这个，我最近几年被灯红酒绿的生活掏空了身子，虚着呢。"赵正苏又把拳套给丢了回去，人也跟着站起来，向门口退去。

盛秋行在大学里最喜欢两种运动，一个是击剑，一个是自由搏击。击剑是他外公最喜欢的项目，外公从小就给盛秋行培养兴趣，盛秋行坚持了多年，算是学有所成。自由搏击则完全是盛秋行自己的爱好，当年他天天跑去练拳，还拉着赵正苏过来做陪练。

当然，陪练只是名义上的说法，赵正苏觉得当年的自己更像是沙袋。没错，就跟挂在练功室右侧的那几只沙袋一样，都是给人揍的。一起练了几年下来，盛秋行的拳法好极了，稳、准、狠，打人疼得要命。

赵正苏自认没有运动天分，陪着盛秋行参加自由搏击社团纯粹是为兄弟两肋插刀，大学毕业后好不容易逃离了那种生活，他是一丁点"重温旧梦"的想法都没有。

"赵正苏，这事你不想管也得管，十天以后，郑琨那个案子开完庭，你就跟我回文山去见老太太。"盛秋行说。

赵正苏嘴里嘀咕："老太太让你找老婆，关我什么事嘛！"

走出了盛秋行的办公室，赵正苏的手机响了，他低头一看，眉头顿时皱了起来。来电话的是洛雪意。最近他一看见她的名字就头疼，洛雪意八成是有事拜托他。

为了确定王旭的下落，顾小遥也是拼了，有事没事都去接近那位与王旭有些交情的同事，甚至不惜拍人家的马屁。她们虽然在一个单位上班，但从陌生到熟悉，总需要个过程。

顾小遥一开始还不敢提王旭的事，只一心一意跟那个女同事搞好关系，那个女同事有工作要做顾小遥就帮忙做，没工作要做顾小遥就约她一起吃饭、逛街、看电影。那个女同事四十岁出头，结了好几次婚，现在是单身状态。可能是婚姻失败的缘故，她整个人有点神经兮兮的，满嘴的负能量。以往，顾小遥对这种人都是敬而远之，能不接触就不接触，免得坏了心情。可现在她有求于人，所以只好放低自己的身段，尽量讨这个女人欢心。

终于，在某天临近下班的时候，机会来了。

当时，顾小遥正在替大姐解决一个在大姐看来极其困难的问题。恰好这时，有个电话打了进来，大姐接起，叽里呱啦地跟对方聊了起来。其间，顾小遥听见大姐喊对方"大旭"，她的眼睛顿时一亮，不自觉地竖起了耳朵。

过了好久，大姐才依依不舍地挂断了电话。顾小遥问大姐刚刚打电话的是谁，但是她装得好像只是随便问问一样。大姐是个一讲话就停不下来的性子，最近一段时间她跟顾小遥接触得比较多，对顾小遥已经产生了一种信任感，也就没避讳什么，提起了刚刚打电话的事。来电话的人果然是王旭，当年王旭觉得主管领导在针对她，她性子火暴，一怒之下就辞了职。她做了几年小生意，赔了个底儿朝天，十几年的积蓄全都搭了进去，还欠了别人好几万，王旭这时候才开始怀念报社的好，虽然在这边上班是忙碌了些，但工资一直都按时发，而且季度和年终还有一笔奖金，若是写的稿子评了奖，报社这边更是有丰厚的奖金。

心情不太好的时候，王旭就会给大姐打电话，问问报社的近况，然后再跟大姐吐槽一波；而大姐本来就是个负能量的集合体，她也不排斥来自王旭的负能量，一听到王旭过得不好时，还会好好劝上一阵子，因此两个人就一直保持着交往，相处得比在报社内做同事时还要好。

王旭目前在南城的一家投资公司做文案策划，日子过得不是很顺，虽然有过报社的工作经验，但眼界和思路都不如最近刚毕业的大学生。她每天中规中矩地上班，每天都在担心被炒鱿鱼，那些个后成长起来的年轻人开始不客气地吆喝她做这做那，指责她反应慢，耽误了整个团队

273

的工作。

"南城还有很厉害的投资公司吗？是不是正规经营的那种啊？听说有些投资公司涉嫌非法集资、非法吸收公众存款，玩的就是典型的'庞氏骗局'，利用新投资人的钱来向老投资者支付利息和短期回报，以制造赚钱的假象，进而骗取更多的投资。"顾小遥解释了一通，之后才摇了摇头，"大姐，别怪我多心，类似的资料看得太多了，一听到'投资公司'四个字，我脑子里就没有好印象，所以，我多说了点，你听听就好，也不用特别在意。"

虽然大姐是个爱抱怨的中年妇女，但好赖话还是能分辨得出的，她有些感动地抓住了顾小遥的手："我知道你说的是什么意思，但是王旭所在的那家海天投资集团还是不错的，属于正规经营的公司，而且王旭每次打电话都只是跟我聊家常，从来没有劝我拿钱投资过，她是我的朋友，我信任她。"

顾小遥的眼睛里，光芒更炽。

王旭在海天投资集团吗？

还有，这个公司的名字，怎么那么熟悉啊！

第 37 章　深夜到访

盛秋行的电话一直打不通。

顾小遥自从得知了王旭的具体下落后，就总是按捺不住情绪，想要第一时间告诉他。每三分钟她就要看一次电话，确定盛秋行有没有回拨。从晚上六点一直等到十一点，顾小遥连进浴室都没有放下手机，总要时不时看一眼才安心。只是手机始终没响，不仅盛秋行没有打电话过来，其他人也没有。

这是一个异常沉默的夜晚，顾小遥端着一本书，看了一部剧，还给自己倒了一杯红酒，可她迟迟无法放松下来。

盛秋行去了哪里？他在做什么？他有看到她打过去的十几个电话吗？他是否会错了意，以为她找他是抱持着别样的目的？

这酒喝出了五味杂陈的滋味来，顾小遥一边告诉自己不要乱想，一边又克制不住，想到了更多更多。

叮咚——

门铃突然响了起来。

这么晚了，怎么会有客人来？

小套房的防盗门上，猫眼坏了好几天了，从里边看不到外边的状况。

顾小遥喝了小半瓶红酒，已有了些醉意，但她还有一定的安全防范意识，没有直接把门打开。

"谁？"顾小遥问。

"是我。"

一个男人的声音传了过来，低沉的音色，听上去那么熟悉。

"盛秋行？"顾小遥简直不敢相信自己的耳朵。等她打开门，看见盛秋行果然站在了门前。

顾小遥突然委屈地哼哼："你去哪里了呀？我打电话都找不到你。"

盛秋行愣了一下，他不动声色地瞥了一眼只穿着吊带裙、光着脚站在门口的顾小遥，一时间犹豫着是不是就在门口聊完事然后离开。

顾小遥身上有浅浅的酒味，她穿着通透的家居服，很是衣冠不整。夜深人静，孤男寡女，气氛有些微妙。

"进来说吧。"顾小遥身子一侧，让出了路。

"方便吗？"盛秋行的眼神明显在飘，因为他根本不知道应该把目光落在哪里，看脸、看胸、看腰，还是看腿？他不是正人君子，但也不是无耻小人，对面站着的女孩子是他的朋友，他应该尊重自己的朋友，于是，他约束自己的一言一行，甚至是目光。

喝了酒的顾小遥等了他一晚上的电话，乍一见到他，便迅速进入了一种莫名亢奋的状态，什么男女有别，她完全忘记了。

见盛秋行一直站着不动，她自然地搭着他的手臂，用力把人给拉了进来。

"我有重要的事找你，一时半会儿说不完，你站在门口被我的邻居看到了，我的名誉就毁了。"顾小遥瞪着大眼睛说。

"我找到王旭的下落了。"顾小遥边关门边说。

盛秋行的表情为之一变："她在哪儿？"

顾小遥家里没有大餐桌，平时用餐都在一个小小的地桌上。她预备了两个圆垫，自己坐一个，给盛秋行拿了一个，示意他坐好，然后又给他拿了一双筷子，倒了一杯红酒。来都来了，边吃边聊。

"她现在在海天投资集团的策划部做企业宣传，这是她工作单位的地址、手机以及家庭地址，放心吧，找一天我们去堵她，肯定能堵到人。"顾小遥说。

盛秋行皱眉："海天投资集团？郑鹤荣那家公司？"

"巧吧？我听完之后，也觉得实在是太巧了，你最近办理的就是郑琨的案子，谁想到你要找的人竟然就在他家的公司里。不过，这倒是件好事，如果将来你有什么需要郑鹤荣帮忙的地方，郑鹤荣也会全力帮你吧？"

说完，顾小遥笑眯眯地举起酒杯与盛秋行轻轻碰了下杯，她最近一段时间一直惦记着把王旭找到，帮盛秋行完成这件事，顾小遥特别高兴。

她咧着嘴冲着盛秋行笑，天真无邪，像个小呆子。

盛秋行看着顾小遥的模样有些失神，他把杯子里的酒一口喝光。

"这麻辣鸭翅还挺好吃的，你尝尝。"顾小遥把翅根和翅尖掰开，肉多的翅根给盛秋行递了过去，翅尖那一部分就直接塞进了自己嘴里。

就这么一个简单得不能再简单，几乎谈不上任何暗示的小动作，让盛秋行再次失了神。

他今天晚上走神的次数特别多，大概是因为顾小遥穿着吊带裙的缘故。顾小遥白皙的皮肤看上去很是漂亮，爱美之心人皆有之，盛秋行当然也不例外。

顾小遥滔滔不绝，说着王旭的经历，还有她从报社那边打听来的一些事。她手上也没闲着，一会儿给盛秋行递水果，一会儿给盛秋行倒酒，忙得不亦乐乎。

盛秋行已经很多年没有体会过这样的感觉了，温馨、舒服、自然、放松。顾小遥能让整个房间充满生机，连他心底沉淀多年的那一抹寂寥，今晚都不曾光临。

"谢谢你，顾小遥。"

"别客气，盛律师。"

关于王旭的事，两人很快统一了意见。既然找到人了，那就尽快把事情办一办，免得拖久了，夜长梦多。

尽管盛秋行跟郑鹤荣认识，但要去找他公司的一名职员问点事，直接通过郑鹤荣显然有点小题大做。两人一商量，还是决定由顾小遥出面，说动报社的那位大姐一起去找王旭，先去跟王旭见一面，如果能直接问出当年那起交通事故或者找到那箱神秘消失的采访资料，盛秋行也就不用不出面了，免得小题大做。

顾小遥此刻双手捧着脸颊，痴痴地看着盛秋行说话，他说什么，她都跟着点头，那模样就像是个坠入爱河的小迷妹。她炙热的眼神充满了女生独有的气息，盛秋行哪怕再迟钝，此刻也已经感受到了顾小遥身上所释放的一些信号。

此刻，盛秋行想起了赵正苏调侃他的那些话，加上喝了点酒，他的心绪有些乱。如果把顾小遥带回去见外婆，外婆应该会很高兴吧？

盛秋行突然发现自己竟然真的想把顾小遥带回去……

那天盛秋行开车，老太太短暂地跟顾小遥有了一面之缘。自那以后，老太太几乎每次通话，都会拐弯抹角提几句顾小遥。盛秋行看得出她对顾小遥的印象好极了。

顾小遥的酒越喝越多，眼看着就要醉了。夜已深，她困得不行，但仍苦苦撑着，不肯入睡。

"盛律师，你为什么对何睿教授的交通事故那么感兴趣呀？难道你经办的案子与那起交通肇事案有关吗？"顾小遥最终还是问出了心里的疑惑。直觉告诉她，盛秋行对这件事的关心程度远超其他案件，而且顾小遥敢肯定，这绝不是她瞎猜的。她借酒装傻，随口一问，他也许也会借酒装聋，当没听到吧？

"我只是好奇而已，如果不方便回答，你不答就好啦！"顾小遥的身子侧倚着，脑袋枕着一个软软的枕头，特别舒服。

枕头是长条状的，也不知是什么材质的，捏起来像是真皮。

她喜欢。

盛秋行看着顾小遥睡在他的腿上，他怀疑顾小遥是故意这么做的，喝酒喝多了只是她行动的借口，可惜他没有证据。

盛秋行捏住她的手腕，轻轻把她从腿上移开。

"女孩子与男人相处时不要喝酒，很危险。"她的行为，简直是对他自制力的一种考验。

盛秋行更加不愿意承认的是，他一直以来引以为傲的自制力，正悄无声息地土崩瓦解。

有些东西，在悄悄地改变。盛秋行下意识地抵抗，但事情的发展并不按照他的计划而行。

他攥住了顾小遥的手指，攥得很紧。

早上六点整，闹钟准时响起。

顾小遥头痛不止，她的手朝着声音传来的方向摸了过去，直到她摸到了一张男人的脸。

顾小遥直接原地跳了起来，脸色苍白，简直不敢相信自己的眼睛。

盛秋行侧躺在地板上，枕着她经常抱着的小熊睡得正熟，而她刚刚竟然揽着他的腰，甚至还把腿搭在了他身上！

不知过了多久，顾小遥才冷静下来。现在她面前有两个选择，她需要在极短的时间内，选择其中一个。

要么，当昨晚什么事都没发生。只要她不尴尬，一切就可以轻轻揭过去。

要么，顺势而为，让两个人之间的情感自然过渡。假如盛秋行对她也有感觉，或许这会是一个非常难得的机会，甚至——

盛秋行悄悄睁开了眼，静静地注视着她。

顾小遥只觉得脑袋嗡嗡的，她向后退去，腰狠狠地撞上了墙角的衣柜，疼得不行。她闷哼一声，慢慢蹲了下去。

"你没事吧？"盛秋行的声音在头顶响起。

顾小遥此刻又羞又疼，哪里还能说得出话来，她抬起手，轻轻摆了摆，意思是没事。下一秒，盛秋行弯腰，架着她的手臂，把她扶到了床上。疼得快要背过气去的顾小遥，过了几分钟，才勉强说出一句完整的话。

"真的没什么，我平时也是经常磕磕碰碰，我有经验的，一会儿就不疼了。"

盛秋行盯着她的眼睛："你不适合喝酒，以后要少喝，尽量不喝。"

顾小遥心事满满，听到这话，不由得小声嘀咕："我平时哪有时间喝酒，昨天晚上是太高兴了嘛！"

乱糟糟的脑子，根本没办法思考。顾小遥低着头，不想看他。但当她注意到自己光着小腿，还穿着吊带裙，她整个人都不好了。顾小遥说了句去煮早餐，便直接冲进了厨房。

盛秋行也有些恍惚，他和顾小遥之间似乎多出了些什么，这念头才一闪而过，就被他给压了下去。

顾小遥不知什么时候换了衣服，大 T 恤，小仔裤，裤腿挽起，露出一截儿脚踝。她喜欢光着脚跑来跑去，这一点盛秋行早已注意到，在文山市的酒店，他站在阳台上，就经常见她这样。

"小遥……"

"你稍等一下，我这边很快就好。对了，把这个先端过去。"顾小遥说。

煎蛋和切好的水果全都放在小盘内，颜色搭配得很漂亮，一眼望去，五六种颜色，很是赏心悦目。

盛秋行鬼使神差地接了。等把东西送到小桌上时，顾小遥又递给他两个杯子，一杯是牛奶，一杯是豆浆。当然，这两杯全都是给盛秋行准备的，她在吃自助餐的时候注意过他的习惯，吃饭的时候喜欢喝豆浆润喉，全部吃完后再喝一小杯微烫的牛奶。顾小遥是个细心的人，看过就记住了，所以她自然而然地按照他的习惯准备了早餐。

盛秋行眉峰轻轻挑起，心底的异样感还在扩散，真是莫名的……

"我要做一个日式饭团，外边沾一层海苔芝麻碎，馅料你喜欢红豆沙还是牛肉松？"顾小遥从厨房里探出了脑袋。

"嗯？什么？"盛秋行回过神，明明心里已是波涛汹涌，脸上却一片平静。

顾小遥晃了晃手里的饭团模具："饭团啊，甜的还是咸的？"

盛秋行想了想："多来一点海苔芝麻碎就好。"他不嗜甜，但也不喜欢肉松的味道。

顾小遥顿时眉开眼笑，至于是在笑什么，没人知道。

"他也喜欢海苔芝麻碎？哇！难得难得，连胃口都一样，这个男人……这个男人……唉……"

所有的兴奋最终化为了一声浓浓的叹息，顾小遥暗骂自己一句傻瓜。

盛秋行在桌边坐了下来，他的手机里放着早间国际新闻，房间里没人讲话，只有央视播音员那中气十足的声音。

"对了，王旭的事，你……"

"我尽快吧，回头有情况，我第一时间就告诉你。"停顿了一会，顾小遥补了句，"争取今晚就过去。"

盛秋行轻声道谢后，又说："你的厨艺很不错，每一样都好吃。"

"真的呀，你喜欢吗？"顾小遥喜形于色。问完之后，她又觉得有些不妥。她不就是留个普通朋友，普普通通地过了一个的周末，然后又普普通通地吃了个早餐吗？谈不上喜欢不喜欢吧？他吃饱了，送他离开，然后把昨晚的事轻轻揭过，这不是很好吗？

顾小遥的脸上浮现出了些许懊恼之色。

"不好！"顾小遥突然惊叫起来。

"你说什么？"盛秋行望向她。

顾小遥眨了眨眼睛："我什么也没说啊！"

糟糕了，怎么就把心里的念头说出来了呢？不行，要装作若无其事的样子，千万不能被他发现异常。

"我吃完了，得去律所了。"盛秋行站起来套上了外套。

顾小遥把他的公文包递了过去，浑然没觉得此刻的她像极了送爱人出门的小妻子。

"你的衣服有点皱，头发也有点乱，这样子没事吧？"其实她想说，里边有浴室，他可以使用。

"律所那边有备用衣服，我过去整理。"盛秋行点了下头，"那么，再见。"

顾小遥僵硬地挥了挥手："再见。"

等他一离开，她立即转了个身，抱着脑袋蹲下来："我到底在做什么啊！好窘，他肯定看出来了。"

而盛秋行呢，直到走出楼道口他才停下脚步。他缓缓转身抬头，向上方看去。从他的位置并没有办法看到顾小遥家里的状况，更看不见她此刻在做什么。但他的脸上，露出了温暖的微笑。

赵正苏的电话打进来时，盛秋行一个"喂"字，他就察觉到不对劲儿了。

"其实我也没什么事，你先开车，等会到所里再说。"

盛秋行不耐烦地咬牙："有话现在说，不然别说。"

"好嘛，大清早的火气这么盛，谁惹你了？"赵正苏清了清嗓子，接着说，"郑鹤荣今早打电话到律所这边来，他问我郑琨的判决能否经过辩护律师的努力而减轻。"

"案情部分你已经看到了，案情清晰明了，最终的判决不会与我们预料的相差太多。"

盛秋行静静地等待赵正苏接下来要说的话。赵正苏既然特意打电话过来问，事情肯定不会这么简答。

果然，犹豫了几秒钟后，赵正苏长长地叹了口气："秋行，关于法院可能做出的判决，我已经跟郑鹤荣讲了不止一遍。他知道这些，但没办法接受。他付了很大一笔律师费，远远超过了所里正常的收费标准。他认为，既然他出了这么多钱，我们就要提供等价的服务，这才是他来找全南城最厉害的律师为他儿子辩护的真正目的。"

郑鹤荣说的一些比较难听的话以及威胁的话赵正苏没跟盛秋行说。说真的，这会儿他提起这些，脑袋都大了。

"呵。"盛秋行只回了一声冷笑，"律师不是救世主。"

"这些事我当然跟他解释过了。可是，郑鹤荣也不知道是受了什么刺激，根本不讲理，说什么都不听。"赵正苏说。

"哦？郑琨杀了一个孕妇，他认为律师能替他儿子争取到什么样的判决结果？"盛秋行问。

第 38 章　崩溃的老父亲

　　赵正苏苦笑道："他希望，你能为郑琨做无罪辩护。"

　　"无罪辩护？"盛秋行抬高了嗓音，"开什么玩笑。"

　　"我也是这样跟他说的，可他情绪激动，说什么都不肯听，直接挂断了电话。秋行，真的很抱歉，我当时应该听你的，不去蹚这浑水。其实你是知道的，我看中的并不仅仅是那些钱，而是其中有些人情在，如果拒绝，等于是拂了人家的面子，我……我以为郑鹤荣是见惯了大场面的社会名流，做人做事，总是有他自己的考虑，跟这样的客户交流，还是比较容易的，但我没想到，一涉及亲生儿子的未来，他会变得如此不讲道理……"赵正苏说。

　　"你通知郑鹤荣，今天下午有时间的话可以来律所这边，大家见一面，算是案件开始审理之前的小型案件分析会，你邀请他参加，其他的事，我来跟他谈。"

　　赵正苏的情绪瞬间从沮丧转为振奋："真的吗？你去谈？太好了！我就知道你是好兄弟讲义气，不会扔下我不管不顾的。"

　　"没事的话就挂了。"盛秋行才不爱听他那些彩虹屁。

　　被赵正苏这么一打扰，盛秋行的心情反而平静了下来。他中途改了主意，直接回家。

回到家中，他简单冲了个凉，洗完澡后，他还没套上外套，老太太的电话就打过来了。

"外婆，我会回去的，您就放心吧，我答应您的事，什么时候没做到过？最近真的有点忙，您再稍微等等。"盛秋行说。

"孩子，你是不是找到什么线索了？"老太太没有像往常一样催他回去，而是主动提起了外公的事情，这让盛秋行有些意外。

盛秋行顿了一下才开口："我还以为，您并不关心那件事。"

老太太叹气："是不想关心的，因为当年做了很多努力，请了很好的律师，也想了很多办法去解决。那时候大家全都充满了希望，也对你外公充满了信心，可是到最后，真的没想到会是那样一个结果。"

"现在呢？您想听听我的调查进展吗？"盛秋行温柔地问。

"听了也帮不上什么忙。"老太太叹了口气，"我打给你，其实是想说，这几天晚上，我总是梦见你外公，他说很想我，我想他是……"

"外婆，你不要再说了。"盛秋行突然疾言厉色地打断她。

他的音调陡然间抬那么高，老太太明显被吓到了，好半天都说不出话来。

"孩子，人总是会有那么一天的。"

这种话，字字句句都刺在盛秋行的心尖儿上。

"您是不想看见我娶老婆生孩子了？"盛秋行极少主动提起这种事，有时候，就算是老太太主动开口问，也会被他巧妙地转移话题，从不正面回应。

可偶尔用一次，效果非常不错。

电话那端，老太太的声音一下子变得有活力了起来，与刚才暮气沉沉的讲话方式完全不同："真的？你是不是又在说好话哄我？"

"我有女朋友了，交往顺利，等忙完这段时间就带回去给您看看。"

老太太有些怀疑："前几天问你你还否认呢，怎么突然就有女朋友了？不对，你肯定是在骗我。是网络上很流行的那种，租个女朋友回家对不对？我告诉你，这招我早就知道的，对我是没有用的。"

她可不是一般的老太太，那些小花招骗不过她。

"不骗您，是真的女朋友。"盛秋行笑了笑，"等我们回去，我开车带着您、带着她，咱们一起去祭拜外公。"

老太太半天都说不出话来。

"外婆？"盛秋行轻喊了一声。

老太太抽了下鼻子："你会骗我，你应该不会骗你外公，既然愿意带着女朋友一起过去，应该是真的。"

"是真的。"盛秋行肯定地回答。

"那就好……那就好……"老太太这下放心多了。

"外公那个案子，我必须要查个水落石出。外公已经不在了，即使真的有了一个大家都满意的结果，对于一位已经故去的长辈来说，意义并不大。但是，您想过没有，外公生前是南大的教授，他有他的骄傲，他有他的坚持，这些东西，是风骨，是气节，比任何事都重要。我希望外公在天上能够安息，因为我自始至终都相信，他是清白的。"

挂断了电话，盛秋行套上衬衫，系好领带。镜子里的他，高大、英挺，器宇轩昂。

"去哪里找个女朋友呢……"他犯了难。

郑鹤荣气冲冲地坐在沙发里，赵正苏的脸色不大好。

最后一场案件讨论会二十分钟就散了，案件非常简单，各项证据清晰无误，还讨论什么呢？摆在那儿是什么样，最后也是什么样。

"能让我跟郑先生单独说几句吗？"盛秋行对赵正苏说。赵正苏巴不得找个借口赶紧离开，再待下去，他的头发都要爹起来了。

等到屋里只剩下盛秋行与郑鹤荣两个人时，郑鹤荣的目光掉转过来，冷冷地盯着盛秋行："盛律师也要对我说'无能为力'四个字吗？"

"不然呢？"盛秋行双手交叠，目光不躲不闪，与郑鹤荣的目光碰在了一起。

"盛律师一直被称为南城最顶尖的盛大状，我费尽心思邀请盛律师为我儿子做辩护，就是对你充满了期待。我相信，盛律师绝不会敷衍了事，与其他平庸的同行一样，草率地为这件事做出结论，对吗？"郑鹤荣，字里行间透露出的不满显而易见。

"关于郑琨这桩案子，郑先生了解得应当很细致了。据我所知，赵正苏律师还专门给你做出讲解，对于案件本身，郑先生还有哪里不懂的吗？"

"我希望盛律师能为郑琨做无罪辩护。"郑鹤荣不客气地提出要求。

"郑琨这个案件无法进行无罪辩护，无论从事实角度还是从法律角度，都不具备那种条件，郑先生如果仍不理解，我可以为你做一下普法。无罪辩护的条件必须有以下四点：第一，被告不具有犯罪主观要件。第二，被告不是犯罪主体。第三，被告犯罪行为证据不足。第四，办案机关程序违法。郑琨的案子证据部分已经做得非常扎实，这四点上根本找不出瑕疵。既然如此，我在法庭上如何做无罪辩护？只喊一声他还小他不懂事，法庭便会网开一面，判决郑琨无罪？"盛秋行眼底满是嘲讽。

郑鹤荣被怼得哑口无言，对待赵正苏他还能强横霸道，可是在面对盛秋行时，他只能任由愤怒的情绪在肚子里憋着。

"郑先生，一直以来大家相处得还算愉快，你给予了我方十分的信任，我方倾尽全力找寻一个妥善的解决办法，从案件的性质来说，这是《刑法》明文规定的八种严重暴力犯罪之一，通俗点说，杀人偿命，欠债还钱，天经地义。"

盛秋行非常不留情面，他才不管郑鹤荣会不会当场翻脸，该说的必须说清楚。

郑鹤荣的脸色涨红："我儿子……郑琨他……"

盛秋行叹了口气："你知道了我与郑琨最后一次会面的全部谈话内容了？"

郑鹤荣整个人都是绷紧的状态。

盛秋行继续说："你想要弥补父子关系，这些我可以理解，但有些事还得从现实的角度出发。你跟律师较劲儿，反而会让事情变得更糟。我希望你能明白，但凡还有办法能帮助到郑琨，我就不会放弃。"

郑鹤荣捂住脸，一个劲儿地呼吸，借此来控制情绪。

"郑琨杀了人，在别人眼中他是个坏人，应该受到惩罚。就像你说的，杀人偿命，欠债还钱，他夺走的是两条命，他把自己的命赔出去也没什么不对。但问题是，他是我儿子，我郑鹤荣的儿子，我把他从小养到大，虽然他不争气，可这份血缘关系永远斩不断，有些事还是因我而起，简直就像是一种报应，我恨他恨得不行，可我依然没办法看着他一辈子在监狱里度过。"

郑鹤荣说完，突然抬起头来瞪着盛秋行："你是不是也觉得他是杀人凶手所以才不愿意救他？"

"不是。"

"盛律师，你……"

盛秋行打断了他："很多人都觉得律师帮坏人说话就是缺德，这个认知是绝对错误的。律师既不是帮坏人说话也不是帮好人说话，律师是帮当事人说话。没有一条法律规定，律师必须要给好人辩护，不能给坏人辩护。所以律师这个行业无所谓正义与非正义。这样子说，你能理解吗？"

"我理解。"郑鹤荣慢慢地站起来，再有几个月，他就五十岁了。

郑鹤荣素来是不服输的个性，更不会服老，他一直以来，神采奕奕，永远保持野心。"老"这个字，离他还非常遥远。

直到郑琨给他捅了一个天大的娄子，他无力再为孩子善后时，他才感觉自己真的老了。

郑鹤荣嘴里说着什么，走了出去。盛秋行好像听到他说的是"报应"，但再想仔细听，就听不清楚了。

郑鹤荣已经走远了，他的背影有些佝偻，仿佛一瞬间苍老了许多。

开庭前一晚，盛秋行加班，做好了最后的准备工作。

晚八点，顾小遥打电话过来，兴奋地说已经约好了王旭，她现在就要过去聊聊。结束通话后盛秋行有些恍惚，他来到窗边，静静地望向城市的远方。南城的夜，绚烂多彩，令人沉醉其中。

在这里，盛秋行度过了童年大部分的时光，尽管不是在父母身边长大，但他的外公外婆给予他的爱，并不亚于任何亲生父母。

他从来不喜欢用"假如""或许"这类词汇去进行联想。唯独在外公这件事上，他总是控制不住地去设想，如果当年家里没出那场变故，如果外公还活着，他的生活会不会截然不同？

手机的铃声打断了他的回忆。

"盛律师，我问出了采访资料的下落了，竟然是王旭动了手脚，但她没有把资料带走，只是换了个地点存了起来，不出意外的话，东西还能找到。"顾小遥兴奋道。

"是吗？"盛秋行心里其实非常激动，但他也不知道为什么，表面上就是激动不起来。

"我等会儿去资料室拿出来，带过去给你吧？"顾小遥见盛秋行都不激动，她也只好收起兴奋劲儿了。

虽然看不到顾小遥的表情，但盛秋行依然能从顾小遥的语气中，感受到她的失落。

盛秋行说："你在哪儿？"

顾小遥回："还在王旭家楼下呢，我一办完正事就给你打电话了，虽然我一直都不是很清楚你为什么需要这些，但直觉告诉我，它对你一定是有特殊意义的，能帮到你我很开心，我……"

天啊，她究竟在说什么？为什么她控制不了自己的嘴巴！

"我去接你。"

"什么？"顾小遥愣了一下。

"发个定位过来，十五分钟后见。"

顾小遥还在愣神，盛秋行已经挂断了电话。

盛秋行突然间变得无比轻松，他单手钩着外套，走出了办公室。

赵正苏宛若幽灵一般无声无息地出现："去哪儿？"

"你怎么还在？"盛秋行看了眼时间，"最近变得勤奋了？居然爱上了加班？"

赵正苏摇了摇头："你就当我偶尔也会脑子抽筋吧。说啊，你去哪儿？打算回家吗？如果是要回家就带上我，我们很久没有喝一杯了。"

"今晚不行，改天吧。"盛秋行绕过了他，继续往外走。

谁知，赵正苏长腿一闪，又一次把路拦住："我也有事找你。"

"明天再说。"盛秋行把赵正苏推开。

赵正苏锲而不舍："是洛雪意的事，我已经替你拖了好几天了，今晚再没个结果，我担心她四十八小时之内就会出现在你面前，到那时，你可别怪我知情不报。"

盛秋行的眼神冷得像刀子："赵正苏，你又在搞什么？"

赵正苏高举双手做出投降状："盛秋行，说话的时候要讲讲良心，不是我在搞什么，我一直是站在你这边的，替你办事，为你着想。"

盛秋行信他那套才怪："说吧，什么事？"

"你不是约了雪意去文山市嘛，那个她就是……"

盛秋行冷笑："我没约她，是她找到了老太太，直接跟老太太通了电话。"

赵正苏连咳几声："对，你说的都对，但事情已经发生了，追究前因意义不大，得先把其他更重要的事理清楚，对不对？"

盛秋行瞪着他，那种眼神实在是令人头皮发麻。

"这么说吧，雪意休了年假，准备提前去文山了。"赵正苏捂着脑袋，语速越来越快，唯恐话还没有说完，盛秋行的拳头已经挥了过来。

"提前去文山？赵正苏，你疯了是吧？洛雪意给了你什么好处，你居然帮她到这一步？她去文山还能做什么？打乱我外婆的平静生活？我跟她已经说得很清楚了，她觉得把我外婆拖进这趟浑水里就能有什么改变？你替我转告她，绝对不可能！"

说完，盛秋行直接推开了赵正苏，气冲冲地离开了。

望着盛秋行的背影，赵正苏摸了摸鼻子："你错了，洛雪意过去绝不会是求你外婆做主。她会先争取到你外婆的支持，把你的后方阵地转化为她的。到那时，有老太太撑腰，你还不乖乖就范？我本来是要跟你说这些的，可是你居然吼我！我才不管你的闲事呢，等你被老太太逼婚，我看你怎么办？"

谁还没点脾气？赵正苏很有志气地想着。

盛秋行到达顾小遥所在的地点时，有些迟了。小街的路灯昏昏暗暗，盛秋行只凭一抹倩影，就锁定了她的位置。

"上来。"盛秋行朝顾小遥招了招手。

顾小遥咬了下嘴唇，一脸纠结。

"这里不是停靠区，时间长了会被拍照。"

一听这话，顾小遥立即上了车。

"我还以为你不会来了。"顾小遥委屈道。

"路上有点事耽搁了几分钟，久等了。"盛秋行满是歉意。

顾小遥看向盛秋行，满眼不可置信。盛秋行这是在跟她解释吗？真没想到，他居然会开口说这些。

一定是为了拿到那箱资料吧？顾小遥此刻的心情有些复杂，她很高兴为他做了一些事，但也抱怨他的关注点始终在工作上，而她……在他心里，大概只是一个能够帮得上忙的朋友吧？

"在想什么？"盛秋行问。

顾小遥抿着嘴唇摇了摇头。

见她沉默不语，盛秋行干脆转了话题："你跟王旭聊了些什么？"

顾小遥默默地拿出一支录音笔，往他手边一放："我都录下来了，等会儿你自己听。"

盛秋行眼底划过一抹意外。

顾小遥尴尬地解释："职业病，习惯了。"

她才不要告诉他，为了他的事，她有多上心。

盛秋行问："介意我现在听一下吗？"

"现在？"

"是的，你在这里，哪里有不懂的，我可以直接问你。"盛秋行回答。

原来是这样子。

顾小遥应了声："那你听吧，录音时长三个小时左右，我的录音笔都快没电了。"

"今晚还早。"盛秋行回了一句，"有很多时间。"

顾小遥过了一会儿才明白他的意思：今晚他肯定要听完，不听完就不打算放她走。

她不走，那不就是又要在一起度过一晚？这种念头才一闪过，顾小遥只觉得脸颊发烫，手心冒汗，既期待又担心，脑子里总带了点奇怪的念头。

录音笔开始播放录音，为了听得更清楚些，盛秋行还用蓝牙把录音笔连接到了车内的音响。

录音里，除了顾小遥之外，还有报社的那位大姐。三个女人进门后一阵寒暄，接着她们又聊了报社的八卦、明星的绯闻、美容院的按摩师以及家里亲戚的破事。盛秋行时不时能听到顾小遥的笑声。三个女人谈天说地，叽喳个不停。

顾小遥捂住脸："直截了当地问一些事显得太刻意了些，我跟着聊天，只是为了让一切变得自然。不过，后边聊到真正的话题时，差点还搞砸了。王旭以为我是别有用心的坏人呢。"当时王旭发了很大的火，差点当场揍人。

"辛苦了，你受的委屈，我会想办法补偿你。"盛秋行给了她一个安慰的眼神。

顾小遥愣了愣，她本来只是解释，并没有觉得委屈，更不用说接受什么补偿了。可是盛秋行这么说，她怎么一点拒绝的念头都没有呢？

"小遥？"

第 39 章　实话实说

　　顾小遥猛地抬头望向了他。

　　"下周六和周日你有时间吗？"盛秋行问。

　　"下周？我不知道耶！下周的工作计划还没有排出来，芮姐一般是周一安排本周的工作事宜。虽然是周末，但报社的工作向来不分节假日。"她看向他，内心经历了一番纠结才轻轻问，"有事吗？"

　　他微笑："有事。"

　　顾小遥其实知道，聊天聊到这里，如果不想惹麻烦，最好还是不要再问下去。但她无论如何都管不住自己的嘴巴，还是问了。

　　"什么事？"

　　"我要回文山，你陪我走一趟可好？"

　　顾小遥屏住呼吸："是周蛾的案子有了新发现？需要回去再做调查？"

　　周蛾那个案子还没彻底了结，她担心出了什么变故。

　　盛秋行摇头："和案子无关，这一趟是我私人向你求助，当然路费、食宿我会全部负责解决，怎么样？"

　　"其实我关心的不是那个啦！"顾小遥胡乱地摆摆手，"至少，你得先说说看，想要我做什么？我能力有限，真想不出还有什么能帮到你。"

"做我女朋友。"说这话时，盛秋行甚至连眼神都没有投过来。

顾小遥突然进入了面瘫的状态，没办法做出任何反应。

"别误会，我是说，假装做我女朋友。"盛秋行慢悠悠地补充了一句。

顾小遥深吸了一口气，努力克制着嗓音里的颤抖："你究竟是什么意思？"

"家里的老太太一直在催婚，有些拖延不下去了。"他无奈地摇了下头。

顾小遥不可置信地问："所以你打算欺骗你外婆？"

盛秋行纠正："欺骗太难听，你可以理解为安抚的一种手段。"

顾小遥翻了下白眼："假的就是假的，假的就是变相的欺骗，你不要用美化后的词语来给自己的行为找借口，这事我可不干，万一被拆穿了，我成了什么人了？"

盛秋行还要劝，神情却突然间变了。

录音内容开始转向了当年发生在南城大学门前的交通事故。一开始，王旭没接，报社的大姐跟顾小遥两个人讨论了起来，但她们讲的全都是"听说"来的内容。王旭不发一言，顾小遥讲了老半天，终于忍不住问王旭，她是否就是当年写那个新闻的记者。王旭依然不答，心急的顾小遥再问了一遍，这下就惹恼了王旭，她厉声质问顾小遥究竟是什么目的，一而再，再而三地提起那桩陈年旧事。

场面变得很激烈，王旭嚷嚷个不停，顾小遥一直在解释，报社的大姐打着圆场，有几次都能听到王旭用"滚""离开我家""我不想见到你"这类字眼说话，但顾小遥始终平心静气。那些激烈的言辞放在任何一个女孩子身上都是难以承受的考验，她却冷静而镇定，哪怕对方情绪再暴烈，她依然还在努力控制着局面。

盛秋行突然说："对不起，委屈你了。"

"什么？"顾小遥不解地看着他。

盛秋行指着录音笔："为了帮我，你牺牲了太多。"

听了这话，顾小遥的鼻子微酸。

"其实，也没什么的，平时工作的时候偶尔也会遇到些不讲道理、不愿配合的采访者，作为记者想要得到第一手采访资料，适当放低姿态并没有什么大不了，我……我习惯了，你不必为这种事在意啦，哈哈。"她说完就开始恨自己，明明已经做了，偏要装出很客气的样子，有必要吗？

盛秋行却说："不一样的。"

"嗯？"

盛秋行却只是笑了笑，录音内容已经进入了关键部分，他示意先停止讲话，认真去听。

王旭情绪一度失控，最终又慢慢平息下来。有人去倒了水，过了好久，王旭才开口，讲起了当年的事。

何睿教授是全国知名学者、经济学家，在相关领域是公认的独当一面的人物，他的离世不仅是南城大学的损失，更是南城市的巨大损失。当时，报社对这桩交通肇事案相当重视，派了一名记者和一位摄影师专程到南大、派出所、交警大队等地进行采访。可以说，除了警方掌握的第一手资料，王旭手上的资料可以说是最详尽的。

资料室的箱子里，装的就是当年的全部资料，包括照片、记录、录音等，其中还有一样比较特殊，也正是因为这样东西的存在，王旭才会在资料被收档之后，将这份资料挪动了地方，她就是不想那份资料被别有用心的人发现。

何睿教授去世的新闻只在报纸上占了一小块位置，因为在这起交通事故背后，有一双看不见的手在操纵着这一切。

之所以让王旭有这样的感觉，是因为她在采访的过程中，曾经数次接到不明身份的人打来的警告电话，对方说她已经超越了采访范围，劝她不要多管闲事给自己找麻烦。

王旭是个老记者，在过去的采访过程中，类似的事她也经历过几次，她根本没往心里去，但每次出行她都特别注意安全，该进行的采访计划并没有耽搁。这段时间，倒也没有发生过什么特别的事。直到报社的领导打来了电话，命令她不准再浪费时间去关注一起交通肇事案，并暗示她一直在消极怠工。

王旭气个半死，但也没有办法，采访已经结束，她没有理由再去追索案件背后的故事。最让她不解的是，上边的领导一反常态，居然还特意派人过来要求她将收集到的案件资料归档处理，并且再三强调，所有的资料处理都得严格按照程序来走，不能违反报社的规定。

王旭按照规定上交了全部资料，并且删除了自己电脑里的存档备份，这件事才算是过去。而她所写的长篇采访稿，因为一些原因被总编直接给驳了回来，那篇稿子写的只是何睿教授生前的一些小故事，并没有什么见不得人的内容，但总编就是不肯过稿，连个解释也没有，就是让她去忙别的，不要在一篇稿子上钻牛角尖。

为了这事儿，王旭发了一场大脾气，她为了这个新闻，足足用了一星期的时间去走访，整个南大的校园被她来来回回走了十几次，采访任务是主编下达的，如今稿子却不能用，她的努力和辛苦等于是白费了。

资料归档后，这件事不再有人提起，王旭也渐渐淡忘了这件事。

直到某天，南城大学的门卫打了个电话给王旭，让她过去拿点东西。王旭赶过去才发现，门卫拿出来的是个开会用的文件包，一角染了血，但血迹已经干透了。他说这是何睿教授出车祸那天从车里掉出来的，但后来谁都没来认领，包就被他扔到保安室下边的柜子里了。王旭曾经去门卫那边采访过，还给门卫留了电话，并拜托门卫，如果有何睿教授的新鲜事一定要及时联系她。于是，门卫想起这个文件包后，第一时间就联系了王旭。

车内安静了下来。顾小遥将录音笔拿了起来，认真看了看："怪不得突然没声音了，果然是没电了。"

盛秋行的脸色有点差："等会儿拿进去充电。"

"嗯，好。"顾小遥点了下头。

盛秋行又问："那个文件包里装的是什么？"

顾小遥回忆了一下："何睿教授车上掉下来的东西，好像是一份论文，还有相关的数据，几个小挂件之类的，都不值钱，保安和王旭都觉得那应该是一份无关紧要的会议资料，不然的话也不会被扔在那里许久都没人来问。"

盛秋行极为关注："东西确定是跟采访资料一起放在了档案箱

里吗？"

"王旭说，将所有资料归档后，保安才给她打了电话，她拿到手以后又研究了两天，就随手放在了办公室的抽屉里。不久后，她意识到何睿教授的事似乎有很多人特别关心，于是她动了点心思，去资料室把档案箱换了个位置，还让当时关系很好的管理员帮忙留意，看是否有人去调取那份档案。在换位置的时候，王旭顺便把文件袋也放了进去，所有的资料全汇集在一起。"

"嗯。"盛秋行应了声。

报社大楼就在附近，车子驶入地下停车场，灯光一瞬间暗了下来。

顾小遥听见盛秋行问："后来有人去查看过资料吗？"

"没有。"顾小遥摇头，"我们找她问起这些，王旭之所以反应那么大，是因为她觉得自己的行为毕竟违反了报社的纪律，还以为是被人发现了，大家准备来找她的麻烦，所以才会那么防备。"

在顾小遥与大姐的再三保证之下，王旭才打消了这方面的顾虑。

入夜，报社内依然有很多同事在加班。

很多认识顾小遥的人见她与高大帅气的盛秋行同行，便打趣地问："小顾，这是领男朋友陪着你加班来了？"

对于这样的误解，顾小遥直接闹了个大红脸，想要否认，盛秋行客气地点了点头："您好，我是盛秋行，顾小遥的男朋友。"

他居然很郑重地与对方握手，并且感谢同事平时对顾小遥的照顾。

顾小遥赶紧把盛秋行往新媒体部那边拉："我们应该晚点来的，那时候人比较少。"

"怎么了？"盛秋行别有兴致地看着顾小遥。

顾小遥一言不发，闷头前进。一直到熟悉的办公区，她才关起门来小声说："你为什么要在我同事面前说你是我男朋友？"

"假装你的男朋友，才不会让人起疑心。"盛秋行一板一眼地回答。

"可是……问题是……"她根本不需要这样好吗！

"我给你假装一次男朋友，过几天回文山，你给我假装一次女朋友，很公平的，不是吗？"

顾小遥突然觉得很无力，她不知想起了什么，连争执的心情都没有了。

"你又不是找不到人假冒女朋友，何必非得找我呢？"

"我外婆在视频里见过你，她很喜欢你，别忘了，你还曾经送过她饭包。由你假装，更容易取信于人。"

"饭包是送给你的，那天开视频也是意外，如果你提前询问我的意见，我会下车躲一下，绝不会造成一丝一毫的误会。"

"已经发生的事再讨论没有太多的意义。是你的话，也很不错。"盛秋行说完，便背着手开始参观起新媒体部的办公区。

盛秋行在前面走，顾小遥在后面跟，她还在纠结之前的话题："什么叫'是我的话，也很不错'？你至少要问问我愿不愿意呀！拜托盛律师，我个人非常不喜欢撒谎，更不赞同用谎言去欺骗一位老人，假的就是假的，早晚是要被拆穿的，有了第一次见面就会有第二次，你不能每一次老人家想要见准外孙媳妇儿了，就抓我去凑数吧？对了，你不是还有个前任未婚妻吗？就是那天在咖啡馆见到的那个，你俩既然有那层关系在，找她来假装会更好吧？"

提起洛雪意，盛秋行终于停住了脚步，扭头给了顾小遥一个奇怪的眼神。

"她也会去。"

顾小遥眨了眨眼："什么意思？"

"我外婆原本不知道我和她订过婚，后来这件事被拆穿了，我外婆就把她也喊去，希望我们复合。但是，这是绝对不可能发生的事，我与她已无法在一起，那天在咖啡馆你也看见了，我的决定不会改变。"盛秋行盯着顾小遥的眼睛，"我现在需要一位新女友。"

"你可以去找别人呀！哈哈，总会有女孩子愿意的嘛！我相信盛律师能够搞得定这种小场面，反正，我是不会去骗人的。"顾小遥故作轻松地说着，心里却异常不舒服。

她已经确定自己对盛秋行生出了别样的情感，在这样的情况下，她不想被卷进那么复杂的局面当中，更不愿意以这样的方式进入盛秋行的生活。当然，或许这是最简单的一个切入点，但她也有她的坚持和骄傲。

顾小遥挺了挺胸脯，想要用个潇洒的转身来结束对话。

然而，在她转身的那一刻，她的手臂被他给抓住了。

"你要怎么样才能答应我？"盛秋行说。

顾小遥勾了下嘴角，大大咧咧地说："都说了不骗人喽！"

盛秋行问："那就是真的做我女朋友？"

"不然咧？"

盛秋行考虑了一会儿："也好。"

也……也好？顾小遥瞪圆了眼睛，心脏飞速跳动。

"就这么决定了。"盛秋行摸了摸她的头。

顾小遥彻底吓傻了。

"呀？真的是你，盛律师？什么风把你吹来了。快请坐，去我那边吧，我泡茶给你喝。"正在加班的芮姐隔着百叶窗看见了盛秋行从门外走进来，出去跟盛秋行打招呼。

"不用那么麻烦，我只是来陪小遥加班。"盛秋行点了点头，算是打了招呼。

"陪……小遥……加班？"芮姐看了看顾小遥，又看了看盛秋行，一时半会儿没反应过来。

"是的。"盛秋行点头。

"你为什么要陪她？你们是什么关系？"芮姐心中的八卦之火熊熊燃烧。

顾小遥试图阻止盛秋行回答这个问题，在她还没弄清楚盛秋行是不是真心的之前，她不希望两人的关系被宣扬出去。

然而，盛秋行显然不那么想。他答："她是我女朋友。"

顾小遥一副被雷劈到的样子，她突然发现自己没办法解释了。

芮姐的表情顿时变得诡异，她先是给了顾小遥一个眼神，接着异常热情地笑起来："既然是这样，我就不打扰你们了，小遥手上还有什么活儿赶紧做，你看盛律师对你多好啊，太甜蜜了！"

顾小遥张了张嘴巴，可是她什么都说不出来。

芮姐已经转身回了办公室，没过一分钟，她就穿好外套，拎着包包，走了出来。

"我的工作已经做完了，就不陪你们喽！盛律师，改天有空我请你吃饭。"芮姐说。

盛秋行微笑着点了点头。

随着一声门响，新媒体部的大办公室就只剩下了顾小遥和盛秋行。

足足过了一分钟，顾小遥才低声说道："你到底在跟我领导胡说什么啊！谁是你女朋友？"

盛秋行认真地纠正："我问过你，你默认表示同意，所以我并没有胡说。"

"默认的意思是在考虑，不是肯定，不是！"

"已成既定事实。"盛秋行的眼睛里多了几分笑意，"没办法纠正了。"

"那该怎么办嘛！"顾小遥捂住了脸，喃喃道，"我没脸见人了，呜呜。"

"眼前有个最简单的办法可以解决你的困扰。"盛秋行提醒。

"什么？"她眼泪汪汪。

"答应我。"

于是，要不要答应成为盛秋行的女朋友，便成了整个晚上萦绕在顾小遥心里的唯一问题。

盛秋行在资料室内翻翻找找。

她就呆呆地站在他身边，看着他忙，只要一个恍惚，就好像在听他问：做我女朋友吧，顾小遥。

后来，大概是胡思乱想得太厉害，一时间脑子竟然发生了错乱。

她没好气地嚷嚷："既然是你追我，就不准反悔，还有，以后要是闹分手，只允许我甩你，不许你甩我。"

盛秋行抱着个大盒子转过头看她："什么？"

顾小遥红着脸，摆出平生最凶巴巴的表情，把刚刚脱口而出的话重复了一遍，接着说："你愿意答应就答应，不愿意答应请不要撩我，我没工夫陪人玩感情游戏。"

第 40 章　不准不认账

盛秋行从最后一排挨着墙壁的大货架的底部掏出一个纸盒子，在撕开了外边用于伪装的假标签后，果然看到里边王旭留下的真标签，手写的，跟之前只有空盒子的档案盒的编号一样，能看得出王旭很细心。

盒子里面塞满了东西，封口处还特别做了处理，粘上了一层透明的胶带，这样子就是一层简单的防盗处理，可以判断是否有人打开过盒子。

目前来看，胶带完好，周围也没有撬动的痕迹，这说明盒子一直尘封在档案室。

"藏起一粒沙子最好的办法，就是把它藏在沙堆里，这句话果然没错。"顾小遥感叹地说。

"等会儿有办法把它带出去吗？"盛秋行问。

顾小遥摇头："不可以，按照报社的规定，这些资料只有员工可以借阅，要带出资料室的话还要一系列的手续，重点资料得主管领导签字。这一份，标注的就是重点资料，所以……"

"胡乱扔在角落里，几年都没有人过问的重点资料？"盛秋行挑起了眉梢，似笑非笑地说，"顾小遥，你可不能假公济私、公报私仇。"

顾小遥还没开口，盛秋行又优哉游哉地补了一句："你得学会胳膊肘往内拐，有好事先想到自家人。"

顾小遥顿时面色涨红："谁跟你是自家人，胡说八道些什么？"

男女朋友关系还没理顺，他就理所当然地以自家人自居了，做人做事三步跳，快到他这种程度，真不知该说什么好了。

盛秋行突然逼近："刚刚确定的关系，你这么快就打算不认账了？"

顾小遥无语，想了好半天，实在是想不出合适的话去反驳。

她琢磨了半天，总觉得哪里不太对劲儿。这个男人，今晚是画风突变，从进入报社大楼之后，整个人都怪怪的。

她摇头，叹气："我算看明白了，一位律师如果想达成自己的目的，还真是够拼的，什么招数都能用上，连出卖自己给别人做男朋友也愿意，当然，也可能只是口头上说说而已，等你把这些东西想办法带走，应该就会告诉我一切都只是朋友间开的玩笑吧。"

她说这些的时候，眼神一直不敢看向他。

然后，他的大手便伸了出来，揉了揉她的头发："要怎样，你才能相信，我是认真的？"

顾小遥只觉得她已经红透的脸颊，烫得更厉害了，终究还是没有勇气追问更多，她弯下身抱起那只沉甸甸的箱子，避而谈起了其他。

"里边的东西是绝对带不出报业大楼的，别看资料室内管理松散，但是进出大楼都是无死角的监控，不管多晚，出正门的时候还是会有保安来盘查，小东西捎带出去还有可能，这么大一箱东西是想都别想，不管是不是报社的员工都会有人过问。另外就是，资料室外也有视频监控，我们抱着这箱东西走出去，必须办理相应的借阅手续，不然的话，还是会有人找上门来问的。"

天哪，她根本管不住自己的嘴巴，啰里啰唆、杂七杂八，一口气讲了好多好多。

盛秋行的双眼仿佛已经看穿了一切。但他也清楚地知道，顾小遥的极限快到了，今晚不宜在男女朋友话题上继续刺激她。

于是盛秋行便顺着她的话转移话题，继续聊起了正事。

"带到你的办公室去，可以吗？"

顾小遥想了想："可以，我办理一下借阅的手续就好。"

她说着，去拿记录簿，但紧跟着，她的手腕就被盛秋行给抓住了："不要。"

"不要？为什么，你不是想要看一下里面的东西吗？"顾小遥不解地问。

"办理借阅手续会留下记录，有了记录就能查到你曾经接触过这箱资料，这不合适。"他想了想，"就在资料室内拆开看看，确定里面装的是什么，如果对我有用，我再想办法保存。"

"你好谨慎。"顾小遥咧嘴，干笑了一下。

"谨慎无大错。"盛秋行说完，就开始拆箱了。

资料箱内空间有限，为了最大程度保存更多的东西，整个箱子里摆得满满当当。

有照片、采访稿、素材，还有一些南城大学的资料，以及何睿教授本人在不同时期的专访，这些东西是为了后期出专题新闻时收集的素材，碎片化的信息能拼凑出一个人一生的轨迹，但确实谈不上有多隐秘。

盛秋行却相当认真，每看完一小部分，就用手机拍照，将内容保存。其间，顾小遥看他一个人整理得很辛苦，想要帮忙，却被他阻止了。

"你去休息，我来。"这一秒，他又变回了那个不苟言笑的盛大状，与她有着一段遥远的距离。

顾小遥盯着他看了好一会儿，他却没什么反应，完全沉浸在工作之中，便悄悄走了出去。

大半个小时过去，顾小遥端着一杯香茶返回，轻轻放在了盛秋行的面前。

他机械地端起来，喝了一口，便皱着眉说："换咖啡，要特浓。"

"特浓的咖啡对心脏不好，而且这个点已经很晚了，喝咖啡的话会影响睡眠。"

盛秋行一个眼神掠了过来。

顾小遥的话全都吞了回去。

她心里忽然觉得有点委屈，明明她是一番好意来的，凶什么凶。

盛秋行此刻已经完全沉浸在了资料当中，在外人眼里是支离破碎的信息，意义不大，可是对他总是会有些小小的启发，让他能与之前掌握的那些资料产生关联。他看得很认真，这些原件无法带走，即使有照片存档，依然不如原件直观。

他完全忘记了身在何处，更忘记了顾小遥的存在。

三个小时后，盛秋行取出了放在资料箱最里面的一只帆布会议袋。这就是参加会议时，用来装会议资料的那种普通袋子。

还没打开，盛秋行已经看到了袋子一角的血迹，时隔多年，那血早已干涸。

他的手指轻轻抚摩上去，眼底却是酷寒得没有一丝温度。

顾小遥趴在长桌上睡了一觉，一睁眼，看到的就是盛秋行寒森森的表情，顿时吓得一激灵，那点困意瞬间消失得无影无踪。

"盛秋行，你没事吧？"顾小遥说。

他不应。顾小遥讪讪，正打算离开资料室，却突然注意到盛秋行的手指正以一个极为有力的姿势用力捏着会议袋的一角，手背的青筋清晰地浮现，让他整个人越发寒意逼人。

"盛秋行？你不要吓人好吗？"顾小遥忍不住又喊了一句。

见他不理，她心里有一些怒气："你对何睿教授的事儿也太上心了吧？难不成也有人委托你来处理当年的交通肇事案？事情都过去那么久了，你对这件事的关注是不是太深了些？"

盛秋行缓缓看向了她。

"真是搞不懂你们这些律师的想法。"她咕哝了一声。

"何教授是我外公。"盛秋行说。

"什么外公？你在说……什么？何睿教授是你外公？"顾小遥惊愕地瞪圆了眼。

盛秋行低声应了一声。

"文山市住着的那位老太太是外婆，那她不就是何教授的太太……"顾小遥真觉得头脑发蒙了。

她的脑海里闪过很多画面。那一对连夜赶回文山市的老夫妻，他们只为了陪外孙高考，虔诚地送上一碗状元江的水，只为了能给予最深的祝福。

盛秋行每次回文山市总是要大包小包，用一种溺爱的方式，去呵护他生命里最在乎的亲人。

还有就是那天上午突然间打过来的视频电话，年轻优雅的外婆笑眯眯地跟她打招呼，字里行间不掩饰对盛秋行尽早成家的期待。

当然还有更多更多。而这些画面，在今夜突然串在了一起。再加入另一个颇为震撼的消息，何睿教授竟然就是他的外公。

怪不得，盛秋行对这件事执拗到了近乎偏执的程度。怪不得，他费尽心思，不惜用上各种手段，也要找到王旭，找到采访资料，找到这只箱子。怪不得，他可以不辞辛劳，一次次去努力尝试，为求得帮助，甚至连要她做女朋友的话都提出来了。

"现在你明白了，为什么我必须得查清楚这件事。"盛秋行打断了她的思绪。

"好像明白了一些事，但其实什么都没有明白，这究竟怎么回事嘛！"顾小遥感觉自己的脑力实在是不够用，即使脑回路再清晰，依然无法想清楚其中的细节。

她以为盛秋行依然会以沉默来对待，没想到，他却开了口，讲起了从前的一些事。

他外公是卷进一起金融诈骗案中，被列为犯罪嫌疑人，即将被提起公诉。当年，这件事还处于秘密调查阶段，仅有小范围的相关人士知道一些内幕。但随着案件的侦查，事情朝着非常坏的方向发展，到那时，等待他外公的便是身败名裂，一生的清誉将毁于一旦。

在取保候审时，南城大学门前的交通肇事案永远夺去了何睿教授的生命。而之后的刑事附带民事诉讼部分依然正常审理，何睿教授的遗产用于赔偿，遗孀何太太拎着一箱衣物黯然离开南城，从此再没有返回这个伤心地。

顾小遥屏着呼吸听完："你是在怀疑，这起交通肇事案有疑点？是有人故意制造了这起车祸？"

她的脑子里已经开始自动脑补出来大型悬疑推理案件了。

盛秋行被她的表情逗笑了，刚刚看到袋子上的血迹时所掀起的巨浪，奇迹般被平复了下去。

顾小遥恼羞成怒："笑什么笑？难道不是吗？"

盛秋行摇头："那起交通肇事纯属意外。"

"那你还……"

盛秋行抿唇："除了交通肇事之外，我外公还卷入到了一起金融诈骗案当中，他是主要犯罪嫌疑人。"

顾小遥瞬间沉默。

这种话题有些危险，她担心自己的回应若是不对，盛秋行会当场翻脸。

她能看得出，盛秋行对他的家人非常在意，甚至称得上是执拗，从他对外婆的那种不计代价的溺爱便能看得出来。

这样一位老人，在盛秋行心里占据的必定是特殊的位置。

顾小遥十分有求生欲地选择以倾听的方式来明哲保身，她觉得自己一辈子都没有这么聪明过。

盛秋行的眼睛里漆黑得看不见一点光："小遥，我会一直追查到底。"

"嗯，好啊。"顾小遥点头。

"你会帮我吗？"

顾小遥屏息反问："我能帮到你什么？"

"回文山，替我哄哄外婆。"盛秋行抓住了她的手。

他的手指冰凉，她的手心滚烫，冷热交汇在一起时，掀起一阵异样的电流，麻酥酥地顺着指尖扩散到了身体各处。

"问题是……"她习惯性地想要拒绝。

盛秋行手指用了些力道："我们现在已经是正式的男女朋友，还有什么问题吗？"

得，他直接把她要说的话给堵死了。

顾小遥又开始觉得脸皮发烫，呼吸急促了。

她直接低头，干脆来个默认。

盛秋行满意地揉了揉她的头发："我先忙。"

他将放在桌上的袋子直接拿了起来，拉链发出轻响，里面果然装着一些资料。

只一眼，盛秋行已经认出了这份资料的内容，正是当年何睿接手的那份经济调查报告，也是整个金融诈骗案的起源。一直以来，盛秋行都在寻找这份资料，但翻遍了遗物，只能确定这份报告的存在，却没有找到实际内容，他一直怀疑为什么如此重要的东西会突然消失不见，却没想到，原来它在这里。

盛秋行翻开了第一页，当看清楚上边打印的字句时，瞳孔骤然收缩。

"受海天投资集团之委托，经过三个月的细致调查，综合分析各项数据后，得出以下经济数据调查报告……"

海天投资集团，董事长正是郑鹤荣，且从成立伊始至今，一直都是郑鹤荣。

踏破铁鞋，寻寻觅觅，原来案件的关键，竟然一直都在他眼前。

盛秋行牙根咬紧，神情说不出的森冷可怕。

顾小遥在看清了分析报告后，表情掩不住诧异。

"海天投资集团？又是郑鹤荣？"顾小遥问。

盛秋行应了声。

"你接受郑鹤荣的委托，为郑琨代理刑事诉讼，王旭目前就职于海天投资集团，而你外公的分析报告也是海天投资集团……怎么哪儿哪儿都有他呢？"顾小遥嘀咕完，盯着盛秋行问，"你以前认识郑鹤荣吗？"

盛秋行摇头："听说过，但没有深入接触。"

她又问："那郑鹤荣知道你和何睿教授的关系吗？"

盛秋行想了想："我不确定。"

"既然是海天投资集团委托你外公进行这份数据分析，那么你外公后来发生的事，郑鹤荣那边应该也很清楚才对。"顾小遥抓了抓头发，"这么绕来绕去，想起来都觉得头疼。"

盛秋行盯着那份资料一直是失神的状态。

顾小遥接过他的手机，对着资料一页一页拍摄，这本来是盛秋行之前在做的事，而现在他的心情受到相当大的冲击，她就帮他把该做的事给完成了。

盛秋行足足沉默了一小时。

顾小遥陪在一旁，玩着手机，不去打扰他。

十一点整，盛秋行突然有了动作，他把桌面上的资料按照原本的样子收拾好，放回到资料箱内，连那份染血的文件袋也没落下，之后迅速以胶带封好，再将伪装用的便笺贴回原处。

顾小遥帮着他一起做，不经意地问道："明天是郑琨那个案子开庭的日期吧，你还会去吗？"

盛秋行的脸色极差，却毫不犹豫地回答："去。"

"正常为他辩护？"

"正常辩护。"

这样的回答，令顾小遥心底生出了一丝佩服。

其实她已经推测出了一些事实，郑鹤荣与何睿教授的案子必定牵连极深，甚至在整个案件之中，起到了一个相当不好的推波助澜的作用，盛秋行一直在追查这件事，没有人会比他更清楚整件事的始末。

而他却依然能按捺住个人情绪，公事公办，选择为郑琨出庭辩护，在这一点上，他当之无愧是南城最好的律师。

两个人之间若有若无的情愫，抵不住气氛沉寂，缓缓消散了去。

报社门前分开时，盛秋行没提出要送她，顾小遥也只能看着他开着车子，消失在了视线范围内。

没有人知道，这一晚盛秋行是如何度过的。也没有人知道，这一晚盛秋行的心里经历着怎样的百转千回。

天微亮。盛秋行已经坐在了大成律师事务所的办公室内，手指在键盘上快速敲打。

赵正苏今天也有一个庭要开，但他的一些必备资料没带，不得不一大早赶过来取。

他看到盛秋行办公室的灯亮着时，还以为是他前一晚离开时忘了关灯。

但当他来到办公室，看到盛秋行正神情冷峻地处理工作时，赵正苏有点不敢相信自己的眼睛。

"盛大状，不到早晨六点就来律所上班，让那些既笨拙又懒惰的同行怎么活啊？"

他的调侃，连盛秋行一个眼神都没换回来。

"忙，不送。"盛秋行说。

这就直接赶人了？可越是这样，赵正苏反而越是不想走。

他抱着手臂，倚在门边："郑琨的案子不是今天开庭吗？你怎么会在办公室呢？"

此言换回了盛秋行一个意味不明的眼神，虽然不懂是什么原因导致盛秋行如此情绪外泄，但身为多年的好友，赵正苏依然是一眼就看出，他的心情糟糕到了极致。

"行行行，你不想说我也不追问，我只是提醒你，开庭的法院离我们律所很远，今早又排的是第一个庭，你得早点出发，免得赶上上班早高峰，会塞车的。"

盛秋行点了下头，表示知道了。

赵正苏摸着鼻尖走了出去，他那儿也有一堆事要做，虽然有点好奇，但他也的确没有时间去深究了。

早七点。盛秋行拎着文件包走出了大成律师事务所。头顶阴云密布，空气中水汽极浓，一场暴雨正在酝酿。

他在台阶最顶端站定，抬眸望向了天空深处，这一秒，没人知道他心里真正在想什么。

南城市中级人民法院。等候室内，盛秋行与两位同事静静等待着开庭。

只剩五分钟了。书记员已送来了相关的确认书，三位律师确认无误后，在确认书最下方签下了名字。

就在这时，一直联络不到的郑鹤荣突然气势汹汹地闯了进来，他仿佛没有注意到其他人的存在，径直来到了盛秋行面前。

那双眼睛，充满了怒意，全无之前的得体与礼貌。

"你是何睿的外孙？"

盛秋行勾起了嘴角，眼神里泛起了一丝难以言喻的冷意，不躲不闪，他直接答："是！"

"你隐瞒自己的身份接下郑琨的案子，你安的什么坏心？"尽管早已做过了调查，确定了一些事，但当盛秋行当着他的面大大方方地承认时，郑鹤荣的脾气依然瞬间就炸了。

他拽住了盛秋行的衣服，眼眶通红，像是要吃人似的。

两个律师赶紧上前，将郑鹤荣拉开。盛秋行后退一步，稍微整理了一下被扯乱的衣服，才开口："郑先生，你的记忆出了问题，或许你该去预约脑科医生彻底检查一下。我从来都没想要参与到郑琨这个案子里去，是你百般强求，找了很多人来说情，甚至连南大的老校长郑书先生都请了出来，我才会在休假期间接下了郑琨的案子。郑老先生打电话给我时的第一句话，就说他是我外公何睿教授的故友，希望我看在外公的面上，接下这个案子，坦白说，若不是因为郑老先生与我挚亲的这份情谊在，郑琨这个案子无论如何我都不会接下，就算你来求多少次都没有用。"

郑鹤荣一室，后知后觉地想起好像真是这么一回事。

但那时候，他是真的不知道盛秋行与何睿之间的关系啊！虽然郑书跟他有亲戚关系，但当时郑书只答应跟盛秋行说一说，其他事并没有过多提起。

如果早知道是这样，就算盛秋行再厉害，他也绝不会选择他来为郑琨代理诉讼。

"我要换人！现在就换！谁都可以，就是你不行！"郑鹤荣咆哮。

"还有几分钟就开庭了，郑先生确定要换掉我？"盛秋行冷冷地问。

郑鹤荣情绪已上来，幸好大成律师事务所的另外两名律师及时制止了他。

"郑先生，你不要冲动，盛律师一直在负责处理郑琨的案子，如果你现在换掉他，法庭上将不会有人替郑琨辩护，这样最终的不利后果将由郑琨来承担。"

"案子已经进行到了这一步，临场换人，实在不明智。"

郑鹤荣的脸因为愤怒而涨成了猪肝色："你们两个呢，不也是律师吗？为什么你们不能顶替他？"

"郑先生，您千万不要说这种话，我们一直是配合盛律师的工作而已，直接出庭辩护，根本不可能做到更多。"

"不管您和盛律师之间有什么误会，等庭审结束以后再说好吗？现在已经到了开庭时间了，您的阻碍，将对郑琨造成最直接的伤害。"

盛秋行双手背在身后，宛若是旁观者般目睹着这一场闹剧。

"就算是你临时撤掉我，坦白说，郑先生，我乐意之至。"盛秋行说。

"你……"郑鹤荣气到七窍生烟，可一想到郑琨可能面临的是为期几十年的牢狱之灾，他一生之中最美好的年纪将完全在牢狱中度过，而这个孩子，是他唯一的儿子。

盛秋行越过了他，笔直朝法庭的方向走去。

两个律师见状，连忙各自拿着公文包，快速跟上。

"喂，盛秋行，你不准公报私仇，如果我儿子有什么事，我绝对不会放过你，绝对不会。"郑鹤荣摇着拳头大叫。

盛秋行脚步停住，他微微侧身，讥讽的眼神隔空落了过来。

"我是律师，我有我的职业道德，这是对这个职业最起码的尊重。郑先生既然没勇气当庭换人，就必须选择相信。"

说完，他根本懒得再去理会郑鹤荣。

当走入法庭的一刹那，他已经收敛了所有情绪，成了那个冷静、睿智的盛大状。

"各位安静，现在开始庭审。"审判长庄严宣布。

两个法警押解着垂头丧气的郑琨走到了被告席，他涉嫌故意杀人，手腕和脚腕都戴着沉重的镣铐，几个月的羁押生活，让郑琨一下子褪去了所有孩子气，他似乎意识到了今天对他来说是个极其不寻常的日子，这一场审判之后，他的人生将发生翻天覆地的改变，而他冲动之下做出了那样的事情后，必然要面对这样的后果。

郑琨的目光一直落在盛秋行身上，他发现盛秋行根本不看他，郑琨变得忐忑不安，他试图晃动身体、制造噪声，吸引盛秋行的注意，但可惜的是，这种行为只将法警引了过来，在一系列的警告之后，郑琨萎靡地坐在那儿，垂头丧气。

随着一声清脆的法槌声，郑琨故意杀人案公开开庭审理正式开始，南城市人民检察院检察长黄小飞担任公诉人，出庭主持诉讼。

公诉机关指控称，郑琨于 2018 年 4 月 17 日晚七点至九点，因为不满被害人黄彩琪即将与他的父亲结婚，黄彩琪此时已经怀孕两个月，郑琨因为担心她生下孩子后，会影响自己在家中的地位，便威逼黄彩琪打掉孩子，不准再与他父亲在一起。经过一番激烈的争执之后，郑琨情绪激动，对黄彩琪进行了威胁、殴打。在黄彩琪离开郑家后，更驾驶汽车追上，对黄彩琪进行纠缠。

4 月 17 日晚九点十八分，郑琨遭到黄彩琪的再次拒绝后，在黄彩琪表明一定会生下这个孩子，并且会如期举行婚礼时，性格暴躁的郑琨选择开车撞向黄彩琪，致使黄彩琪及腹中胎儿当场死亡。

其后，郑琨在其父的陪伴下，来到派出所，如实供认了所犯罪行。

公诉机关认为，被告人郑琨故意非法剥夺他人生命，并致被害人黄彩琪死亡，应当以故意杀人罪追究刑事责任。郑琨犯罪情节恶劣，手段特别残忍，罪行极其严重，应依法重惩。

盛秋行提供了郑琨在犯罪时不满十八周岁的证明，以及一些补充证据之后，并未多发一言。

坐在不远处目睹了一切的郑鹤荣再次情绪激动了起来，他连续两次站起来，冲着盛秋行大声吼叫，要他为郑琨进行辩护。

盛秋行根本不理，垂眸盯着桌面上摊开的笔记本，整个人身上裹着一层寒气。

针对控辩双方意见，审判长当庭归纳案件争议焦点，确定庭审重点，引导检辩双方围绕争议焦点，逐步推进法庭调查、庭审质证和法庭辩论等诉讼程序。

这段时间，盛秋行的存在感极低，他身边坐着的两个律师更是一言不发。

这个案子，事实清楚，证据完整、充分，公检机关办案程序合法，根本没有切入点。盛秋行更多保持沉默，是因为无话可辩。而这样的行为，在郑鹤荣眼中则变成了借机报复，他在法庭上直接开骂，最终因为扰乱正常的庭审秩序，被法警请出去冷静。

审判长望向了盛秋行："被告代理律师，是否有辩护意见？"

盛秋行站起来，微微一点头："是的。"

审判长威严地开口："你可以开始辩护了。"

盛秋行端起水杯，润了润喉，整个人依旧是不紧不慢的状态，并未因为郑鹤荣的缘故而打乱了原本的节奏。

别的律师在辩护时，会事先将准备好的辩护词打印在纸上，列出重点，以防遗漏。

但盛秋行的记忆力极好，他全程侃侃而谈，目光直视审判长。

"尊敬的审判长、审判员：

"根据《中华人民共和国刑事诉讼法》第32条第1款之规定，大成律师事务所接受郑琨涉嫌故意杀人一案的被告人郑琨及其家属委托，指派本人盛秋行律师担任被告人郑琨的辩护人，出庭为其提供辩护。在发表辩护意见之前，请允许我以辩护人的身份向被害人及其家属表示哀悼。根据我们在庭前进行的耐心而细致的调查，对有关单位和人员进行了调查访问，分析控方指控证据，结合本案案情，现就法庭查清事实提出如下辩护意见。

"辩护人对公诉机关指控被告人构成故意杀人罪无异议。但辩护人认为本案被告具有刑法上所认可的法定量刑从轻、减轻的情形。

"第一，《刑法》第六十七条规定：犯罪以后自动投案，如实供述自己的罪行的，是自首。对于自首的犯罪分子，可以从轻或者减轻处罚。郑琨在杀人后，在其父郑鹤荣的陪同下，第一时间来到公安机关，如实供认自己的罪行，有悔过意图，可以认定为自首。而在这个过程中，其父郑鹤荣拨打120救护车，并安排信任的人送黄彩琪去医院，已是积极妥当地在避免恶性后果出现。

"第二，根据现行的《中华人民共和国刑法》规定，刑事责任年龄从16岁起算，未满18岁可以减轻或从轻处罚。为正确审理未成年人刑事案件，贯彻'教育为主，惩罚为辅'的原则，根据《刑法》等有关法律的规定，现就审理未成年人刑事案件具体应用法律的若干问题解释的第一条已明确指出，未成年人刑事案件，是指被告人实施被指控的犯罪时已满14周岁不满18周岁的案件。而郑琨的身份证件显示，在案发当天，他不满18周岁。而《刑法》第四十九条也有明确规定，犯罪的时候不满18周岁的人和审判的时候怀孕的妇女，不适用死刑。

"第三，案发当天，死者黄彩琪曾对郑琨进行一系列的刺激，她声称肚子里的孩子并非是郑鹤荣的亲生子，孩子的父亲另有其人，并明确表示，嫁给郑鹤荣只是她夺得郑家财产的一个计划，她要离间郑琨与郑鹤荣父子俩的感情，让新生儿将郑琨取而代之。郑琨一直生活在极其优渥的生活环境中，父母早已离婚，他被父亲抚养长大，对父亲有着极其浓烈的感情，只是年长之后，学业与事业无成，郑琨的生活状态没有达到其父的期许，父子俩之间的矛盾日益增多。

"案发当日，黄彩琪的一系列行为，让郑琨在精神上受到极其严重的刺激，他感觉自己受到攻击，人格遭到侮辱，之后整个人处于难以抑制的冲动状态，在这种状态下，人的正常理智被削弱或丧失，表现为认识范围狭窄，自我控制能力削弱，不能正确评价自己行为的意义和后果。当时，郑琨的意识恢复到原始状态，将冲动的情绪直接反射为行为，在强烈而短暂的激情推动下实施了爆发性、冲动性的犯罪行为。

"而这些，我们所提供的另一份证据里，已经表现得很清楚。请审判长、审判员关注新提交的证据目录内的第三项，这里边一共有两段完整的录像，其一来自郑琨家里的监控器，另一端则是从涉案车辆的行车记录仪内取出的车载监控。

"由此可见，郑琨虽然实施了故意杀人的行为，但他只是在主观上由于情绪的影响，引起认识的局限和行为的控制力上减弱，对于行为的性质、后果缺乏必要的考虑而产生突发性犯罪。与有预谋的故意犯罪不同，郑琨没有长时间的犯罪预谋，没有预先确定的犯罪动机，也没有事先选择好的犯罪目的，主观恶性不如有预谋的故意杀人大，还请审判长酌情考虑。

"第四，案发后，郑琨认罪、悔罪，态度良好。郑琨及其家人对被害人黄彩琪的家属积极补偿，郑琨的父亲代其赔偿黄彩琪父母经济损失30万元，黄彩琪父母对郑琨表示谅解，请求法院对其从轻处罚。已随证据目录附送谅解书。

"鉴于以上事实和理由，我们期望法庭能够酌情减轻对郑琨的审判，让他有一个悔过自新的机会。

"以上辩护意见，请法庭采纳。"

盛秋行坐了下来，闭上了眼睛，此时此刻，他的心情并不平静。

庭审持续了四小时，刑事部分审理完成后，双方还就民事赔偿部分发表了意见。鉴于案情重大，本案待合议庭评议后将择期宣判。

一场庭审结束，盛秋行已尽全力去维护郑琨的合法权益。

他的同事拍了拍他的肩膀。整个案件进行到这样的程度，任何人都清楚，盛秋行已是尽力。但整个案件的案情摆在那里，如郑鹤荣所期待那般为郑琨做无罪辩护是绝对不可能的。

无罪辩护，本质上来说就是犯罪嫌疑人拒绝承认犯罪行为，已经承认的，属于翻供，这样一来，无论是自首、坦白都不成立，也就不存在认罪态度较好。根据坦白从宽原则，自首、坦白都可能作为法定量刑从轻的理由，而做无罪辩护，意味着将可能失去这些条件，一旦认定有罪，该判多少年就判多少年。

从案情上分析，郑琨的行为根本不符合《刑法》规定的无罪辩护或不负刑事责任辩护的情形，这种情况下，盛秋行所采取的应对措施已是最佳选择。

只是处于情绪激动中的郑鹤荣根本无法接受。

当盛秋行一走出法院，等候在外的郑鹤荣已冲上前来，像是被激怒的野兽，挥舞拳头，张牙舞爪，恨不得要将盛秋行打倒在地。

一时之间，法院门前乱成一团。

两个随行的律师正打算将庭审时的状况讲给郑鹤荣听，以避免造成误会。

盛秋行却是手一挥，拦住了他们。

他的眼中多了些挑衅，不客气地迎着郑鹤荣望了过去。

"你是故意的,对吗?你就是故意的!"

盛秋行问:"郑先生,要不要借一步说话?"

"你敢跟过来吗?"郑鹤荣咬牙切齿。

盛秋行满不在乎:"有什么不敢的?我又没做过什么亏心事。"

"你不亏心?哈,你公报⋯⋯"

指责还未出口,郑鹤荣就被盛秋行打断:"我与你有什么私仇,需要公报呢?"

郑鹤荣眼底尽是不可置信。

盛秋行吐了一口气出来:"看来,这个世界上并不是只有我还记着当年发生的事。"

"你在胡说些什么?什么当年?别扯那么远,我要跟你谈的是现在!你收了律师费,但是你没有把我儿子的案子给辩护好,这就是你的失职,你不配做什么南城最棒的盛大状,根本是浪得虚名,根本是个骗子。"郑鹤荣故意喊得很大声,他就是要让人知道,这个盛秋行根本名不副实。

但是,盛秋行竟然一点都不生气。

他的目光宛若洞悉一切,一眼能看到藏在人心中最深处的隐秘。

郑鹤荣被看得心惊肉跳,尘封多年的往事,一点点翻腾着,从记忆最深处冒了出来,按也按不住,藏也藏不稳。

他突然有种想要转身逃走的冲动,是一股莫名的坚持,让他暂时按捺住了那个念头,继续与盛秋行争执。

"若是对我的工作有质疑,郑先生可以去相关部门投诉,你放心,整个律师行业有严格的监管制度,会有专业人士给出最准确的判断,我对我的工作非常有自信,请郑先生以正当的程序来维护自己的合法权益。"盛秋行不亢不卑。

话锋一转,盛秋行冷笑:"我最初还不很确定,是郑先生今日的过激与心虚,让我有了初步的方向,这一点,还要多谢你。"

郑鹤荣低叫:"你在胡言乱语些什么?"

"是不是胡言乱语,很快就能见分晓,郑先生,再见。"盛秋行走向了自己的车子,离开几米远,他突然转身,隔空凝视着郑鹤荣。

这一次，郑鹤荣几乎是落荒而逃。

三天后。南城通往文山市的高铁上，顾小遥与盛秋行并排而坐。

一般情况下，即使是在路上，盛秋行也不会停止工作，他总是会合理安排好每一分每一秒，尽力将碎片化的时间利用好。

而现在，那份厚厚的案卷资料正捧在顾小遥手上，他的目光始终落在车窗外流逝的风景上，发着呆。

顾小遥在回去以后就通过网络搜索的方式，查询了有关何睿教授的一些信息，但那些公之于众的部分，与她手上所捧着的这份资料，所具备的信息天差地别。

她沉浸其中，久久回不了神。

盛秋行的声音轻柔扬起："顾小遥，让我们一起努力，将这个案子背后的真相完全挖出来，我将授权你独家报道，在调查过程中的任何发现，你都可以自主判断是否将它公之于众。"